Hande Altaylı Edremit'te doğdu. Galatasaray Lisesi'ni bitirdi. Boğaziçi Üniversitesi'nde Uluslararası İlişkiler ve Siyaset Bilimi okudu. Çeşitli ajanslarda reklam yazarlığı yaptı. İlk romanı *Aşka Şeytan Karışır* (2006) yılın en çok satan kitapları arasında yer aldı. İkinci romanı *Maraz* ise 2009 yılında yayımlandı. Yazarın eserleri çeşitli dillere çevrildi.

Kahperengi

KAHPERENGİ

Yazan: Hande Altaylı

1. baskı / Nisan 2012 / ISBN 978-605-09-0605-9
Sertifika no: 11940

Kapak fotoğrafı: Vera Atchou / PhotoAlto Agency / Getty Images Turkey
Baskı: Ayhan Matbaa Basım Sanayi ve Tic. Ltd. Şti.
Mahmutbey Mah. Deve Kaldırım Cad. Gelincik Sok.
No: 6 Kat: 3-4 / Bağcılar -İSTANBUL
Tel. (212) 445 32 38
Sertifika no: 22728

Doğan Egmont Yayıncılık ve Yapımcılık Tic. A.Ş.
19 Mayıs Cad. Golden Plaza No. 1 Kat 10, 34360 Şişli - İSTANBUL
Tel. (212) 373 77 00 / Faks (212) 355 83 16
www.dogankitap.com.tr / editor@dogankitap.com.tr / satis@dogankitap.com.tr

Kahperengi

Hande Altaylı

DOĞAN KİTAP

Bir

İstanbul, 2006

... İki keklik bir kayada ötüyor,
ötme de keklik derdim bana yetiyor...

Saatlerdir çalan elektronik müziğe rağmen, diline takılan bu şarkıdan bir türlü kurtulamaması rahatsız ediciydi. Beyni kendi müziğini yapıyor ve dışarıdan gelen her sesi birtakım gümbürtüler, takırtılar, cızırtılar, vızıltılar ve fısıltılara dönüştürüyordu. Güçlü kolonlardan yayılan ve sürekli kendini tekrar eden ritim, Narin'in karnına, kollarına, zavallı ak-karaciğerlerine dum tıs dum tıs vurup duruyor ama kulağını ele geçiremiyordu. Böyle hissetmesinin sebebi aşırı yorgunluk ya da damarlarında gezinen litrelerce alkol olabilirdi. Gecenin kaçı olduğunu bilmiyordu. Kaç saattir bu evde olduğunu, kaç kadeh içtiğini, bangır bangır çalan müziğin ne olduğunu, etraftaki kalabalığın ne konuştuğunu, üzerindeki kırmızı mini elbiseyi ne zaman giydiğini, kimin kiminle yattığını, günü, ayı, mevsimi, yılı... Zihni, ayırt edilmez seslerin ve anlaşılmaz görüntülerin ablukası altındaydı. Kaymış gözleri görmeden bakıyordu; kulakları duymaz, ağzı epeydir laf yapmaz olmuştu. Yüksek tavanlı koca salonda yaklaşık kırk kişinin gölgesi dolanıyordu. Müziğin sesini bastırmak için bağırıp duran kırk ağız ve gecenin bu saatinde hâlâ söyleyecek sözü bitmemiş insanlar... Makyajların ışıltısı çoktan silinip gittiğinden, yorgun yüzlerin kusurlarını kapatmak loş ışığa ve havada bir bulut gibi asılı duran sigara dumanına kalmıştı. Kontrolden çıkmış bakışlar ve yersiz kahkahalar çiftleşme çağrısından başka anlam taşımıyordu.

Salonun önündeki ince uzun balkona açılan kapının ağzında Gaye, Memo, Yonca ve Burak sigara içiyorlardı. Ev sahibesinin, yani Deniz'in yıllardır değişmeyen arkadaşları ve bu partilerin gedikliliyeriydi. Onların tam önünde dans eden iki kız vardı. Kızlardan biri tepesinde topladığı saçlarını açıp müzikle birlikte savurmaya başladığında, Narin'e koca dünya o saçların arasına girmiş sallanıyor gibi geldi ve gözlerini çevirdi. Boş bardaklarla dolu küllükleri toplamaya çalışan garsonlar, DJ'i bir köşeye itip kendi müziklerini çalmak isteyen sarhoşlar, yorgunluktan kanepelere, koltuklara serilmiş ama evlerine dönmeye niyeti olmayan, tanıdık-tanımadık bir sürü insan... Girişe yakın köşede ünlü bir televizyoncu az önce en yakın arkadaşı olduğunu iddia ettiği kızı şehvetle öpüyordu ve elleri en yakın arkadaşının göğüslerini yadırgamışa benzemiyordu. Narin anlamadan ve şaşırmadan bakıyordu etrafına. Zaten şaşırabilecek halde olsa, iki sene önce kavga dövüş boşanıp şu anda tam karşısında kucak kucağa oturan reklamcı çift için kullanırdı hakkını. Her şeyin mümkün olduğu bir âlemde yaşadığını uzun zaman önce öğrenmişti.

Gözleri Deniz'i aradı ama bulamadı. Narin'in en yakın arkadaşı ve aynı zamanda bu partinin sahibi olan Deniz ortalarda görünmüyordu. Elbette bunun, Narin'in burnunun ucunu bile görmekte zorlanmasıyla bir ilgisi olabilirdi. Bardağına biraz daha votka doldurup bara dönüştürülmüş uzun masanın yanından sallana sallana uzaklaştı. Deniz'in daha iki hafta önce dünyanın parasını vererek aldığı masanın, dökülen içkilerden yapış yapış olduğunu fark etse dertlenebilirdi ama bütün dikkatini düşmeden yürüyebilmek için kullanıyordu. Zaten bir masa Deniz'in masası olacaksa, bütün bunlara alışmak zorundaydı. Aynı kural bu eve adım atma talihini ya da talihsizliğini yaşayan tüm mobilya ve eşyalar için geçerliydi. Kaderlerine neşeli aile kahvaltıları, sakin akşam yemekleri ya da münasip saatlerde biten tatlı sohbetler yazılmamıştı. Bir bar taburesinin yazgısını paylaşıyorlardı. Bitmeyen partiler, dinmeyen müzik, içki, sigara vs... Hatta sigara yasağından beri, barlar bu evin yanında sanatoryum sayılabilirdi.

İki büyük kanepe duvar diplerine doğru itilmiş ve böylelikle açılan boş alana konukların içki içip sohbet etmelerini kolaylaştıracak üç ufak bar masası konmuştu. Narin kanepede az önce kalktığı yere oturdu ve saatin, parti disiplinini bozmak için uygun olduğuna kanaat getirerek topuklu ayakkabılarını çıkarıp ayaklarını sehpaya uzattı. Deniz'in buna ses çıkarmayacağını biliyordu, farkına bile varmazdı. Kırmızı mini elbisesinin ne kadar sıyrıldığına aldırmadan, zonklayan başını kanepeye yasladı ve gözlerini yumdu. Kendisinden daha ayık olmayan insanların hareketleri ve müzik midesini bulandırıyordu. Derin nefesler almaya çalıştı ama bu defa da ciğerlerine dolan sigara dumanı midesini daha fena kaldırdı. Tuvalete gidip kusmak bir çözüm olabilirdi ama bunu yapamayacak kadar halsiz hissediyordu. Kalkacak, tuvalete kadar yürüyecek, kusacak, elini yüzünü yıkayacak... Uzun işti! Oturduğu yerde kaykılarak midesini sakinleştirmeyi denedi ama olmadı. Bulantı denen illet bir kere yakanıza yapıştıysa kolay kolay bırakmazdı. Tam kendinden geçmek üzereyken, kafası mucizevi bir şekilde tekrar çalışmaya başladı ve kontrolü ele geçirip kesin bir tavırla emirler yağdırdı: “Kalk! Kalk ve hemen tuvalete git! Yoksa birazdan ortalığı batıracaksın.”

Onun durumundaki biri için olağanüstü bir gayret göstererek incecik bacaklarını sehpadan indirdi ve yanına oturmaya hazırlanan kıvırcık saçlı genç adama "Kaldırsana beni!" diye seslendi. Gürültüden bir şey duyamayan adam ona doğru eğilerek kulağına "Ne dedin?" diye bağırdı. Narin kanepenin kolundan destek alarak kendi kendine kalkmaya çalışınca kıvırcık durumu anladı ve kolundan tutarak kalkmasına yardım etti. Narin tam olarak dengede durabildiğinden emin olunca, sehpanın dibinde duran ayakkabılarını giymeye çalıştı ama ayaklarını bir türlü doğru yere denk getirip ayakkabıların içine sokmayı başaramıyordu. Kıvırcık yine kulağının dibine girip "Siktir et ya!" diye bağırdı ve Narin de ona hak verdi. Zaten giymeyi başarsa bile, o topukların üzerinde tekrar denge kurabileceğinden emin değildi.

Sarsak adımlarla yalınayak tuvaletin olduğu yöne doğru ilerlerken dış kapının açıldığını ve içeriye iki kişinin girdiğini görmedi. Onun gördüğü sadece bir kişiydi. Olduğu yerde dikilip adama bakakaldı. Nereden tanığını çıkaramıyordu ama tanıdığından emindi. Adama bakmak, içkiden uyuşmuş beyninin allak bullak olmasına neden oluyor; kalbine ve midesine ağrılar saplanıyordu. "Kimdi? Kimdi? Kimdi?" Bu soru kafatasının duvarlarına defalarca çarpıp düştü. Bilmiyordu. Adama bakarken neden gözlerinin yaşardığını, niçin eliyle bir çığlığı bastırmak ister gibi ağzını kapattığını da bilmiyordu.

Deniz aniden arkasında belirip onu kapıya doğru çekiştirmeye başladığında itiraz etmek istedi ama direnecek güçten yoksun olduğundan arkadaşının onu akıntıya kapılmış bir dal parçası gibi sürüklemesine izin verdi. Deniz bir taraftan büyük bir heyecanla içeri girenlere doğru ilerlerken, bir taraftan da yarı neşeli, yarı öfkeli bir sesle bağırıyordu:

"En sonunda gelebildin. Saat kaç oldu farkında mısın? Millet gidecek, sen ancak geliyorsun."

Önlerindeki birkaç sarhoşu itip kendilerine yol açtılar ve kapıya ulaştılar. Narin o ana kadar adamın bir kızın elini tuttuğunu ve o kızın da Irmak olduğunu görmemişti. Deniz kız kardeşine sarılırken adam Narin'e bakıyordu. Dümdüz, ifadeden yoksun, sokağın serinliğini taşıyan yabancı gözlerle... Yüzünde genç kadını tanıdığına dair hiçbir ipucu yoktu ama Narin için onun kahverengi gözleri, kemikli yüzü ve dümdüz kaşları kendi yüzü kadar tanıdıktı.

Irmak, ablasının kollarından sıyrılıp Narin'i kucakladı ve söylenmeye başladı. "Ya Narin, gözünü seveyim sustur şunu yaaa!" Sesi her zamankinden daha cıvıltılı çıkıyor gibi geldi Narin'e. "Keyfimizden geciktik sanki. Geldiğimize dua etsin. Uçak iki saat rötar yaptı, sonra da bavullarımız çıkmak bilmedi. Eve gittik, üzerimizi değiştirdik, koştura koştura geldik. Ama ablam şu saatte üşenmeyip geldiğimize şükredeceğine, hâlâ tantana ediyor."

Narin'in tepki vermeden durduğunu görünce, yanında dikilen adama dönüp gülerek "Bu, Narin! Deniz'in en yakın arkadaşı" dedi. "Ama kendisi şu anda uçmuş olduğundan söylediklerimizi anlayamıyor."

"Arkadaşıma sarhoş muamelesi yapmayın, her söylediğimizi anlıyor o, değil mi Nar?" dedi Deniz, şefkatle Narin'in yüzüne düşmüş kısa siyah saçlarını düzeltirken. "Bak, Irmak'ın erkek arkadaşını merak ediyordun, geldi işte."

Narin sendeleyerek adama doğru bir adım attı ve elini uzattı.

"Merhaba, ben Narin." Dili öyle dolanıyordu ki, Deniz "Narin!" diye tekrar etmek zorunda kaldı.

"Ben de Fırat!" dedi adam ve mükemmel bir refleks göstererek yana doğru devrilmekte olan Narin'i yakaladı. "Tamam tuttum, iyi misin?"

"İyiyim... İyiyim..." diye mırıldandı Narin ve bunu kanıtlamak ister gibi, belinden sıkıca kavramış olan Fırat'a gülümsedi. Ardından, kalabalığın şaşkın bakışları altında, onun bembeyaz gömleğinin üzerine kustu.

Yaslıhan, 1986

Yirmi beş bin nüfuslu Yaslıhan'ın dağlara dayalı Murateli Mahallesi tozlu topraklı bir sokakla ikiye ayrılırdı. Romanların yaşadığı Yukarı Murateli'nin pek sakin olmayan sakinleri dağlara bitişik evlerinde sazlı-sözlü, kavgalı-gürültülü hayatlarını sürdürürken, Aşağı Muratelililer mahallenin kasabaya yakın tarafında görece daha sakin sessiz yaşayıp giderlerdi. Yukarı Murateli'ne ne elektrik idaresinin adamları ne de polis girmeye cesaret edebildiğinden, orada yaşayanlar elektrik parası ödemezler; Aşağı Murateli'nde oturanlar da onların faturalarının kendilerine yüklendiğine inandıklarından, bu duruma fena halde içerlerlerdi. Birkaç defa, sırf bu sebepten iki tarafın arası epeyce açılmış ama olaylar büyümeden tatlıya bağlanmıştı. Hepsi biliyordu ki, düşmanlığı körüklemek birilerinin orayı terk etmesi demekti ve Murateli'nde yaşayan kimsenin gidecek başka yeri yoktu. Bu yüzden her defasında aynı şey oldu: Birbirlerine bağırdılar, çağırdılar, sonra "Fesuphanallah..." dediler ve işlerinin başına döndüler. O günlerden beri, zaman zaman kız yüzünden dalaşan delikanlılar ya da top kavgasına tutuşan çocuklar dışında aralarında pek bir husumet yoktu ama komşuluk yaptıkları da söylenemezdi. İhtiyarlara göre Murateli, huzurunu iki taraftaki insanların birbirlerinden uzak durmasına borçluydu. Yaslıhan'ın en fakir bölgesiydi burası. Çingeneler, göçmenler, burnu boktan çıkmayanlar, gün yüzü görmemişler, tembeller ve kısmetsizler birbirlerinden ince, Yaslıhan'ın diğer mahallelerinden ise kalın bir çizgiyle ayrılmışlardı. Bir ya da iki katlı, sıvası dökülmüş evler, seyrek ağaçlı kel sokaklar, oradan oraya sürü halinde koşuşturan kötü beslenmiş sıska çocuklar ve pencerelerden yarı bellerine kadar sarkıp avaz avaz bağıran, ağzı her daim sigaralı anneler...

Bir şey olmaktan çoktan umudunu kesip sadece var olmak için çabalayan insanların vurdumduymazlığı mahallenin her taşına sinmişti. Fakirliğin gürültüsü ve sefaletin cümbüşü sokak aralarında birbirine karışıyordu. Burada doğanlar kadere isyan etmezlerdi, çünkü kendileri için başka bir kader ihtimali olmadığından eminlerdi. Sonradan gelenlerse bu çukurdan en kısa zamanda kurtulacaklarına yemin eder ama bu yemini tutamazlardı. Kabulleniş ağır ağır üzerlerine çöker, sinsi sinsi iliklerine işlerdi ve çok geçmeden Murateli sokaklarının bir parçası haline gelirlerdi. Yoldaki taş, ağaçtaki dal kadar ait olurlardı yaşadıkları yere.

Narin, ağzında çikleti, üzerinde komşularının kazulet kızından kalma, ayak bileklerine kadar inen lacivert ortaokul jilesiyle sokağa girdiğinde, ilk evin kapısına tükürmek için çikletini ağzında iki tur çevirdi. Bunu yapmayı seviyordu, çünkü o evin sahibi olan topal kadın, avlusundaki muşmula ağacının yola sarkan dallarına dadandığı için iki sene önce Narin'in kafasına sopayla fena halde vurmuştu. O olaydan beri küçük kız kadının evinin önünden asla boş geçmiyordu. Bulduğu küçük büyük havyan leşlerini açık pencereden içeri atıyor, yollardan topladığı at pisliklerini topalın kapısına sürüyor, camlarına tükürüyor, hiçbir şey bulamadığı günlerde ise kadının ayağının altına yapışsın diye çikletini eşiğin tam önüne fırlatıyordu.

O gün de aklı tamamen kadına yapacağı fenalıkla meşgul

olduğu için, evlerinin önündeki hareketliliğin farkına hemen varmadı. Mahallelinin feryatlarını duymasa, başını kaldırıp sokağın ilerisine bakmayacaktı. İlk gördüğü, kapılarının önündeki iskemleye oturmuş, sigara içen babası oldu. Zaten nereye bakacak olsa, ilk gördüğü hep babası olurdu. Hem iri cüssesinden dolayı hem de görmek istemediğinden görünürdü adam ona. Moskof Recep'in varlığı daima bir tehlike işaretiydi ve adam bulunduğu yeri tekinsiz bir ortama çevirmekte benzersiz bir kabiliyete sahipti. Evlerinin tam karşısındaki duvara dayanmış duran kız kardeşi Şadiye gözyaşlarını siliyor, abisi Mehmet onun tam yanında yere çömelmiş, elindeki tahta parçasıyla oynuyordu. Narin gözlerini kısıp neler olduğunu tahmin etmeye çalışırken çikletini atmayı unutuverdi. Komşu kadınlar telaşlı adımlarla eve girip çıkıyor, bazıları yanından geçerken babasına bela okuyordu ama Moskof Recep'in tındığı yoktu. Sigarasından derin nefesler çekiyor ve boşluğa bakıyordu. Narin korkunun küçülttüğü adımlarla eve girerken kimse kafasını ondan yana çevirmedi ve kız bir hayalet gibi süzüldü içeriye.

Dar, uzun ve küçük avlularında, hepsi konu komşu, yedi kadın cırtlak sesleriyle bir ağızdan konuşuyorlardı. Narin'i ilk gören yampiri tulumbadan su çekmek için uğraşıp duran Ümmühan oldu. Ter içinde kalmıştı kadın. Su getirebilmek için kim bilir kaçıncı kez basıyordu tulumbayı.

"Gelme kızım! Git dışarıda kardeşlerinin yanında dur!" dedi terini yemenisinin ucuyla silerken.

Narin tam gerisingeri çıkacak gibi olduğunda, kadınlardan biri atılıp onu kolundan sıkıca yakaladı.

"Gel kız, gel de gör, itoğlu it baban neler etti anana! Gel de gör o deyyus, o orospu kancığı, nasıl paraladı anacığını!"

Çocuklarının ağzı pis Yukarı Muratelililerle oynamasını istemeyen Aşağı Murateli kadınlarının da ağzı pek temiz sayılmazdı. Kızmayagörsünler, kurşun gibi saçarlardı en okkalı küfürleri ortalığa. Kocalarının bile Allahı vardı onların yanında. Narin, bir tek Ümmühan'ın ağzını bozduğunu hiç duymamıştı.

"Nerede ki annem?" diye sordu.

"Nah orada yatıyor işte, git bak! Bak da gör!" dedi kadın içeriyi işaret ederek.

Topu topu iki odaları vardı: küçük oda ve daha küçük oda. Aynı zamanda oturma odaları da olan küçük odanın içindeki dolap banyolarıydı ve kışın yalnızca orada soba kurulduğundan, beş kafa oraya sıkışırlardı. Tuvalet avlunun dibinde, odunluğun hemen yanındaydı. Yaz geldiğinde, çocuklar uyumak için arka taraftaki daha küçük odaya geçince hepsi birden rahat bir nefes alırdı. Narin kafasını içeriye uzattı ve annesinin siyahlı kahverengili pazen elbisesini hemen tanıdı. Kadın köşedeki divana uzanmış, hiç durmadan inliyordu. Kafası iki kafa olmuş, yüzü tanınmayacak kadar şişmişti. Ne ağzında diş ne gözünde fer kalmıştı. Narin kadının yana sarkmış kemikli esmer elini görmese, annesi olduğuna imkânı yok inanmaz, biri annesinin elbisesini giymiş yatıyor sanırdı. Henüz, bir insan yüzünün bin şekle girebileceğinden habersizdi.

Annesinin başında duran iki kadının arasından geçip divana yapıştı ve "Anne?" diye fısıldadı korkuyla. "Anne, ölecek misin?"

Kadınlardan biri küçük kızın kafasına esaslı bir şaplak indirip "O nasıl laf kız öyle? Kapat o uğursuz ağzını!" diye bağırdı. Az önce kapısına çikletini atmayı unuttuğu kadındı ve onu görünce Narin'in tepesi attı ama daha ağzını bile açamadan, topal karı onu kolundan tuttuğu gibi, gerisingeri avluya savurdu. Narin yerden kalkıp jilesindeki tozları silkeledi, daha kim bilir kaç sene giyeceği okul formasını kirleten topala içinden bir küfür savurdu ve avludan çıkıp sokak kapısının önünde oturan babasının ayaklarının dibine çömeldi.

Moskof Recep ne kıpırdıyor ne de kızına bakıyordu. Tek

yaptığı bir sigarayı söndürüp diğerini yakmaktı.

"Baba, topal karı sana gavat dedi!" diye fısıldadı. Babası onu duymamıştı bile. Narin "Topal karı sana gavat dedi" diye yineledi ama sonuç değişmedi ve Recep nefes alan bir taş gibi oturmaya devam etti.

Narin yan gözle babasını süzdü. Son günlerde, hiç olmadığı kadar neşeliydi Moskof Recep. Birkaç hafta önce ölen kayınpederinden kalan mirası ellerini ovuşturarak bekliyor, gelecek paranın şerefine her gece bir büyük açıp mahalledeki arkadaşlarını eve çağırıyordu. Narin babasının şimdi niye öyle suspus oturduğunu, gözlerinde neden delilik alametleri olduğunu anlamıyordu.

Oysa derdi dünyalardan büyüktü Recep'in. Kayınpederi olacak hayvanın mirasını yıllar önce iki oğlu arasında pay ettiğini, onca paradan, maldan mülkten kendisine bir bok düşmediğini kahvede öğrenmiş, öğrenir öğrenmez kendisini bir solukta kayınbiraderlerinin mandırasına atmış, onları yerlerinde bulamayınca da eve koşmuştu. Hem de ne koşmak! İçeriye daldığı gibi, vaktiyle zengin kızı diye aldığı, çirkinliği dillere destan Kara Hatice'yi kara saçlarından yakalamış, yerlere, duvarlara çalmıştı. Tekmeler, tokatlar, yumruklar, yer ve gök birbirine karışırken zavallı kadın tek bir çığlık bile atamamıştı. Zaten ahali de Hatice'nin sesini değil, Moskof Recep'in böğürtüsünü duyup yetişmişti. Eve ilk dalanlar kadınlardı ama hiçbirinin yüreği Moskof Recep'in önünde durmaya yetmemişti. Geldikleri hızla sokağa koşmuşlar ve mahallenin aylak gençlerini önlerine katıp geri dönmüşlerdi. Izbandut gibi dört gencin gücü ancak yetmişti kudurmuş Recep'i durdurmaya. Kadınlar feveran edip Kara Hatice'nin pelteleşmiş vücudunu divana taşırken, gençler zorlukla çıkarmışlardı adamı dışarıya.

"Sigara verin lan bana!" demişti Recep, başka da bir şey dememişti. Sonra kapının önündeki iskemleye çöküp gözlerini, kimseciklerin göremediği uzaklara dikmişti. Maviye boyalı bir kapının önünden kaderinin ötesine bakıyordu. Asla onun olamayacak kamyonete, tepedeki köyde yapamayacağı eve bakıyordu. Sabah kalkıp bahçesinde gerinemeyecek, uçsuz bucaksız zeytin denizlerine bakarak sigarasını tellendiremeyecekti. Cebine parasını koyup büyük kentte gününü gün edemeyecekti. Kader yüzüne tükürmüştü işte! Diğerleri gibi o da çıkamayacaktı bu çukurdan. Irgat olarak geldiği bu dünyadan ırgat olarak gidecekti. Kara Hatice'nin yanı başında, gün görmeden geberecekti. "Ölmek her şeyin sonuysa, ben de öldüm işte" diye geçirdi aklından. "Öldüm de gömülmedim."

Gençler Recep'e sigara verip bir daha Hatice'ye saldırmasın diye başında bekleşirken, avlunun dibine sinmiş olan Şadiye ile Mehmet'i mıhlandıkları yerden kaldırıp dilleri tutulmasın diye zavallı çocukların yüzlerine su çarpan Ümmühan olmuştu. Çocukların rengi beyazdan pembeye dönmeye başladığında "Hadi çıkın şimdi dışarıya, havalanın azıcık!" deyip atmıştı onları kapının önüne. Nereye gideceklerini bilemeyen Mehmet ile Şadiye de babalarının tam karşısında, duvarın dibine çömelip kalmışlardı. Ondan sonra başlamıştı Şadiye ağlamaya. İçini çeke çeke, babası duyup kızmasın diye sessizce dökmüştü gözünün yaşını. Sabahçı olmasa, o da Narin gibi şimdi gelmiş olacaktı okuldan ve babasının annesini nasıl dövdüğünü görmeyecek, kadının vücudundan nasıl sesler çıktığını duymayacaktı.

Narin babasının ayaklarının dibinden kalkıp kardeşlerinin yanına geçti ve otururken sesini mümkün olduğunca kısarak "Abi, ölecek mi annem?" diye sordu Mehmet'e.

"Ne bileyim lan ben, ölecek mi kalacak mı..." diye terslendi Mehmet ama Narin pes etmedi ve "Ne olmuş ki? Niye bu kadar çok dövdü babam onu?" diye sordu.

"Niye olacak? Dayımlar konmuş bütün paraya, çırak çıkarmışlar bizi. Avucumuzu yalayacakmışız bundan sonra."

"Hangi paraya?"

"Hangi paraya olacak be, mirasa! Dedemin mirasına. Her şeyi almış dayımlar, tek kuruş kalmamış bize!"

Narin donakaldı. Hepsinin gözü vardı o mirasta. Babasının, annesinin, Mehmet'in, Narin'in, Şadiye'nin... Hepsinin iflahı kesilmişti o parayı beklemekten. Kim bilir kaç kış, kaç yaz, kaç ilkbahar, kaç sonbahar, kaç gün, kaç gece beklemişlerdi.

"Babam almasını bilir onu dayımlardan!" dedi Narin. Yaş basmıştı gözlerini.

"Alamamış ki, gebertmeye kalktı annemi!"

"Alır, alır, kesin alır babam dayımlardan bizim paramızı. Ölür, yine de bırakmaz onlara" dedi Narin ve yanaklarından akan yaşları kirli elleriyle sildi. Mehmet tahta parçasıyla oynadı, Şadiye üst üste beş kere burnunu çekti.

Varlıklı adamdı Kara Hatice'nin babası. Yaslıhan'ın en büyük mandırası onundu. Paranın para olduğu zaman aldığı arsaları, zeytinlikleri de vardı. O sayede vermişti Moskof Recep'e kimsenin dönüp bakmadığı kızını. Oysa o zamanlar başkasını seviyordu Recep. Parası olmasa alır mıydı hiç o nursuz Kara Hatice'yi? Eski sevdiğini her gördüğünde kalbine hâlâ taşlar çöküyordu ama elden gelen bir şey yoktu.

Kara Hatice'nin babası kızını evlendirirken onlara Yaslıhan'ın iyi yerinde bir ev ve epeyce de para vermişti. Bir de kendi mandırasında işe koymuştu aylak Recep'i. Recep dişini sıka sıka ancak altı ay dayanabilmişti orada çalışmaya. Kayınbiraderlerinin kendisini ezdiklerini bahane edip kavga çıkarmış ve mandıranın büyük tahta kapısını çarptığı gibi işi bırakmıştı. Kendini horlatacak adam değildi, hele de karısının cibiliyetsiz kardeşlerine... O gün eve gelip Hatice'ye ilk dayağını attığında hiç sesini çıkarmamıştı Hatice. Ne o gün ne de daha sonra... Koca bulduğu için, hele de Recep gibi yakışıklı bir adama vardığı için öyle mutluydu ki, ölmeye bile razıydı. Evliliklerinin ikinci yılında Moskof Recep, ellerindeki bütün parayı bitirmiş, üçüncü yılın ortasında da allem etmiş kallem etmiş kayınpederinin Hatice'nin üzerine yaptığı evi satıvermişti. Önce ilk evlerine yakın bir yerde kiraya çıkmışlar, çok geçmeden de kendilerini bu kenar mahallede bulmuşlardı. Hatice çok üzülmüştü üzülmesine ama ağzını açıp tek söz etmemişti kocasına. Recep'in içkisine, kumarına, kerhanesine para dayanmıyor, durumları günden güne daha kötüye gidiyordu. Kara Hatice'nin babası hâlâ elini üstlerinde tutuyordu tutmasına ama ancak aç kalmamalarına yetecek kadar veriyordu. Aslında hiç vermeyebilirdi ama kesenin ağzını tümden kapatırsa, Moskof Recep'in Hatice'yi çocuklarla birlikte kapının önüne atacağını biliyordu. Recep'e dağ dayanmayacağını da biliyordu. Bu yüzden olsa gerek, ölmeden varını yoğunu iki oğlunun üzerine geçirmiş, Recep'e zırnık bile koklatmamıştı. "Kardeşinize siz sahip çıkarsınız" demişti oğullarına, onlar da başlarını sallamışlardı. Kara Hatice de öyle sanmış olmalı ki, dayağı yedikten sonra kendine gelir gelmez "Abimleri çağırın!" demişti. Sanmıştı ki abileri gelecek, kardeşlerinin halini görünce Recep'in karşısına dikilip gözünü korkutacaklar. Ama gelmemişlerdi. İkisi de biliyordu Recep'in Hatice'yle çocukları başlarına atmak için fırsat kolladığını. Bunu bile bile Recep'in karşısına geçip "Alırız kardeşimizi!" diye tehdit mi savuracaklardı? "Buyrun alın!" der, bir de üstüne kalkıp göbek atardı Recep. "Ağzını burnunu kırarız!" deseler, Recep onların ağzını burnunu kırar, yanına da kollarını bacaklarını koyardı. O yüzden hiç oralı olmadılar ve acısı dinmek bilmeyen Kara Hatice'yi hastaneye komşular götürmek zorunda kaldı.

Doktor Hatice'yi hastaneden bırakmadı, evdeki kalabalık dağıldı, karanlık çöktü ve Recep içeriye girip kapıyı çocukların yüzüne kapatıverdi. Saman sarısı saçlı, mavi gözlü üç kardeş köpek yavruları gibi birbirlerine sokulup kaldılar, karşı evin duvarının dibinde. Ümmühan gelip onları toplamasa yerlerinden kalkmayı bile akıl edemeyeceklerdi. Kadın onları aldı ve evlerinin bitişiğindeki kirli pembe boyalı kendi evine götürdü, önlerine kuru fasulye ve pilav koydu. Üçü aç kurtlar gibi yemeye saldırırken Ümmühan, kocası ve küçük oğulları çene çaldılar, şakalaşıp güldüler. Kendi evlerinin sadece bir adım sağında mutlu insanların yaşadığını bilmek ağırına gitti Narin'in ve yedikleri boğazına dizildi. Annesi hastanede bir başına ne yapıyordu acaba? Hâlâ öyle ağlar gibi inliyor muydu, yoksa kesilmiş miydi ağrıları?

Ne zaman Ümmühanlara gelse içi bir fena olurdu, yine oldu. Bazen kendi avlularından onların seslerini duyardı. Ümmühan'ın kahkahalarını, oğlunu yüksek sesle "Kuzzum!" diyerek sevişini, o evden taşan ama asla kendi evlerine sıçramayan neşeyi, şarkıları, türküleri... Allah sanki cennet ve cehennem gibi yan yana koymuştu bu iki haneyi. Böylelikle Narin de küçük yaşında hem cenneti hem de cehennemi görmüştü. Kim ne derse desin, o biliyordu, ikisi de bu dünyadaydı. Yan yana, omuz omuza...

Gözünden yaşı eksik olmayan kız kardeşi Şadiye'ye baktı. En küçükleriydi Şadiye, ilkokul dörde gidiyordu ama görenler onu en fazla ikinci sınıfta sanırdı. Kızcağız bir taraftan siğim siğim ağlıyor, bir taraftan da dolu ağzına koca ekmek parçalarını ardı ardına tıkıştırıyordu. Her şeyden korkardı Şadiye. Kediden, köpekten, karıncadan, kuştan, karanlıktan, aydınlıktan, gürültüden, sessizlikten, karakoncolostan, sudan, anasından, babasından, abisinden... En az Narin'den korkardı ama o bile gözlerini devirince kaçacak delik arardı. Narin'in bir yaş büyüğü Mehmet ise Şadiye'nin tam zıddıydı. Gözü pek ve minnetsizdi. İlkokulu bitirdiği gün daha önlüğünü üzerinden çıkarmaya fırsat bulamadan Recep onu işe vermişti. Hem adam olur sakinleşir hem de eve biraz para getirir diye ummuşlardı ama Mehmet'in kolay kolay sakinleşeceği yoktu.

Hoyrat bir çocuktu ve başını belaya sokmaktan çekinmezdi. Hayatta korktuğu tek şey vardı: Recep! Zaten Recep'ten korkmayan taş olurdu. Kavga çıkarmaya yer arar gibiydi adam. Bütün dünyaya öfkeliydi, uçan kuşun kanadı bile batardı ona. Mahalleye ilk taşındıkları günler oldukça heyecanlı geçmiş, insanlar Recep'in huyunu suyunu anlayıp ona ilişmemeyi öğreninceye kadar epey bir hadise yaşanmıştı. Moskof Recep, kaderini kabullenememiş tek kişisiydi Murateli'nin.

O gece üç kardeş, Ümmühan'ın yere serdiği yatağa uzandılar. Şadiye yorgunluktan hemen uyudu. Mehmet rüyasında babasıyla birlikte dayılarını dövdüğünü gördü. Narin ise gözlerini saatlerce karanlık tavana dikip hastanede yatan anasını, öfke soluyan babasını, o gün bir kötülük yapamadığı topal karıyı, gelmeyen mirası, nasıl hayal edeceğini bilemediği geleceği düşünüp durdu.

İki

"Hadi kalk artık, saat on iki oldu." Deniz perdeleri açıp odanın zifiri karanlığını arsız güneş ışınlarıyla kovaladı.

"Yaaa git! Uyuyacağım ben daha!" diye mızmızlandı Narin. Gece eve dönemeyecek kadar sarhoş olduğundan Deniz'de kaldığını anlamıştı ama yatağa nasıl girdiğini hatırlamıyordu.

"Hayır uyumayacaksın! Yeteri kadar uyudun. Patladım burada sıkıntıdan."

Narin üzerinde taşlar duruyor gibi ağırlaşmış gözkapaklarını bir gayret açtı açmasına ama kendine gelmek için hâlâ zamana ihtiyacı vardı. Uzun dakikalar, saatler, hatta günler boyunca uyumak istiyordu. Deniz hiç durmadan konuşup artık kalkması gerektiğini, havanın çok güzel olduğunu, dışarıya çıkıp güzel bir hafta sonu kahvaltısı yapmak istediğini söylerken Narin'in, yastığın altına sakladığı kafasının içinde hâlâ gecenin müzikleri çalıyordu. İçkiye zaten çok dayanıklı olmayan bünyesini yerle bir edecek kadar çok içmişti bu defa. Bir, iki, üç, dört derken saymayı bırakmıştı bir yerden sonra. Doğrulup yatağın içinde oturdu. Vücudunun içinde deprem oluyor, organları paldır küldür yer değiştiriyordu. Bok vardı bu kadar içecek! Deniz'in arkadaşı olmanın böyle bir tarafı vardı işte. Onun yanında insanın tüm sınırlarını aşıvermesi an meselesiydi. Başucunda duran su şişesine uzandı ve bir dikişte bütün suyu bitirdi.

"Çık ama artık şu yataktan. Bir duş yapıp kendine gel, sonra da dışarıya çıkalım. Bu güzel havada eve tıkılıp kaldık senin yüzünden. Hadi kaldır kıçını!" Deniz, sanki bir gece önce parti verip o kadar insanı ağırlayan kendisi değilmiş gibi zinde bir ifadeyle ona bakıyordu. Duşunu yapmış, yere kadar uzanan mor pamukludan bir elbise giymiş ve üzerine yeşil uzun bir hırka geçirmişti. Kızıl saçları dalga dalga omuzlarına dökülüyor ve saydamlık derecesinde beyaz teni, içinde floresan bir lamba yanıyormuşçasına parlıyordu. Tatilden yeni dönmüş kadar canlı ve enerji doluydu.

"Deniz, valla hiçbir yere çıkacak halim yok benim. Sen nereye gitmek istiyorsan git!"

"Yapma Allah aşkına, tek başıma nereye gideceğim? O zaman evde oturup açlıktan ölelim. Kızım, evde yiyecek hiçbir şey yok. Hadi fırla, ben bir ilaç veririm sana, toparlanırsın."

Narin bütün gücünü toplayıp söylene söylene yataktan çıktı ve banyoya girdi. Aynada darmadağınık siyah kısa saçlarına, şişmiş ve kızarmış mavi yorgun gözlerine umutsuzca baktı. Bu suratın insan içine çıkacak hale dönmesine imkân yoktu. Duşu açıp küvetin içine oturdu ve yukarıdan püsküren ılık su, saçlarına sinmiş sigara kokusunu ve uzun gecenin ağırlığını üzerinden akıtırken dakikalarca hiç kıpırdamadan durdu. Küvet zemininin tamamen ısındığından emin olunca, uzanıp yattı ve yukarıdan düşen damlacıkların yağmurunda birkaç dakika daha kestirdi. Çok içmenin, yerçekiminin etkisini artırdığından emindi. Hatırladığı kadarıyla kutuplarda ve deniz kenarlarında yerçekiminin etkisi artıyor, ekvator ve dağlarda ise hafifliyordu ama okul kitaplarını yazanların alkol-yerçekimi ilişkisinden haberleri bile yoktu.

Bornozuna sarınıp banyodan çıkarken kendini biraz daha iyi hissediyordu ama sadece "biraz" daha iyiydi ve yatak hâlâ gözüne bir cennet bahçesi kadar güzel görünüyordu. Partiden çıkışta eve dönemeyeceğini bildiğinden yanında getirdiği eşofmanı bulup ağır hareketlerle giyinmeye başladı. Zaten istese de hızlı hareket edemezdi.

"Nasıl kustun adamın üzerine ama!" dedi Deniz gülerek. Bir taraftan da aynanın karşısında kıyafetini kontrol ediyordu.

"Kim kustu?" diye sordu Narin şaşkın şaşkın.

"Sen kustun ya... Irmak'ın sevgilisinin üzerine."

"Ne diyorsun be? Uydurma!"

Deniz hızla Narin'e döndü.

"Ne uydurması kızım? Hatırlamıyor musun, herif sana merhaba dedi, sen de üzerine kusuverdin. Tam kapının önündeydik, yeni gelmişlerdi..." Deniz bir taraftan detaylar veriyor, bir taraftan da Narin'in tepkisini izliyordu. Narin başını iki yana salladı, bütün vücudu başından aşağı kaynar sular dökülüvermiş gibi yanıyordu. Deniz'in ifadesini tartarak, şaka yapıp yapmadığını kestirmeye çalıştı.

"Bak, dalga geçiyorsan çok kızarım. Gerçekten olay çıkarırım" derken sesi yüksek çıktı. Deniz insanları utandıran şakalar yapmaya bayılır ve Narin'i sık sık çileden çıkarırdı.

Deniz de benzer bir kuşkuyla onu süzüyordu. "Bunu hatırlamadığına inanmıyorum! Yemin ediyorum kustun Nar. Adamın bütün üstü başı battı."

"Hadi canım!"

"Emin ol, şaka yapmıyorum. Korkunçtu. Düşünsene, zavallı Irmak... Bir sevgili buluyor, adamı elinden tutup ablasının partisine getiriyor ve sen o kadar insanın içinde..."

"Tamam, kes artık!" diye bağırdı Narin. "Senin yüzünden içtim zaten o kadar, ha bire elime bir bardak tutuşturup duruyordun. İçkileri karıştırmanın bana yaramadığını biliyorsun ve bunu bildiğin halde her defasında aynı şeyi yapıyorsun!"

Deniz suçlamalardan hiç etkilenmemiş gibiydi. "Sahiden hiçbir şey hatırlamıyor musun?" diye sordu. "Yuh yani!"

Narin gözlerini yumdu. Partiye dair hatırladığı son şey, bir kadınla öpüşen ünlü televizyoncuydu. Sonrasına dair tek bir kare bile yoktu hafızasının sınırları içinde. Ne Irmak'ın gelişini, ne sevgilisiyle tanıştığını, ne kustuğunu, ne de yatağa nasıl geldiğini hatırlıyordu. Parti kaçta bitmişti? O kadar insan ne zaman gitmişti? Hiçbirini bilmiyordu.

"Ne yaptı peki adam?" diye sordu içi sıkılarak. "Yani ben kusunca..."

"Ne yapacak canım? Hiçbir şey yapmadı. Olur böyle şeyler dedi, giymesi için bir tişört verdim, pantolonunu sildik. Ayakkabıları bile batmıştı zavallının. Zaten hemen gittiler. O halde daha fazla kalacak halleri yoktu."

Narin eliyle yüzünü kapattı ve utanç içinde odanın içinde yürümeye başladı. "Off ya, rezalet!" diye söyleniyordu bir taraftan da.

"Ha, bir de şey dedi adam..."

"Ne dedi?"

"Ne yemiş bu kadın bu kadar dedi."

Deniz kendi söylediğine deli gibi gülerken, Narin ona ters ters bakmakla yetindi.

"Adam beni alkolik manyağın biri sanmıştır. Hiç gülme öyle geri zekâlı gibi! Benim en yakın arkadaşım olduğun için seni de öyle sanmıştır ki bu zaten doğru. O yüzden yakında Irmak'ı bırakıp kaçarsa şaşmamak lazım. Kimse bir alkoliğin kardeşiyle çıkmak istemez."

"Senin yüzünden kardeşim evde kalacak."

Narin, Deniz'i duymazdan geldi. Onun alaylarından kurtulmanın tek yolu buydu.

"Irmak bir şey dedi mi?"

"Yok, o da demedi."

Nedense Narin buna pek inanmadı. Deniz'in aksine Irmak'ın insanları hoş görmek gibi bir huyu yoktu. "En iyisi ben Irmak'ı arayayım."

"Niye?"

"Niye olacak, özür dilemek için. O da rezil oldu benim yüzümden. Ama doğruyu söyle, çok kızdıysa boşuna bir ton laf yemeyeyim şimdi."

"Kızmadı dedim ya!"

"Arıyorum o zaman" dedi Narin ve cep telefonunu bir silah gibi tutarak kafasına dayadı.

"Tamam ama çok uzatma!"

Nasıl olduysa Irmak ya gerçekten kızmamıştı ya da iyi günündeydi. "Narinciğim lütfen abartma. O kadar büyütülecek bir şey yok bunda" diyerek konuyu çabucak kapattı ve Narin'in daha fazla utanmasına fırsat vermedi. Oysa Narin onun bazen hiç beklenmedik şekilde ters ve kırıcı da davranabileceğini çok iyi biliyordu. Irmak'ın tepkilerinin neye göre şekillendiğini hiç anlayamamış, o yüzden de her zaman ondan olabildiğince uzak durmayı seçmişti. Irmak'ın altı ay öncesine kadar yurtdışında yaşaması da bunu kolaylaştırmıştı. Narin tam telefonu kapatmaya hazırlanırken Irmak "Biz Yeniköy'e kahvaltıya gidiyoruz, hadi siz de gelin!" dedi.

"Delirdin mi, hayatta gelmem. Üstüne kustuğum adamla karşılaşmaya hiç niyetim yok. Özellikle de bugün."

"Aaaa saçmalama ama! Çarşamba günü yine Cenevre'ye gidiyorum, on gün yokum. Lütfen gelin!"

"Yeniköy'e kahvaltıya gider miyiz?" diye sordu Narin, Deniz'e. Bir yandan da başıyla "Hayır!" demesini işaret ediyordu.

"Aaa süper! Gideriz tabii, neden gitmeyelim?" dedi Deniz. Sesinin Irmak'ın duyabileceği kadar yüksek çıkmasına özen göstermişti. Kendisine öldürecek gibi bakan Narin'den gelebilecek olası darbelerden korunmak için iki adım geriye kaçarken pis pis sırıtıyordu.

Narin telefonu kapattı ve "Geri zekâlı!" diye bağırdı.

Yaslıhan, 1986

Kara Hatice tam bir hafta hastanede yattı. Kırık kolu, çatlak kaburgaları, çürüklerle kaplı vücudu, hayatının sonuna kadar yerine konmayacak üç eksik dişiyle eve geri döndüğü gün, kocası sundurmanın altında uzandığı yerden kalkmadı bile. Şadiye ile Mehmet babalarının korkusundan annelerinin yanına gidemediler. Bir tek Narin yerinden fırladığı gibi gidip kadının elindeki torbayı aldı ve kollarını annesinin beline doladı. Kara Hatice "Dur kız dur, acıtma canımı!" diye bağırınca Narin korkuyla kadını bırakıp geri sıçradı.

O akşam komşuların getirdiği yemekleri yediler ve hiç konuşmadılar. Normalde de sohbet eden bir aile değillerdi ama bu kez dudaklarından tek bir kelime düşse dünya yıkılacakmış gibi sessizdi ev, ta ki kapının ipi çekilip Ümmühan'ın kocası Erdoğan içeriye girene kadar.

"Geçmiş olsun bacım, hoş geldin! Ümmühan da gelecekti seni yoklamaya ama geç oldu dedi, yarın uğrayacak artık."

"Sağ olsun!" dedi Hatice ve yerinden kalkıp Erdoğan'a yer vermek istedi.

"Otur bacım, otur. Ben yedim yemeğimi. İlişirim şöyle." Erdoğan masanın yanındaki mindere kuruldu. Yüzünde güller açıyordu.

"Hey gidi koca Recep! Düştün yine dört ayağının üzerine"

dedi otuz iki dişinin otuz ikisini de gösteren gülüşüyle.

Recep şüpheli gözlerle baktı arkadaşına ve "Hayırdır?" dedi. "Ne dört ayağı?"

"Bütün Yaslıhan senin oğlanı konuşuyor. Yaslıhan Yaslıhan olalı böyle topçu görmedi diyorlar. Ne Yaslıhan'ı? Türkiye onun gibisini görmemiş, öyle diyorlar."

"Allah Allah!" dedi Recep ve tahta iskemlesini Erdoğan'dan yana çevirdi. Hatice ve çocuklar son lokmalarını ağızlarına tıkıştırıp hemen masadan kalktılar. Recep, Mehmet'e "Sen dur hele!" diye seslenince çocuk kıpkırmızı kesildi, kendini içine çekmeye çalışıp küçüldükçe küçüldü ve yerine oturdu. O güne dek top oynamaya gittiği için defalarca dayak yemişti babasından. Hiç sevmezdi böyle şeyleri Moskof Recep. Hele geçen hafta bir gün işi ekip maç yapmaya gittiğini duyarsa, maazallah ikiye bölerdi onu. Ne bok yemeye gelmişti bu Erdoğan ibnesi? Onu öldürtmeye mi çalışıyordu bu hayvan herif? Mehmet'in alnında boncuk boncuk terler birikti, boğazı kurudu.

"Neymiş bu top işi, anlat bakalım Erdoğan! Anlat da biz de bilelim oğlumuzun maharetlerini..." dedi Recep. Onun sesindeki tehditkâr tınıyı Erdoğan fark etmemişti ama Mehmet almıştı belanın kokusunu. "Allahım koru beni!"

"Geçen gün mahalle maçında oynamış seninki."

"Hiç duymadık ya biz... Ne zaman gittin lan maça?" diye sordu Recep, Mehmet'e doğru masaya hafiften abanarak.

Mehmet korku içinde geriye kaykıldı ve "Dört beş gün oldu..." diye mırıldandı. O yaşta kalp krizi geçirilebilecek olsa geçirirdi.

"İşe gitmiyor musun sen hergele?"

"Bir dur be Recep, hemen celallenme öyle! Bırak da lafımı bitireyim önce" diye araya girdi Erdoğan.

"Bitir bakalım!" dedi Moskof Recep gözlerini Mehmet'ten ayırmadan. Çocuk titredi.

"Bilirsin, Pezevenk Hüsam var ya, onların takımında oynamış Mehmet. Millet önce demiş, bacak kadar çocuğun ne işi var burada? Sonra bir de bakmışlar seninki Yaslıhan'ın en namlı topçularını armut gibi diziyor, başlamışlar alkışa."

"İtoğlu it!" dedi Moskof dişlerinin arasından. "Nalbura ne dedin de ektin lan işi?" Kendisi dışında aileden kimsenin işten kaytarmasına tahammülü yoktu. Hepsi eşek gibi çalışacaklardı.

Mehmet ağzını açamadan, zaten açacağı da yoktu ya, Erdoğan yine lafa girdi. Bu kez daha yüksek tondan.

"Ulan Moskof, senin kulağın duymuyor mu benim ne dediğimi? Başına talih kuşu kondu be! Bilirsin benim pek aklım ermez bu işlere ama görenler diyor ki bu çocuk ilerde Fener'de de oynar, Beşiktaş'ta da oynar..."

Recep bir durakladı, düşündü. Bir sağa baktı, bir sola, sonra Mehmet'e dönüp "Doğru mu lan?" diye sordu.

"İyi oynadım baba, çok alkışladılar" dedi Mehmet, gözlerini masadan ayırmadan.

"Onu demiyorum ulan, oynayabilir misin sahiden öyle Fener'de, Beşiktaş'ta falan?"

Mehmet o güne dek ciğerlerinin gördüğü en derin nefesi aldı ve konuşmanın başından beri ilk kez babasının gözlerine baktı. Babasının kızgın bakmadığını görünce, tuttuğu nefesi geri bıraktı. Korkunun çatallaştırdığı sesiyle "Yaslıhanspor'dan bir adam seyretmiş maçı, ben hayatımda böylesini görmedim demiş. Maç bitince yanıma koştu, sordu soruşturdu. Gelip seninle konuşacakmış, öyle dedi" dedi.

Günlerdir uyku tutmuyordu Mehmet'i, adam sahiden gelirse diye. Adam gelecek de babası maç yapmaya gittiğini duyacak ve onu eşek sudan gelene kadar dövecek diye ödü kopuyordu. Üstelik babası dayağa başlayınca bazen eşeğin sudan gelmesi aylar, yıllar kadar uzun sürebiliyordu. Bir taraftan da istiyordu adamın gelmesini. Olur ya, kafasına zaman

zaman akın eden bitler kadar küçük bir ihtimal bile olsa, o adam, oğlunun topçu olacağına babasını ikna ederdi belki. Umut ile korku arasında bir yolculuğa çıkmıştı yüreği. Öyle ki ne umut uğruna korkusunu unutabiliyor ne de korkusuna teslim olup umuduna veda edebiliyordu. Kafası kadar karışık dualar ediyordu iki gündür. "Adam gelsin ama gelmesin. Adam gelmesin ama gelsin..."

"Kimmiş bakalım bu herif?"

"Bilmiyorum baba, Yaslıhanspor'danım dedi bir tek. Bir de gelip konuşacağım babanla dedi. Başka da hiçbir şey demedi."

"Sormadın mı lan, sen kimsin diye?"

"Sormadım baba!"

Recep arkasına yaslandı ve "Hatice, kahve yap bize!" diye bağırdı, sonra da Mehmet'e dönüp "Hadi, kalk sen de artık! Kaybol gözümün önünden. Benim Erdoğan Abinle konuşacaklarım var" dedi. Narin ile Şadiye evin içinde, avluya bakan odanın camının altına oturmuş laf dinliyorlardı. Mehmet koltukları kabarmış, yürüyüşü değişmiş halde içeri girip yanlarına oturdu.

"Abi, babam seni dövecek mi?" diye sordu Şadiye.

"Bilmem" dedi Mehmet. "Döver herhalde ama topçu olacağıma kafası yatarsa belki dövmez!"

"İnşallah dövmez!" Şadiye'nin gözleri dolu dolu olmuştu.

"Bence dövmeyecek, ağlama!" dedi Narin.

"Yemin et!" Şadiye, yemin etmediği takdirde kimsenin söylediğine inanmamak gibi bir huy geliştirmişti son zamanlarda.

"Yemin ederim!"

"Döverse çarpılırsın ama!" dedi Şadiye, gözlerini kocaman açarak.

"Döverse Mehmet çarpılır!" diye kıkırdadı Narin. Bunu duyan Şadiye daha beter ağlamaya başladı.

"Ben de seni çarpıcam şimdi!" diye tısladı Mehmet, Narin'e.

"Çarp da, duvarın tepesinden Ümmühan'ı dikizlerken çükünü ovaladığını söyleyeyim babama" diye cevap verdi Narin.

Mehmet mosmor oldu, dişlerini sıktı ve elini yumruk yapıp havaya kaldırdı ama vurmadı Narin'e. Öldürecekmiş gibi bakıp birkaç kez üst üste vuracak gibi yaptı ama indirdi sonunda elini.

"Gebertirim seni! İnan olsun gebertirim!" diye fısıldadı.

Hatice pişirdiği kahveleri masaya bırakırken hiç konuşmadı Recep. Kimsenin mantığını çözemediği, kendine mahsus bir gizlilik anlayışı vardı adamın. En olmayacak konuları ortalık yerde konuşur, kimsenin duymasında mahzur olmayan lafları ise devlet sırrı gibi saklardı. Hatice'nin yeterince uzaklaştığından emin olunca "Ne dersin? Sence topçu olur mu bu hergeleden?" diye sordu kısık sesle Erdoğan'a.

Herkes gibi Erdoğan da biliyordu Mehmet'in ne mal olduğunu. Delifişek, ele avuca sığmayan, her türlü hinliğin, pisliğin altından çıkan piç Mehmet... Erdoğan da tüm mahalleli gibi çocuktan yaka silkmişti, bulsa bir kaşık suda boğardı ama yine de doğru bildiğini söyledi.

"Olur diyorlar valla..."

"Kim diyor?"

"Kimi dersen."

"İşte o zaman yırtarız" dedi Recep, ellerini sarı saçlarının arasında dolaştırırken. "Hem de dibine kadar yırtarız. Öyle ucundan kıyısından değil hani!"

"Para içinde yüzersin be!" dedi Erdoğan. Biraz da Recep'in kayınpederinin mirasına konamayınca ne kadar hayal kırıklığına uğradığını bildiğinden öyle konuşuyordu. Recep'in yüzü tekrar azıcık gülsün, hayata yeniden bir yerlerinden tutunsun diye... Erdoğan her ne kadar kızsa da, zaman zaman arkasından atıp tutsa da severdi Moskof'u. Bu evi bile Recep'e o bulmuş, ev sahibiyle kira için o pazarlık etmişti. Ne de olsa çocukluk arkadaşıydılar. Az çok iyiliğini görmüşlerdi birbirlerinin. Recep daha çok, Erdoğan daha az görmüşse de böyle şeylerin hesabı tutulmazdı. En azından Erdoğan tutmazdı.

Erdoğan, Recep'in Kara Hatice'den nasıl tiksindiğini bilir, üzülürdü arkadaşına. Her gece yatakta Ümmühan'ın etli butlu bedenine dolanıp uyurken Allah'a şükrederdi. Ümmühan'ı buldu diye, Ümmühan'ı sevdi diye, Ümmühan da onu sevdi ve Allah onları birbirlerine kısmet etti diye sevinirdi. Öyle az buz çirkin değildi Hatice. Gece görsen yirmi metre geriye sıçrardın. Gerçi Allah kadının çirkinliğine inat, üç güzel çocuk bahşetmişti onlara. Sarı kafaları, masmavi kocaman gözleriyle, bir gören bir daha bakardı Mehmet'e, Şadiye'ye, Narin'e... Yine de Kara Hatice'yle yatağa girmek yürek isterdi. Bunu düşününce bile tüyleri diken diken olur, tahtalara vururdu Erdoğan.

"İyi de, ne yapmak lazım şimdi?" diye sordu Recep, hayatında topu topu üç maç seyretmiş Erdoğan'a.

"Oğlan dedi ya, Yaslıhanspor'dan biri gelecek, seninle konuşacak diye..."

"Eeee?"

"Onu bekleyeceksin. Gelsin konuşsun, bakalım ne diyecek?"

"Kimmiş acaba o herif?"

"Sana ne, kimse kim. Gelince öğrenirsin. Hem adam gelince öyle çok hevesli gibi de görünme, istemiyormuş gibi yap azıcık. Okuyacak benim oğlum falan de."

"Ulan iki yıldır okula gitmiyor çocuk. Ne okuması? Zaten ilkokulu bile güçbela bitirdiydi. Ha bunun kafası, ha şu tulumbanın demiri."

"Olsun, sen öyle de! Nereden bilecekler okula gidiyor mu, gitmiyor mu? Gariban görürlerse ucuza kapatmaya kalkarlar oğlanı."

"Haklısın valla" dedi Recep, keyfi yerine gelmişti. İskemlesinde yayılıp bir kahkaha patlattı. "Ulan Erdoğan, sen bu kafayla nasıl bir bok olamadın be?"

Doğru söylüyordu Recep, gerçekten de akıllıydı Erdoğan. Daha doğrusu aklı başındaydı. Recep gibi hayal peşinde koşmaz, kumara, kadına para kaptırmaz, kavga çıkarıp işinden olmazdı. İnşaatlarda çalışır, işini de iyi yapardı ama bahtsız olduğundan mıdır nedir, eli bir türlü para görmezdi. Çalıştığı inşaatları ya belediye mühürler ya da müteahhit paraları ödemeden kaçardı. İki sene önce evine yıldırım bile düşmüştü. Koskoca Yaslıhan'da yıldırım düşen tek ev onunkiydi. Yine de Erdoğan isyan etmezdi, çünkü kendini kesinlikle şanssız biri olarak görmüyordu. Öyle olsa Ümmühan'ı bulabilir miydi?

Erdoğan'la Moskof Recep, o gece kafa kafaya verip uzun uzun konuştular. Mehmet büyük takımlara gidecek, çil çil paralar kazanacaktı. Onunla konuşmak isteyen karşısında Recep'i bulacak, kulüp yöneticileri kapısında yatacak, oğlunu kendilerine versin diye yalvaracaklardı.

Bütün mahallede lambalar tek tek sönüp herkes rüyaya yattıktan epey sonra Erdoğan da kalktı ve Moskof Recep'i hayalleriyle baş başa bıraktı. Recep soyundu, dökündü, on dört yıllık damatlık pijamasını giyip Kara Hatice'nin yanına sırtüstü uzandı ve ellerini başının altına koyup Yaslıhanspor'dan gelecek adamı düşünmeye başladı. Ne diyecekti acaba adam?

Bitişik odada kardeşlerinin nefeslerini dinleyerek uyumaya çalışan Mehmet ise aklına düşen başka bir sorunun altında kalmıştı. Soluğunu gerisingeri soluk borusuna tıkayan o soru, uyumasına izin vermiyor ve karanlıkta kendini çoğaltıyordu.

"Ya adam gelmezse? Ya gelmezse? Öldürür lan babam beni! Ya o herif gelmezse?"

Üç

Ekim ayının ortasında, güzel hava bütün İstanbul halkının sokaklara fırlamasına yol açtığından, Boğaz hattında trafik milim milim ilerliyordu. Narin, kollarını göğsünün üzerinde kavuşturmuş, gözlerini arabanın camından dışarıya dikmişti. Binalar, insanlar, arabalar, otobüs durakları, reklam panoları, tabelalar yanından ağır ağır akarken hiçbirini görmüyordu. İnsan aynı anda hem içine hem dışına bakamazdı ve onun da gözleri içine dönmüştü. Bütün gecesi tuhaf rüyalar tarafından işgal edilmişti. Tam olarak hatırlamıyordu ama Yaslıhan'la ilgili şeyler görmüştü. Alkol yüzünden olsa gerek, unuttuğu zamanlara ve insanlara ait anılar, saklandıkları yerden çıkıp zihnini doldurmuşlardı. Gece birkaç kez uyanmış, nerede, hangi zamanda olduğunu bilememişti. Kokular duymuştu burnunun dibinde, kulağına sesler fısıldanmıştı. Hafızasının gizli hazinesi bir rüyaya saçılmıştı. Dudaklarını yediğinin farkında olmadan, ağzında kan tadıyla oturuyordu arabayı kullanan Deniz'in yanında.

"İyi misin?" diye sordu Deniz.

"İyiyim."

"Hiç sesin çıkmıyor da..."

"İçimde bir sıkıntı var."

"Çok içince ertesi gün öyle olur."

"Garip rüyalar gördüm gece."

"Ne gördün?"

"Ne bileyim, karmakarışık şeyler işte" dedi Narin.

"Bence Irmak'ın sevgilisiyle karşılaşacaksın diye geriliyorsun. Ne olduysa oldu, amaaaaan boş ver ya!"

"Ondan değil ama yine de baş başa bir yere gitmeyi tercih ederdim. Müziği kapatsana! Kafam hiç kaldırmıyor."

"Geldik zaten" dedi Deniz ama yine de müziği kapattı. Narin ona baktı ve renkli kıyafetlerin Deniz'e çok yakıştığını düşünmeden edemedi.

"Hep renkli şeyler giymen lazım senin. Bazen öyle bejler, kremler falan giyiyorsun ya, hiç yakışmıyor sana, ölü gibi görünüyorsun."

"Sen de bugün ölü gibi görünüyorsun. Çantamdan allığımı alıp suratına sürer misin lütfen?"

"Hiç uğraşamam şimdi!"

"Sür dedim!"

Narin, arka koltuktaki çantayı isteksizce aldı, içini karıştırıp aradığını buldu ve Deniz'in söylediğini yaparak yüzüne sürdü. Bir taraftan da ne kadar kötü görünürse Irmak'ın buna o kadar memnun olacağını düşünüyordu. Ne zaman kendine bir sevgili bulsa, etrafındaki kadınlara karşı düşmanca bir tutum takınırdı Irmak ve insana, hiçbir şey yapmadığı halde, kendini suçlu hissettirmeyi başarırdı.

"Oldu mu?"

"Biraz daha sür!"

Narin bir kahkaha attı ve "Özellikle solgun görünmek istiyorum. Yoksa Irmak'ın sevgilisi gece gerçekten çok fena dağılmış olduğuma inanmaz" dedi.

"Haaa! Baştan söylesene kendimi Fırat'a acındırmak istiyorum diye" dedi Deniz gülerek.

"Fırat mıymış adamın adı?" diye sordu Narin.

"Evet, niye?"

"Hiiiç!" dedi Narin ve bir anda nedensiz, tuhaf bir huzursuzluk çöktü içine.

Bekleyiş uzun sürdü. Moskof Recep'e iki yıl kadar gelen koskoca iki hafta ve uzadıkça uzayan iki koca gün daha. Sanki Yaslıhanspor'daki adam daha karga bokunu yemeden çıkıp gelecekmiş gibi, Recep her sabah günün ilk ışıklarıyla uyanıp kulağını kapıya verdi. İşe bile gitmemişti ilk günler ama Erdoğan "Dur bakalım orada! Aylağın biri olduğunu mu sansınlar istiyorsun?" dediğinden evde de durmuyor, Köşe Kahve'de oturup zaman öldürüyordu. Hak vermişti Erdoğan'a, çok istekli görünürse oğlanı ucuza kapatmaya çalışırlardı. Her gün evden çıkarken Hatice'yi sıkı sıkı tembihliyordu. Kadın evden dışarıya adımını atmayacaktı ve koca kulakları hep kapıda olacaktı. Yoksa Recep ağzını burnunu kırar, o kara suratını darmadağın ederdi. Anlamış mıydı? Anlamıştı elbette. Adam gelirse Hatice haber salacaktı Recep'e. Bunları yaparken de heyecanını belli etmeyecekti adama, öyle çok hevesli görünmeyecekti.

"Tamam" dedi Hatice. Zaten heyecanlı ya da hevesli değildi. Yolunu şaşırmış bir talih kuşunun gelip kendi kafalarına konmayacağından emindi. Zaten başından beri hiç aklı yatmamıştı şu top işine. Kim o kadar para verirdi ki haylaz Mehmet'e? Bu düşüncelerini kocasına söyleyecek kadar aptal olmadığından, mora çalan incecik dudaklarını sıkı sıkı kapadı ve Recep ne derse sessizce başını salladı. Kocasının neşesi yerindeydi, evde şarkılar, türküler mırıldanarak dolanıyordu, bağırıp çağırmıyordu ya, o yeterdi Hatice'ye.

İki hafta geçip de Yaslıhansporlu adamdan ses seda çıkmayınca Recep'in neşesi öfkeye dönmeye başladı. Her akşam erkenden eve girmek, arkadaşlarıyla iki tek atamadan sığır gibi bekleyip durmak canına yetmişti. On beşinci günün akşamı, tıpkı eskisi gibi, olur olmaz şeylere kızdı, kükredi. Maşrapayı yere çaldı, kahvesini geç getiren Şadiye'nin sırtını yumrukladı.

O gece Hatice yatarken dualar etti, Allah'a yalvardı yakardı ve defalarca "Gözünü sevdiğim Allahım, yolla da gelsin şu adam artık" dedikten sonra uykuya daldı.

Ertesi gün akşamüzeri kapı vurulup esmer, uzun boylu, ceketli kravatlı bir adam karşısında belirince Hatice'nin sevinci görülmeye değerdi. Allah'ın duyacağı tutmuştu duasını. Ne diyeceğini bilemeden, öylece durdu adamın karşısında.

"Recep Bey'e bakmıştım" dedi adam.

Hatice ıslak ellerini eteğine kurulayıp kapıyı sonuna kadar açarken içeriye seslendi: "Şadiye koş kızım, babanı çağır."

"Evde yoksa sonra da uğrarım" dedi adam. "İşinden alıkoymayayım şimdi."

"Yok yok, yakında zaten, hemen gelir" dedi Hatice ve adam içeriye girsin diye yana çekildi.

"Rahatsız etmeyeyim, burada beklerim" dedi adam ve sokak kapısının önünde duran, daha birkaç hafta önce Recep'in sigara üstüne sigara yakıp kaderine lanet okuduğu sandalyeye oturdu.

Şadiye son sürat evden fırlayıp giderken Hatice, adama çay koyup getirdi ve ayıp olmasın diye sokak kapısını tam örtmeden bıraktı. Ceketli adam, mahalleden gelip geçenlerin meraklı bakışları altında tam üç bardak çay içmişti ki, Recep sokağın başında belirdi. Kısa kollu, uçuk pembe gömleği terden sırılsıklamdı. Bunun nedeni ekimin ikinci haftasında hâlâ ortalığı cayır cayır kavuran güneş, heyecan ya da iri bedeniyle attığı telaşlı adımlar olabilirdi. Erdoğan'ın onca tembihlemesine rağmen sevincini dizginleyemiyor, coşkulu adımlarla koşuyordu kapıya doğru. Adam Recep'in geldiğini görünce çay bardağını eşiğe bıraktı ve yerinden kalkıp elini uzattı.

"Yordum seni buraya kadar, kusura bakma Recep Bey. Cemal Hoca derler bana, sen de öyle dersin."

"Estağfurullah ne yorgunluğu... Hoş geldiniz!"

"Hanımına dedim aslında, evde yoksa sonra da uğrarım ya da o bana uğrar diye ama dinlemedi beni."

"Olur mu canım hiç öyle şey? Siz buraya kadar zahmet etmişsiniz, ben iki adım yoldan mı gelmeyeceğim?" dedi Recep ve Cemal Hoca'yı eve buyur etti. "Gelin içeri, kalmayın öyle kapı önünde."

Adam avludaki sedire otururken Recep tulumbadan su çekip yüzüne iki fasıl su çarptı.

"Recep Bey, daha fazla gecikmeden konuşalım istedim. Çünkü böyle çocuklar pek az çıkıyor karşımıza, onları değerlendirmek, üzerlerinde durmak gerek" dedi Cemal Hoca.

"Siz öyle diyorsanız, öyledir."

"Öyle diyoruz da anlatamıyoruz sana."

"Anlıyorum, niye anlamayayım?"

"Eee, yollamıyorsun kaç haftadır çocuğu okula, işe vermişsin diye duyduk."

Boş boş baktı Recep, Cemal Hoca'ya.

"Ne?"

"Biliyorsun, Narin zehir gibi maşallah. Bütün öğretmenleri seferber oldu sen kızı okuldan alınca. Bak Recep Bey, gel buna beraberce bir yol bulalım. Gerekirse yazın çalışsın, kışın okula gitsin diyoruz. Sana kaç kere haber yolladık, otup konuşalım diye ama zahmet edip gelmedin."

Recep aval aval adama bakıyor, söylediklerini Mehmet'e ya da futbola bağlamaya çalışıyordu.

"Bunun üzerine ben kalktım geldim sana. Belki ayağına kadar gelirsem kırmazsın dedim" diye devam etti Cemal Hoca.

Moskof'un duruma uyanması böyle oldu. Kayınpederinin mirasının uçup gittiğini öğrendiği günden sonra Narin'i bir daha okula göndermemiş, işe koymuştu.

"Daha orta birde bu çocuk, yazıktır çalıştırılmaz bu yaşta" dedi Cemal Hoca ve Recep'in cinleri tepesine çıktı.

"Sen Yaslıhanspor'dan gelmiyor musun?" diye bağırdı yeni oturduğu sedirden hışımla ayağa fırlarken.

"Yaslıhanspor mu? Ne Yaslıhanspor'u? Ben lisenin müdürüyüm" dedi Cemal Hoca.

Recep, elinde çaylarla onlara doğru gelen Hatice'nin üzerine bir ok gibi saldırdı ve kadıncağızın yeni kaynamış kemiklerini aklına bile getirmeden ona bir tekme, bir de yumruk indirdi. Çay bardakları şangır şungur kırılırken, Recep bir taraftan "Aptal karı, ne bok yemeye çağırdın beni?" diye bağırıyor, bir taraftan da yere düşen Hatice'nin yüzünü cam kırıklarına bastırıyordu.

Tam o anda içeriye giren Mehmet ile Narin ortalığın durumunu görünce önce taş kesmişler, sonra can havliyle kendilerini odaya, camın altında titreyen Şadiye'nin yanına atmışlardı. Cemal Hoca, Recep'i kadının üstünden kaldırmaya çalışıyordu ama gücü Moskof'un deli kuvvetini durdurmaya yetmiyordu. Kapının ipi çekilip içeriye Moskof'tan iri bir adam girmese ve gür sesiyle "Hooοop, dursana yahu! Ne yapıyorsun?" diye bağırmasa Hatice'yi ancak ölüm alırdı kocasının elinden.

Recep olduğu yerde kaldı ve kafasını kaldırıp içeriye giren şişkoya baktı. Göbeği kemerinin üzerinden dizlerine doğru uzanan adamın boyu yüz doksan santimetrenin üzerinde olmalıydı. Kocaman elleri ve kel kafasıyla garip bir tezat teşkil eden, öfkeyle birbirine yanaşmış gür kaşları vardı. Yüzündeki ifade bir kavganın ortasına dalmaktan çekinecek birine ait değildi.

"Ne istiyorsun kardeşim?" diye usulen dayılandı Moskof

Recep bu davetsiz misafire, ama Hatice'yi de bıraktı.

"Topçu çocuk için geldim" dedi şişko. "Ama iyi zamanda gelmedim galiba. Hayırdır Cemal Hoca? Senin ne işin var burada?"

"Hay gözünü seveyim Necati, Allah mı gönderdi seni?" dedi Cemal Hoca. "Recep Bey'in kızı için geldim. Kaç haftadır okula göndermiyorlar çocuğu, onu konuşacaktım sözde ama şu halimize bak. Elim ayağım kesildi valla." Gerçekten de adamcağızın beti benzi atmış, yüzü kireç badanalı duvarla aynı renk olmuştu. Alnından iri iri ter damlaları süzülüyor, kaymış kravatını, pantolonundan çıkmış gömleğini düzeltmeye çalışan elleri titriyordu.

"İyi misin bacım?" diye sordu Necati, burnundan akan kanı yemenisiyle gizlemeye çalışan Hatice'yi kolundan tutup yerden kaldırırken.

"İyiyim, iyiyim. Yok benim bi'şeyciğim" diye geveledi Hatice ve Recep'e korku dolu kaçamak bir bakış attıktan sonra entarisinin eteğini toplayıp içeri kaçtı.

Necati ile Cemal Hoca birbirlerinin sırtını sıvazlayıp hal hatır sorarken, Recep onların tanıştığını öğrendiğine mi şaşırsın, durumun uygunsuzluğuna mı yansın bilemedi. Kendini ağırdan satmanın planlarını yaparken binbir kepazelikle karşılamıştı Yaslıhansporluyu. "Bahtıma sıçayım! Ben de zaten kısmet olsa..." diye söylendi içinden. Elini ayağını nereye koyacağını bilemeden öyle dikilip dururken Mehmet evden fırlayıp üç adımda avluya ulaştı.

"Baba, nah bu adamdı! Bu tombalaktı maçtan sonra benimle konuşan!" diye zıp zıp zıplıyordu çocuk. "Gelicem diyen bu adamdı baba, vallaha da buydu, billaha da buydu. Anam avradım olsun buydu."

"Sikerim senin ananı da, avradını da, o bozuk ağzını da deyyus!" diye kükredi Recep. "Devril git hemen karşımdan!" Aklı çıkmıştı Recep'in, Mehmet şişkoya "tombalak" deyince.

Zırnık beyin yoktu bu velette. Anası kadar boştu kafası. Mehmet kuyruğunu kısıp kapıya yönelirken "Dur, önce bir elini öpüp özür dile amcandan" diye seslendi Recep.

Şişko Necati elini vermek istemedi ama Mehmet yapışıp öptü. Babası öp demişti bir kere, gerekirse koparıp öperdi o eli.

"Çok yaşa oğlum!" deyip başını okşadı çocuğun Necati.

"Buyur şöyle!" dedi Recep, Necati'ye. "Sen de buyur Cemal Hoca. Gözünü seveyim kusurumuza bakma artık, nasıl olduysa, çıktı elimizden bir kaza!" Cemal Hoca kıymete binivermişti birdenbire Recep'in gözünde.

"Yok yahu, ne buyuracağım, bırak Allah aşkına! Feleğim şaştı şu kapıdan adımımı attığımdan beri" dedi Cemal Hoca. Tam kapıya doğru birkaç adım atmıştı ki, Recep bir panter hızıyla karşısına geçip onu durdurdu. "Allahını seversen, gel otur şöyle. Bakma sen bizim kusurumuza, cahil adamız işte. Sen göster büyüklüğünü. Bak Allahın adını verdim..."

Cemal Hoca kısa bir kararsızlıktan sonra geçti oturdu sedire. O oturunca Necati de oturdu.

"Sizin tanışıklık nereden?" diye sordu Recep, ortamın gergin havasını dağıtmak umuduyla. Kibarlık, iki beden bol elbise gibi üzerinden dökülüyordu.

"Avuç içi kadar kasaba burası Recep Bey, herkes birbirini tanır" dedi Cemal Hoca soğuk bir sesle. Belli ki biraz önce yaşadıklarını öyle hemen unutmaya niyeti yoktu. "İkimiz de yerlisiyiz buranın. Sen dışarıdansın herhalde."

"Ben yedi yaşındayken göçtü babamlar buraya. Avundukluyuz aslen. Ama benim hanım buralı. Mandıraları var Yaslıhan'ın girişinde, tanırsınız..."

"Kaç yaşında senin oğlan Recep Bey?" diye sözünü kesti Necati.

Recep önce duraladı, sonra içeriye seslendi:

"Mehmet, kaç yaşında oldun lan sen?"

"On üç oldum baba!" diye bağırdı Mehmet var gücüyle.

"Okuyor mu?" diye sordu Necati.

"Yok..." dedi Recep, sonra Erdoğan'ın söyledikleri aklına geldi. "İlk mektebi bitirince işe verdik, nalburun yanına. O zaman işimiz bozuktu okutamadık ama durumumuz düzelirse seneye vereyim diyorum ortaokula." Bunu söylerken Cemal Hoca'ya dönmüştü.

"Vermesine ver de biraz geç kalmışsın... Bu yaştan sonra arayı nasıl kapatacak o çocuk?" dedi Cemal Hoca. Biraz önce olanlardan dolayı hâlâ bembeyazdı adam.

Şişko Necati sağ ayağını sol dizinin üzerine koyup Recep'e doğru eğildi:

"Valla sana şunu söyleyeyim, oğlan çok iyi futbol oynuyor. Yaşı küçük olmasa dün koymuştuk bizim takıma. Allah vergisi işte! Biz oğlana talibiz, daha iki üç senesi var takımda oynamak için ama gelsin bizimle idmanlara çıksın, yetiştirelim, lisanslayalım."

"Daha para kazanamaz diyorsun yani?" diyerek dudak büktü Moskof Recep.

"Amma yaptın Recep! Bu yaşta çocuğun toptan para kazandığı nerede görülmüş? Bugün yarın kazanmaz ama böyle giderse ileride kazanır. Bak buraya yazıyorum, büyük futbolcu olacak bu çocuk. Dayan biraz! Sık azıcık dişini. Böyle fırsat her gün bulmaz adamı."

"İyi diyorsun da, insan gücü yettiğince dayanır. Bizim de gücümüz kuvvetimiz ortada. Üç çocukla kolay değil ev geçindirmek bu zamanda. Kirası var, odunu var, kömürü var... Hem ya öyle söylediğin gibi futbolcu olamazsa ileride Mehmet, ne yapacağız o zaman? Ne olacak o kadar emeğimiz, zararımız? Kim karşılayacak?" Recep sedirde hafiften kaykıldı, kendi sesini duymak güvenini yerine getirmişti. "Bize koltuk çıkacaksanız tamam, alın gidin oğlanı. Yoksa biz başımızın çaresine bakalım."

"Diğer arkadaşlarla konuşmadan bir şey diyemem. Hem onlar da görmek ister çocuğu. Ama şunu da söyleyeyim, on üç yaşındaki çocuk için öyle fazla bir şey bekleme. Kasaba takımıyız sonuçta... İlerisini düşüneceksin. Biz alıp adam edeceğiz oğlunu, sonra da İstanbul'a bir haber uçuracağız, gelin görün Mehmet'i diye. Bakma kasaba takımıyız dedik ama elimiz kolumuz uzundur..."

Recep bir yere baktı, bir göğe baktı, en son sıkılmış gibi gözlerini ayakkabılarına dikti ve diyeceğini dedi.

"Eh, sen önce bir arkadaşlarınla konuş bakalım Necati Bey. Onlar ne diyecekler, ne verecekler, onu görelim."

Necati'yle Cemal Hoca aynı anda müsaade isteyip kalktılar.

"Recep Bey, gel yakma Narin'i. Bırak çocuk devam etsin sınıfına" dedi Cemal Hoca kapının ağzında. Anlamıştı Recep'in tıynetini, o yüzden hassas yerinden yakaladı: "Söz, yazları kızına ben iş bulacağım. Necati de yardım eder. Çoktur onun tanıdığı, nazı geçer buralarda. Değil mi Necati?"

"Ne demek Cemal Hoca! Emrin olur!" dedi Necati. "Bak Recep, Cemal Hoca Yaslıhan'ın gözbebeğidir. Bu kasabanın en kıymetli insanıdır. Kalkmış ayağına kadar gelmiş senin..."

"Valla bilmiyorum..." diye nazlandı Recep. "Kız çocuğu okuyacak da ne olacak? Birini topa, ötekini okula gönderirsem biz ne yapacağız?"

"Çocuklarının istikbali..." diyecek oldu Cemal Hoca ama Recep onun sözünü kesti. "İstikbali zenginler düşünür Cemal Hoca, biz fukarayız, bugünden ötesini görmez bizim gözümüz."

Şişko Necati elini Recep'in omzuna koydu.

"Bak Recep, sana şunu söyleyeyim, Cemal Hoca'yı kıran adam bizim için makbul adam değildir. Sen zaten bir hata ettin ona karşı. İkinciyi etme derim. Bilmem anladın mı?"

"Anladım, Necati Bey..." dedi Moskof dudaklarını ısırarak. "Anladım, merak etme!"

İki adam evden çıkıp gittikten sonra, Narin o güne kadarki en şiddetli dayağını yedi. Recep, yıllardır aldığı iyi notları fitil fitil getirdi kızının burnundan. Onun öfkesinden paylarını daha fazla almak istemeyen Kara Hatice, Mehmet ve Şadiye odaya sığınıp oradan dinlediler Narin'in yeri göğü inleten çığlıklarını.

Dört

Arabayı otopark görevlisine bırakıp kahveye doğru yürürlerken, yazdan kalma tatlı bir esinti ve neşeli insan kalabalığı Narin'in yüreğindeki ağırlığı hafifletti. Temiz deniz havası ciğerlerine dolarken, rüzgâr yüzünü, saçlarını okşuyordu. Tıklım tıklım dolu kahvenin kalabalığı dışarıya taşmış, insanlar sokağa atılmış masalara yayılmıştı. Garsonlar ellerinde çaylar, tostlar ve sucuklu yumurtalarla oradan oraya koşuşturuyor, kahkahalar tavla seslerine karışıyor, martılar gamsız cumartesi havasında yaylana yaylana süzülüyordu. Müdavimler, yolu o tarafa düşenler, âşıklar, aileler, arkadaşlar, tahta sandalyelerin üzerinde, yirmi bir derecelik sıcağın tadını çıkarırken, Narin ile Deniz gözleriyle etrafı taradılar ve sonunda denizin tam kenarındaki masadan onlara el sallayan Irmak'ı gördüler.

Irmak lise ve üniversiteyi İsviçre'de okuduktan sonra Cenevre'ye yerleşmiş ve altı ay önce, çalıştığı şirket onu İstanbul'da bir ofis açmakla görevlendirene kadar orada yaşamıştı. Belki uzun zamandır farklı ülkelerde yaşadıklarından, belki de sadece karakterlerinin bir sonucu olarak iki kardeş birbirine hiç benzemezdi. Tek ortak noktaları uzun saçlarıydı ama Irmak kendisininkileri ablası gibi kızıla boyatmadığı ve her zaman atkuyruğu yaptığı için, bu benzerlikleri bile göze çarpmazdı. Deniz'in kahverengi gözlerine ve upuzun boyuna karşılık Irmak'ın gözleri yeşildi ve boyu yüz altmış santimetreyi ancak buluyordu. Ablasından daha yumuşak hatlara ve daha yuvarlak kıvrımlara sahipti ama bunları ortaya çıkarmaktan hoşlanmazdı. Deniz gibi topuklu ayakkabılar, dekoltesi bol elbiseler giydiği de görülmezdi. Kumaş pantolonlar, üzerine kalıp gibi oturan gömlekler, dizde biten düz renk elbiseler... İki kardeşi tanıyan herkes Deniz'in daha gösterişli olduğunu kabul ederdi ama Irmak'ın daha duru bir güzelliği vardı. Narin bazen onların isimlerinin Deniz ve Irmak yerine, Gün ve Gece olması gerektiğini düşünürdü.

"Gördüğün gibi kardeşim en iyi masayı bulma konusunda bana çekmiş" dedi Deniz, Narin'in onlar üzerine düşündüğünü hissetmiş gibi. Kalabalık yüzünden iç içe geçmiş masalarda oturanlardan müsaade isteyerek güçlükle ilerlediler. Yolu neredeyse yarılamışlardı ki, Irmak'ın karşısında oturmuş, çayını yudumlayan adam arkasını dönüp onlara baktı. Narin de bu tanıdık yüze baktı ve taş kesti. Bütün gece rüyasında gördüğünü sandığı adamın Irmak'ın karşısında ne işi vardı?

"Selaaaam, geldik işte!" dedi Deniz, kardeşini öperken. "Nar dün akşamı hiç hatırlamıyor, gerçekten hiç hatırlamıyor. Ne sizin geldiğinizi ne Fırat'ın üzerine kustuğunu... Tamamen kopmuş!"

"Merhaba!" dedi Fırat ve elini uzatarak bakışlarını Narin'in gözlerinin içine dikti. Narin hayal meyal, önceki gece de el sıkıştıklarını hatırladı. İçinde bin farklı duygu, bir adım öne çıkmak için tepişip duruyor ama hiçbiri diğerinin önüne geçemiyordu. Yüreği panik, şaşkınlık, utanç, üzüntü ve öfke arasında tereddütlü adımlar atıyor ve hangisinin kıyısında duracağını bilemediğinden tam ortalarında kalıyordu... Ne biri ne öteki... Göğüs kafesinin içinde çığlık atan atlar dörtnala koşturuyor ve "o" tam karşısında duruyordu. Bunca yıldan ve bunca yoldan sonra... Sadece oturup ağlamak geliyordu içinden. Kimse ona ilişmesin, neyin var diye sormasın, o da bir iskemleye çöküp sessiz sessiz saatlerce ağlasın istiyordu ama elbette bunu yapmadı.

"Merhaba! Akşam için özür dilerim" dedi yüzüne buzdan oyulmuş bir ifade yerleştirerek.

Fırat "Boş verin canım, olur böyle şeyler" derken Narin ile Deniz'e sandalye getirmesi için garsona işaret etti.

Dünya küçük diyenler yanılıyordu. Küçük falan değildi dünya, basbayağı dardı. Kimi zaman dört kişiyi bile alamayacak kadar dardı. Bütün gece Yaslıhan'la, çocukluğuyla ilgili rüyaların içinde yuvarlanmasının ve geçmişin, bulduğu her delikten uykusuna sızmasının nedeni buydu demek. "Rüya sandığım gerçek çıktığına göre, şu anda gerçek sandığım da rüya olabilir. Olabilir mi?" Narin'in tek düşünebildiği buydu. Çaresizlik insanın olağandışı olandan medet ummasına yol açıyordu.

"Biliyor musun, Fırat da Yaslıhanlı" dedi Irmak neşe içinde.

Narin Fırat'a baktı ve farkına vardığı bir şey allak bullak olmasına neden oldu. Fırat onu tanımamıştı, gözlerinde görebiliyordu bunu. Yeni tanıştığı bir yabancıya ilgiyle bakan gözlerdi karşısındakiler.

"Öyle mi?" dedi Fırat.

"Evet" dedi Narin. Gerilmişti.

"Hiç gidiyor musunuz Yaslıhan'a?" diye sordu Fırat.

"Hayır, üniversiteye başladığımdan beri hiç gitmedim." Onun kendisini hatırlamadığına inanamıyordu.

"Narin ailesiyle pek görüşmüyor. Daha doğrusu hiç görüşmüyor, değil mi Nar?" diye lafa girdi Deniz.

Narin başını salladı ve konuyu değiştirmek için Irmak'a "Niye gidiyorsun Cenevre'ye?" diye sordu ama cevabı dinlemedi. Kendisini tuhaf bir hayalin kahramanı gibi hissediyordu. Önüne konan kahvenin tadı bile kahve gibi değildi. Neyse ki, orada oturdukları süre boyunca Fırat bakışlarını Narin'e pek az çevirdi ve Deniz'in düşük çenesi konuşmaları Yaslıhan'ın uzağında tuttu.

Irmak ve Fırat yaklaşık dört aydır birlikteydiler ama Narin ve Deniz'in bu ilişkiden daha birkaç hafta önce haberleri olmuştu. Irmak'ın özel hayatını saklama konusunda Greta Garbo'yla yarışabilecek bir takıntısı vardı. Sanki herkes onun yaşadıklarını çok merak ediyormuş gibi korumaya almıştı kendini. Oysa Narin'in umurunda bile değildi Irmak'ın ne yaptığı. Deniz'e gelince, onun zaten hiçbir şey umurunda değildi. Kardeşinin sevgilisini ilk kez dün akşamki partide görmüştü.

Narin, arkadaşının insanları etkilemeyi ne kadar sevdiğini çok iyi biliyordu. Yeni tanıştığı insanlar Deniz için öteden beri sonsuz bir heyecan kaynağıydı. Onların sevgisini ve hayranlığını kazanmaya bayılırdı. Karşısına çıkan her yeni insanla yeniden doğardı ve Narin onun bu halini bazen eğlenceli, bazen de tahammül edilmez bulurdu. Deniz'in numaralarını ezberlemişti artık. Karşısındakinin zayıf noktalarını, hassasiyetlerini çabucak hissettiğini, kendine ona göre bir rol seçip daha önce çeşitli vesilelerle defalarca oynadığı bu role bürünüverdiğini çok iyi biliyordu. Duyarlı sanatsever, çocuk-kadın, femme fatale, büyük gezgin, zeki işkadını ya da parti yıldızı... O sırada hangisi işine geliyorsa, o oluverirdi Deniz. Narin onun insanları etkilemek için bu kadar çaba harcamasını hiç anlamıyordu.

Deniz o gün de hiç durmadan bir şeyler anlatıyordu ama Narin dikkatini ona vermek bir yana, soluk almakta dahi zorlandığından konuşulanları takip edemiyordu. Ara ara kulağına Fırat'ın sesinden bazı cümleler çalınıyor, sadece Fırat'ın söylediklerini duyuyordu. Bir bankanın genel müdür yardımcısı olmuştu Fırat. Onun bir zamanlar Yaslıhan sokaklarında yürüdüğüne inanmak mümkün değildi. Aynı şey Narin için de geçerliydi elbette. Yaslıhan onun için de çok geride kalmıştı. Yıllar, insanlar, olaylar akmıştı o günlerin üzerinden.

"Siz ne iş yapıyorsunuz?" Fırat'ın sorusu Narin'i düşüncelerinden kopardı.

"Efendim?"

"Çalışıyor musunuz?"

"Ha evet, avukatım ben. Bir hukuk bürosunda çalışıyorum. Ticaret davalarına bakıyorum."

"Doğru ya, Irmak söylemişti. Deniz'le üniversiteden arkadaştınız, değil mi?

"O olmasa, ben hayatta okulu bitiremezdim" diye lafa karıştı Deniz. "Dün geceki haline bakma, çok çalışkandır Nar. Daha doğrusu okulda çalışkandı, artık işkolik oldu."

Öğlen iki civarında aile şirketindeki ofisine uğrayıp saat beşte çıkan Deniz için Narin'in çalışma temposu kabul edilemezdi. Onun bakış açısına göre, insanlar bütün gayretlerini daha az çalışmak için harcamalıydılar. Narin gibi çok çalışanlar, Deniz'in gözünde hayatın nasıl yaşanması gerektiğini bilmeyenlerdi.

Fırat başka soru sormadı. Narin bir ara onun uzanıp Irmak'ın elini tuttuğunu ve Irmak'ın da ona hayranlıkla baktığını görünce huzursuzlandı. Bazı insanlar ve onlara ait anıların mazide kalması daha iyiydi. Hiç değişmeden, değiştirilmeden, yeniden yazılmadan, sessizce unutuluşa bırakılmalıydılar ve bu anılar albümüne yeni kareler eklenmemeliydi. Kimsenin gücü bütün bir ömrü sırtında taşımaya yetmezdi. Fırat, Yeniköy'deki kahvede Irmak'ın saçlarını okşamamalıydı. Tanrı, kafası zaten yeterince karışık olan insanoğluna neden böyle oyunlar oynuyordu acaba? "Sadece bir tesadüf" diyerek kendini yatıştırmaya çalıştı. "Sen onları görmüyorsun diye başka insanların hayatı durmuyor. Senin kadar Fırat'ın da hakkı var bu kahvede oturmaya ve istediğinin saçını okşamaya." Vardı, elbette vardı ama bu, durumun karmaşıklığını ortadan kaldırmıyordu. Yıllar boyu içinde taşıdığın ve artık bir parçan haline gelmiş birinin seninle sizli bizli konuşurken, birkaç ay öncesine kadar adını bile duymadığı bir başkasına bu kadar yakın durması, her insanın ayrı bir dünya olduğunun kanıtıydı ve can yakıyordu. Duygular gibi hatıralar da karşılıksız çıkabiliyordu. Aynı günler herkeste farklı izler bırakıyordu ve aynı hikâyeye herkes farklı filmler çekiyordu. Ya da daha kötüsü, çok iyi tanıdığın biri sana boş gözlerle bakıyordu. Cız cız cızzz! Kalbinden yanık kokuları yükseliyordu.

Yaklaşık bir saat sonra, Deniz'le beraber kahveden çıkıp arabaya doğru yürürken kafasının içi birbirine çarpan soru işaretleriyle doluydu.

"Çok sessizdin..." dedi Deniz.

"Sen hepimizin yerine ses çıkardın."

"Yapma ya, yine çok mu konuştum?"

Narin cevap vermedi. Kafası allak bullaktı ve düşünceleri tek bir konu üzerinde dönüp duruyordu. Aradan geçen yıllar, dile kolay tam on altı uzun yıl, kendisini tanınmayacak kadar değiştirmiş olabilir miydi? Sarı uzun saçları artık kısacık ve siyahtı ama bunun dışında öyle aman aman değiştiğini sanmıyordu. Kilosu, mavi gözleri ve sol yanağındaki gamzesi değişmemişti. Yine de önünden geçtikleri bir camekânda aksini incelerken "Ben onu hatırladım, o beni neden hatırlamadı?" diye sordu kendine. Sonra cesaretini topladı ve son bir saat içinde belki on kere üst üste sorduğu bu soruyu, yine kendi yanıtladı:

"Sen onu hatırladın, çünkü sen ona âşıktın!"

Şişko Necati'nin evlerine gelişinden sadece bir hafta sonra, Narin tekrar okulunda, Mehmet de Yaslıhanspor'daydı. Çocuk için nalburda kazandığı miktarın aynısını ödemişler, Recep'in daha fazlasını koparmak için yaptığı itirazlara da kulak asmamışlardı. Moskof pazarlığı uzatmaya kalkınca "Sen bilirsin!" demişti Necati, kel kafasını sıvazlayarak. "Ya bu paraya razı gelirsin ya da oğlun sokak aralarında yok olur gider. Karar senin!"

Bunun üzerine Recep dişlerini sıkmış ve nazlana nazlana verilen rakamı kabul etmişti. Kabul etmeyip de ne yapacaktı? Tam diri diri mezara girdiğini, hayatının bittiğini düşünürken yeniden tutunacak bir dala kavuşmuştu. Geceleri yatağına uzanınca, yanında uyuyan Kara Hatice'nin karanlığını unutuyor; Mehmet'in yükselişini, peşlerinden koşacak kulüpleri, gazetelerde oğlunun yanında yayımlanacak poz poz fotoğraflarını düşünüyordu. Parayı buldukları an boşayacaktı Hatice'yi. Onu ve kızları Yaslıhan'da bırakıp Mehmet'le birlikte İstanbul'a gidecekti. En güzel yerden bir daire satın alacaklar, dayayıp döşeyeceklerdi. Ondan sonra da adam gibi giyinecek, adam gibi yaşayacak, gününü gün edecekti. Kayınpederden gelecek mirastan bile iyiydi böylesi.

Recep aslında üç çocuğunu da doğduklarında pek sevmişti. Minik ellerini, ayaklarını, kendisinden geçme pembe beyaz tenlerini, mavi gözlerini, yavaş yavaş uzayan kirpiklerini seyre dalar, onları kucağından indirmezdi. Mehmet doğup da ebe kadın onu babasına ilk verdiği anda Hatice kocasının halini görünce sevinçten deliye dönmüş, falcı kadının söylediklerinin çıktığına bütün kalbiyle inanmıştı. "Bir oğlan doğuracaksın ve ondan sonra kocan evine de, sana da bağlanacak, bambaşka biri olacak." Tamı tamına böyle demişti kadın ve Hatice, Recep'in oğluna nasıl baktığını, onu nasıl öpüp kokladığını görünce kadına verdiği parayı binlerce kez helal etmişti. Gerçi ilerleyen günlerde Moskof'un kendisine olan davranışlarında pek bir değişiklik olmadığını, hâlâ eskisi gibi içki, kumar ve kadın peşinde koştuğunu görecekti ama yine de Mehmet'in varlığı evlerinin kasvetli havasını az da olsa dağıtmıştı.

Mehmet üç yaşına gelip de Recep onda Hatice'yi görene kadar sevmişti oğlunu. Sıcak bir yaz sabahı oğlan ter içinde uykudan kalkıp yatağın içinde dikilmiş ve babasına Hatice'nin gözleriyle bakmıştı. Aslında Mehmet'in kocaman mavi gözlerinin, Hatice'nin kömür karası gözleriyle hiçbir benzerliği yoktu; ama o bakış... İşte o bakışa sinsice sinmişti karısı. Çocuk daha uyku mahmurluğunu üzerinden atıp yatağından inmeden, kabuğunu terk eden bir sümüklüböcek gibi sıyrılmıştı sevgisinden Recep. Ansızın ve tamamen.

Şadiye daha bir yaşına gelmeden, annesininkilerin küçük birer eşi olan ellerini, kendisini kucağına alsın diye babasına uzattığında yemişti tokadı. Moskof Recep ağzını açıp tek bir kelime bile etmemişti ama Hatice görmüştü onun Şadiye'ye nasıl nefretle baktığını. Kendisine hep baktığı gibi bakmıştı çocuğa da. Küçük kızın yanağında Recep'in beş parmağının izi çıkmadıysa sebebi minicik yanağa Recep'in koca parmaklarından sadece üçünün sığabilmesiydi. Neyse, Şadiye suratında üç parmağın iziyle kıçını yırtarcasına ağlarken Recep kapıyı vurup gitmiş, küçük kızı avutmak da Hatice'ye kalmıştı.

Narin aralarında en uzun süre baba sevgisinden nasiplenendi. Tam altı yaşına kadar, annesinden tek bir iz bile belirmemişti kızın üzerinde. Pembe bir kar tanesi kadar güzel bir çocuktu ve Recep bile onu seyretmeye doyamıyordu. Elinden tutup Yaslıhan sokaklarında yürüdüğünde gelip geçen herkesin kızına bakması, onu sevmek istemesi göğsünü kabartıyordu. Ümmühan münasebetsizlik edip "Bu kız aynı anası gibi yürüyor" demese, belki de Recep onun tıpkı Hatice gibi içe bastığını hiç fark etmeyecekti. Ama Ümmühan öyle söyleyince dönüp kızına bakmış ve onun karısının adımlarıyla yürüdüğünü görmüştü. İçi kabarmış, yüreği tiksintiyle dolmuştu. Narin'i sevmeye o kadar alışmıştı ki, o sevgiyi yitirmenin üzüntüsünden olduğunu bile bilmeden, günlerce içmişti. O günden sonra da kızın yüzüne bakmaz olmuştu. Narin bir anda Mehmet'ten, Şadiye'den, hatta Hatice'den bile daha gerilere düşmüştü babasının gözünde.

Zavallı Hatice kocasının çocuklarına böyle aniden düşman kesilmesinin arkasında ne olduğunu anlayamıyordu. En sonunda bu olanlara aklınca bir açıklama buldu ve buna sıkı sıkı tutundu: Büyü yapıyorlardı kocasına! Recep'in yakışıklığını çekemeyenler, onun Hatice'yi almasına gücenenler bozuyordu evlerinin huzurunu. Emindi bundan. Adının Hatice olduğundan emin olduğu kadar hem de ve ortalığı onlara bırakacak değildi. Düzenli olarak falcıların, büyücülerin kapısını aşındırmaya başladı. Recep'e çaktırmadan uzun yollar tepiyor, bu konularda nam salmış insanları, yatırları buluyordu. Kocasını evde tutmak için yapmayacağı şey yoktu. Bir keresinde köftesine katıp leylek boku bile yedirmişti Recep'e. İşe yaramadığını görünce, kendisine verilenin gerçekten leylek boku olmadığına kanaat getirmiş ve bir daha denemişti. Sonuç yine değişmemişti ama Hatice pişman değildi. Recep'ten yediği her dayakta aklına kocasının leylek boklu köfteleri midesine indirişi geliyor ve elini iman tahtasının üzerinde gezdirip "Oh olsun sana!" diyordu. "Oh olsun sana Recep! Ben dayağı yedim ama sen de boku yedin ya, oh olsun!"

Beş

Çalışmak akıl sağlığını korumanın en iyi yoluydu ve Allah'a şükür, o günlerde Narin'in işi başından aşkındı. Sabahın köründe Kabataş'taki evinden çıkıp Maslak'taki ofisine gidiyor, akşam geç saatlerde yorgunluktan tükenmiş bir halde geri dönüyordu. Şikâyet etmek aklının ucundan bile geçmiyordu. Çocukluğundan beri hep çok çalışmıştı. Bir sürü sebebi olmasına rağmen hiç depresyona girmemesini buna bağlıyordu. Girdiyse de bilmiyordu, çünkü şartlar ona derhal oradan çıkmasını emretmiş, o da tıpış tıpış işinin başına dönmüştü. Hayat herkesin nazını çekmiyordu. Öte yandan, bu yoğunluk içinde bile Fırat'la karşılaşmasını düşünecek zamanı buluyordu. Bu karşılaşmanın onu neden bu kadar sarstığını bir türlü anlayamıyordu. Günlerdir sıkıntı ve huzursuzluk içinde kıvranması, bu olayı böylesine büyütmesi çok saçmaydı, bunu biliyordu ama üstesinden gelmeyi başaramıyordu. Gördüğü her erkek, aklına Fırat'ı getiriyordu. Herkesin elleri onun elleri, herkesin saçları onun saçları oluyordu. Kim gülse Fırat gülüyordu ve sanki her bakış ondan geliyordu. Üstelik kendisi Fırat'ın hafızasında hiçbir iz bırakmamışken oluyordu bütün bunlar... Unutulmuş biri olmak kötüydü, unutulmuş ama unutamamış biri olmak ise korkunçtu.

Deniz arayıp "Ya yeter artık, başlayacağım senin işine. Bir yemek yiyelim bari bu akşam" diye bağırmasa, Narin o geceyi de seve seve yatağında televizyona bakarak noktalardı.

Değişen görüntüler ve ışık, kafasını boşaltmasına yardımcı oluyor, uyumasını kolaylaştırıyordu.

"Tamam!" dedi isteksizce. "Ama lütfen yemekten sonra beni bir yerlere sürüklemek için uğraşma! Hakikaten çok yorgunum."

"Merak etme. Oturup biraz sohbet etmek istiyorum seninle. Bir sürü şey oldu ve hiç konuşamadık. Anlatmam lazım. Biliyorsun anlatmadan yaşamamam ben" dedi Deniz gülerek.

"Bilmez miyim..." diyerek içini çekti Narin. Deniz'in hayatında olaysız geçen bir gün yoktu. Bir ayrılıp bir barıştığı sevgilisi Can, araya giren başka erkekler, aynı zamanda patronu olan amcasıyla bitmek bilmeyen sürtüşmeler, heyecanla hayatına sokup çok geçmeden sıkılıverdiği arkadaşlar... Konusu bitmezdi Deniz'in. Yine de hakkını yememek lazımdı; dünyadaki bütün deliklere girip çıkan ve oralardan binlerce değişik hikâye bulup anlatan bir arkadaş fena bir şey değildi. Sadece biraz yorucuydu.

Şişhane'de yeni açılmış bir restoranda buluştular. Moda mekânları bulmak Deniz'in uzmanlık alanıydı. Gerçi bulmasına gerek kalmıyordu, çünkü İstanbul'da hiçbir bar, restoran ya da gece kulübü Deniz'in haberi olmadan açılamazdı. İmkân yoktu buna. Narin krem rengi pantolon-ceket takımı ve mavi ipek gömleğiyle ortam için fazla ciddi bir görüntü sergilediğinin farkındaydı, o yüzden barda biraz oturmak için ısrar eden Deniz'i dinlemeden masaya geçmek istedi.

"Bütün gün koşturdum, bar tepesinde dikilemem."

"Bir içki içip öyle geçeriz masaya" dedi Deniz. Bulunduğu her ortamın ve yaşadığı her saniyenin tadını çıkarmak isterdi.

"Masada da içebiliriz" diye huysuzlandı Narin.

"Gittikçe daha uyuz oluyorsun."

"Hep uyuzdum ben."

"Hayır, bu kadar değildin."

"Gerçekten mi?"

"Yemin ederim! Son zamanlarda her şeye itiraz ediyorsun ve sürekli kıllık çıkarıyorsun."

"Tamam, barda otuyoruz. Bakalım bu beni daha uyumlu ve sevimli yapacak mı?"

"Bana daha sevimli gelmeye başladın bile" diyerek güldü Deniz.

"Şu başöğretmen kıyafetiyle beni burada dikiyorsun ya!"

"Kısmet çıkar belki."

"Ya evet kesin çıkar! İstanbul gece hayatı kısmetlerle dolu olsaydı, senin bugün yedinci evliliğine koşuyor olman gerekirdi."

"Önyargılı olmayalım! Evlenmekten bahseden kim?" dedi Deniz ve barın öteki ucundaki tanıdıklarına el salladı. "Irmak aradı seninle konuştuktan sonra, onları da çağırdım."

"Bana anlatacakların var sanıyordum! Bak yine başlamışsın herkesi toplamaya! Seninle baş başa bir yemek yemek imkânsız, biliyordum böyle olacağını."

"İşte bundan bahsediyorum, uyuz oldun derken. Bak hemen bağırmaya başladın! Her şeyi olay haline getiriyorsun" dedi Deniz.

"Olay haline falan getirmiyorum. Bağırmıyorum da!"

"Hâlâ bağırıyorsun, sakin olsana biraz!"

Deniz haklıydı, Narin bağırıyordu.

"Tamam, özür dilerim. Ben sadece ikimiz olacağız ve muhabbet edeceğiz sanıyordum ama haklısın önemli değil. Hadi içki söyleyelim. Ben Martini içmek istiyorum. Sen ne içeceksin?" dedi ve barmene kendileriyle ilgilenmesi için işaret etti.

"Prosecco! Bak hâlâ gerginsin!"

Narin onu duymazdan gelerek içki siparişlerini verdi.

"Nar, beni dinle! Gerçekten tuhafsın son zamanlarda. Hiçbir şeyden zevk almıyorsun, her şeyi büyütüyorsun, dışarıya çıkmamak için bin dereden su getiriyorsun ve sürekli sinirlisin. Bence bir doktora gitmen gerek!"

"Evet, bir doktora gitmeliyim yoksa Prozac modasını kaçıracağım ve lanetleneceğim."

"Salak salak konuşma! Prozac modası geçeli yıl oldu. Ben senin uyarılarını dinliyorum, değil mi? Yani, eleştirilerini dikkate alıyorum. En yakın arkadaşın olarak iyi olmadığını söylüyorsam sen de beni ciddiye almalısın. Her bokun en doğrusunu sen bilemezsin!"

"Stres altındayım ve çok yorgunum, bunların beni sinirli yapması doğal değil mi? Şirkete yeni biri alınana kadar da bu konuda yapabileceğim bir şey yok."

Kendi işlerinin başından aştığı yetmezmiş gibi, kanser tedavisi yüzünden şirketten ayrılan bir avukatın bütün davalarına da bir aydır Narin bakıyordu; olağanüstü temposunun başlıca sebebi buydu. Başını kaşıyacak vakti bile kalmamıştı bu yüzden. Sabah aynaya bakacak zamanı bulamadan otomatik hareketlerle hazırlanıyor ve evden fırlıyordu. Haftalardır kuaföre gitmiyor, manikür yaptırmıyor ve iş için gittiği Kayseri'de otel odasında unuttuğu jüponun yenisini alacak fırsatı bulamadığından çok sevdiği üç elbisesini giyemiyordu.

"Anlamıyor musun? Sen yakınmadığın sürece başkasını almayacaklar. Böyledir bu işler" dedi Deniz.

"Olur mu canım öyle şey!"

"Bal gibi olur! Eşek gibi çalıştığın için hiçbir şeyin aksamadığına eminim. Doğru söyle, aksıyor mu?"

"Yok. Çok şükür şimdiye kadar bir sorun çıkmadı."

"O zaman niye birini daha alsınlar ki? Sen hallediyorsun ne de olsa. Acilen sızlanmaya başlamazsan, o işlerin hepsi üzerine kalacak ve bütün hayatını bir gökdelenin yirminci katında takım elbiseli adamlar ve tayyörlü kadınların arasında geçireceksin."

Deniz "nasıl daha az çalışılır?" konusunda uzman sayıldığından, Narin onun bu konudaki tavsiyelerine genelde pek kulak asmazdı ama bu defa arkadaşının söyledikleri açık bir şekilde gerçeği yansıtıyordu. Durum tam olarak buydu! Hasta avukat ilk ayrıldığında harıl harıl yeni birini arayan patronu, son günlerde bu konudan bahsetmez olmuştu.

"Doğru söylüyorsun. Biraz mızıldansam iyi olacak galiba!"

"Günaydın! Kızım, senin gibi eşek olana semer vuran çok olur! Düşünsene son bir aydır kaç akşam dışarıya çıkabildin? Her defasında ya yorgunsun ya sabah erken kalkman lazım. Hah, Irmaklar da geldi." Deniz rahatlamış bir tavırla saçlarını düzeltti. "Kapıda bir adamla konuşuyorlar, kim acaba?"

"Tanımıyorum" dedi Narin.

"Bari bir baksaydın da öyle karar verseydin tanıyıp tanımadığına."

Narin dönüp kapıya baktı. "Tanımıyorum."

Deniz içini çekti ve gözlerini devirdi ama sohbeti devam ettirme konusundaki kararlılığını yitirmemişti.

"Sevdim ben Fırat'ı. Hoş biri..."

"Hı hı!"

"Bence iyi geldi bizimkine, uzun zamandır hayatında doğru düzgün biri yoktu."

"Hı hı!"

"Hem düzgün hem de Irmak'ın üzerine titriyor."

"Hı hı!"

"Yakışıklı da..."

"Hı hı!"

"Evlenirler belki... Biliyorsun Irmak evlenmek için ölüyor."

Narin cevap vermedi ve içkisinin son yudumunu başına dikti. "Bir Martini Bianco daha alabilir miyim?"

Irmak mutluluktan ışıldayan gözleriyle yanlarına geldiğinde, Narin sinir sistemini yerden toplamakla meşguldü. Yüzüne sahte bir gülümseme yapıştırarak Irmak'ı öptü; çivit mavisi gömleğinin üzerine giydiği gri süveteri ve bluciniyle son derece iyi görünen Fırat'a ise elini uzatmakla yetindi.

Fırat ona doğru eğilip yanaklarından öperken, Narin içinden sürekli aynı cümleyi tekrar ediyordu: "Sıkılacak bir şey yok, ne de olsa yakında ayrılacaklar ve bu adamı bir daha görmek zorunda kalmayacaksın." Deniz'in ortaya attığı evlilik fikri canını epey sıkmışsa da, bunun olacağını sanmıyordu. Kimse Irmak'a o kadar uzun süre katlanamazdı. Fırat'ın az önce iki yanağında değdiği yerler damgalanmış gibi yanarken kendisini tam anlamıyla ahmak gibi hissediyordu. Elleriyle yanaklarını ovuşturup o histen kurtulmaya çalıştı.

Irmak ablasının yanına geçip fısır fısır bir şeyler anlatmaya başladığında, Narin tam karşısında dikilen Fırat'la göz göze gelmemek için sahte bir ilgiyle etrafı inceliyordu. Tuğla duvarlara, mermer bara, sahte mi gerçek mi olduğuna bir türlü karar veremediği bitkilere ve o bitkilerin altına yerleştirilmiş renk değiştiren ışıklara baktı da baktı.

"Güzelmiş burası" dedi Fırat.

"Ya, evet."

"Daha önce hiç gelmemiştim."

"Zaten yeni açıldı!"

"Çok çalışıyorsun galiba. Biz birkaç defa Deniz'le buluştuk, hiçbirine gelmedin."

"Evet, şirket biraz karışık bugünlerde. Pek çıkamıyorum."

"Mehmet nasıl?"

Fırat'ın sorusu Narin'in kulaklarına değil, midesine isabet etmişti. Yanlış duyduğunu umarak "Efendim?" dedi. Sesi cılız çıkmıştı.

"Mehmet... Abin... O nasıl?"

Narin önce yutkundu, sonra buzdağına dönüşen gözbebeklerini Fırat'ınkilere dikip "Bilmiyorum" dedi ve elindeki bardağı barın üzerine bırakırken ayağa kalktı.

"Tuvalete gitmem lazım."

Yaslıhan, 1989

Mehmet, tam on altı yaşında Yaslıhanspor'da oynamaya başladı. Bunu öyle uzun zamandır hayal ediyordu ki, sahaya çıkarıldığı ilk gün zincirlerinden boşanmış bir aslan gibi atıldı ortaya. Adının Yaslıhan ve civar kasabalarda duyulması sadece birkaç hafta sürdü. Moskof Recep artık sokaklarda kasıla kasıla geziyor, küçük bir taşra takımı yıldızının değil de, milli bir kahramanın babasıymış gibi hava basıyordu. Uzun zaman önce Şişko Necati sayesinde ırgatlıktan kurtulmuştu. Artık Necati'nin bir arkadaşının yanında kamyonet şoförlüğü yapıyor, çevredeki pazarlara, bakkallara mal taşıyordu. Fiyakası yerindeydi vesselam. Öyle aman aman para kazanmıyordu ama neresinden baksan, ırgatlıktan fazlaydı aldığı. Üstelik artık öğleden sonralarını rahat rahat kahvede geçirebiliyordu. Zaten şunun şurasında yırtmalarına bir, bilemedin iki sene kalmıştı. İstanbul'dan biri gelip Mehmet'i izledi mi, işleri tamamdı. Kısacası o günlerde keyfine diyecek yoktu Recep'in. Tek derdi, Şişko Necati'nin "Narin okuyacak" diye tutturması ve patronu olacak hıyarı da fişteklemesiydi. Bir taraftan Necati'nin, diğer taraftan patronun baskısı elini ayağını bağlamasa, Narin hâlâ tuhafiyede çalışıyor, tuhafiyeci de paraları tıkır tıkır Recep'in eline sayıyor olacaktı. Ama kör olasıca Şişko Necati, Nuh demiş peygamber dememişti. Onun yüzünden Moskof Recep her sene kızı bir üst sınıfa yazdırmaya mecbur kalıyor ama yazdırmadan önce de bir temiz sopalıyordu. Yine de eskiye göre yumuşaktı eli. Dayakları kısa kesiyor, işi yüz göz dağıtmaya, kol bacak kırmaya vardırmıyordu.

Şadiye, Narin ve Hatice gözleri gibi bakıyorlardı Mehmet'e ve her gece avuçlarını açıp onun başarısı için ağız dolusu dualar ediyorlardı. Biliyorlardı ki, oğlanın başarısı onların kurtuluşuydu. Ancak Mehmet'in hızlı bacakları sayesinde dayaktan ve sefaletten kaçabilirlerdi. Mehmet de eskisi gibi değildi, epeydir huyu suyu değişmişti çocuğun. Bir ağırlık gelmişti üzerine. Eskisi gibi mahallenin altını üstüne getirmek yerine, bütün vaktini top peşinde harcıyordu, akıllı uslu davranıyordu. Diğer çocukları dövdüğü, analara babalara kan kusturduğu günler geride kalmıştı. Pek çalışmayan kafasıyla bir kahraman olmanın ilk şartının bir kahraman gibi davranmak olduğunu kavramıştı ve öyle yapıyordu. Mahalleden geçerken adımlarını ağırdan alıyor, insanların onu izlemesine izin veriyordu. Kardeşlerini bile hırpalamaz olmuştu; yemekten sonra babası gibi divana uzanıp kendisine bir kahve yapmalarını emrediyor ve sessizce İstanbul'u düşünüyordu. Artık hayalleri olan gençti ve hayalleri olan insanların kimseye zararı dokunmazdı.

Recep oğlunun hiçbir maçını kaçırmıyordu. Yaslıhanspor nereye, Moskof Recep oraya! Futboldan öyle aman aman anlamıyordu ama Mehmet'in kimselere benzemediğini görmek için iki gözden fazlasına ihtiyaç yoktu. Çocuk sahaya çıktığı anda, diğer oyuncular silikleşiyor ve ilerleyen dakikalarda iyiden iyiye görünmez hale geliyorlardı. Saha dışında mankafa sayılabilecek bu çocuk, topla oynarken bambaşka birine dönüşüyordu. Bir büyücü ya da bir kral! O cılız velet topu ayağına aldığı anda, olduğundan en az yirmi santimetre büyük görünüyordu göze. Rakip seyirciler bile onun sihrine kapılıp "Yürü oğlum, yürü be koçum!" diye haykırırken buluyorlardı kendilerini. Öyle ki, sanki topun bile canı vardı da, o bile Mehmet'i arıyordu sahada. Arıyor ve buluyordu. Yaslıhan'da yaşayıp da ömründe bir kez maça gitmemiş insanlar, anlatılanların etkisiyle meraka kapılıp tozlu topraklı stadın yolunu tutuyorlardı.

Her yere bir heyecan gelmişti Yaslıhan'da. Miskinlerin pineklediği kahvelerde, tüccar kulübünde, pazaryerinde, hatta şehir halinde bile herkes, Murateli Mahallesi'nden çıkan bu çocuğu konuşuyordu. Top peşinde koşan her delikanlıya "hayta" gözüyle bakan kadınlara kadar ulaşmıştı Mehmet'in adı. Görenler görmeyenlere anlatıyor, üzerine bahisler, iddialar dönüyor, bire bin katılıyor ve Yaslıhan'ın ilk efsanesi yavaş yavaş doğuyordu.

Altı

Narin, tuvaletin kapısını yıkmak istercesine şiddetle itip içeriye girdi. Restoranın genel loşluğunun aksine burası bolca ışıklandırılmıştı. Tam karşısındaki aynalarda solmuş yüzüne ve karmakarışık ifadesine baktı. Baktı ama görmedi. Ne yapacağını bilmediği için üst üste iki kez elini sabunladı. Fırat onu tanımıştı. Belki daha ilk günden, belki de daha sonra ama hatırlamıştı işte. İçindeki panik dalgası geçmek, hafiflemek yerine artıyor ve giderek daha güçlü vuruyordu. "Ne yapacağım? Ne yapacağım?" Bacakları durduğu yerde kök salıyor, dışarı çıkmak için gerekli adımları atmaya yanaşmıyordu. Çıkamayacaktı buradan.

Kapı açılıp aynada Fırat'ın aksini gördüğünde bacaklarını köklerinden koparıp geri döndü.

"Allah aşkına, ne yapıyorsun burada?" diye sordu korku içinde.

"Tuvalete geldim."

"Burası kadınlar tuvaleti!" dedi Narin sertçe.

"Hayır, değil."

"Nasıl değil?"

"Basbayağı! Burası erkekler tuvaleti. Kapıda bıyık var."

"Emin misin?"

Fırat arka kısımdaki pisuvarları işaret edince Narin elini alnına götürdü.

"Allah kahretsin... Ne salağım!"

"İyi misin sen?" diye sordu Fırat.

"İyiyim. Hay Allah, nasıl fark etmedim!"

Fırat gülümsedi ve "Boş ver, olur böyle şeyler" dedi. "Gerçekten seni tanımadığımı mı sanmıştın?"

"Ne?"

"Seni tanımadığımı nasıl düşünürsün? İmkânı var mı böyle bir şeyin?"

"Bilmiyorum. O kadar seneden sonra..."

"Hafızamı kaybetmedim Narin."

"Ama hiç belli etmedin."

"Sen beni tanımıyor gibi yapınca, öyle olmasını istediğini düşündüm."

"Bilmiyorum" dedi Narin ellerini saçlarında gezdirirken. "Ne yapacağımı bilemedim galiba."

"Ben de bilemedim."

Narin gözlerini kaçırdı.

"Bu çok tuhaf, değil mi? Yani böyle karşılaşmamız... Bu kadar zaman sonra, bu şartlar altında, bu şehirde..." dedi Fırat.

"Evet, tuhaf biraz."

"Gerçekten ailenle hiç görüşmüyor musun? Yani haber de mi almıyorsun?"

Narin başını iki yana salladı.

"Hiç mi?

"Hiç."

"Ne zamandan beri?"

"92'de İstanbul'a geldiğim günden beri."

"Ne yaptıkları konusunda bir fikrin yok o zaman..."

"Yok."

"O zaman yarın benimle buluşmak zorundasın" dedi Fırat.

"Neden?" diye sordu Narin.

"Çünkü ben onlardan haber aldım."

"Ne haberi?"

"Bunu bir bar tuvaletinde konuşmak istemiyorum. Şimdi içeri gitmemiz lazım, yoksa merak ederler. Hadi bana numaranı söyle. Yarın seni arayacağım."

"Ne duyduysan şimdi söyle!" dedi Narin ciddi bir ifadeyle.

"Numaranı ver dedim!"

Narin onun kararlı olduğunu anlamıştı, isteksizce numarasını mırıldandı.

"Yarın arayacağım seni. Hadi şimdi gidip yemeğimizi yiyelim" dedi Fırat.

Lokmaların boğazından geçip midesini bulmasının bir yolu yoktu. Yine de yiyemeyeceğini bile bile mönüden bir yemek seçti. Gecenin ilerleyen saatlerinde masalar toplanıyor ve mekân gece kulübüne dönüşüyordu. Kaçmak için o saate kadar dayanması gerekiyordu. Tabağındaki risottoyu didikleyecek, esprilere gülüyor numarası yapacak, masaya uğrayan tanıdıklarla çene çalacak, sonra da koşar adım evine gidecekti. Etrafına bakınıp restoranı dolduran kalabalık içinde kaç kişinin zorunluluktan gülümsediğini, kaçının mutsuzluktan ölmek üzere olduğunu tahmin etmeye çalıştı. Keyfi yerinde, parası cebinde görünen bu insanların hangileri kendisi gibi numara yapıyordu acaba? Yataktan bile çıkmak istemezken giyinip süslenmek zorunda kalanlar; ağlamak isterken kahkaha atanlar; sıkıntıdan patlarken müzikle salınanlar... Her gece, duygularını törpüleyip dudaklarını parlatan kadınlar ve yüreklerindeki acıları alkolle uyuşturmaya çalışan erkekler... Hepsi muzaffer görüntülerinin altında tıpkı diğer tüm insanlar kadar çaresiz ve yaralıydı. "Belki de yanılıyorum, belki de restorandaki herkes göründüğü kadar mutludur" diye geçirdi aklından. Gözleri bir saniyeliğine Fırat'ınkilerle karşılaştığında ise onun da en az kendisi kadar sıkkın olduğunu hissetti. Demek ki, orada durumundan hoşnut olmayan en az bir kişi daha vardı.

Eve varır varmaz, arada bir aldığı uyku ilacını arayıp buldu ve bir tane çıkarıp yuttu. İlacın kullanma süresi bir yıl önce dolmuştu ama yine de etki edeceğinden emindi. Acaba alkolle kullanılmasında bir sakınca var mıydı bu meretin? Prospektüse bakıp cevabını kolaylıkla öğrenebilirdi ama zahmet etme gereği duymadı. Sabah uyanamama ihtimaline karşı çirkin sesinden ötürü normalde hiç kullanmadığı çalar saati kurup başucuna koydu ve televizyonu açtı. Saatin savaş borusunu anımsatan öyle korkunç bir sesi vardı ki, insanı uyandırmak için değil de korkudan öldürmek için tasarlanmış olmalıydı. Öte yandan, bütün bir geceyi ertesi gün Fırat'ın arayacağını ve ailesiyle ilgili şeyler anlatacağını düşünerek geçirmenin yanında, sabah sıçrayarak uyanmanın lafı bile olmayacağından, Narin seve seve kurdu saatini. Uyumak, dinlenmek zorundaydı; gece, bir o yana bir bu yana dönmek ve gözlerini tavana dikip çocukluk anılarını silkeleyerek geçirmek için çok uzundu.

Çok geçmeden rüyasız, kurşun gibi bir uyku üzerine çöküp soluğunu hafifletti ve sabaha kadar da yakasını bırakmadı. Saatin metalik sesi odayı çınlattığında gözleri oyuncak bir bebeğinki gibi açıldı ve gökyüzünde pırıl pırıl parlayan güneşi gördü.

Yaslıhan, Aralık 1990

Şişko Necati, Köşe Kahve'nin ağır kapısını itip sigara dumanının sis gibi çöktüğü izbe mekâna girdiği anda, Moskof Recep her zamanki masasında günün ilk düşeşini attı. Sırtı kapıya dönük olmasa, Necati'nin yüzündeki ifadeden durumda bir fevkaladelik olduğunu hemen anlardı. Gerçi Necati'nin, müdavimleri pek muteber insanlar olmayan, bu düşkünler kahvesinden içeriye adım atması bile başlı başına fevkalade bir durumdu ama yapmak üzere olduğu marsın heyecanına kapılmış olan Moskof Recep, Şişko Necati'nin gölgesi tavla takımının üzerine düşene kadar onu görmedi.

"Kalk oğlum, kalk!" dedi Necati, Moskof'un omzunu sertçe sarsarak.

"İnsaf be Necati Bey, tavladan kalkılır mı? Bekle iki dakika, bir çayımızı içip soluklan... Zaten arkadaşın defterini dürmeme şurada bir şey kalmadı!"

"Başlatma tavlana da kalk! Yaslıhan'ın bir ucundan buraya kadar boşuna gelmedik!" Şişko Necati sesini yükseltince kahvedeki bütün başlar onlardan yana döndü.

Moskof şöyle bir etrafına bakındı, cakasının ne kadar bozulduğunu tarttı ve ağırdan alarak yerinden kalktı. Necati'nin yaptığına canı bayağı sıkılmıştı ama bir şey demedi. Rakibi uğramak üzere olduğu hezimetten kurtulduğu için rahat bir nefes almış, kahverengiye çalan çarpık dişlerini göstererek sırıtıyordu.

"Masadan kaçan, parayı öder."

"Ha siktir oradan!"

"Yok öyle! Masadan kalktın mı, ödersin parayı!" dedi adam. Tehditkâr bir ifadeyle kaldırdığı kaşları yıllardır güneş altında çalışmaktan köseleleşmiş derisinde derin izler bıraktı.

Recep söylene söylene elini cebine attı, çıkardığı kirli kâğıt paraların içinden bir tane ayırıp masaya fırlattı.

"Al ulan, al da kapa çeneni!"

Rakibi parayı sakalına sürüp alaycı bir tavırla "Allah bereket versin Recep kardeş!" deyince Recep'in kan beynine sıçradı sıçramasına ama iki "lahavle!" çekip Necati'nin peşinden kapıya doğru seğirtti. Dönüşte kahvede alay konusu olmamak için omuzlarını dikleştirdi, heybetini belirginleştirdi ve mahsustan adımlarını ağırlaştırdı.

Uzun yıllardır Yaslıhan'ın görmediği bir soğukta, kahvehane kapısının önünde takırdarken içinden sövüp sayıyordu Şişko'ya. Ama Şişko Necati ağzını açıp da anlatmaya başladığında soğuğu da, kızgınlığını da unuttu gitti. Haber öyle bir haberdi ki, Necati onu hamamdan çıplak çıkarsa yeriydi. Recep kapının önünde Şişko'ya öyle bir sarıldı, onu defalarca öyle sıkı sıkı kucakladı ki, kahvenin içindeki serkeş takımı kafalarını iki yana sallayıp "Fesuphanallah!" demekten kendilerini alamadılar.

Recep, Necati'den ayrıldığında gerisingeri kahveye gireceğine koşmaya başladı. Öyle bir koştu ki, evin sokağına vardığında ne ciğerlerinde bir solukluk nefes ne de bacaklarında bir adımlık derman kalmıştı. Sokağın orta yerinde birkaç saniye öylece durup gücünü topladı, sonra avazı çıktığınca bağırmaya başladı:

"Mehmeeet! Haticeeee! Erdoğaaaaan! Komşulaaaar! Çıkın

lan dışarıya! Herkes dışarı çıksın! Çıkın diyorum size, duymuyor musunuz?"

İnsanlar yerlerinden sıçradılar, damaklarını kaldırdılar, hatta birkaç ihtiyar heyecandan altına kaçırdı. Bağırtısı durmuyordu Recep'in. Murateli Mahallesi'nin aşağı kısmındaki kapılar, pencereler bir bir açıldı, meraklı kafalar buz gibi soğuğa rağmen dışarı uzandı. Kimileri Recep'in etinden et koparıyorlar sanmıştı, kimileri de koca dağlar kente düşüyor diye korkmuştu. Yeterince insanın kendisini dinlediğine ikna olan Recep bir kapıdan diğerine koşarak, dansa benzeyen ama kesinlikle dans olmayan tuhaf hareketler eşliğinde haykırmaya başladı. Sesi fakir sokaklarda, duvarlarda, camlarda yankılandı.

"Mehmet Fener'e gidecek! Çıkın lan dışarı hepiniz! Duydunuz mu, oğlum Fener'e gidecek, benim oğlum, Moskof Recep'in aslan oğlu İstanbul'da oynayacak diyorum. Duydunuz mu lan? Kurtuldum bu çukurdan, bu fare deliğinden kurtuldum ben! Duydunuz mu?"

"Duyduk!" dedi mahalleli, sanki o böğürtüyü duymamak mümkünmüş gibi. "Duyduk, duyduk! Haydi hayırlısı olsun!"

Bir Mehmet duymamıştı haberi çünkü evde değildi, nerede olduğunu bilen de yoktu. Kendi adına bayram ilan edildiğini; insanların sarılıp öpüştüğünü; babasının yetmişlik rakı açtığını; annesinin bir koşu arka sokaktaki falcı kadına gidip onun ellerini ayaklarını öptüğünü ve kadının önüne yok canından bir çeyrek altın attığını bilmeden, Yaslıhan'ın az dışındaki kerhanede, siyah upuzun saçlı bir dilberin koynunda serilmiş yatıyordu.

Erdoğan'ın Recep'i sakinleştirip işin aslını astarını öğrenmesi epey zaman aldı. Recep öyle bir heyecan seline kapılmıştı ki, soruları duymuyor, sürekli aynı cümleleri tekrarlayıp duruyordu. "Oğlum Fener'e gidecek. İşittin mi beni Erdoğan? Duydun değil mi koçum? Oğlum İstanbul'a gidecek." Ancak Hatice'yle Ümmühan'ın kurduğu çilingir sofrasına oturup ikinci kadehi devirdikten sonra kalp atışları düzene girdi, beyni yerine oturdu da, olan biteni Erdoğan'a anlatacak hale geldi. Yılın bu vakti, nereden yolu düştüyse, Fener'in yöneticilerinden biri Yaslıhan'a gelmişti. Adam yetenekli gençler arıyordu ve Yaslıhan'dakiler ona Mehmet'ten bahsedince, çocuğu göreceğim diye tutturmuştu.

İşin aslı, Fenerli yöneticinin yetenekli genç falan aradığı yoktu ve o günlerde Yaslıhan'a yirmi kilometre uzaktaki Akağaç köyünde bulunmasının tek sebebi köyün sahilindeki eski bir Rum evini satın alacak olmasıydı. Tapu dairesindekiler ona Yaslıhanlı Mehmet'i anlattıklarında adam önce kulak bile asmamıştı. Çok duymuştu böyle şeyler. Yıllardır çocuğunun üstün yetenekli olduğunu sanan ailelerden, gördükleri her ortalamanın üzerindeki topçuyu Pele sanan futbol meraklılarından bıkıp usanmıştı. Üstelik bu işin içinde geçirdiği yirmi küsur senenin sonunda, Anadolu'nun efsaneler yaratmaya ne kadar meraklı olduğunu da iyi öğrenmişti. Ama civardaki iki günün sonunda çocuğun adını farklı farklı insanlardan –aralarında son derece ayağı yere basanlar da vardı– yirmi kere duyunca, içinde kabaran merakı dizginleyemeyip Yaslıhanspor'u aramış, kendini tanıtmış ve Mehmet'i izlemek istediğini söylemişti. Haftanın sonundaki maçı seyredebilmek için üç gün fazladan kalması gerekiyordu ama bu süre içinde aldığı evle daha çok ilgilenebileceğini düşündüğünden bunu dert etmemişti. Bir an önce İstanbul'a, çocuklarının yanına dönmek isteyen karısını da "Tembeldir buranın insanı. İşin başında durmazsan bir bok yaptıramazsın bunlara" diyerek kandırmıştı. Oysa kesinlikle tembel değildi Yaslıhan ve havalisinde yaşayanlar.

Moskof Recep adamın Mehmet'i kaptığı gibi İstanbul'a götüreceğinden öyle emindi ki, Erdoğan bir türlü cesaretini toplayıp ona "Ya adam beğenmezse Mehmet'i?" diye soramadı. O saatlerde, her şeyden habersiz, kerhanede taze bir orospunun koynunda debelenmekte olan Mehmet de soramayacaktı o soruyu. Uçkurunu toplayıp eve vardığında büyük haberi duyunca evvela sevindi ama sonra aklına adamın onu İstanbul'a götürmeme ihtimali geldi ve o akşam beş kez üst üste boşalmış olmanın verdiği rehavet aniden uçup gidiverdi üzerinden. Demirden bir korku, yüreğin şeklini alıp oturdu göğsüne.

O gece, Recep'le karşılıklı beşer kadehi patlatmalarına rağmen Erdoğan'ı bir türlü uyku tutmadı ve adamcağız vicdan azabıyla dönüp durdu yatakta. Arkadaşının başına kendisi açmıştı bu işi, onu oğlunun büyük futbolcu olacağına, bu sayede yırtacağına inandırmıştı. Eğer o yönetici Mehmet'i alıp götürmezse ne olacaktı? Yıkılacaktı Recep ve kendisi yıkılmakla kalmayacak, dünyayı da yerle bir edecekti. Hem de Kara Hatice'yle çocuklarının başına... Erdoğan vücudundan bir titremenin gelip geçtiğini hissetti. Şeytan yoklamıştı. Durduk yerde yoklamazdı şeytan adamı.

Aynı saatlerde Recep, Erdoğan'ınkine bitişik evinde Kara Hatice'nin yanına uzanmış, Ümmühan'ı düşünüp otuzbir çekerek keyfine keyif katıyordu. Kimsenin yüzüne bakmadığı Erdoğan, nasıl yaptıysa yapmış, karının iyisini kapmıştı. Kendisiyse uyurken daha da çirkinleşen Hatice yamuğuna kalmıştı. Neyse ki fazla bir zaman kalmamıştı ondan kurtulmasına. Eli kulağında sayılırdı artık. Recep, gecenin karanlığında yatağı titrete titrete boşaldı ve uyuyakaldı. Saatler sonra uyandığında, Hatice ateşler içinde yanan Mehmet'i sirkeli sularla ovuyordu.

Yedi

Cep telefonu, çalışma masasının uzak köşesinde patlamaya hazır bir bomba gibi duruyordu. Saatine baktı. Henüz sekiz buçuktu ve Fırat'ın bu saatte aramayacağından emin olsa da küçük beyaz telefona bakmak sinirlerini altüst ediyordu. Çantasına mı koysaydı acaba? Ofisinin kapısı açıldığında telefona uzanmak üzereydi.

"Günaydın Narinciğim." Patronu üzerine kalıp gibi oturan lacivert takım elbisesinin içinde gülümsüyordu. Erol Bey, altmış yaşını iki ay önce devirmişti ama hâlâ kırk yaşında birinin enerjisine sahipti.

"Günaydın Erol Bey."

"Sen seviyorsun diye simit aldım, şimdi getirecek Zeynel Efendi. İnşallah kahvaltı yapmamışsındır."

"Yapmamıştım, teşekkür ederim."

"Gömleğin ne kadar şık."

Narin beyaz ipek gömleğine baktı. En az üç senelikti ve daha önce neredeyse elli kere giymişti ama sesini çıkarmadı.

"Teşekkür ederim."

"Hadi bakalım, iyi çalışmalar sana!"

Adam tam kapıdan çıkmak üzereyken, Narin bir anlık tereddüdün ardından ayağa fırladı ve seslendi.

"Erol Bey, eğer vaktiniz varsa bir şey sorabilir miyim?"

Patronu dönüp ona baktı.

"Tabii sorabilirsin."

"Ayhan'ın yerine kimin alınacağı belli oldu mu?"

"Hayır, henüz değil. Görüşmelerimiz sürüyor. Bir sorun mu var?"

"Aslında ben..."

Narin tam iş yükünden yakınmak için ağzını açmıştı ki telefonu çalmaya başladı. Ekrandaki numarayı tanımıyordu. Yüreği ağzına geldi. Aklı ihtimaller üzerinde deli gibi koşturken, patronunun kapının ağzında beklediğini unutmuştu.

Erol Bey "Başka bir şey var mıydı?" diye sorunca irkildi ve aceleyle "Hayır, ben sadece merak ettim" diye mırıldandı.

Adam çıkıp kapıyı kapattığında Narin de telefonu kulağına götürdü.

"Alo?"

"Günaydın Narin! Ben Fırat."

Narin tekrar koltuğuna oturdu.

"Günaydın!"

"Öğlen müsait misin? Yemek yiyelim." Fırat'ın sesi son derece sakin geliyordu. Kırk yıllık dostunu yemeğe çağırır gibi rahattı. Aslına bakılırsa tam olarak kırk yıl olmasa da epey uzun bir süredir tanışıyorlardı.

"Öğlen iş yemeğim var!"

"Öğleden sonra kahve?"

"Öğleden sonra karşıya geçeceğim."

"Akşam?"

"Geç çıkacağım."

"Dalga mı geçiyorsun?"

"Hayır, dalga geçmiyorum. Çalışıyorum ben. Çok işim var ve keyif çatacak vaktim yok." Narin tamamen doğruyu söylüyordu.

"Yarın sabah yedide kahvaltı o zaman. Sekizde seni işyerine bırakırım, sen de doya doya çalışırsın."

"Neden telefonda konuşmuyoruz ki?"

"Saçmalama!"

"Tamam, kahvaltı o zaman. Yeri söyle!"

Fırat'ın söylediği yer Narin'in işyerine çok yakın bir kafeydi.

"Peki" dedi. "Hem ofisime de yakın."

Narin telefonu kapattı ve arkasına yaslandı. "Ne yapıyorum ben?" diye sordu kendine. Ailesinden haber almanın ne yararı olacaktı? İsteseydi ya da merak etseydi, aradan geçen yıllar boyunca onlarla kolayca bağlantı kurabilirdi. Bilmemeyi kendisi seçmişti ve bu durumu değiştirmek hiç akıllıca değildi. Başlarına ne geldiyse onların problemiydi. Yine de telefonu kaldırıp kahvaltıyı iptal etmedi. Arkasına yaslandı ve ertesi gün duyabileceği en kötü ihtimalleri sıraladı: Annesi ölmüştü, Şadiye genelevde çalışıyordu ve Mehmet tefecilerin eline düşmüştü. "Bana ne" diye söylendi. "Ne halleri varsa görsünler!" Onu ilgilendirmiyordu.

Mehmet'in ateşi iki gün, iki gece sürdü. Başka zaman olsa, Recep kafasını oda kapısından uzatıp çocuğu yoklamazdı bile ama bu defa bir saniye bile gözünü ayırmadı oğlundan. Hatta paraya kıyıp aile tarihlerinde ilk kez, eve doktor bile getirdi. İğneydi, ilaçtı, baldı, ıhlamurdu derken, tam üçüncü gün düştü çocuğun ateşi. Kara Hatice, yok canından, çeyrek altın daha attı falcı kadının önüne. Babasının, ölümünden önce ufak bir kese içinde verdiği bu altınlardan Recep'in haberi yoktu. Kadın, onları Recep'in indirmeye pek az kalkıştığı çatal donunun içinde saklıyordu ve çocukları aç kaldığında bile harcamıyordu. Yalnız fal ve büyü içindi altınlar. Geleceği görmek ve değiştirmek için. Çok geçmeden çeyreklerin suyunu çekeceğinin pekâlâ farkındaydı ama ne de olsa, oğlu büyük takıma gidince onlara ihtiyacı olmayacağından bunu düşünmüyordu. Yokluk içinde son günleriydi bunlar. Buna kendini iyice inandırdığı için önemli saydığı olaylarda falcı kadına koşuyor, onun söylediklerini bir bir yapıyor, dedikleri çıktığında da önüne çeyrek altın atmaktan kaçınmıyordu. Biraz fal, biraz büyü... Biraz umut, biraz hile...

Maç sabahı Mehmet turp gibi uyandı. Kara Hatice'nin sobanın üzerinde ısıttığı suyla yüzünü yıkayıp kahvaltısını ederken, bütün aile çıt bile çıkarmadan gözlerini dikip onu izledi. O ekmeğini, peynirini ağzına tıkıp çayını yudumlarken hepsi derin bir nefes aldılar ve hayallere daldılar. Bir sürü umut olanca ağırlığıyla, çocuğun omuzlarına yüklendi. Ağzına attığı her lokmada, anasının, babasının, kardeşlerinin hayallerini besledi. O gün maça hep beraber gideceklerdi. Recep öyle buyurmuştu. Stat ne kadar kalabalık olursa, ne kadar çok insan Mehmet için bağırırsa, Fenerli yönetici o kadar etkilenirdi. Neredeyse bütün mahalle gelecekti maça. Kimse Recep'in kendisini düşman bellemesini istemiyordu, o yüzden çoluk çocuk herkes orada olacaktı.

Mehmet erkenden fırlayıp gitti, diğerleri çıkmak için öğlen saatini beklediler. Hava öyle soğuktu ki, Recep komşuların sözlerinden cayacaklarından korkup Narin'i sokağa saldı. Her kapıyı çalacak, mahalleden hep birlikte stada yürümek için bir saat sonra köşedeki bakkalın önünde buluşacaklarını söyleyecekti. Narin babasının söylediği gibi her kapıyı çalıp eve geri döndüğünde, soğuktan gözleri yaşarmış, elleri morarmıştı. Yüzünü tekrar hissedinceye kadar dakikalarca sobanın dibinde oturmak zorunda kaldı. Vakit gelince kat kat sarındılar, çoraplarının üzerine çoraplar, kazaklarının üzerine kazaklar giydiler. Narin ile Şadiye'nin üzerindekiler genelde Mehmet'in eskileriydi. Mehmet de konu komşunun eskilerini giydiği için neyin aslında kime ait olduğunu bilmek imkânsızdı. Eve bir kez giren eşya, sonsuza kadar orada kalıyordu. Ondan ona, ondan ona evrilip devriliyordu... Her kazağın, her kumaşın desenini milim milim ezberliyorlardı. Giysileri değil de uzuvları gibi oluyordu pantolonlar, kazaklar. Eve giren bir eşyanın olduğu gibi çıktığı görülmüş şey değildi. Mesela bir gömlek asla gömlek olarak terk edemezdi evi; yer bezi yapılıp lime lime olana kadar beklemek zorundaydı. Çarşaflar yastık kılıfı, yastık kılıfları bulaşık bezi, divan örtüleri tutaç olana kadar her şey santim santim küçülüyordu. Dedeleri öldüğünden beri Hatice'ye ya da çocuklara yeni bir çöp bile alınmamıştı. Dayılar, ancak Kara

Hatice gidip kapılarında ağlayıp yalvarınca üç beş kuruş atıyordu önlerine. O da ya evin masrafına ya Moskof'un borçlarına gidiyor, tek bir metal para bile sekip diğerlerinin cebine girmiyordu. Bir Recep adam gibi giyiniyordu aralarında. Yalnız onun hakkı vardı, bir dükkâna girip beğendiği şeyi sardırmaya. Mehmet'e de arada bir Şişko Necati eşofman ya da krampon alıyordu. Diğerlerinin payına düşen daima eskilerin arasında eşelenmek oluyordu.

O gün Recep üzerine koyu kahverengi yünlü kumaştan bir takım geçirdi. Sonra, sanki maça değil de kız istemeye gidiyormuş gibi aynanın karşısına geçip uzun uzun tarandı, yarım limonun suyunu eline sıkıp sarı saçlarını geriye doğru yapıştırdı, üstünü başını düzeltti. Kara Hatice ile kızları kapının kenarına dizilip Recep'in süslenmesinin bitmesini beklediler. Recep hazır olunca, hiç âdetleri olmayan bir şey yaptılar ve kapıdan ailece çıktılar.

Bakkalın köşesinde üç beş kişi birikmişti bile. Şadiye'yle Narin koşup zıplayarak ayazdan korunmaya çalışırken, Kara Hatice ellerini karnının üzerinde bitiştirmiş, Recep bir kartal gibi gözlerini sokağa dikmişti. Ağır ağır kapılar açıldı, çıkanlar çıktı, bakkalın önü insan doldu. Buz tutmuş saçakların altından hep birlikte stada kadar yürüdüler. Kadınlar, erkekler, gençler, yaşlılar, çocuklar... Bazıları Recep'in korkusundan, bazıları Hatice'ye acıdığından ve büyük bir kısmı da bir mucizenin içinde yer almak için hayatın onlara tanıdığı tek fırsatı kaçırmak istemediğinden yürüdü onca yolu. En önde mahallenin delisi, en arkada kimse tüymesin diye gözünü dört açmış Recep ve arada bir garipler ordusu, akıp gittiler Yaslıhan sokaklarından.

Sekiz

"Çok gergin bir halin var!" dedi Fırat Narin'e ama kendisinin daha gergin olduğunun farkında değildi.

"Yoooo, sadece sabahın köründe burada seninle oturduğum için kendimi suçlu hissediyorum. Deniz ile Irmak'ın arkasından iş çeviriyormuşum gibi geliyor."

"E çeviriyorsun zaten, şu anda yaptığımız tam olarak bu" dedi Fırat ve gülümsedi. Onun sürekli arabasının anahtarlığıyla oynaması Narin'in gözünden kaçmamıştı.

"Hayır, çevirmiyorum, beni buraya çağıran sendin. Sen tutturdun buluşalım diye. O yüzden bir an önce ne söyleyeceksen söyle de gidelim."

"Bir şey söylemeyeceğim. Sadece seninle konuşmak istedim."

"Ama onlardan haber aldığını söylemiştin?"

"Yalandı."

"Yalan mıydı? Deli misin sen? İki gündür karnımda ağrılarla yaşıyorum senin yüzünden, sense karşıma geçmiş yalan söyledim diyorsun."

"Başka türlü benimle buluşmazdın."

"Elbette buluşmazdım!" diye bağırdı Narin.

"Ben de merak ettiğim şeyleri öğrenemezdim."

"Ne öğrenmek istiyorsun ki?"

"Neden beni tanımazdan geldiğini merak ediyorum." Fırat kollarını göğsünde kavuşturup gözlerini Narin'e dikti.

"Ne bileyim, şaşkınlıktan herhalde. Hem sen de aynı şeyi

yaptın. Yani bir tek benim suçum değil."

"Narinciğim, burada kimseyi suçlamıyoruz. Deniz'in evindeki partide beni ilk gördüğün akşam suratının ne hale geldiğini biliyor musun? Darmadağın oldun! Kalp krizi geçireceksin sandım bir ara. Deniz seni bize doğru ittirmese, camdan atlayıp kaçacak gibiydin. O durumda ne yapabilirdim ki? Ben de senin kadar şaşkındım ve baktım yabancı gibi davranıyorsun, devam ettirdim. Anlayacağın, konuyu senin inisiyatifine bıraktım. Ama şimdi iyi yaptığımı düşünmüyorum."

Narin geriye yaslandı ve birkaç saniye sessiz kaldıktan sonra "Peki ne öneriyorsun?" diye sordu. "Bu saatten sonra çıkıp 'Aaaa biz aslında tanışıyorduk' mu diyeceğiz?"

"Sonradan hatırlamış gibi yapabiliriz" dedi Fırat.

"Olmaz!"

"Neden olmasın canım. Şunu tanıyor musun, bunu tanıyor musun diye konuşurken, bir anda birbirimizin kim olduğunu çıkarıveririz, olur biter."

"Olmaz dedim" diye diklendi Narin.

"Neden yahu? Detay vermek zorunda değiliz ki!"

"Çünkü Deniz hikâyeyi biliyor. Irmak da biliyor." Narin başını ellerinin arasına aldı.

"Neyi biliyorlar?"

"Eskiden olanları biliyorlar işte! Bu saatten sonra karşılarına geçip Fırat var ya, işte o benim eskiden size anlattığım Fırat diyemem. Unut bunu! Sonradan hatırladığıma asla inanmazlar. Ondan sonra her hareketimden bir anlam çıkarmaya başlarlar. Özellikle de Irmak! Onun hırçınlıklarıyla, laf sokmalarıyla uğraşmak istemiyorum."

"Tamam, sakin ol, seni hiçbir şey yapmaya zorlamıyorum. Nasıl istiyorsan öyle yaparız. Benim için fark etmez! Peki Deniz isim benzerliğinden şüphelenmedi mi? Küçük bir Ege kasabasında kaç kişinin adı Fırat olur ki?"

"Onun coğrafyası zayıftır, Fırat'ı Gediz'in kolu bile sanıyor olabilir" dedi Narin sıkıntılı bir tavırla. "Umarım yakında ayrılırsınız ve hayatımızdan çıkarsın. Bunu dilemem çok ayıp biliyorum ama huzurumu kaçırıyorsun."

Fırat bu sözlere güldü ve Narin onun gözlerinde yıllar öncesini gördü. Sanki zaman kaymış ve farklı zamanlar, farklı görüntülerin üzerine binmişti. Kalbinde keskin bir acı hissetti.

"Yapma Narin, o zaman ikimiz de çocuktuk ve bin yıl önceydi" dedi Fırat.

Sesi söylediklerine inanıyor gibi alaycıydı ve Narin'in yüreğinin biraz daha burkulmasına yol açtı. İnsan bazen bir yerde takılıp kalıyordu ve diğerleri yürüyüp giderken, o bir yol bulup geçemiyordu. Kendisine olan da buydu: Takılıp kalmak. Çantasını alıp kalktı ve "Ben ortada gülünecek bir şey göremiyorum" diye söylendi.

"Tamam, tamam! Özür dilerim. Bekle, hesabı ödeyeyim, seni bırakırım."

"Zahmet etme! Ben yürürüm."

"Lütfen! Otur hadi iki dakika daha!"

Narin isteksizce yerine oturdu.

"Mehmet'le gerçekten görüşmüyor musun?" Fırat birdenbire ciddileşmişti.

Narin dik dik Fırat'a baktı. "Sana ne bundan?"

"Bilmem. Merak işte."

"Madem çok merak ediyorsun, söyleyeyim: Üniversite için Yaslıhan'dan ayrıldıktan sonra hiçbirini görmedim. Hatta telefonla bile konuşmadım. Nerede olduklarını, ne yaptıklarını bilmiyorum. Gebermiş bile olabilirler. Umurumda değil!"

"Bahsettiğin insanlar senin ailen!"

"Aile mi?" derken Narin'in yüzünde tiksinti ifadesi belirdi. "Ne aile ama!"

"Peki hiç merak etmiyor musun? Özlemiyor musun?"

"Bazen... Bazen biraz merak ediyorum. Sadece birkaç saniye sürüyor, hemen geçiyor."

"Başlarına bir şey geldi mi diye düşünmüyor musun?"

"Geldiyse geldi" diyerek omuzlarını silkti Narin. "Başına bir şey gelmeyen biri var mı?"

"Ne bileyim, ben olsam merak ederdim."

"Ben etmiyorum. Neden edeyim ki? Bir tane bile güzel anım yok onlarla. Bir kere bile gülüp söyleştiğimizi ya da neşemizin yerinde olduğunu hatırlamıyorum. Aile gibi değildik biz, aynı koğuşta yaşamaya mecbur bırakılmış mahkûmlar gibiydik. Birbirinden nefret eden, o evden kurtulmak için gün sayan insanlar..."

"Tamam kızma!"

"Kızıyorum, çünkü hayatımın didik didik sorgulanması hoşuma gitmiyor. Benim ailem ve benim geçmişim seni neden bu kadar ilgilendiriyor?"

Narin arkasına yaslanarak yüzünü pencereden yana çevirdi. Şehir hareketlenmiş, biraz önce sakin olan caddeden vızır vızır arabalar geçmeye başlamıştı. Narin kendini bir günün başında değil de sonunda gibi hissediyordu. Başına ve midesine aynı anda sancı saplanmıştı. Bir taraftan da Fırat'a biraz fazla sert çıktığının farkındaydı.

"Peki sen gidiyor musun Yaslıhan'a? Yani seninkiler hâlâ orada mı?" diye sordu. Bu kez sesi belirgin bir şekilde yumuşamıştı.

"Hayır, ben üniversite sondayken annem öldü. Babam da İstanbul'da yaşıyor epeydir."

Narin, o kadının ölümüyle ilgili hiç üzüntü hissetmediği halde "Başın sağ olsun!" dedi. Âdet âdetti ve yerini bulmalıydı.

"Sağ ol. Önceden sık sık gidiyordum ama birkaç senedir ben de hiç gitmedim Yaslıhan'a. Babam ara ara gidip geliyor ama artık onun da pek eşi dostu kalmadı. Fabrikayı sattık, zeytinliklerin çoğunu da elden çıkardık. Birkaç parça mülkümüz kaldı."

"Özlüyor musun?" diye sordu Narin.

"Yaslıhan'ı mı? Bazen özlüyorum. Daha çok çocukluğumu

özlüyorum galiba. Ama nedense oraya gitmek beni üzüyor. Özellikle uzun zaman gitmediysem, dere yolundan Yaslıhan'a girerken kendimi kötü hissediyorum. Bir daha asla geri gelmeyecek zamanların içinden geçmek gibi... Ne bileyim, içim sızlıyor işte. Her gittiğimde bir şeyler değişiyor ve bunu görmek iyi gelmiyor."

"Her yerde bir şeyler değişiyor. Bir tek orada değil ki" dedi Narin.

"İçindeyken fark etmiyor insan, burada biz de değişimin parçası ya da şahidiyiz. Oysa orası değişirken..."

"Hatıralarımız yıkılıyor..."

"Evet" dedi Fırat ve Narin'e baktı. "Hatıralarımızı yıkıyorlar." Sesi kederli çıkıyordu.

Lacivert montlu çocuğu ilk kez o gün, stadyumda gördü Narin. Mehmet'in üstü başı dökülen arkadaşlarının arasında, yeni ve tertemiz kıyafetleriyle duruyordu. Zenginlik, fakirliğin içinde iyice belirgin hale geldiğinden, içi müflonlu lacivert mont da altın gibi parlıyordu Yaslıhan stadının üç sıralı tribününde. Özenle kesilmiş saçları, montuyla aynı renk atkısı ve cilalı botları onu diğerlerinden keskin çizgilerle ayırıyordu. Tüm bu ayrıksı görüntüsüne rağmen onlardan biri gibi davranması ve karşılık görmesi şaşırtıcıydı. Büyük bir rahatlıkla yanındakilerle şakalaşıyor, gülüp konuşuyordu ve bu durum çocuğun uzun zamandır Mehmet'in arkadaş grubunun bir parçası olduğunu belli ediyordu. Onu niye daha önce hiç görmediğini merak etti Narin. Mahalleye oynamaya gelmiş olsa mutlaka hatırlardı. Kulak kabartıp çocuğun ismini duymaya çalıştı ama nafile! Hafızasını hallaç pamuğu gibi attı, altüst etti, abisi ile arkadaşlarının bir zengin çocuğu hakkında konuşup konuşmadıklarını anımsamaya çalıştı. Aklına hiçbir şey gelmedi. Narin onun dümdüz kaşlarına, alnına dökülen siyah saçlarına, bembeyaz tenine, inci gibi dişlerine, hiçbir çıkıntısı olmayan düzgün burnuna, kısık gözlerine, uzun ince parmaklarına baktı. Abisiyle aynı yaşlarda olmalıydı, belki biraz daha büyük, belki de azıcık küçük... Gözlerini çocuktan almaya çalışıyor ama başaramıyordu. Doya doya, kana kana bakmak istiyordu. On altı yaşındaydı ve o güne kadar birine bakmanın insanı böyle mutlu edebileceği hiç aklına gelmemişti. Ne maçın başladığını fark etti ne de Mehmet'in sahaya çıkışını gördü. O gün Yaslıhan stadyumunda, ayazın ayazında dişleri birbirine çarparken hakem düdük çaldı, insanlar bağırıp çağırdı; top kornere, auta, taca çıktı; fileler havalandı; futbolcular kapıştı ve Narin âşık oldu.

Lacivert montlu çocuk, onu devre arasında gördü. Bir baktı, sonra dönüp bir daha baktı Narin'e. Ateş değmiş gibi oldu kızın gözlerine ama bakışlarını alıp başka tarafa koyamadı. Allahtan maç boyunca gelenler olmuş ve etraflarındaki kalabalık, çocuğun Narin'in kıyafetini görmesini engelleyecek kadar büyümüştü. Mehmet'in eski püskü, yıllar içinde kahverengiden boza dönmüş, üstelik Narin'e birkaç numara büyük gelen lastik çizmeleri vardı ayağında. Yağmuru, karı hâlâ ısrarla içeriye almıyordu bu çizmeler ama zehir gibi soğuk, iki çorabın üzerinden bile olduğu gibi geçiyordu ayaklarına. Üstelik öyle çirkinlerdi ki, onlara bakmak bile utançtan yüzünün kızarmasına yetiyordu. Bir türlü annesini bu çizmelerin, her ayakkabıdan daha çok üşüttüğüne ikna edemiyordu. Büyük ihtimalle, idrar zoru ve annesinin kalın kafası yüzünden akşama kalmadan kan işemeye başlayacaktı ama o an lacivert montlu çocukla yeniden göz göze gelmekten başka hiçbir şeyi umursamıyordu. Aklından bile geçmiyordu avlunun dibindeki buz gibi ve karanlık alaturka tuvalette iki büklüm bir halde, ağlaya ağlaya geçireceği saatler. Bir an lacivert montlu çocuğun kendisine gülümsediğini sandı. Emin değildi, belki Narin öyle sanmıştı ama o "belki" bile kalbini gümbür gümbür attırmaya yetti de arttı bile. Soluğu ritmini şaşırdı, dizleri tir tir titredi ve engelleyemediği çarpık bir gülümseme gelip yüzüne oturdu. O zaman çocuk şüpheye yer bırakmayacak kadar açıktan göz kırptı ona.

Moskof Recep'in bütün dikkati maçta ve Fenerli yöneticinin üzerinde olduğundan Narin'in aval aval Mehmet'in arkadaşlarından yana baktığını göremedi ama Kara Hatice kızın koluna fena bir çimdik attı.

"Önüne bak kız! Önüne bak da yoldurma bana o saçlarını!"

"Önüme bakıyorum anne!" Kolunun acısı Narin'in gözlerinden yaş getirmişti.

"Görüyorum ben senin nereye baktığını!" dedi Hatice ağzını incecik yaparak.

Narin çaresiz, yüzünü sahaya çevirdi ama gözünün kenarından lacivert montlu çocuğun kendisini izlediğini görüyordu. Bu maç hiç bitmesin istiyordu. Sonsuza kadar sürsün, hatta bütün ömrü bu maç olsun... Keşke saçlarımı açsaydım, diye geçirdi içinden. Annesi kış başında beline kadar uzanan saçlarını omuz hizasına kadar kısaltmıştı ama yine de güzel oluyordu açınca. En azından atkuyruklu halinden iyiydi. Durdukları yerdeki bir grup insan bir ağızdan bağırıp havalara uçunca kendine geldi. Mehmet gol atmıştı. Abisi, sahada bir uçtan ötekine kuş gibi koşarken, Narin kendini annesinin kollarında buldu. Herkes birbirini öpüyordu, o da sarılıp annesini öptü ve lacivert montlu çocuğa sarılmanın nasıl olacağını hayal etmeye çalıştı. Kalbi yine gümbürdedi.

O gün Yaslıhanspor üçe iki yenildi ama stattan çıkarken Recep'in keyfi yerindeydi. Mehmet hem çok iyi oynamış hem de bir gol atmıştı. Gerçi Fenerli yönetici, o mendebur adam, ne yanlarına gelip tek bir laf etmiş ne de bir kez alkış tutmuştu ama Moskof emindi onun oğlana hayran kaldığından. Maçı seyrettiği kadar yöneticiyi de seyretmiş ve onun gözlerini Mehmet'ten ayırmadığını görmüştü. Erdoğan da demişti zaten; Mehmet'i beğenmeyecek de kimi beğenecek diye. Yine de, herifin yanında dikilip duran Şişko Necati'nin bir işaret çakmaması Moskof Recep'in içine bir kurt düşürmüştü. İnsan gözüyle kaşıyla olsun, bir hareket yapmaz mıydı? Stadın kapısına vardıklarında aniden durdu.

"Gel kız buraya!" dedi Narin'e. "Şişko Necati'nin yanına

git, kulağına sor bakalım, adam abin için bir şey demiş mi?"

Kız başını salladı.

"Adama duyurma sakın!" diye tembihledi Moskof.

Şişko Necati ile Fenerli yönetici onlardan ilerde, lacivert montlu çocukla arkadaşlarının biraz önündeydiler. Narin koşmadı da uçtu sanki o tarafa doğru. Necati'nin koluna sarılıp adamı durdurdu ve "Babam soruyor, adam Mehmet için bir şey dedi mi?" diye sorarken kalbinde tamtamlar çalıyordu. Necati kızın kulağına doğru eğildiği sırada, yanlarından geçen lacivert montlu çocuk açıktan açığa bir öpücük yollayınca Narin'in feleği şaşıverdi. Bildiği, tanıdığı dünya gidip de yenisi kurulurken Yaslıhan bile Yaslıhan olmaktan çıktı, kiri pası silindi, eğri binaların omurgası düzeldi. Lacivert montlu çocuk uzaklaşırken, yollar ilk defa bir yere gidiyor gibi göründü Narin'e. Doğduğu şehirden hiç çıkmadığı için yolların birbirine bağlandığını, hepsinin birleşip daha büyük yollara aktığını, o büyük yolların başka şehirlere, ülkelere kavuştuğunu bilmiyordu. Daha doğrusu biliyordu ama anlamıyordu. O gün, çocuğun arkasından bakarken, ilk kez anladığını hissetti. Biri gittiğinde arkasında bir yol bırakıyordu. Yürüyüp ona varabileceğin bir yol... Babasının kocaman açılmış gözleri yüzünün iki santim uzağında belirince irkilip bir adım geri kaçtı.

"Ne dedi Necati?" diye sordu Moskof Recep.

Narin babasına baktı. Ne demişti Necati?

"Ne dedi be, söylesene!"

Korku dizlerine doğru indi Narin'in. Aklı başından uçup gitmiş, giderken Necati'nin sözlerini de götürmüştü. Kafası öyle durmuştu ki, bir yalan uydurmayı bile akıl edemedi. Çişi gelmiş gibi kıvranarak "Unuttum baba!" diye kekeledi ve tokadı yedi.

Dokuz

Irmak aradığında Narin işten çıkmış, eve gidiyordu. Yağmur yüzünden iyice yoğunlaşmış trafik, kornaların sesi, şehrin gürültüsü, koşuşturan yayalar, sıçrayan sular, durmadan çalışan silecekler ve İstanbul'un en telaşlı hali... Yaklaşık bir saattir arabasına hapsolmuştu ve aynı durumdaki diğer insanlar gibi kısa menzilli hayaller kurarak oyalanıyordu: kanepeye uzanarak ayaklarını uzatmak, sıcacık bir duş, mutfak tezgâhının üzerinde onu bekleyen yarım şişe kırmızı şarap... Tüm istediği bir an önce arabadan inip onlara kavuşmaktı.

"Ablamı bulamıyorum sabahtan beri. Telefonunu açmıyor, işe de gitmemiş. Senin haberin var mı diye merak ettim" dedi Irmak. Sesi endişeli geliyordu.

"Hayır, ben de hiç konuşmadım bugün. Evi aradın mı?"

"Belki on kere!"

"Allah Allah!"

"Of yaaa, çok merak ettim Narin."

"Dur canım, hemen paniğe kapılma" derken Narin sesinin inandırıcılıktan uzak çıktığının farkındaydı. Sonuçta ikisi de Deniz'i merak etmek için geçerli sebepleri olduğunu biliyorlardı.

"Ben işteyim hâlâ. Bitmek bilmeyen aptal bir toplantıdayım ve çıkamıyorum." Irmak ağlamak üzereydi.

"Tamam, tamam sakin ol! Ben evine gidip bakarım ama felaket bir trafik var" dedi Narin. "Ne kadar zamanda oraya varırım bilmiyorum. Burasının Cenevre olmadığını aklında tut ve sabırlı olmaya çalış!"

"Harikasın. Varınca ara beni!"

"Merak etme!"

Narin tam evinin sokağına girmek üzereyken birkaç küfür yemeyi göze alarak hatalı bir dönüş yaptı. Kabataş ile Maçka'nın arası sadece birkaç kilometreydi ama İstanbul trafiğinde mesafeler uzunluk birimleriyle ölçülmediğinden bunun bir anlamı yoktu. Santim santim geldiği yollardan milim milim geri dönecekti! Hoşça kal sıcak duş, hoşça kal şarap! Haber alınamayan başka biri olsa konunun üzerinde bile durmazdı ama Deniz telefonuna yapışık yaşayanlardan olduğundan cevap vermemesi alışılmışın çok dışında bir davranıştı. Uçakta bile telefonunu kapatmak için son saniyeyi bekler ve inişte tekerlekler yere değer değmez tekrar açardı. Telefonunu bir yerde unutmuş olsa dahi, bunun bir tam gün sürmesi imkânsızdı. Ne yapar eder, alırdı o telefonu. Üstelik Deniz'i tanıyan herkesin onunla ilgili seslendirmek istemedikleri korkuları vardı ve kızın pervasız yaşam şekli bunları körüklüyordu. Narin, aklına gelen kötü senaryoları uzaklaştırmak için müziğin sesini yükseltti.

Yağmur İstanbul'a lanet gibi yağıyor ve trafik akmak bilmiyordu. Normalde on dakika sürecek yol, yolda kalmış bir kamyonetin de katkısıyla uzadıkça uzadı. Dur-kalk! Dur-kalk! Dur-dur-dur! Maçka'da arabasını otopark görevlisine teslim ettiğinde yaklaşık bir saat geçmişti ve açlıktan ölmek üzereydi. Bu arada Irmak beş kere aramış ve sonuncusunda kendisinin de Anadolu yakasından yola çıktığını söylemişti. Kızın gittikçe daha evhamlı gelen sesi Narin'in sinirlerini daha beter geriyor, sürekli araması Narin'in kendisini sakinleştirmesine olanak tanımıyordu. Bir ara "Yeter artık, arayıp durma!" diye bağırmamak için kendisini zor tutmuştu.

İyiden iyiye hızını artıran yağmurun altında, hızlı adımlarla Deniz'in oturduğu apartmana doğru yürüdü ve dairenin zilini ısrarla çaldı ama açan olmadı. Neredeydi bu kız? Tam Deniz'in evde olmadığına ikna olduğu anda aşağıdaki zilin bozuk olduğu aklına geldi ve bu kez kapıcının ziline bastı. Onu yıllardan beri tanıyan ve geliş gidişlerine alışık olan adam, kapıyı tek bir soru bile sormadan açtı ve Narin içeriye girdi. Üzerinden akan sular apartmanın eski kırmızı halısının üzerinde koyu renk izler bırakıyordu. Asansöre bindiğinde aynada yağmurdan sırılsıklam olmuş saçlarına baktı. Meteoroloji yağmur yağacağını haber vermişti ama Narin televizyondaki beyaz saçlı haberadama inanacağı yerde dışarıda pırıl pırıl parlayan güneşe aldanmayı seçmişti. Deniz'in kapısını çalarken evde olması için dua ediyordu. Bu havada tekrar arabaya kadar yürümek gerçek bir ıstırap olurdu. Zile bastı. Bir daha, bir daha... Tam vazgeçmeye hazırlandığı sırada içeriden gelen sifon sesini duydu ve kapıyı yumruklamaya başladı. "Deniz! Benim, Narin. Aç şu kapıyı!" diye bağırıyordu bir taraftan da. Deniz'in acelesiz ayak seslerini duyuncaya kadar kapıyı yumruklamayı sürdürdü.

Deniz kapıyı açtığında üzerinde sabahlığı vardı ve saçları darmadağınıktı. Narin'in bir şey söylemek için açılan ağzı Deniz'in şişmiş yüzünü ve morarmış dudaklarını görünce olduğu gibi kaldı. Arkadaşı kendisinden çok, özensizce yapılmış bir kuklasına benziyordu. Narin'i karşısında gördüğüne sevinmediğini hissettirmek için yüzünü ekşitti.

"Ne oldu sana? Kim yaptı bunu? Allah kahretsin, kim dövdü kızım seni?" Narin dehşet içindeydi.

Deniz, arkasını dönüp salona doğru yürürken "Bağırmayı keser misin? Kimse dövmedi, dayak falan yemedim" dedi.

Narin kapının ağzında duruyor, içeri girmeyi bile düşünmüyordu.

"O zaman suratın nasıl bu hale geldi, söyler misin? O Can hayvanı yaptı değil mi? O esrarkeş pisliğin işi bu! Sana bin kere söyledim, o herif arızalı, görme onu diye. Ama hayatında ne zaman laf dinledin ki? Al işte, belliydi böyle olacağı!" Narin çileden çıkmış, aralıksız konuşuyordu.

"Sen sağır mısın? Dayak yemedim diyorum sana! Anlaman için daha kaç kere söylemem gerekiyor?" Deniz de bağırıyordu.

"Ne oldu o zaman? Suratına göktaşı mı çarptı?"

Deniz kollarını iki yana açtı ve gözlerini Narin'den kaçırarak "Doktorda oldu" dedi.

"Ne doktoru?"

"Estetik."

"Ameliyat mı oldun?

"Hayır. Yanaklarıma ve dudaklarıma bir şeyler enjekte ettirdim. Azıcık koyacağım, hiç belli olmayacak dedi ama gördüğün gibi..."

"Peki bu... Geçecek mi?"

"Sanmıyorum. Yani geçer de öyle hemen geçmez herhalde."

"Böyle mi kalacaksın?"

"Zaten moralim bozuk, bir de sen hilkat garibesiymişim gibi bakma yüzüme."

"Çünkü hilkat garibesi gibisin. Geri zekâlı mısın sen? Neden böyle bir şey yaptın ki?"

"Oldu bir kere!"

"Saçımı başımı yolmak istiyorum!" Narin çantasını hırsla kanepenin üzerine fırlattı.

"Sinirimi bozacaksan, defol git!"

"Ne zaman geçecek?"

"Altı ay falan geçmezmiş."

"Altı ay mı? Sen manyak mısın, altı ay böyle mi gezeceksin yani? Söyle o doktora, hatta hemen şimdi ara onu ve ne koyduysa suratına derhal çıkarsın."

"Sen ne bağırıp duruyorsun be, surat benim suratım!"

"Ama şu anda senin o maymun kıçına dönmüş suratına ben bakıyorum. Ver hemen o adamın numarasını bana. Hemen ver diyorum sana! Dava açacağım ona!"

"Adam değil kadın, ayrıca doktor da sayılmaz" dedi Deniz, sesi mırıltı gibi çıkmıştı. "Bir arkadaşım var, o yaptı."

"Ne?"

"Arkadaşım yaptı. Kendisine de yapıp duruyordu, hiç böyle olmuyordu."

"Hayatımda senin gibi bir salak görmedim. Cahil misin sen Allah aşkına? Dünya kadar paran var ve..."

Narin öyle öfkelenmişti ki, kapı çalmasa Irmak aklına bile gelmeyecekti.

"Hah!" dedi. "Bak Irmak da geldi, bakalım o ne diyecek bu haline?"

"İkiniz de siktirin gidin!" diye bağırdı Deniz ve salondan çıkıp doğruca odasına girdi. Kapı gürültüyle kapandı.

Gelen Irmak değil, Fırat'tı.

"Ne oluyor ya? Sesiniz bütün apartmanı inletiyor" dedi üzerindeki su damlalarını silkelerken.

"Senin ne işin var burada?"

"Irmak'ı almaya geldim ama galiba ondan önce vardım. Neyse, iyi mi Deniz?"

"İyi, bir boku yok!"

"Peki bir boku yoksa sen niye burnundan soluyorsun?"

Narin omzunu silkti.

"Neden açmıyormuş telefonlarını?"

"Bunu senin bilmeni isteyeceğinden emin değilim. Bence hiç içeri girme çünkü şu anda gerçek bir kriz yaşıyoruz" dedi Narin. Fırat'ın içeri girmemesi için kapının önünde dikiliyordu.

O sırada Deniz odasından seslendi. "Gelsin, gelsin! Hatta sen git, o gelsin!"

Narin kapının önünden çekildi ve Fırat içeriye girdi. "Ne oluyor söylesene?"

"Estetik yaptırmış suratına ve şebeğe dönmüş. Bildiğin şebek! Üstelik doktora bile gitmemiş, bir arkadaşı yapmış, inanabiliyor musun buna? Sanki parası yok!"

"Sen niye bu kadar kızgınsın peki?"

"Kızgınım, çünkü kendisine yapabileceklerinin sonunu göremiyorum. Hayal gücüm buna yetmiyor. Her gün başını belaya sokmanın bir yolunu buluyor. Ya bir yerde sarhoş olup sızar ya kavga çıkarır ya sevgilisinin evini basar ya sevgilisi onun evini basar! Ve bunların hepsini temizlemek sonunda benim başıma kalır. Onun için tasalanmaktan ve korkmaktan yoruldum artık! Tam duruldu, sakinleşti derken, hooop bir olay yaratır. Çocuk bakıcısı mıyım ben?"

"Fırat, bir şey yedir ona. Şekeri düştü, ondan delirdi!" diye seslendi Deniz odasından.

"Doğru mu bu? Şeker düşmesi mi var sende?" diye sordu Fırat.

"Evet" dedi Narin ve sehpanın üzerinde duran kutuyu açıp iki çikolata attı ağzına. "Ama emin ol, sinirimin sebebi bu değil."

Tekrar Deniz'in sesi duyuldu. "Kimin kime çocuk bakıcılığı yaptığı ortada! Şekerinin düştüğünü anlamaktan bile âciz bir salaksın sen!"

Narin cevap vermedi ve yaklaşık beş dakika boyunca Fırat'la karşılıklı koltuklarda oturup tek kelime etmediler. Irmak içeriye girdiğinde evin havasındaki elektriği hissetmesi zor olmadı.

"Deniz iyiyse, sizin bu haliniz ne? Hem nerede o? Evde demiştiniz bana..."

"Odasında" dedi Narin ters bir tavırla. "İnsan içine çıkacak hali olmadığı için oraya kapandı."

"Niye?"

"Ablan estetik yaptırmış" diye açıklama yaptı Fırat. "Daha doğrusu suratına bir şeyler enjekte ettirmiş galiba. Öyle değil mi Narin?"

Narin başını salladı. Irmak hayretle ona baktı.

"Bu yüzden mi evde matem havası var? Ne var ki bunda?

Herkes yaptırıyor. Narin, sana inanamıyorum. Gerçekten kötü bir şey oldu sandım senin şu halini görünce, elim ayağım titredi korkudan. Ne garip bir insansın! Ufacık olayları bir felaket gibi göstermekte üzerine yok. Ne istiyorsa yaptırır, sana soracak değil."

Irmak teessüf eden bakışlarını Narin'in üzerinden çekip ablasının odasına doğru giderken, Narin kollarını göğsünde kavuşturmuş ve bacak bacak üstüne atmış somurtuyordu.

Fırat "Bence olayı fazla büyütüyorsun" deyince Narin dik dik baktı. Fırat gülümseyerek ona öpücük yolladı. Narin kıpkırmızı kesilerek başını çevirdi.

"Seni utandırmak çok kolay" dedi Fırat.

"Öyle saçma sapan hareketler yapmazsan utanmam."

"Bir şey yapmama gerek yok ki, beni gördüğün anda kızarıyorsun."

"Biraz susmak ister misin?" dedi Narin ters bir tavırla.

"Neden kızarıyorsun, söylesene?"

"Kızarmıyorum."

Fırat güldü. "Bence mahsuru yok, daha güzel oluyorsun böyle."

"Sen bana yazıyor musun?" diye tısladı Narin. "Eğer yaptığın buysa, bir daha yapma."

"Tabii ki yazmıyorum." dedi Fırat, durumundan son derece hoşnut görünüyordu. "Sadece beni görünce ne düşünüyorsan onu düşünme demeye çalışıyorum. Çünkü sürekli böyle domates gibi gezersen insanlar ayıp şeyler düşündüğünü sanabilir."

Narin cevap veremedi, çünkü o sırada Deniz'in odasının kapısı açıldı ve asık suratıyla Irmak dışarıya çıktı. Gelip Narin'in yanına oturdu ve "Çok kötü olmuş gerçekten!" diye mırıldandı.

Bir şişe şarap açıp pizza söylediler ve Deniz'i odasından çıkarabilmek için defalarca kapısını çaldılar. En sonunda açlığına yenik düşmüş olacak ki, odadan çıkıp hiç konuşmadan masaya oturdu ve soğumuş pizzadan kalanları kemirmeye başladı. Şarap herkesin sinirlerini gevşetmese oldukça tatsız bir akşam geçirebilirlerdi ama ikinci şişeyi açtıklarında tek tük cümleler kurmaya, üçüncü şişede ise gülmeye başladılar.

Narin, Deniz'in birkaç güne kalmadan tekrar insanların arasına karışacağından ve yüzü hakkında kimin ne düşündüğünü umursamayacağından emindi. Fırat'ın gece boyunca niye gözlerini kendisinden ayırmadığından ise bir türlü emin olamıyordu.

"Biz de Mehmet'le Fener'e gidecek miyiz?" diye sordu Narin, annesinin yıkadığı çamaşırları tulumbanın küçük havuzunda durularken.

"Gideceğiz elbet, neden gitmeyelim?"

"Geçen gün Halil Amca'yla konuşurken duydum da babamı..." Narin son çarşafı da durulayıp astı ve soğuk sudan morarmış ellerini bacaklarının arasına sokup ısıtmaya çalıştı. Hatice eline yeni aldığı çalı süpürgesini yerine bıraktı ve duyacaklarından korkar gibi, ağır ağır Narin'den yana döndü.

"Ne diyorlardı?"

"Ben Mehmet'le İstanbul'da oturacağım, dedi. O yaşta çocuk koca şehirde yalnız bırakılmaz, dedi. Sanki bizi götürmeyecekmiş gibi anladım ben."

"Soraydın ya!"

"Yaaa, soraydım da yiyeydim sopayı!" dedi Narin.

"Ne boka yararsın ki?" diye terslendi Kara Hatice ve süpürgeyi kaptığı gibi Narin'e fırlattı. Kız çekilince süpürge duvara çarpıp yere indi.

"Sen sor o zaman!" diye bağırdı Narin. "Senin kocan değil mi, sen sor! Madem o kadar merak ediyorsun sen sor, sopayı da sen ye!"

Kapının ipi çekilip Ümmühan içeriye girdiğinde, ana kız seslerini kesip önlerine baktılar.

"Hadi sen dolanma ayakaltında da, koş sokakta oyna biraz"

dedi Hatice. Büyüdükçe iyice dik başlı oluyordu bu kız. Bir lafa karşılık bin laf ediyor, zehir gibi diliyle sokuyordu insanı.

Narin dışarı çıkarken Ümmühan arkasından seslendi. "Bize git, oğlanla oyna sen!" Sonra Hatice'ye dönüp "Bu soğukta sokakta kimse var mı ki oynasın çocuk? Hasta edeceksin garibi!" diye çıkıştı.

"Aman be, kafa mı kaldı bende?" dedi Hatice. İki kadın sobanın çıtır çıtır yandığı odaya girdiler. Bardaklara çay doldururken Hatice daha fazla sabredemedi. "Eeee, ne dedi Erdoğan?"

"Ne desin? Recep ona da açık açık bir şey söylememiş ama Erdoğan şey diyor..." Ümmühan gözlerini çayına dikti. Erdoğan'ın "Hiç niyeti yok Recep'in Hatice'yi İstanbul'a götürmeye" dediğini söylemeye bir türlü dili varmıyordu.

"Ne diyor kız, söylesene!"

"Diyor ki, Recep'in sağı solu belli olmazmış. Sizi yanında götürebilirmiş de götürmeyebilirmiş de." Ümmühan uzanıp fazladan bir şeker attı çayına. Hatice boynunu büktü. Yıllardır Mehmet büyük takıma gitsin diye etmediği dua kalmamıştı. Varını yoğunu fallara, büyülere, adaklara yatırmıştı. Nasıl olmuştu da hiç aklına gelmemişti Recep'in İstanbul'a giderken onu Yaslıhan'da bırakacağı.

"Kafasız karı!" diyerek kara ellerini yumruk yaptı ve başına vurdu. "Ellerim kırılsaydı! Ah o Yaradan'a açtığım ellerim kırılsaydı! Falcı kadına çeyrek altınlar atan ellerim kırılsaydı! Ne bok yemeye o kadar uğraştım Mehmet İstanbul'a gitsin diye? İnsan bir düşünür, bu adam beni alır mı yanına diye bir sorar kendine!"

"Dur Hatice! Dur ya, Allahını seversen!"

"Sevmiyorum Allahımı, var mı diyeceğin?"

"O nasıl söz öyle? Bak öfkeden günaha giriyorsun!"

"Allah beni sevdi mi ki, ben onu seveyim?"

"Vallahi günah işliyorsun, billahi günah işliyorsun. Hem seni götürmeyip bir başına İstanbul'da ne yapacak ki Recep?"

"Ne mi yapacak? Bir karı bulup onunla oturacak" dedi Hatice.

"Olur mu hiç öyle şey?"

"Bize iki kuruş para yollayacak, o da yollarsa... Kendi İstanbul'da keyfine bakacak."

Ümmühan tam itiraz etmek için ağzını açıyordu ki, Kara Hatice onun lafını ağzına tıktı. "Götürmesin varsın! O defolsun gitsin, başını yesin oralarda. Kırk âlemin belası onu bulsun inşallah. Dirlik düzenlik bulmasın! Bunu bize edenler de dirlik düzenlik bulamasın, hepsinin evi ocağı sönsün!"

"Kim etti ki bunu size Hatice? Kimin suçu var Recep'in huyunda?"

"Herkesin suçu var, herkesin! Yeter artık usandım onun dayağından, kumarından, kadınından. Her gün başka laf duymaktan... Yok kocanın şunda gözü var, yok kocanın bunda gözü var! Gitsin gebersin oralarda! Ben de kurtulayım."

Ümmühan şaşkındı. İlk kez Hatice'nin ağzından böyle şeyler duyuyordu. Recep onu hastanelik ettiğinde bile kadın bir kez kötü laf söylememiş, bir kez yakınmamıştı kocasından.

"Deme öyle Hatice, ağzını hayra aç! Babasız çocuk büyütmek kolay mı? Allah başınızdan eksik etmesin!"

İnanarak söylemiyordu Ümmühan bu sözleri. Herkes gibi o da biliyordu Recep'in ne kocalığının kocalık, ne babalığının babalık olduğunu. Hatice'nin çektiklerini gözleriyle görmüş, yaralarını defalarca elleriyle sarmış, çığlıklarını kulaklarıyla duymuştu. Ama bu bahtı teninden bile kara kadına başka ne diyeceğini bilmiyordu.

"Öyledir, böyledir ama yine de iyi adamdır Recep. Erdoğan da hep öyle der."

"Sende de gözü varmış, öyle diyorlar."

Dondu kaldı Ümmühan. Hiç beklemediği bu saldırı, sırtından soğuk terler indirmeye yetmişti. Ağzını açtı ama sesi çıkmadı. Neyse ki, dudaklarıyla beyni arasındaki temassızlık kısa sürdü ve Ümmühan kıçından elektrik vermişler gibi hızla ayağa fırladı ve "Tövbe!" diye bağırdı. "Tövbe de Hatice!"

"Belki seni götürür benim yerime İstanbul'a. Sen fink atarsın artık oralarda! O yampiri Erdoğan'la ömür geçirecek değilsin ya, Recep gibi erkek almak istiyorsundur sen de koynuna! Recep'in altına yatmak için fırsat kolladığının farkında değil miyim sanki ben? Görmüyor muyum Recep gelince götünü kıvırmaya başladığını?"

Hatice bağırdıkça bağırdı, Ümmühan sanki Hatice'yi susturacakmış gibi eliyle sıkı sıkı kendi ağzını kapattı. Narin sokak kapısının dibinde iyice büzüldü ve annesinin söylediklerini duymamak için kulaklarını tıkadı.

"Hepinizin gözü var kocamda!" diye haykırdı Hatice. Nöbete tutulmuş gibi titriyor, kendini yerden yere atıyordu. "Orospular! Bilmiyor muyum ben bütün mahalledeki kadınların kocama kuyruk salladığını? Hepinizin ne bok olduğunu bilmiyor muyum?"

Kapının tıngırdadığını duyunca, Recep geldi diye irkilip durdu Hatice. Nefes nefese kalmıştı. İçeriye giren Narin'i görünce iyiden iyiye dellenip bağırmaya başladı.

"Ben sana sokakta dur demedim mi? Çık sokağa bağır! 'Ümmühan orospusu babamın altına yatmak istiyor' diye bağır!"

"Anne..." dedi Narin.

"Git bağır sokaklarda! Herkes duysun Ümmühan'ın ne mal olduğunu! Erdoğan gavatı da duysun! Ne bakıyorsun suratıma öyle? Çık bağır diyorum kız sana!"

Narin elleri iki yanına sarkmış, bir kalıp buzdan daha kıpırtısız duruyordu kapının ağzında. Sözcükler inilti gibi döküldü kalın pembe dudaklarından ve ortalığa saçıldı:

"Anne... Mehmet'i vurmuşlar!"

On

Bu odayı severdi, çünkü Yaslıhan'la bağlarını koparıp attığı ve bir İstanbulluya dönüştüğü yerdi burası. Kapıdan girildiğinde tam karşıda, iki pencerenin arasında başı duvara yaslanmış, koyu renk cilalı, Amerikan tarzı yüksek bir yatak duruyordu. Yatakla aynı ahşaptan yapılmış küçük bir gardırop köşeye konmuş, şifoniyer ise onun hemen yanına yerleştirilmişti. Yatağın iki yanında duran komodinlerin üzerinde bej şapkalı ve oldukça gösterişli iki abajur vardı. Kızıla çalan kahverengi perdeler oturaklı ve yerdeki ipek Hereke halısı sanki dün satın alınmış gibi pırıl pırıldı. Burası Deniz'in evinde hiç değişmeden duran tek yerdi. Salon, mutfak ve diğer odaların eski hallerinden eser kalmamıştı ama zaman bu odada durmuştu. Deniz'in annesinin ölümünden hemen önce düzenlediği bu misafir yatak odası, çok uzun yıllardır "Narin'in odası" olarak isimlendiriliyordu. Narin artık bu evde yaşamadığı halde oda hâlâ Narin'in odasıydı ve çeşitli sebeplerden dolayı orada kalması Deniz'i mutlu ediyordu. Narin de seviyordu orada uyanmayı. Genelde evine dönemeyecek kadar çok içtiği gecelerin sabahında gözlerini orada açıyordu ve her defasında üzerinde akşamdan kalmanın fenalığı oluyordu ama yine de güne orada başlamak, Narin'e hayatının en mutlu günlerini hatırlatıyordu. Geçmişin karanlıkta kaldığı, geleceğin ise göz alıcı renklerle parladığı yeni ve umut dolu günleri...

O sabah yatakta gözlerini açtığında ise kendini iyi hissetmiyordu. Bir gece önce Fırat'ı görmek dengesini altüst etmişti. Geçmişin asla sandığımız kadar uzakta kalmadığı gerçeğiyle yüzleşmek, yeteri kadar uzağa gidemediği kaygısını doğuruyordu. Yoksa yıllar geçtikçe güçleneceğine, zayıflıyor muydu insan? Olgunlaşacağına koflaşıyor, dayanıklılığını yitiriyor muydu? Öğreneceğine unutuyor, bildiklerinden şüpheye mi düşüyordu? Geride bıraktığı onca şeyden ve onca yıldan sonra böyle yaprak gibi titremek, kendini başa dönmüş gibi hissetmesine yol açıyordu. Yürümüş, yürümüş ama hiçbir yere gidememişti. Belki de dünyanın yuvarlak olması, daima başladığın yere, yani kendine döneceğin anlamına geliyordu.

İçeriden gelen kızarmış ekmek kokusu gülümsemesine yol açtı. Her kavgalarından sonra Deniz kendinden beklenmeyecek bir şeyler yapar, altından girer, üstünden çıkar ve Narin'i yumuşatmayı başarırdı.

"Hadi kalk artık! Kahvaltı hazırladım sana."

"Tamam, geliyorum."

Mutfağa girdiğinde Deniz'i kahvaltı sofrasında otururken buldu, yüzü akşamki kadar kötü durumdaydı, hatta gülümsemeye çalıştığı için daha da beter görünüyordu.

"Günaydın!"

"Günaydın! Aslında krep yapıyordum ama tutturamadım. Bir garip oldu, ben de döktüm" dedi Deniz.

"Boş ver. Senin sabahın yedisinde uyanman bile mucize sayılır."

"Önemli değil."

"Teşekkür etmedim zaten. Gece o yağmurda buraya geldim, senin için endişelendim ve böyle suratı olan bir insanla aynı evde bir gece geçirdim. Bu kahvaltı hakkımdı."

Deniz güldü. "Kalbimi kırıyorsun!"

"Bugün hemen doğru düzgün bir doktora gitmeni istiyorum. Mutlaka yüzün için yapabilecekleri bir şey vardır."

"Tamam, giderim merak etme. Ben de böyle gezmeye meraklı değilim."

"Ayrıca bu kadar erken kalkmana ve beni de kaldırmana gerek yoktu, çünkü işe geç gideceğim bugün."

"Gerçekten mi? Allah kahretsin, neden söylemedin? Uyurduk daha!"

"Ne bileyim kahvaltı hazırlayacağını. Dört sene bu evde yaşadım ve bir kere bile benden erken kalkıp kahvaltı hazırladığını hatırlamıyorum."

Uzun bir masa başı sohbetinin sonrasında Narin duşa girdi. Çıktığında Deniz "Sen banyodayken Fırat aradı!" dedi, daha ziyade soru cümlesine yakışan bir tonlamayla.

"Düşünceli çocuk!"

"Beni aramadı, seni aradı!"

"Beni mi aradı?"

"Evet, telefonun çaldı, ben de açtım." Deniz için özel hayata müdahale diye bir kavram yoktu.

"Eeee? Ne dedi?"

"Kapattı." Deniz bir sigara yakıp koltuğa oturdu. "Ama numarasını tanıdım."

Narin ne söyleyeceğini bilemedi.

"Allah Allah! Seni soracaktı herhalde. Deniz'in yüzü nasıl oldu, morali iyi mi falan..."

"Neden beni aramadı ki?"

"Bilmem" diye omuz silkti Narin ama Deniz'in yüzünden geçen şüphe bulutunu görmüştü, derhal kafasını çalıştırmak zorundaydı ve çalıştırdı da.

"Aaaaaa, doğru ya, Irmak'ın doğum günü için benden fikir almak istiyordu, onun için aradı herhalde. Ne hediye alacağını bilemiyordu. Aslında sana da soracaktı ama çeneni tutamazsın diye vazgeçti."

"Ben mi çenemi tutamayacakmışım?"

Narin başını salladı. "İmkânı yok tutamazdın."

"Ne yapacakmış peki? Bak söyle ona, sakın parti falan yapmaya kalkmasın, partiyi ben yapacağım, tamam mı?"

"Tamam."

"O hediyesini alsın gelsin ya da gündüz ne sürpriz yapacaksa yapsın! Gerisine karışmasın. Aklında ne varmış, söyledi mi?"

"Hayır, konuşamadık ki daha. Irmak'ın doğum günü için fikir alacağım dedi, o kadar."

"İyi fikir ver, güzel bir şey alsın.".

"Olur."

"Hatta sen de git almaya. Saçma sapan bir şey aldırma!"

"Yok deve! Bana ne canım adamın ne alacağından. Haydi ben hazırlanayım artık."

"Hani geç gidecektin?"

"Geç oldu zaten."

"Narin..."

"Efendim?"

"Bu Fırat senin o Yaslıhan'daki Fırat olamaz değil mi?"

"Hayır tabii ki! Nereden çıkardın şimdi bunu?" dedi Narin.

"Ne bileyim, ne zamandır soracağım, unutuyorum. İkisinin de adı aynı, ikisi de Yaslıhanlı..."

"Ohooo, Yaslıhan'da elini sallasan Fırat'a çarpar. Bizim sınıfta bile bir tane vardı. Herhalde oralarda modaydı o zamanlar" dedi Narin gülerek. Oysa hayatında başka Fırat'la tanışmamıştı.

Hızla giyindi ve Deniz'e yarım yamalak veda edip, kendisini nasıl sokağa attığını bilemedi. Arabasına doğru yürürken içinden Fırat'a sayıp döküyor, sanki karşısındaymış gibi onunla kavga ediyordu. Ne biçim bir adamdı bu böyle? Neden arıyordu sabahın köründe, hem de Deniz'de kaldığını bile bile? Kendi kendine konuşarak yanından gelip geçenlerin dikkatini çektiğinin farkında bile değildi. Fırat'a gününü gösterecekti. Hele bir arabasına binsin, ilk iş, onu arayıp ağzına geleni söyleyecekti.

"Sen ne yapmaya çalışıyorsun Allah aşkına? Niye arıyorsun beni? Deniz'de kaldığımı biliyorsun üstelik." Baslarını kaybedip iyice tize kaymış sesi arabanın içinde çınlıyordu.

Fırat ise alabildiğine sakin, sanki gündelik sıradan bir konuşma yapıyorlar gibi cevapladı onu. "İşe erken gidiyorsun diye aradım. Ne bileyim o saatte hâlâ Deniz'de olacağını!"

"Aman ne güzel! Bir de o açınca telefonu kapatmışsın. Numaranı tanımayacağını mı sandın?"

"Tanımış mı?"

"Tabii ki tanımış. Sen onun ne kadar uyanık biri olduğunu anlayamadın mı hâlâ?"

"Anlamamışım demek ki!"

"Of Fırat, beni düşürdüğün duruma baksana! O anda bir şey uydurmasam aramızda bir şey olduğunu sanacaktı."

"Haydi canım! Öyle mi dedi?" Narin onun bir taraftan çayını ya da kahvesini yudumladığını duyar gibi oldu.

"Hayır demedi ama senin, benim eskiden benim bahsettiğim Fırat olup olmadığını sordu."

"Yapma ya!" Fırat gülüyordu.

"Aman ne komik!"

"Sen ne dedin peki?"

"Irmak'ın doğum günü için sana yardım edeceğimi söyledim. Hediye konusunda benden yardım istedin, tamam mı? Sakın yalanımı ortaya çıkarma!"

"Ne yani, bu lise öğrencisi yalanını mı uydurdun?" Fırat kahkahalarla gülüyordu. "Sevgilime hediye almak için gizlice arkadaşlarını arayacak bir geri zekâlıya mı benziyorum?"

"Deniz'de kaldığımı bile bile aradığına göre, neden olmasın?"

Fırat yine güldü. "Peki, Irmak'a ne almamı tavsiye edersin?"

"Ne bok alırsan al, bana ne! Sadece ortalığı karıştırma yeter. Bir daha sakın bana telefon etme. Hatta numaramı da sil!"

"Ama ezberimde."

"O zaman unut!"

Narin telefonu öfkeyle kapattı ve neredeyse işyerine varmak üzere olduğunu fark ederek şaşırdı. O kadar yolu nasıl geldiğini hiç anlamamıştı. Tam arabadan ineceği sırada telefonu tekrar çaldı.

"Alo?"

"Benim!" dedi Fırat. "Sana bir şey soracaktım ama bağırmandan fırsat bulamadım."

"Sor!"

"Sen benimle ilgili Deniz'e ne anlatmıştın ki?" Sesi yine alaycı geliyordu.

"Hıyarın biri olduğunu!" dedi Narin ve öfkeyle telefonu kapattı.

Hastanenin kapısına varıncaya kadar Kara Hatice aynı şeyi tekrarladı durdu: "Allah'ın gücüne gitti... Allah'ın gücüne gitti..." Arnavutkaldırımlarında düşe kalka koşarken bunlardan başka tek bir kelime bile çıkmadı ağzından. "Allah'ın gücüne gitti" diyerek ağladı, "Allah'ın gücüne gitti" diyerek bağırdı, yalvardı, inledi, uludu. Bu üç kelime dünyanın bütün dillerinde birikmiş milyarlarca sözcüğün yerini tuttu ve Hatice'nin acısını anlatmaya yetti, hatta fazla bile geldi. Kadın öyle bir hızla koşuyordu ki, mahalledeki yarışlarda herkesi geçen Narin bile annesinin peşinde tıknefes olmuştu.

Kapının önünde oturmuş, Hatice'nin Ümmühan'a ettiği hakaretleri duymamak için kulaklarını tıkarken, bakkalın oğlu aniden sokağın köşesinde belirip "Narin bak buraya! Baban evde mi?" diye seslenmişti soluk soluğa. Çocuğun heyecanlı haline şaşıran Narin "Yok!" demişti, "Köşe Kahve'dedir bu saatte. Niye sordun ki?" Bakkalın oğlu "Abini vurmuşlar... Mehmet'i vurmuşlar... Koşup gelin hastaneye!" diye bağırmış, sonra da Köşe Kahve'nin olduğu tarafa doğru fırlayıp gitmişti.

Narin o andan itibaren bir rüyanın içine girmişti. Annesinin çığlıkları onu gerçeklikten uzaklaştırmıştı. Sözler anlamsız seslere dönüşmüş, yüzler uzaklaşmış, ne soğuğun ne de etraftaki insanların hükmü kalmıştı. Hastane kapısından girerlerken biri "Buraya kadar nasıl geldiniz?" diye sorsa, verecek cevap bulamazdı.

Şişko Necati'yi görünce kendine gelir gibi oldu. Annesinin kolunu tutup "Gel anne, bak Necati Amca şurada!" diye çekiştirdi. Tam arkalarından Recep girdi içeriye ve yolunda duran Hatice'yle Narin'i heybetli cüssesiyle itip iki adımda vardı Necati'nin yanına. "Öldü mü Mehmet?" diye öyle bir bağırdı ki, koridordaki bütün başlar onlara döndü. O soru Hatice'yi kalbinden vurdu ve kadın orada yığılıp kaldı, koşup gelenler onu zorlukla duvar kenarındaki iskemlelerin birine oturttular, kolonya koklattılar. Narin o an daha önce hiç farkına varmadığı bir şeyi anladı. Oğluna yanıyordu Kara Hatice. Demek ki seviyordu Mehmet'i. Annesi Mehmet'i seviyordu. Bu çok garibine gitti.

Şişko Necati elini Moskof Recep'in omzuna atarak "Korkma Recep, sakin ol. Ölmedi oğlun, merak etme!" dedi. "Dört kurşun isabet etmiş, biri göğsünde. Durumu ağır, onu söyleyeyim. Ameliyata aldılar şimdi. Bekleyeceğiz. Sen sakin ol, bak hanımın perişan!"

Narin babasının bembeyaz olmuş yüzüne, yuvalarından fırlayacak gibi duran gözlerine baktı. Yoksa o da mı seviyordu Mehmet'i? O da mı üzülüp ağlayacaktı? Mehmet'i seviyorsa, belki onu da seviyordu babası.

"Diğer kurşunlar neresinde?" diye sordu Recep.

"İkisi bacağında, biri omzunda! Ama onların bir tehlikesi yok. Önemli olan göğsündeki."

Recep olduğu yerde çöktü, başını ellerinin arasına alıp bir sağa bir sola sallanmaya başladı. Şişko Necati bitmek bilmeyen bir nefes alıp Recep'in yanına çöktü.

"Dur bakalım Recep, hemen ümidini yitirme. Allah büyük..."

"Kim vurmuş Mehmet'i?" diye sordu Recep, çömeldiği yerde sigarasını yakarken.

"Seninki Selime'nin evine dadanmış son zamanlarda. Oradaki orospulardan birinin kocası da aylardır karısını ararmış. Adam ne yapmış etmiş, kadının izini bulmuş. Basmış kerhaneyi, Mehmet kadının yanındaymış. Boşaltmış adam namluyu bunların üzerine. Kadın orada ölmüş."

"Allah belasını versin pezevengin!" dedi Recep dişlerinin arasından ve daha yeni yaktığı sigarayı yere fırlattı.

"Vermiş zaten merak etme. Selime'nin oğlu kafasından vurup oracıkta öldürmüş herifi."

Recep ayağa kalktı, boş gözlerle Necati'ye baktı ve "Allah belasını versin!" diye tekrarladı.

"Verdi dedik ya oğlum!"

"Onun değil, Mehmet'in!" dedi Recep.

Doktor ameliyattan çıkıp Mehmet'in ölmeyeceğini, ama iyileşmesinin zaman alacağını ve futbol oynamasının artık hayal olduğunu söylediğinde Recep bir şey demeden çıkıp gitti hastaneden. Şişko Necati gözünün yaşını sildi, Hatice Allah'a şükürler etti, Narin doktor gelince kalktığı sandalyeye tekrar yerleşti. Yaklaşık bir saat, hiç ses çıkarmadan oturdular. Şişko Necati, Kara Hatice ve Narin... Doktorlar kimseyi Mehmet'in yanına sokmuyordu. Onlar da ne yapacaklarını bilmedikleri için bekleşip duruyorlardı. Hatice'nin içi elvermiyordu evladını hastane köşelerinde bırakıp eve dönmeye. Şişko Necati belki Mehmet'e Selime'nin evine gitsin diye para verdiğinden, belki de bu çaresiz ana kızı yalnız bırakmaya kıyamadığından gidemiyor, Narin de annesine "Gidelim mi?" diye sormaya korktuğundan kıpırdayamıyorlardı.

Narin sıkıntıdan hastaneye giren çıkanları saymaya başlamıştı ki, içeri giren lacivert montlu çocuğu görüp dünyayı unuttu. Artık sabaha kadar dursa dururdu o sandalyenin üzerinde.

Lacivert montlu çocuk yanlarına gelip "Necati Abi, nasıl durumu Mehmet'in?" diye sorarken, gözlerini Narin'inkilere dikti.

"Hayati tehlikeyi atlattı sayılır ama bacağında araz kalacakmış. Öyle dedi doktor."

"Buna da şükür. Öldü diye duyduk ilk, ödümüz koptu. Sonra hastanede dediler, koştum geldim. Babam yapabileceğimiz bir şey var mı diye soruyor."

"Sağ ol Fırat oğlum, baban da sağ olsun. Sorması yeter! Bekliyoruz işte."

Demek Fırat'tı adı. O an dünya üzerinde bundan daha güzel bir isim olamazmış gibi geldi Narin'e. İçinden defalarca "Fırat, Fırat, Fırat..." diye tekrar etti.

"İstanbul'da falan yapılabilecek bir şey varsa, yollayalım diyor babam" dedi Fırat. Gözlerini hâlâ Narin'den ayırmıyordu. Narin de başını kaldırmış, güneşe bakar gibi bakıyordu ona.

"Doktor dedi ki, feriştahı gelse olacağı buymuş. Yapılacak her şeyi yapmışlar" diye cevapladı Necati, Fırat'ı ve arkasından upuzun bir "Offff!" çekti.

Fırat, Narin'in sağ yanında kendini bilmeden oturan Hatice'ye doğru eğilip "Teyze, geçmiş olsun!" dediğinde Narin ilk kez onun kokusunu duyup ürperdi. Bir insan böyle güzel kokabilir miydi? İmkânı olsa sonsuza kadar burnunun ucunda kalsın isterdi o koku; her solukta içine çeksin, sabah uyanınca ilk onu duysun...

"Sağ ol..." dedi Kara Hatice, çocuğun yüzüne bile bakmadan. Gözyaşları tane tane, kucağında kavuşturduğu ellerine düşüyordu. Bundan sonra halleri nasıl olacaktı? Aslan gibi oğlu aksaya aksaya mı gezecekti Yaslıhan sokaklarında? Fener'e gitmek yerine, yarım insanların yapabildiği işlere mi koşacaktı? Bir taraftan her şerde bir hayır vardır diye avutuyordu kendini. Belki de bu sayede Recep İstanbul'a gidemeyecek, evinin dirliği bozulmayacaktı. Düşünceleri birbirine girmiş, sevinçler üzüntülere, kaygılar ferahlığa bulanmıştı.

Fırat aniden sol tarafındaki iskemleye oturuverince Narin sevinçten bayılacak gibi oldu.

"Sana da geçmiş olsun, kardeşisin Mehmet'in değil mi?"

"Hı hı..." dedi Narin.

"Adın ne?"

"Narin."

"Benim de Fırat."

"Nereden tanıyorsun abimi?"

"Çoktan tanıyorum. Eskiden bizim mahalleye top oynamaya gelirdi, daha ilkokuldaydı, ben ortadaydım. O zaman arkadaş olduk."

"Hiç görmedim de yanında."

"Ben de seni görmedim" dedi Fırat. "Zaten ben Ankara'dayım artık. Ortadoğu Teknik Üniversitesi'ne başladım bu sene. Geçen hafta okul tatile girince bizimkileri görmeye geldim buraya."

Narin başını salladı. Konuşma uzasın istiyordu ama söyleyecek tek bir şey bile gelmiyordu aklına. Birkaç dakika boyunca sözsüz sessiz oturdular. Sanki yanında soba yanıyor da onun sıcağı vuruyor gibi geliyordu Narin'e. Yıllar sonra bile Fırat'ı her hatırladığında anımsayacaktı yan yana oturduklarında ondan yayılan o sıcaklığı.

"Gelsene biraz dışarıya!" diye fısıldadı Fırat, hafifçe Narin'e doğru eğilerek. "Beş dakika bekle, sonra dışarıya çık. Kapının önünde bekleyeceğim seni."

Narin ne diyeceğini, nereye bakacağını bilemedi. Kalbinin göğüs kafesini parçalayıp dışarı fırlamaması bile mucizeydi. Fırat yerinden kalkıp "Ben gidiyorum Necati Abi, sonra yine uğrarım" derken kız nefesini tuttu.

"Sağ ol aslanım!" dedi Necati ve Fırat'ın sırtını sıvazladı.

Narin bir müddet hiç kıpırdamadan oturdu. Sanki fısıldaşmalarını bütün hastane duymuş ve herkes ona bakıyormuş gibi geliyordu. Bir dakika kadar sonra cesaretini topladı ve bakışlarını zemindeki pis karolardan usulca kaldırdı. Kimsenin ona baktığı yoktu. Dalgın dalgın yemenisinin ucundaki iğne oyalarıyla oynayan annesi ve yanlarında duvara dayanmış dikilen Necati kendi havalarındaydı. Kimsenin kendisiyle ilgilenmediğini anlayınca epey önce tutmuş olduğu nefesi bıraktı.

"Ben şöyle bir dolanayım, ayaklarım uyuştu oturmaktan" diyerek ayağa kalktı. Ne annesi ne de Necati başını ondan tarafa çevirdi. Heyecandan titreyen adımlarla kapıya doğru yürürken içinde koca koca kuşlar uçuyor gibiydi. Tam hastanenin çıkışına vardığında, Erdoğan'la burun buruna gelince korkudan iki adım geriye sıçradı. Alı al moru mor olmuştu adamcağızın ve yüzündeki korku dolu ifadeye bakılırsa haber onu da epeyce sarsmıştı.

"Nasıl Mehmet?" diye sordu Erdoğan, ha ağladı ha ağlayacak gibi.

"Ölmeyecek dedi doktor."

"Allah'a bin şükür!" dedi Erdoğan ve ellerini açıp tavana baktı. "Hey merhametini sevdiğim Allahım, sen acı, sen koru gencecik çocuğu!"

"Ama hemen iyileşmezmiş."

"Ölmesin de... Varsın iyileşmesi uzun sürsün. Genç o, toparlar er geç" dedi Erdoğan. "Anan baban nerede?"

Narin eliyle annesinin olduğu tarafı işaret etti. "Babam gitti, annem orada."

"Nereye gitti baban?" diye sorarken, Erdoğan'ın gözleri öfkeyle parladı. "Ne işi varmış, oğlundan daha mühim?"

"Bilmem, çıktı gitti işte..."

Erdoğan başını iki yana salladı, sonra "Sen nereye gidiyorsun?" diye sordu.

"Hiiiç. Ayaklarım uyuştu oturmaktan, bir dolanıp geleceğim."

Erdoğan başka soru sormadan Hatice'ye doğru ilerleyince Narin rahatladı ve onun girdiği kapıdan dışarıya çıktı. Hava yeni yeni kararmaya başlamıştı, ortalıkta kimsecikler yoktu. Etrafına bakındı ama Fırat'ın nerede olduğunu göremedi. Soğuk yüzünden olsa gerek, hastanenin bahçesi bomboştu.

"Hişşt! Buradayım."

Narin sesin geldiği tarafa, yani hastane bahçesinin sağ yanına doğru yürüdü ve büyük, yaşlı ağaçların dibinde buldu Fırat'ı.

"Geldin demek..." dedi Fırat.

"Geldim" diye cevap verdi Narin yere bakarak.

Birkaç saniye süren sessizliği Fırat bozdu. "Biliyor musun, çok güzelsin sen. Maçtan beri gözümün önünden gitmiyorsun."

Narin bildiği bütün kelimeleri unuttu. Kelimelerle birlikte o an nerede olduğunu, annesinin adını, hangi ülkede yaşadığını, Atatürk'ün kaç yılında öldüğünü, Cumhuriyet'in ne zaman ilan edildiğini, topal karıya kininin nedenini de unuttu. Bu kadar sevinci hiçbir yerine sığdıramıyor, nereye koyacağını bilemiyordu. Tonlarca mutluluğun altında kalmıştı ve canı yanıyordu.

"Kaç yaşındasın sen?" diye sordu Fırat. Cevap gelmedi. "Konuşmayacak mısın?"

"On yedi!" dedi Narin ve ilk yalanını söylemiş oldu. Neden öyle dediğini bilmiyordu; fırlayıvermişti ağzından. On yedi, on altıdan daha güzel geliyordu kulağa. Daha az çocuk, daha fazla genç kız.

"Daha ufaksındır diye korkmuştum" dedi Fırat ve Narin'e doğru yaklaştı, kızın gözleri kocaman açıldı. Sonra Fırat eğilip dudaklarından öptü onu. Ondan sonrası yoktu, yüreği ağzına gelmiş olmalı ki Fırat kalbini öptü sandı.

On bir

Gece yarısı çalan telefonlara alışıktı ama yine de deli gibi sıçradı yatakta. Telefonun sesi gecenin sessizliğinde vahşi bir hayvan çığlığına benziyordu. Korkutucu ve uğursuz! Başucunda duran telefonu aldı ama gözleri karanlığa hemen uyum sağlayamadığından yanlış bir tuşa bastı ve ses kesildi.

Arayanın Deniz olduğunu tahmin ediyordu. İyi ihtimalle, içmişti ve ipe sapa gelmez sarhoş konuşmaları yapmak için arıyordu; kötü ihtimalle de yine içmişti ve başını belaya sokmuştu. Telefon tekrar çaldı.

"Alo?"

"Narin, kusura bakma kızım, acil olmasa seni bu saatte uyandırmazdım" dedi Erol Bey.

Patronunun bu saatte aradığını hiç hatırlamıyordu. Narin ticari davalara bakan bir avukattı ve kimsenin ona böyle tuhaf zamanlarda ihtiyacı olmazdı.

"Hayırdır Erol Bey?"

"Hemen Bebek Karakolu'na gitmen gerekiyor."

"Benim mi?"

"Evet!"

Patronun hem yakın arkadaşı hem de şirketin önemli müşterilerinden olan birinin oğlu bir gece kulübünde kavga çıkarmış ve karakolluk olmuştu. Adam Erol Bey'i arayıp yardım istemiş, Erol Bey de bu gibi konularla ilgilenen avukata ulaşamayınca Narin'i aramıştı.

"İyi de Erol Bey, ben ne yapacağım orada?"

"Çocuğu çıkaracaksın. Sen halledersin Narinciğim, biliyorum. Beni de bilgilendir olur mu? Saat kaç olursa olsun, ara beni."

"Allah kahretsin!" diye bağırdı Narin, telefonu kapattıktan sonra. Hayatı ayyaşları oradan buradan toplamakla geçiyordu. O büroda çalışan tam sekiz avukat vardı ve gecenin bu saatinde Bebek'e gitmek, hayatında sadece üç dört kez karakol kapısından içeri girmiş Narin'e kalmıştı. Çünkü o sekiz avukat arasında "hayır" demeyi bilmeyen ve gece yatarken telefonunu kapatmayı akıl edemeyen bir tek o vardı. Deniz haklıydı, eşek olana semer vuran çok oluyordu.

O saatte döpiyes giyecek hali olmadığından, üzerine siyah bir pantolon ve dik yakalı siyah bir kazak geçirip evden çıktı. Sokak bir mezarlık kadar ıssızdı ve soğuk iliklerine işliyordu. Mantosuna sıkı sıkı sarındı ve sokağın karşısında park etmiş arabasına doğru koştu. Uykusu başına vurmuş olduğundan anahtarı kontağa sokmayı ancak üçüncü denemesinde başarabildi. Radyodan yükselen bangır bangır müzik sesi, etrafın sessizliğiyle tuhaf bir tezat teşkil ederken arabasını geri vitese taktı ve park ettiği yerden çıktı. İstanbul yine uyuyor numarası yapıyordu.

Bebek'e vardığında, işi halletmesi korktuğu kadar zor olmadı, çünkü olay basit bir sarhoş kavgasından ibaretti ve kimse yaralanmamıştı. Atıf'ı –zoraki müvekkilinin adı buydu– karakolda tutmalarının nedeni polise mukavemetti ve Narin'in onu bırakmaları için sarhoşlardan gına getirmiş polisleri ikna etmesi uzun sürmedi. Peşinde yeni ayılmaya başlamış gençle birlikte karakoldan çıkarken Erol Bey'i aradı.

"Erol Bey, Atıf'ı çıkardım ama epey sarhoş, şimdi onu evine bırakacağım."

"Harikasın Narinciğim. Gecenin bu saatinde seni oralara sürüklediğim için lütfen kusura bakma. Çok teşekkür ederim, beni gerçekten büyük dertten kurtardın."

"Rica ederim efendim" diye yanıtladı Narin patronunu ama bu sözler gerçekte içinden geçirdiklerini yansıtmıyordu.

Atıf yirmi dört yaşında, oldukça sevimli bir gençti. Yavru bir kirpininkine benzeyen yaramaz suratını, darmadağınık saçları kapatıyordu. Kendine güvenli ve çabuk iletişim kurabilen biriydi. Narin onun bu özellikleriyle polislerin elinden yakayı sıyıramamış olmasına bir anlam veremiyordu. İyi bilirdi Atıf gibileri; başlarını belaya sokmakta olduğu kadar beladan sıyrılma konusunda da uzman olurlardı. Çocuğun tek kusuru fazla konuşmasıydı. Tanıştıkları andan itibaren bir saniye bile susmamış, arabaya biner binmez sanki çok yakın arkadaşlarmışçasına ısrar ederek "Eve bırakmadan önce çorbacıya götür beni" diye tutturmuştu.

"Kusura bakma ama ben sadece avukatım ve senin yüzünden böldüğüm uykuma devam etmek istiyorum."

"Güzel avukat, sana yalvarıyorum beni aç aç eve bırakma."

"Deli misin sen?"

"Yok vallahi deli değilim ama ne kadar aç olduğumu tahmin edemezsin."

"Sen de benim ne kadar uykum olduğunu tahmin edemezsin."

"Lütfen ama..."

Narin bu şımarık gençle ne yapacağını bilemiyordu. O sırada en son istediği şey, floresan ışıklı bir çorbacıda, işkembe kokuları arasında oturmaktı.

"Offf tamam!" dedi yine de. Sarhoşlarla tartışmanın nafile olduğunu biliyordu. Eğer istediğini yapmazsa, onu arabadan inmeye ikna edemeyebilirdi. "Ama sonra doğru evine götüreceğim seni."

"Anlaştık" dedi Atıf, memnun bir gülümsemeyle.

Birlikte Ortaköy'deki çorbacıdan içeri girdiklerinde, Atıf

bir film yıldızı gibi karşılandı. Narin bu zibidinin her geceyi burada noktaladığını tahmin edebiliyordu.

"Sen ne içeceksin?" diye sordu zibidi.

"Hiçbir şey" dedi Narin.

"Aaaaa olmaz ama, lütfen bir çorba iç. Kokoreç falan da çok güzel burada."

"Yemem, sağ ol. Canım istemiyor."

Atıf on dakika içinde iki tabak çorba içip üzerine de köfte yedi. Artık iyice ayılmıştı, garsonlarla ve yan masadakilerle şakalaşıyor, Narin'e takılıyordu. Çorbacıdan çıkarken Narin beklenmedik bir şekilde iyi vakit geçirdiğini düşündü. Saat beş buçuk olmuştu ve Atıf'ın enerjisi hâlâ tükenmemişti. Deniz'in erkek olarak yeniden dünyaya gelmiş hali gibiydi. Arabaya binerken "Tıpkı bir arkadaşıma benziyorsun!" dedi gülerek.

"Kimmiş o?" diye sordu Atıf.

"Tanımazsın. Deniz... Yakın bir arkadaşım. O da senin gibi çok sever gezip tozmayı ve asla yorulmaz."

"Kız mı, erkek mi?"

"Kız."

"Güzel mi?

"Evet."

"Tanıştırsana."

"Senin için fazla büyük."

"Sorun değil."

"Olur, tanıştırırım" dedi Narin. Tanıştıramam dese, eve varana kadar Atıf'ın bu konuyu kapatmayacağını anlamıştı.

"Ne zaman?"

"Aaaaa söylediğime pişman ettin beni. Yok mu senin sevgilin falan?"

"Çok büyük bir kalbim vardır benim."

Narin gecenin ilk kahkahasını attı.

"Seni yemeğe götüreceğim bir akşam" dedi Atıf. "Beni kurtardığın ve daha da önemlisi çorbacıya getirdiğin için."

"Zahmet etme, bu akşam yemeğe gittik kabul ediyorum."

"Olmaz, sen bir şey yemedin."

"Haydi in artık arabadan, ben de evime gidip birkaç saat uyuyayım."

"Tamam iniyorum ama sana teşekkür etmekten vazgeçtiğimi sanma sakın! İyi geceler!"

"Sana da iyi geceler. Lütfen bir daha başını belaya sokma, sokacaksan da mesai saatleri içinde sok."

"Tamam" dedi Atıf ve gülerek arabadan indi, sonra eğilip bir öpücük yolladı. Onun bu hareketi Narin'e Fırat'ı hatırlattı.

Recep'i son gören Şadiye olmuştu. Mehmet'in hastanedeki üçüncü gününün akşamı, Narin ile Hatice çocuğun başında bekleşirken Recep eve gelmiş, masada oturmuş ödevlerini yapmaya çalışan ama bunda pek başarılı olamayan Şadiye'ye hiç bakmadan eşyalarını toplamaya başlamıştı. İki eski çantaya varını yoğunu doldurmuş, teldolaptaki şişenin dibinde kalmış iki parmak rakıyı dolaptaki son peynir parçasıyla birlikte zıkkımlandıktan sonra sırra kadem basmıştı. Ne tek söz ne bir veda!

Recep'in gidişinin Şadiye'den başka şahidi yoktu ama Murateli Mahallesi'nde kime sorsanız, kendisi görmüş gibi anlatırdı o gün olanları. Recep'in hiç acele etmeden eşyalarını topladığını; bunu yaparken kollarını sıvadığını; işi bitince evdeki iki parmak rakıyla peyniri önüne koyup bir ayağını altına alarak gözlerini kireç badanalı duvara diktiğini ve çıkmadan önce tulumbayı çekip yüzüne tam beş kez soğuk su çarptığını kendi gözleriyle görmüş gibi biliyorlardı. Kimi yolda Şadiye'yi çevirip anlattırmış, kimi Hatice'ye sormuş, kimi anlatanlardan duymuştu ama hikâye daima aslına uygun muhafaza edilmişti. Şadiye nasıl naklettiyse, herkes aynı cümleleri aynı kelimelerle kurmuştu. Hikâye tıpkı bir tekerleme gibi dilden dile yuvarlanıyor ama hiç bozulmuyordu. İki parmak rakı hep iki parmak kaldı. Üçe çıkmadı ya da bire inmedi. Peynirin yanına kavun ekleyen ya da tulumbadan su çarptığını atlayan da olmadı. Ve hikâyeye eklenen parça da olmadı, yani Recep hiç geri dönmedi.

Hatice ile Narin hastaneden çıkıp eve geldiklerinde, Şadiye'yi sönmüş sobanın yanında bir başına otururken buldular. Kız, tavandan sallanan kablonun ucundaki çıplak ampulü yakmayı bile akıl edemediğinden karanlıktaydı.

"Ateş geçmiş, niye odun atmadın buna? Allah canını almasın!" dedi Hatice öfkeyle. "Buz gibi eve soktun bizi akşam akşam, hele baban gelsin de gör gününü!"

"Babam gitti!" dedi Şadiye.

"Nereye gitti gözü kör olmayasıca?"

"Bilmiyorum, demedi bir şey. Eşyalarını topladı, iki çantaya doldurdu, şişenin dibinde iki parmak rakı kalmıştı, ayağını nah şurada altına alıp onu içti, dolaptaki peyniri yedi, yüzüne tulumbadan beş kere su çarptı, sonra da gitti."

Hatice odun atmak için kaldırdığı soba kapağını elinden düşürünce iki kız çıkan gürültüyle yerlerinden sıçradılar.

"Eşyalarını mı topladı? Ne eşyası kız?" diye bağırdı Kara Hatice.

"Nesi varsa topladı işte" dedi Şadiye damağını kaldırırken. Gözleri yaşla dolmuştu yine.

Hatice odanın dibindeki yüklüğün kapısını açıp içine baktı. Recep'in her zaman yüklüğe yığılı duran kıyafetlerinden eser yoktu. Elini, fırlayıp çıkmasın diye tutar gibi kalbinin üzerine koydu ve kendini avluya zor attı. Sahanlığın kenarına dizilmiş ayakkabılar arasında kocasının koca pabuçlarını aradı ama bulamadı. Bu kez elini ağzına götürüp çığlığını bastırdı. Avlunun içinde bir o yana, bir bu yana deli danalar gibi koşup durdu, hiç sesini çıkarmadan dizlerine vurdu, vurdu, vurdu...

İki kız kapının ağzında durup annelerinin dövünmesine baktılar. Kara Hatice kara bir kuş gibi çırpınıyordu. Sanki dünya üzerine düşmüş, o da altında kalmıştı. Bir deri bir kemik ellerini büyük bir güçle, sıska bacaklarına, kuru kafacığına vurup duruyordu. Narin o anda annesinin içinden taşan şiddetle dünyayı tutup bir kenara atabileceğini hissetti. Annesi başını tulumbanın demir koluna bütün kuvvetiyle vururken atılıp onu tutmaya çalıştı ama Hatice acının verdiği deli kuvvetiyle bir hamlede savurup attı kızını. Bütün bunlar olurken kadının ağzından değil tek bir kelime, "gık" bile çıkmıyordu. Anneleri susuyor diye kızları da susuyordu. Kara Hatice kendini oradan oraya vururken iki kardeş, kadının biraz uzağında el ele tutuşmuş, korku içinde bu sağır-dilsiz can çekişmeyi izliyorlardı. Neden sonra Kara Hatice, Murateli Mahallesi'nin her duvarına, her kulağına, her taşına ve her kalbine işleyen o unutulmaz çığlığını basıverdi: "Receeeeeeep! Recebiiiiiim!"

Yorgun argın, yeni hükümet konağı inşaatındaki işinden dönen Erdoğan, Hatice'nin çığlığını duyduğunda, elini kaldırmış, evinin kapısına vurmak üzereydi. Öyle bir can havliyle bağırmıştı ki kadın, zavallı Erdoğan'ın aklına ilk gelen, Mehmet'in öldüğü oldu. Eli havada, olduğu yerde mıhlanıp kaldı ve sadece bir an sonra, yangından kaçar gibi sokağa fırlayan Hatice'yle burun buruna geldi. Sanki cin çarpmıştı kadını. Ağzıyla burnu yer değiştirmiş, üstü başı, gözü kaşı birbirine girmiş gibi geldi Erdoğan'a. Hatice zıvanadan çıkmış, bir ona baktı, bir boş sokağa.

"Ne bağırdın Hatice öyle?"

"Recep gitti Erdoğan. Bırakıp gitti beni." Hatice sanki Recep kuş olup uçmuş gibi gökyüzüne bakıyordu.

"Dur yahu, nereye gidecek? Gelir birazdan" dedi Erdoğan.

"Öyle değil, eşyalarını da aldı gitti. Bıraktı beni. Olacağı buydu, oldu işte sonunda. Gitti Recep. Gitti Recebim."

Sokak boyunca kapılar açıldı, kafalar uzandı ve ortalığa

sonsuz sorular döküldü: "Hayırdır Hatice? Ne oldu Hatice? Sen mi bağrındın Hatice? Recep'e bir şey mi oldu Hatice? Hatice? Kız Hatice?"

"Yok bir şey! Hadi girin evinize!" dedi Erdoğan sertçe. "Maymun mu oynuyor? Ne bakıyorsunuz?"

Kapılar açıldıklarından daha yavaş kapandı ve kulaklar kapılara dayandı.

"Milletin ağzına laf verme be Hatice! Recep bu, bilmez misin kaç senelik kocanı? Sağı solu belli olmaz. Şimdi çıkar gider, sabaha bakarsın çıkmış gelmiş" diye fısıldadı Erdoğan. Kara Hatice'nin yemenisi çözülmüş, gür, tiftik tiftik saçları omuzlarına saçılmıştı. Erdoğan o anda bile "Saç değil, kubur fırçası mübarek..." diye düşünmekten kendini alamadı.

"Dönmeyecek" dedi Hatice. Gözleri bataklık suyu gibi bulanıktı. "Gitti gider Recebim..."

"Hatice gir evine, bak el âlem camların, kapıların dibine sinmiş, senin lafını dinliyor. Sakız olacaksın ağızlarına. Çoluğuna çocuğuna yazık, herkes sizi mi konuşsun istiyorsun? Yarın bakarız çaresine, sağa sola haber salarız. Bak göreceksin, nah işte yazıyorum buraya, iki üç güne kalmaz kıçına baka baka dönecek Recebin!"

"Sahi mi diyorsun? Dönecek mi? Yoksa sana bir şey mi dedi gitmeden? Döneceğim mi dedi?" Hatice sormuyor, yalvarıyordu.

Arkadaşının talihsiz karısı, kafayı üşütmesine ramak kalmış halde karşısında dikilirken, Erdoğan'ın söylediklerini tartacak, her zaman yaptığı gibi eşeğini sağlam kazığa bağlayacak hali yoktu ama göz göre göre yalan söylemeye de cesaret edemedi. Hatice'nin kolundan tuttu, onu avluya soktu.

"Yok be Hatice, yok be bacım! Bana bir şey demedi, dese hiç salar mıydım gitsin? Ama bilirim Recep'i ben. Önce bir işe kalkışır, olurunu olmazını sonra düşünür. Aklı başına sonradan gelir. O yüzden sen şimdi sakin ol, çoluğunun çocuğunun başında dur. Diyorum bak ben sana, iki hadi bilemedin üç gün sonra, Recebin bu kapıdan girer. Dediydin dersin sen de!"

Hatice kendisine uzatılan bu umut dalına sıkı sıkı tutundu. Erdoğan "Haydi hayırlı akşamlar!" deyip evden çıkarken, odadaki büyük divanın dibine sıkışmış, avludaki konuşmaları soluksuz dinleyen Narin ile Şadiye birbirlerine baktılar.

"Bak işte dönecekmiş babam" dedi Şadiye. Gözleri her zamanki gibi ıslaktı.

"Bok dönecek!"

"Dönecek abla, yolda düşünüp taşınacak, aklı başına gelecek... Duydun Erdoğan Abi'yi..."

"Aptal aptal konuşma be! Neyi düşünüp de aklı başına gelecek? Hem dönmesin daha iyi. Kurtuluruz işte" diye çıkıştı Narin kardeşine ve çıkışmakla da kalmayıp kafasına bir tane vurdu.

O sırada Hatice içeri girdi. Erdoğan'la konuştuktan sonra bir nebze sakinlemiş, yatışmıştı. Yüzünü gözünü kuruladı, yemenisini silkeleyip kenara koydu, saçlarını atkuyruğu yaptı ve kızların karşısındaki divana geçip oturdu. Kucağında buluşturduğu ellerine bakıyor, arada içini çekip aklını saran kötü düşüncelerin etkisiyle yüzünü buruşturuyordu.

"Üzülme anne, bak gör dönecek babam" dedi Şadiye titreyen sesiyle. "Erdoğan Amca da dedi ya, sonradan aklı başına gelir diye. Yolda düşünecek taşınacak, gelecek." Bunları söylerken de ablasına bakıyordu yan gözle.

Hatice küçük kızının söylediklerini duymamış gibi ağır ağır sallanıyordu öne arkaya.

"Dönecek, değil mi abla?"

Soru odanın orta yerinde asılı kaldı. Narin'den uzun müddet cevap çıkmayınca Hatice gözlerini kaldırıp düşman bakışlarını ona dikti. Narin sustukça, Hatice'nin öfkesi büyüyordu. Ortamdaki gerginliği hissedip iyiden iyiye korkuya kapılan Şadiye dirseğiyle Narin'i dürtüp sorusunu yineledi. "Değil mi abla? Söylesene sen de!" Narin inatla susmayı sürdürünce Hatice altdudağını hırsla ısırıp oturduğu yerden kalkmaya davrandı. Niyeti Narin'in saçlarına yapışmak ve kızı bir güzel sarsalamaktı ama sokaktan gelen bir haykırış hem onu hem de zamanı durdurdu.

"Ümmühaaaaaaan! Ümmühaaaaaaan!" diye uluyordu Erdoğan.

On iki

Fırat tekrar karşısına çıktığından beri, Narin yıllardır olmadığı kadar Yaslıhan'ı düşünür olmuştu. Unuttuğunu sandığı detaylar sadece hafızasında bütünlük kazanmakla kalmıyor, bedeninde de bir karşılık buluyordu. Taşlı topraklı yollar tabanlarından akıyor, kışın dar sokaklara sinen soba kokusu genzini yakıyordu. Küçük kasabalara özgü gece ıssızlığı tüylerini ürpertiyor, ekmek sırası beklerken seyre daldığı fırıncının küreğinden çıkan sesler kulaklarında yankılanıyordu. Avludaki divana uzanıyordu rüyalarında ve annesinin çektiği tulumbanın sesini duyuyordu. Kireç vurulmuş duvarlar arasına sıkışıyordu yüreği ve tahta kapı gıcırdayarak açılıyordu. Günün her vaktinde anlamlı anlamsız anlar-anılar fışkırıyordu gözeneklerinden. Geride bıraktığını sandığı günler önüne dizilmiş; Kara Hatice, Recep, Şadiye, Mehmet, Necati, Erdoğan, Ümmühan el ele verip, bir solukluk mesafeye sokulmuşlardı. Bambaşka bir hayatın toprağıyla örttüğünü sandığı günler, inceden filizleniyor ve durmadan fısıldıyorlardı: "Başka hayat yok. Başka hayat yok. Başka hayat yok."

Sekreter kızın üzerindeki lacivert beyaz çizgili bluz bile Yaslıhan'ı getirmişti Narin'in aklına. Çok benzer desenden bir elbisesi olmuştu yıllar önce.

"Günaydın!"

"Günaydın Narin Hanım!"

"Niye öyle gülüyorsun Hülya?"

"Hiiiç!" dedi sekreter kız ikna edici olmaktan uzak bir tavırla.

Narin, Hülya'nın oturduğu bankoya yaklaştı ve kızın kaçırdığı bakışlarını yakalamayı başardı.

"Neden öyle güldüğünü söylemeden odama gitmeyeceğim."

"Gülmüyorum ki!"

"Evet, gülmüyorsun. Gülmemek için çaba harcıyorsun" dedi Narin ve Hülya'nın yüz kaslarını serbest bırakmasını bekledi.

"Ünlü olmuşsunuz Narin Hanım..." dedi kız çekingen sayılabilecek bir gülümsemeyle.

"Nasıl ünlü olmuşum?"

"Gazeteye çıkmışsınız."

"Ben mi gazeteye çıkmışım?"

"Evet, masanıza bıraktım. İnanmıyorsanız gidip bakın." Hülya bankonun gerisinde ufaldıkça ufalıyordu.

"Şaka mı yapıyorsun?" diye sordu Narin. Aklına gazeteye çıkması için tek bir sebep bile gelmiyordu. Şu anda baktığı davalarda basının ilgisini çekecek bir durum yoktu.

"Erkek arkadaşınızla beraber..." Hülya cümlesini tamamlaya fırsat bulamadan, Narin onun sözünü kesti.

"Erkek arkadaşım mı? Ne erkek arkadaşı ya?"

"Narin Hanım, dediğim gibi siz gazeteye bakın isterseniz" dedi Hülya bankonun arkasında ufalarak. "Ben sadece gazetede okuduğumu söylüyorum."

Narin hızlı adımlarla odasına girdi. Gazetenin magazin eki masasının üzerindeydi ve Atıf'la ikisinin çorbacıdan çıkarken çekilmiş bir fotoğrafı ilk sayfanın tepesinde kocaman duruyordu. "Yok artık!" diye bağırdı ve dehşet içinde gazeteyi eline aldı. Haberin üstünde iri puntolarla "Uslanmıyor!" yazıyordu ve yan tarafta çok güzel bir kadının bikinili fotoğrafı duruyordu. Ne olduğunu tam olarak anlayabilmek için

Narin'in haberi tam üç kez üst üste okuması gerekti. Görünüşe göre Atıf, İstanbul gece hayatının hızlı gençlerinden biriydi ve bikinili fotoğraf da onun bir süredir birlikte olduğu manken kıza aitti. Gazetenin kullandığı dile bakılırsa ikisi de epey meşhur insanlardı ve Atıf'ın sabaha karşı kimliği bilinmeyen bir kadınla çorbacıdan çıkması oldukça önemli bir olaydı. Bakalım manken sevgili bu işe ne diyecekti?

Narin gazeteyi ve hâlâ omzunda asılı duran çantasını masanın üzerine fırlattıktan sonra kendini de koltuğuna bıraktı. Nasıl bir saçmalıktı bu böyle? İnsanın başına durduk yerde nasıl böyle bir şey gelebilirdi ki? O gece kimsenin fotoğraf çektiğini görmemişti bile. Başını ellerinin arasına aldı ve sakin kalmaya çalıştı. Şımarık bir zengin çocuğu yüzünden gazetelere çıkmak hayatta en son istediği şeydi. O aptal piçi ve bu haberi uyduranları öldürmek istiyordu ama bunun yerine telefonu kaldırıp Erol Bey'i aradı. Sonuçta bütün bu saçmalık patronu yüzünden başına gelmişti ve onun da canının sıkılması fena olmazdı.

"Sakin ol Narinciğim!" dedi adam ve düzenli düşünce sistematiğinin bir kanıtı olarak, makineli tüfek hızıyla yapılacakları sayıp dökmeye başladı. "Bir açıklama yazar yollarsın ama olayı büyütme ve fevri davranma, o zaman inadına üzerine gelebilirler. Haber sadece bir gazetede çıkmış, bu iyi. Ben diğer gazetelerdeki tanıdıklarımı arar, işin doğrusunu anlatırım. Ama internete düşmesine engel olamayız. O yüzden birkaç gün başın ağrıyabilir. Merak etme, bir hafta sonra bu haberi hatırlayan bile kalmaz."

"Tamam o zaman, ben hemen bir açıklama yazıp gönderiyorum" dedi Narin. Erol Bey'in sakinliği onun da yatışmasına yardımcı olmuştu.

"Ama karakoldan bahsetme!"

"Nasıl yani?"

"Karakol hadisesinin basına düşmesini istemiyorum. O zaman Atıf'ın ailesine karşı çok zor durumda kalırım."

"Ama Erol Bey, bunu yazmazsam bana kim inanır ki? Gecenin o saatinde Atıf'la birlikte çorbacıda olmayı başka türlü nasıl izah edeceğim?"

"Müvekkilimizin saygınlığını korumak zorundayız."

"O bizim müvekkilimiz değil."

"Ama babası müvekkilimiz."

"Benim saygınlığımın bir önemi yok yani? Sabahlara kadar müvekkilleriyle âlem yapan bir avukat gibi görünmemi mi istiyorsunuz? Erol Bey, Google'a adım yazıldığında ilk bu haber çıkıyor."

"Bir hafta sonra kimsenin hatırlamayacağı bir olay yüzünden, en iyi arkadaşımı ve en iyi müşterimi mi kırayım? Lütfen biraz sağduyulu davran! Evli değilsin ve bildiğim kadarıyla şu sıralar bir sevgilin de yok. Genç bir insansın, gezeceksin elbette. Bu olayı bu kadar büyütmeye gerek yok ki. Olmuş bir kere."

Konuşma uzadıkça Narin'in sinirleri daha da bozuluyor, kendisini iyiden iyiye çaresiz hissediyordu. "Peki Erol Bey" diyerek ahizeyi yerine koydu ve içinden geçen küfürleri patronunun tahmin ediyor olmasını diledi.

Canı çok sıkılmıştı; gün boyu aralıksız çalan telefonu ve dalga geçmek için arayıp duran arkadaşları da sıkıntısının üzerine tuz biber ekiyorlardı. İşin en kötü kısmı, birçoğunun sesinden Narin'in söylediklerine inanmadıklarının anlaşılmasıydı. Gerçeği söylediği halde kendi arkadaşlarını bile ikna edemediği bir durumu, onu hiç tanımayan insanlara nasıl anlatabilirdi ki? Gazeteyi eline aldı ve haberi bir kez daha dikkatle inceledi. Fotoğrafta ikisi de gülüyordu ve Narin bunu itiraf etmek istemese de müvekkil-avukattan çok iki sevgili gibi göründükleri bir gerçekti.

Öğleden sonra, biraz olsun kendini işine verebilmek için telefonunu kapatmak zorunda kaldı. Herkese aynı şeyleri tekrar etmekten yorgun düşmüştü. Kapı vurulup Deniz içeriye girdiğinde hiç şaşırmadı. O gün, tam da Deniz'in seveceği türden bir hikâyenin başkahramanı olduğunu biliyordu.

"Aranızda bir şey olmadığına herkesi inandırabilirsin ama beni asla inandıramazsın. Çok yakışıklı çocuk!" dedi Deniz. "Hem niye inkâr ediyorsun ki? Sevgilinse sevgilin, kime ne bundan?"

"Evet haklısın, kime ne? Peki, yalan söylemek için hiçbir sebebim olmadığı halde, neden herkes yalan söylediğimi düşünüyor acaba?"

"Senin işin belli olmaz, vardır bir hesabın."

"Zırvalama! Adamın kaç yaşında olduğunu biliyor musun?

"Hayır ama çok küçük olduğunu biliyorum."

"Yirmi dört yaşında ve sana yemin ederim olay tamamen sana anlattığım gibi. Aramızda hiçbir şey yok, tamam mı! Onu karakoldan çıkardım ve çorbacıya gitmek için tutturdu, ben de mecbur kaldım götürmeye. Hepsi bu! Hatta o gece onu seninle tanıştıracağıma söz verdim."

"Benimle mi?"

"Evet, hali tavrı bana seni hatırlattı ve ona senden bahsettim. O da tanışmak istedi."

"Tamam, tanıştır o zaman."

"Aman Deniz, geyik yaptık sadece."

O sırada dahili hat çaldı ve Narin cevapladı. Telefonu kapatırken Deniz'e ters ters bakıp "Merak etme, şimdi tanışacaksın. Buraya gelmiş" dedi. Atıf elinde beyaz bir orkideyle içeriye girene kadar, Deniz yüzüne en çekici ifadesini oturtmuştu bile.

"Selam!" dedi Atıf.

"O çiçek teşekkür etmek için mi, yoksa özür dilemek için mi?" diye sordu Narin sertçe.

"Bu teşekkür için, özür için olanı yarın getireceğim" diyerek güldü Atıf ve Deniz'e dönerek "Bu şirkette hep böyle güzel hanımlar mı çalışıyor?" diye sordu. Keyfi gayet yerinde görünüyordu ve Narin'in asılmış yüzünden etkilenmediği belliydi.

"Ben burada çalışmıyorum. Adım Deniz, Narin'in arkadaşıyım" dedi Deniz, Atıf'ın elini sıkarken.

Onların bu tatlı sohbeti zaten gergin olan Narin'in sinirine dokunuyordu, o yüzden ortamın samimi havasını dağıtmakta gecikmedi ve son derece mendebur bir ifadeyle "Ne işin var burada?" diye sordu Atıf'a. "Ben sabahtan beri herkese seninle aramda bir şey olmadığını anlatmak için uğraşıp duruyorum ve sen beni yalancı çıkarmak ister gibi, elinde çiçekle şirkete geliyorsun."

"O zaman sabahtan beri boşuna nefesini tüketmişsin. Gazetecilere avukatım olduğunu ve o akşam beni karakoldan çıkardığını anlattım. Yarın bununla ilgili bir haber yapacaklar."

"Gerçekten söyledin mi bunu?"

Atıf omuzlarını silkti. "Evet. Neden söylemeyeyim? Doğrusu bu değil mi?"

"Teşekkür ederim" dedi Narin. "Gerçekten minnettarım."

Üzerinden büyük bir yük kalkmıştı birdenbire. Neden Atıf'ı aramamıştı ki gazeteyi görür görmez. Hiçbir şeyden çekinmesi olmayan bu adamın ortalığı toparlayacağını tahmin etmeliydi. Ona kaba davrandığı için vicdan azabı duydu ve havayı yumuşatmak için "Sana ters davrandım, kusura bakma. Çok güzel çiçekler, teşekkür ederim" dedi. "Hani sana o akşam bahsettiğim arkadaşım var ya, senin de tanışmak istediğin... İşte o Deniz! Yakınlarda bir trafik kazası geçirdi, o yüzden suratı böyle."

Deniz şaşkınlıkla Narin'e baktı. Yüzü ilk günlere göre bir hayli düzelmiş olsa da hâlâ biraz tuhaf görünüyordu.

"Geçmiş olsun, memnun oldum tanıştığımıza" dedi Atıf, Deniz'e dönerek. "O gece, sürekli seninle çok iyi anlaşacağımızı söyleyip durdu."

Narin bunu sadece bir kere söylemişti ama paçayı kurtardığı için öyle sevinçliydi ki düzeltme ihtiyacı duymadı.

"O öyle söylediyse kesin doğrudur, çünkü Narin beni çok iyi tanır" derken Deniz'in tatlı tatlı gülümsediğini gören Narin gözlerini devirdi. Bu kız için flört etmek, yemek yemek ya da su içmek kadar doğaldı. Dünyamıza eğlenmek, parti vermek, insanlarla tanışmak için gelmişti; kötü ya da sıkıcı olan her şeyden kaçar, sadece zevk vaat edenin peşinden koşardı.

Narin, arkasına yaslanıp Deniz'in yeni bir arkadaş edinmesini izlemeye başladı, buna daha önce yüzlerce kez şahit olmasına rağmen her defasında şaşırmadan edemiyordu. Atıf ile Deniz kırk yıllık iki arkadaş gibi sohbeti ilerletirken, Narin'in orada olduğunu unutmuş gibiydiler.

"Nar, cuma günü benim evdeki partiye Atıf'ı da getirsene!" dedi Deniz. Gözleri alev alev parlıyordu.

"Getiremem, çünkü ben de gelmiyorum" diye cevap verdi Narin. Bu kadarı da fazlaydı. Fırat'ı, Deniz'in evindeyken aradığı için telefonda kavga ettikleri günden beri görmemişti ve görmeye de niyeti yoktu.

"Yooo, geliyorsun."

Narin, dişlerinin arasından "Hayır, gelmiyorum" dedi ve Deniz'e öldürecek gibi baktı.

"Ama Irmak'ın doğum günü!"

Narin elini başına götürdü ve "Hay Allah, bu cuma mıydı o? Valla unutmuşum..." diye söyledi.

"Ama geleceksin değil mi?"

"Elbette geleceğim!" Başka çaresi olmadığını biliyordu.

"Ve Atıf'ı da getireceksin."

Narin Atıf'a baktı, Atıf gülümsedi.

"O kendi gelebilir" dedi Narin. "Bildiğim kadarıyla gece çıkma izni var."

Moskof Recep'in Ümmühan'la kaçması o sıralar Murateli Mahallesi'nde yaşayan herkesin hayatında unutulmaz bir olay olarak yerini aldı. Renksiz hayatları renklenmiş, tatsız sohbetleri tatlanmıştı. Ateş düştüğü yeri yakar, etrafı aydınlatır. Bu kez de öyle oldu. Hatice ile Erdoğan'ın yan yana hanelerinde acının dumanları tüterken, konu komşu olayı her boyutuyla ele aldı, didik didik etti, evirdi çevirdi, altına üstüne, sağına soluna baktı. Erdoğan'ı, oğlunu, Hatice'yi, Şadiye'yi, Narin'i görünce sustular, yüzlerine "vah vah" deyip arkalarından güldüler, olayın evvelini ve sonrasını hayallerinin var gücüyle süslediler. Ne Recep'in iki senedir her öğleden sonra Ümmühan'ın evine gittiği kaldı ne de evden kaçtıktan sonra birlikte Antalya'nın yolunu tuttukları. İşin doğrusu, kimsenin bir şey bildiği yoktu. Avuç içi kadar sokakta, en kül yutmazların bile ruhu duymadan işi pişirmişlerdi ve mahallelinin bir türlü akıl erdiremediği de buydu. Recep'in sırf kendilerine gülümsediğini sanan birkaç kadın dudaklarını ısırdı ve Ümmühan'a bakınca gözü gönlü açılan birkaç adamın da içi buruldu. Bunun dışında sönen iki ocağın acısını yüreğinin derinlerinde duyan çok olmadı. Birbirlerine "Şimdi Hatice ne olacak? Erdoğan ne olacak? Çocuklar ne olacak?" diye sorup durmalarının sebebi geride kalanlar için endişelenmeleri değil, olayın burada kapanıp gitmesini istememeleriydi. Çekirdeklerini alıp pencerelerinin başına oturdular ve gözlerini sessizce yan yana duran iki eve diktiler. Film heyecanlıydı, onlar daha heyecanlıydılar. Biri beyaz, diğeri mavi badanalı hanelere baka baka düşüncelere daldılar ve Birinci marka sigaralarını tellendirdiler. Pencerelerinin perdelerini yana çekip Mehmet'in topal bacağıyla aksaya aksaya evine gelişini izlediler. Yemek saatlerinde bir bahaneyle Hatice'nin kapısını çalıp ne yediklerine baktılar. Başlarında Recep olmayınca iki güzel kız daha bir güzel, Hatice ise daha bir çirkin gelir olmuştu gözlerine.

Hatice kendisini izleyen gözlerin farkındaydı ama Erdoğan'ın dünya yansa görecek durumu yoktu. Yatıp kalkıp Ümmühan'ı düşünüyor, nasıl olup da başına bunların geldiğini anlamaya çalışıyordu. En çok şaştığı şey, Ümmühan'ın giderken oğlunu odunluğa kapatmasıydı. Bunu bir türlü aklı almıyordu. O sevgi dolu, oğlunun üzerine titreyen kadın, vicdansız bir yosma gibi, el kadar oğlunu kapkaranlık yerde kapatıp ardına bile bakmadan gitmişti. Çıkıp kimseye "Annem gitti!" diye haber veremesin, Erdoğan peşlerine düşmesin diye yapmıştı bunu. Demek Recep'in aşkı kadının yüreğini bu kadar karartmıştı. Soğukta miyavlayan kedi yavrularına bile kıyamayan Ümmühan kendi evladına taş kesilmişti. Erdoğan öyle çok ağladı ki gözlerini sel bastı. Gözyaşlarının tuzundan yüzü pişti, yanakları cılk yara oldu. Geceden sabaha, sabahtan geceye, günlerce hıçkırdı. Durdu ağladı, döndü ağladı, yattı ağladı, kalktı ağladı, yüzünü yıkarken bile ağladı. Doğduğu günden beri tek iyiliğini görmüştü şu dünyanın, o da Ümmühan'dı. Onsuz bunca çile çekmenin, ayazın ortasında ha babam çimento karmanın, beton dökmenin ne anlamı vardı? Bir kahkahasıyla güneşi açtırırdı onun karısı, saçlarını beline döktü mü kuşlar öterdi. Aslında ne güneşin açtığı vardı ne kuşların öttüğü ama işte öyle severdi Erdoğan, Ümmühan'ı. Değil Murateli Mahallesi'ni, koskoca Yaslıhan'ı arasanız karısını onun kadar seven tek bir erkek bile bulamadınız. Oğlu olmasa çoktan, daha Ümmühan'ın Recep'le kaçtığı o gece kendini Yaslı Dere'ye atar, onlar daha gidecekleri yere varmadan geçerdi öteki dünyaya. Çok düşünmüştü bunu ama oğlunu yapayalnız, bir başına bırakmaya gönlü razı olmamıştı. Aynı sebepten her sabah erkenden kalkıp işine gitmeye devam etti.

Yokluk, bir yandan Hatice'nin belini büküyor, bir taraftan da onu bütün gün Recep'in gidişini düşünmekten alıkoyuyordu. Elbette geceleri gizli gizli ağlıyor, akşam herkesin kocaları eve girerken boğulacak gibi oluyordu ama yine de idare ediyordu. Erdoğan'ın Ümmühan'ın arkasından yaktığı ağıtları duymasa daha çabuk düzelirdi ama küçük yerde bunun imkânı yoktu. Her yanına gelen, halini hatırını sorup konuyu Erdoğan'a getiriyordu. "Adam amma perişan oldu. Ne karıymış be! Nesi varsa o Ümmühan'ın bu kadar..." dediklerinde Hatice'nin içinde yangınlar çıkıyordu. Erdoğan'ın kederi Ümmühan'a yapılan gizli bir övgüydü onun gözünde ve kanına dokunuyordu. Hem de ne dokunmak! Evinin önünden yedi âlemin derdini yüklenmiş gibi çökmüş omuzlarla geçen Erdoğan'ın kafasına çamaşır kazanını geçirmek geliyordu içinden. Adam ona her baktığında Ümmühan bakıyor gibi geliyordu, o "kahperengi" gözleriyle. Yıllardan beri karısını bitmeyen bir aşkla seyretmekten olacak, Ümmühan bürümüştü Erdoğan'ın gözünü.

Mahallelinin "Erdoğan da Hatice'yi alır artık" diye dalga geçtiği de kulağına çalınmıştı. Öyle bir şeyi istemediğinden değil, Erdoğan'ın ölse kendisini almayacağını bildiğinden gücüne gidiyordu bu sözler. Kendi derdi kendine yeterken, bir de el âleme maskara olmak zordu. Zaten kötü olan maddi durumları iyice kötüleşmişti. Şişko Necati arada sırada avucuna üç beş kuruş sıkıştırmasa aç yatmaları işten bile değildi. İki abisi de sırtlarını dönüvermişlerdi Hatice'ye. Hem de ne dönmek. Artık kapıyı bile açmıyorlardı kardeşlerine. Hatice kapının önünde onların içeriden gelen fısıldaşmalarını duyuyor ve "Allah belalarını versin!" demekten başka bir şey yapamıyordu.

Mehmet hastaneden çıkmış, iki ay boyunca dışarıya adımını atamadan evde iyileşmeyi beklemişti. Az konuşuyor, hiç gülmüyordu. Sanki Recep giderken öfkesini yanına almamış, oğluna bırakmıştı. Öyle sinirli olmuştu Mehmet. İkinci ayın sonunda eskiden çalıştığı nalburun yanında önceden kazandığının yarısına işe başlamıştı ve bu durumdan hiç memnun değildi. Recep'in yokluğunu, onların darlığını fırsat bilmişti sıska nalbur. Mehmet adamın boğazını sıkıp canını çıkarmamak zor tutuyordu kendini. Bunu yapamayınca da evdekilerin burnundan getiriyordu her günü, her geceyi. Fener'e gideceği günü beklerken, kendini tozlu rafların arasında bulmak kolay değildi elbette ama o evde hayat kime yumuşak yüzünü göstermişti ki?

Necati dışında yardım eli uzatan kimseleri yoktu. Onun da varlığı koca bir aileyi tamamen sahiplenmeye yetmezdi elbette. Yine de az değildi yaptığı. Hatice'ye haftada bir gün karısına yardım etmek için eve temizliğe gelmesini söyledi ve okulu bırakmak için uzun zamandır fırsat kollayan Şadiye'ye pastanede iş buldu ama Cemal Hoca'ya verdiği sözden dönmeye niyeti yoktu ve Narin'in okuldan ayrılmasına kesinlikle razı gelmiyordu. Narin liseyi bırakırsa o da onlara yardım etmeyi kesecekti, öyle demişti. "Çalışacaksa, okuldan sonra çalışacak." Necati'nin bu sözünün üzerine söz koymaya kimse cesaret edemedi.

Hayır ve şer her zaman el ele gezdiğinden olsa gerek, Narin ile Şadiye ömürlerinin en mutlu günlerini yaşıyorlardı. Onlarla uğraşan yoktu ve ikisi de özgürlüğün tadını çıkarıyordu. Şadiye pastanenin sahibinin oğluyla fingirdiyor, Narin ise hiç durmadan Fırat'ı düşünüyordu. Hastanedeki öpücükten sonra hiç görmemişti onu ama zaten yaşadığı mutluluğu sindirmek için zamana ihtiyacı vardı. Fırat'ın, okulu açıldığı için Ankara'ya döndüğünü tahmin ediyordu ama aradaki mesafe bütün gün onunla ilgili hayaller kurmasını engellemiyordu. Hatice büyüyüp serpilen kızlarının arkasından endişeli gözlerle bakıp "Bunlar kendilerini bildiler artık" diye düşünerek içini çekiyordu. Kısmetleri çıkar çıkmaz evlendirmek niyetindeydi ikisini de. Ufak yerde babasız büyüyen bir kızın adının çıkması an meselesiydi. Recep başlarında olsa kimse korkudan gıkını çıkaramazdı ama artık sahipsizdiler.

Narin okuldan eve döndüğü bir gün Mehmet'le burun buruna geldi. Abisi bacaklarını uzatmış divanda oturuyordu. Koltuk değneğini de üçüncü bir bacak gibi yanına koymuştu.

"Neden işte değilsin sen?" diye sordu Narin.

"Bıraktım işi."

"Bıraktın mı? Niye bıraktın?"

"Sana ne be! Niye bıraktımsa bıraktım."

"Annem kırar bacaklarını ama..."

"Ben kırarım onun bacaklarını!" diye bağırdı Mehmet ve koltuk değneğini tehditkâr bir şekilde Narin'e doğru kaldırdı. "Kaptırmasaydı dayımlara mirasımızı, kaçırtmasaydı babamı evden. Onun yüzünden düştük bu hale!"

"İyi be!" dedi Narin. "Ne halin varsa gör, bana ne!"

"Size bakacağım diye, üç kuruş için ömrü billah nalburun kahrını mı çekeceğim? Babanız mıyım lan ben sizin? Bakın başınızın çaresine. Gidin çalışın hepiniz. Sen de çalış, annem de çalışsın. Benim elime bakmayın artık."

"İyi be!" diye terslendi Narin. "Çok umurumdaydı sanki." Şadiye'nin Mehmet'ten çok kazandığını söyleyecekti ama sustu.

"Başka iş yapacağım."

"Ne iş yapacaksın?"

"Bakacağız. Var kafamda bir şeyler."

Akşam Hatice eve geldiğinde Mehmet'in işten ayrıldığını duyunca dizlerine vurdu ve "Vay başıma gelenler!" diye bağırdı. "Baban olacak Recep'e çekmişsin. O da bir işte dikiş tutturamadı, sen de öyle olacaksın."

"Senin çirkinliğinden kaçtı babam. O kara suratından kaçtı. Dedem de çirkinsin diye para bırakmadı sana" diye cevap verdi Mehmet.

Hatice yerinden fırladığı gibi tokadı bastı oğluna, sonra hırsla kulaklarına yapıştı. Avuçlarıyla Mehmet'in kulaklarını olduğu gibi tutup kafasını bir ileri bir geri sarsmaya başladı çocuğun. Abisi öyle aptal görünüyordu ki, Narin kıkırdamadan edemedi. Tam o sırada Mehmet, kulaklarını kurtarıp oturduğu yerden annesini öyle bir kuvvetle ittirdi ki, kadının yere serilirken sobadan kıl payı sıyrılması büyük şans oldu. Narin gülmeyi kesti, korkak Şadiye her zamanki gibi damağını kaldırdı ve ağlamaya başladı.

"Bu da mı gelecekti başıma?" diye düştüğü yerde dövünmeye başladı Hatice. Dövünüp sağa sola sallanıyor, bir taraftan da "Kendi doğurduğumdan bunları mı duyacaktım? Kendi evladım da mı el kaldıracaktı bana? Al canımı güzel Allahım! Al da kurtulayım artık" diyerek veryansın ediyordu.

"Uzun etme be!" diye bağırdı Mehmet ve daha sözünü bitiremeden yanında duran koltuk değneği havalanıp kafasına indi. Narin, abisine vurdukça vuruyor "Babamdan kurtulduk derken, sen mi çıktın başımıza itoğlu it? Sen hele bir daha vur bize, inan olsun senin o çıkasıca canını ellerimle alırım!" diye bağırıyordu. Biraz önce gülüp eğlenen kendisi değilmiş gibi, yüzünden, gözünden, üstünden, başından öfke taşıyordu. Mehmet duvarla Narin'in arasında sıkışıp kaldığından, bir türlü kendini toparlayıp karşılık verecek fırsatı bulamıyordu. Kara Hatice beline sarılıp Narin'i abisinden uzaklaştırmasa, Mehmet ikinci kez hastaneye kaldırılabilirdi. Ama Hatice var gücüyle belinden asılınca Narin gerisingeri yere yuvarlandı ve Mehmet'in yumruklarına karşı savunmasız kaldı. Abisi onu bir temiz döverken Hatice, Narin'i kurtarmak için kılını bile kıpırdatmadı. Narin bir taraftan vücuduna inen tekmeleri, tokatları savuşturmaya çalışıyor, bir taraftan da Fırat onu gördüğünde yine beğensin diye yüzünü kollamaya çalışıyordu. Yine de fırsatını bulduğu bir an, birbirlerine sokulup köşeye sinmiş Hatice'yle Şadiye'ye "Ağzınıza sıçayım ben sizin!" diye bağırmayı ihmal etmedi. "Ağzınıza sıçayım sizin hayvanlar! Buradan kaçıp kurtulacağım ve ondan sonra geberseniz bile dönüp bakmayacağım!"

On üç

Alt katında oturan emekli paşa bunadığından beri, Deniz'in evindeki partilerden şikâyetçi olan komşuların sayısı azalmış ama elbette sıfırlanmamıştı. Sağır olmadığı takdirde kimse Deniz'in yakınında oturmak istemezdi ve bu son derece doğaldı. Evden taşan yüksek müzik sesi, kapıların önünde düşen, sızan ya da bağıran sarhoşlar, ayarsız kahkahalar, arabalarını başka arabaların yoluna koyan düşüncesiz zıpırlar... Deniz, kolaylıkla bir mahallenin korkulu rüyası olabilirdi ama Narin arkadaşının bu sorunu yönetmedeki olağanüstü başarısını takdirle karşılıyordu. Onun yerinde başka biri olsa çoktan mahkemelik olmuş ya da sinirli bir komşudan dayak yemişti ama Deniz öfkeden kudurmuş halde kapısına gelenleri bile –kaç yaşında olurlarsa olsunlar– içeriye girmeye ikna ediyor, arkadaşlık kuruyor ve evden mutlu bir şekilde ayrılmalarını sağlıyordu. Yolda onu görüp sitem edenlerin ne yapıp edip kalplerini kazanıyordu. Yıllardır gürültü yüzünden o evin kapısını aşındırmaktan yılan karakol polisleri bile artık yerlerinden kıpırdamıyor, telefonla arayıp müziğin sesini kısmasını rica ediyorlardı. Deniz gibi hiçbir konuda kavga çıkarmaktan kaçınmayan, haftada ortalama iki taksici tokatlayacak cüreti kendinde bulan, tarif etmek için "fevri" kelimesinin bir tüy kadar hafif kaldığı birinin, komşularıyla sorunsuz bir ilişki yürütebilmek için gösterdiği samimi çaba şaşırtıcıydı. Onun nasıl olup da böyle alttan alabildiğini, hatta gerektiğinde yaltaklanabildiğini anlamak kolay değildi. Ama Narin anlıyordu, çünkü Deniz'in bu evde ve bu şekilde yaşamayı ne kadar çok sevdiğini biliyordu. Bu düzeni sürdürmek için komşuların kıçını yalar, karakola rüşvet verir, yeni taşınanlara çiçek yollar, yaşlıların hatırını sorar, gerekirse körleri karşıdan karşıya geçirirdi.

Narin mutfakta, kendisinden sadece beş dakika sonra Deniz'in evinin kapısından giren Atıf'a bunları anlatırken parti henüz başlamamıştı. İçeride sadece sekiz kişi vardı ve içki şişeleriyle kadehler daha yeni yeni masanın üzerine diziliyordu. Narin salonda müzik seçen Irmak ile Fırat'tan uzak durmak için kendini mutfağa atarken peşinden Atıf'ı da sürüklemişti. Irmak mutfağa girdiğinde bir taraftan salatalık ve havuçları dikkatle kesiyor, bir taraftan da laflıyorlardı.

"Gerçekten muhteşem görünüyorsun" dedi Narin, Irmak'a. Atıf da başını sallayarak onu onayladı.

"Yirminci defadır aynı şeyi söylüyorsun" diyerek bir kahkaha attı Irmak.

"Ne yapayım, çok beğendim kıyafetini. Çok yakışmış." Narin yalan söylemiyordu. Gerçekten de Irmak krem rengi mini elbisesi ve tam tepesinden atkuyruğu yaptığı saçlarıyla o akşam etrafına ışıklar saçıyordu. Narin onu şimdiye kadar hiç bu kadar güzel gördüğünü hatırlamıyordu.

"Aşk yaradı bana herhalde. Baksana şuna!" dedi Irmak ve bileğindeki Cartier saati Narin'e gösterdi.

"Çok güzelmiş. Fırat mı aldı?"

"Numara yapmayı bırak, sen söylemişsin bunu almasını."

Narin gülümsedi ve "Güle güle kullan!" dedi.

Irmak kollarını Narin'in boynuna dolayıp sıkı sıkı sarıldı ve "Çok mutluyum" diye fısıldadı. Narin onun doğruyu söylediğinden emindi, kendisine bile sarıldığına göre gerçekten çok mutlu olmalıydı. "İnşallah sen ve Deniz de bir gün benim kadar mutlu olursunuz" dedi Irmak.

"Biz mutlu olmak istemiyoruz ki." Irmak kollarını Narin'in boynundan indirdi ve mutfağa giren ablasına baktı.

"Biz parti vermek istiyoruz, içki içmek istiyoruz, sarhoş olup Cartier saatlerimizi kaybetmek istiyoruz" diye devam etti Deniz ve elindeki boş Jagermeister şişesini göstererek "Ayrıca boş şişelerin dolu taklidi yapmasını da istemiyoruz" dedi. "Atıf, sana zahmet, hemen gidip şundan alır mısın? Yoksa kardeşim yeni yaşına Jager'siz girecek ve bütün senesi kötü geçecek."

"Derhal!" dedi Atıf. "Benim de batıl inançlarım var, o yüzden seni anlayabiliyorum."

Herkes mutfaktan çıkınca Narin yine tüm dikkatini havuçlara yöneltti. Salatalıkları boylamasına kesmek kolaydı ama havuç diye tutturan Deniz'e sinir oluyordu. Galonlarca içki içip yanında sağlıklı diye havuç yemek çok anlamsızdı. Hem o kadar çerez, cips, çeşit çeşit peynir ve dizi dizi kanepe varken kim havuç yiyecekti ki?

"Küllükler nerede?" Fırat aniden içeriye girdiğinde Narin az kalsın parmağını kesiyordu.

"Şuradaki çekmeceyi aç, orada!"

Fırat, Narin'in gösterdiği çekmeceyi açtı ve bir küllük çıkarırken "Hâlâ kızgın mısın?" diye sordu Narin'e.

"Hayır değilim. İstersen bütün küllükleri salona götür. Lazım olacak" dedi Narin.

"O herif senin için fazla küçük değil mi?"

"Hangi herif?"

"Birlikte gazeteye çıktığın?"

"Sen Irmak'tan kaç yaş büyüksün?"

"Yedi."

"Başka sorum yok!"

"Aynı şey değil ki, o daha çocuk. Halini tavrını görmüyor musun? Geri zekâlı gibi bir şey!"

"Irmak da Einstein değil!" diye çıkıştı Narin. "Ve son kez söylüyorum, Atıf'la aramızda bir şey yok."

"Külahıma anlat!"

"Havuçları yiyip durma, iki saattir anam ağlıyor onları kesmek için!"

"Ver, ben yaparım!" dedi Fırat. Uzanıp bıçağı Narin'in elinden alırken suratı asılmıştı adamın.

"Teşekkür ederim. Ben de kanepeleri dizeyim bari! Deniz işin bu tarafıyla hiç ilgilenmez. İnsanları davet eder, siparişleri verir ve sonra biri bütün bunları yoluna koysun diye bekler. O biri de genelde ben olurum. Yakındığıma bakma, aslında hoşuma gidiyor bir işe yaramak..."

Fırat'ın konuşmaya niyeti olmadığını anlayınca sustu ve sessizlik içinde işlerini yaptılar. Narin onun neden keyifsiz olduğunu merak etti ama sormadı. Somonlu kanepelerin yanına karideslileri, karideslilerin yanına ançüezlileri, ançüezlilerin yanına rokforluları, rokforluların yanına neli olduğunu anlayamadığı kırmızı renklileri dizerek oyalanmaya çalıştı. Tam son sırayı hazırlıyordu ki, Atıf mutfak kapısından başını uzatıp mavi bir şişe gösterdi ve "Aşkım, Jager bulamadım, Aftershock diye bir şey aldım" diye seslendi.

"İyi, masanın üzerine bırak!" dedi Narin.

"Aşkım ha?" Fırat'ın sesi alaycıydı.

"O öyle konuşuyor. Bana özel bir şey değil."

"Eminim."

"Ben bunları salona götürüyorum. Havuçlar sana emanet" dedi Narin ve mutfaktan çıkarken Fırat'ın dişlerinin arasından bir şey mırıldandığını duyar gibi oldu. Tam olarak emin değildi ama sanki "Siktir git!" demişti.

Gecenin ilerleyen saatlerinde Atıf'ın öylesine "Aşkım" demediğini Narin de anladı. Nereye gitse peşinden geliyor, her türlü bahaneyle koluna bacağına dokunuyor ya da bir şey söylemek için kulağının dibine giriyordu. Fırat'ın onları izlediğinin ve yüzünün giderek düştüğünün farkındaydı. Bir ara Deniz yanına geldi ve "Hayırdır, neler oluyor Atıf'la?" diye sordu.

"Bir şey olduğu yok. Asılıp duruyor işte!"

"Sen hoşlanmıyor musun?"

"Yok yaaa!"

"Pek öyle görünmüyor."

"Ne yapayım? Tokat mı atayım çocuğa?"

"Yok canım! Eğlenmene bak tabii ki. Bu arada Fırat'la Irmak kavga etmişler biraz önce."

"Neden?"

"Fırat yarın sabah Yaslıhan'a gidiyormuş. Babasının bir arazisi varmış, onu satacakmış."

"Eeeee?"

"Niye daha önce söylemedi diye arıza çıkarmış bizimki."

"Demek o yüzden Fırat'ın suratı iki karış" diye mırıldandı Narin. Derin bir hayal kırıklığı hissediyordu. Fırat'ın suratsızlığını Atıf'ın varlığına bağlamış ve için için mutlu olmuştu.

"Herhalde" dedi Deniz ve salonun köşesinde duran iki adamın yanına doğru yürümeye başladı. Narin onun adamların uzun boylu olanından epeydir hoşlandığını biliyordu. Irmak da ablasının yanına gitmiş, Fırat'ı masanın yanındaki kanepede bir başına bırakmıştı. Narin ona doğru ilerledi ve yanına oturdu.

"Yaslıhan'a gidiyormuşsun."

"Kim söyledi?" Fırat huzursuzlanmıştı.

"Deniz söyledi."

"Ne kadar çabuk yayılıyor burada haberler."

"Niye kızıyorsun ki? Bir şey rica edecektim."

"Ne?"

"Yaslıhan'a gittiğinde bizim sokağa uğrar mısın diye soracaktım. Hâlâ oradalar mı bilmiyorum, belki taşınmışlardır. Bir soruşturur musun?"

"Sen neden gidip bakmıyorsun?"

"Onlarla iletişim falan kurmak istemiyorum, sadece bilmek istiyorum. Yapar mısın?"

"Bilmiyorum. Vaktim kalırsa yaparım."

"Vaktin kalırsa mı? Avuç içi kadar bir kasabadan bahsediyoruz. Yarım saatini bile almaz oraya gidip bir göz atmak. O kadar zor bir şey istemiyorum."

"Tamam. Gider bakarım, merak etme" dedi Fırat ve sıkıntılı bir şekilde kanepeden kalkarak Irmak'ın olduğu tarafa doğru yürüdü. Narin onların birbirlerine sarılmalarını gözünü ayırmadan izledi. Dakikalarca öyle sarmaş dolaş kaldılar. Âşık çift barışmıştı.

"Bir şey içmiyor musun?" Atıf yine yanı başında bitivermişti, Narin düşüncelerinden kopup o ana geri döndü ve "Getirirsen içerim" dedi tatlı tatlı gülümseyerek. Bu gece onu şımartacak birine ihtiyacı vardı.

"Ne istiyorsun?"

"Votka-Red Bull ve biraz da elma suyu. Ama votkasını bol koy!"

"Neyi unutmaya çalışıyorsun bakalım?"

"Unutmaya çalışmıyorum, hatırlamaya çalışıyorum."

Yaslıhan, 1991

O yıl temmuz ayının on ikisinin akşamı, saat yediyi on geçe evlerinin kapısı vuruldu ve Narin kendisinden başka kimsenin kımıldamadığını görünce gönülsüzce yerinden kalkıp odadan çıktı. Annesi ve Şadiye televizyonun karşısına bir geçtiler mi, kimse kaldıramazdı onları yerlerinden. Büyülenmiş gibi mıhlanır kalırlardı.

"Mehmet'e bakmıştım" dedi Fırat gülümseyerek. Narin öyle şaşırdı ki hem ağzı hem de gözleri aynı anda açıldı. Tam yedi aydır onunla yeniden karşılaşacağı anı hayal ederek yaşıyordu. Bununla ilgili yüzlerce değişik senaryo yazmıştı ama hiçbirinde Fırat evlerinin kapısını çalmıyordu. Kimisinde sokakta karşısına çıkıyor, kimisinde okul önünde bekliyordu. Bakkalda, minibüste, çarşı içinde karşılaşıyorlardı. Hatta Necati'nin yazıhanesinde rastlaştıklarını bile hayal etmişti bir keresinde ama onu böyle kapı ağzında dikilirken bulacağı hiç aklına gelmemişti. Gözleriyle aynı renk kahverengi polo yaka bir tişörtle duruyordu karşısında; başını hafiften sağa yatırmış, yüzünde belli belirsiz bir gülümsemeyle.

"Yok mu Mehmet?"

"Abim kahvede" diyebildi Narin, sesi çıktığınca.

"Diğerleri nerede?" diye fısıldadı Fırat.

"İçerdeler. Televizyon seyrediyorlar."

"Gelsene, biraz yürüyelim."

"Yok, çıkamam bu saatte" dedi Narin, oysa dünyanın sonuna kadar yürüyebilirdi onunla.

"Ne var ki saatte? Hava aydınlık daha."

"Mahalleden görürler, anneme söylerler."

"E, ne zaman göreceğim ben seni?"

"Bilmem."

"Yarın bize gelsene. Evde kimse yok."

"İşe gidiyorum gündüzleri" dedi Narin. Kadın kuaföründe işe girmişti yaz için.

"İşten çıkınca gel."

"Beşte çıkıyorum. O saatten sonra nasıl geleyim? Annem öldürür geç kalırsam."

"İşten izin al, doktora gideceğim de, bir şey yap işte! Eski fabrikanın karşısındaki kırmızı ev. 11 numara. Biliyor musun orayı?"

"Biliyorum da gelemem ki..." Ağlayacak gibi olmuştu Narin. Onunla buluşmaktan daha çok istediği bir şey yoktu ama nasıl yapacağını bilemiyordu.

"Ben öğleden sonra, iki buçukta oradayım. Gelirsen gelirsin, gelmezsen de sen bilirsin!" diye terslendi Fırat, sonra da yürüyüp gitti. Narin arkasından bakakaldı. Koşup gitse miydi peşinden? Ne yapacaktı şimdi?

"Kimmiş?" Annesinin sesi tam arkasından geliyordu.

"Abime bakmış bir arkadaşı."

"Baktıysa baktı, ne duruyorsun kapının ağzında? Kapa da gir içeri!"

Narin, Kara Hatice'nin söylediğini yaptı. Ne yapacak, ne edecek gidecekti yarın. İsterse kuaför onu kovsun, abisi öldürünceye kadar dövsün, annesi evden atsın, umurunda değildi. Fırat'ın onu bekleyecek olması fikri başını döndürüyordu. Bir evde ikisi baş başa kalacaklardı. Kalbi dayanır mıydı acaba bu heyecana? Düşündüğünde bile bu hale geliyorsa, onu karşısında gördüğünde düşüp bayılmaz mıydı? Yok yok, hayatta gidemezdi. Ama ya Fırat kızıp ondan vazgeçerse? Bütün gece ağzını açmadan annesiyle Şadiye'nin yanında oturdu, onlarla birlikte gözlerini televizyona dikti. Ne seyrettiğini bile bilmeden ekrana bakıp dururken aklında iki ihtimali evirip çevirdi. Ya gidecek ya gitmeyecekti, yoktu daha ötesi ama düşündü de düşündü.

Sabah işe her zamankinden erken gitti, çünkü ne yatağa ne de eve sığdırabilmişti içindeki heyecanı. Hızlı adımlarla yolları aştı, bazen yürüdü, bazen koştu ve dükkâna vardığında patronu kasanın başında oturmuş, boyalı parmaklarıyla hesap kitap yaparken buldu. Midesini kaldırıyordu o parmakların görüntüsü.

"Erkencisin" dedi patron.

"Bugün erken çıkabilir miyim diye soracaktım. Midemde bir ağrı var da epeydir, doktora göstereceğiz." Kelimeler dudaklarından kendiliğinden dökülmüştü. Mide ağrısı Ümmühan'dan kalmıştı aklında. Zaman zaman tutar ve kadını halsiz bırakıp yataklara vururdu. O zamanlar Ümmühan için çok üzülürdü Narin. O zamanlar, Ümmühan'ın daha babasını alıp kaçmadığı zamanlardı. Bir an Fırat'ın gözlerinin de Ümmühan'ınkilerle aynı renk olduğu geçti aklından, içinde sarıya çalan harelerin uçuştuğu tatlı bir kahverengi ya da annesinin dediği gibi "kahperengi".

Patron onu baştan ayağa şöyle bir süzdü ve düşündü. Narin'in çalışkan ve dürüst olduğunu biliyordu. Hatta şimdiye kadar bu dükkânın gördüğü en iyi elemandı. Hiçbir şeye üşenmez, kaytarmaz, bir an önce çıkıp gitmek için acele etmezdi. Üstelik yalanı dolanı da yoktu. Bütün bunları üst üste koyup toplayınca adam kıza inanmayı seçti.

"Kaçta çıkacaksın?"

"Üçte."

"İyi. Çık bakalım."

O gün Narin canla başla çalıştı. Bütün boya kaplarını, fırçaları, çekmeceleri, pensleri gıcır gıcır yaptı; lavaboları, koltukları sildi, manikür aletlerini temizledi. Bunu patrona yaranmak için değil, yerinde duramadığı için yapıyordu. Kalbi heyecandan durmasın diye oradan oraya koşturuyor, dikkatini işe vermeye çalışıyordu. Dakikalar hızla geçsin mi, yoksa durdukları yerde dursunlar mı, ne istediğini bilemiyordu. Bir an heveslenecek gibi oluyor, bir an sonra ise korkudan ölecek hale geliyordu. Ne yapacaklardı? O evde ikisi bir başlarına ne yapacaklardı? Mahalledeki kendi yaşındaki bazı kızların oğlanlarla oynaştıklarını, memelerini ellemelerine izin verdiklerini biliyordu. Kıkırdaşarak birbirlerine anlatıyorlardı kenarda köşede. Hatta bu kızlardan biri birkaç ay önce, seks yapan kadınlarla erkeklerin çırılçıplak fotoğraflarının bulunduğu bir kâğıt getirmiş, o kâğıt bütün mahalle gençlerinin arasında lime lime oluncaya dek elden ele gezmiş ve özellikle erkek çocukların nefsini kabartmıştı. Kızın bu kâğıdı Almanya'da yaşayan bir akrabasının getirdiği fotoğraf makinesi kutusunun içinde bulduğu söyleniyordu. O kâğıttan sonra kızlar arasında memeleri elletme modası iyiden iyiye alıp yürümüştü ama Narin'in memelerini henüz kimse elleyememişti. O mahalledeki çocuklar arasında kendisini öpmesini ya da sıkıştırmasını istediği biri yoktu. Fotoğrafları gördüğünde midesi kalktığı için diğerleri gibi uzun uzun bakamamıştı. Koskocaman cinsel organlar gözüne çirkin ve korkutucu görünmüştü. Yine de içinde kabaran merak duygusunun önüne geçemiyordu. Bir gün gelecek, o da evlenecek ve o fotoğraflardaki kadınlar gibi şeyler yapacaktı. Etrafındaki kadınlara ve erkeklere baktığında hiçbirini sevişirken hayal edemiyordu. Annesinin o kadınlar gibi gözlerini yumup ağzını açması mümkün değildi. Babasıyla Ümmühan'ı bile getiremiyordu gözünün önüne ve hayal edemedikçe merakı artıyordu.

Üstünde Necati'nin kızının şişmanladığı için artık giyemediği lacivert beyaz çizgili bir penye elbise vardı ve onun içinde kendini çok güzel hissediyordu. Gün boyunca aynada uzun sarı saçlarını düzeltti ve elbisesinden belli olan kabarıklıklarını inceledi. Kendine güveni yerine geliyordu. Fırat memelerini okşamak isterse izin verecekti.

İşten tam saat üçte çıktı. Eski fabrika, kasabanın batı tarafındaydı ve hali vakti yerinde olanların çoğu orada otururdu. Yeni yapılmış birkaç apartman dışında, genelde eskiden kalma iki katlı evler vardı ve çoğunun hem ön hem de arka tarafında birer bahçeleri bulunurdu. Tuğladan yapılma kırmızı ev, fabrikanın tam karşısındaydı ve Narin daha önce kime ait olduğunu bilmeden defalarca önünden geçmiş, bahçesinin duvarından sarkan bahar dallarını hayranlıkla seyretmişti. Çok eskiden bir arkadaşının masal kitabında gördüğü pastadan eve benziyordu. Çocuk aklıyla o kadar etkilenmişti ki o masal evinden, seneler sonra bile aklından çıkaramamıştı. Bahçe kapısını itip açtı ve küçük yuvarlak taşlarla döşenmiş yürüyüş yolunu aşıp ferforjeden geometrik desenlerle bezeli ahşap kapıyı çaldı. Burası onların yaşadığı eve benzemiyordu, Narin de benzeyeceğini hiç düşünmemişti zaten.

Fırat onu gördüğüne gerçekten şaşırmış gibiydi.

"Gelmeyeceğini sanmıştım" dedi gülümseyerek. Alabildiğine, hani neredeyse sonsuz bir gülüştü bu ve Fırat'ın dudaklarından gözlerine dalga dalga yayılıyor, oradan da saçlarına dağılıyor gibiydi. Narin böyle güzel gülebilen birinin kendisini beklediğine inanamıyordu. Ürkek adımlarla Fırat'ı takip etti. Girdikleri yer, karşılıklı iki kanepe ve duvara dayalı bir piyanonun bulunduğu büyük bir holdü. Hole açılan bir sürü kapıdan iki kanatlı olanından geçerek salona girdiler. Lacivert ve kırmızı renklerin hâkim olduğu geniş salonda, yerdeki üç Yağcıbedir halısı, koltuklar ve perdeler o güne kadar Narin'in hiç şahit olmadığı bir uyum içindeydi. Kendi evlerinde hiçbir eşya bir yere güzel olsun diye konulmazdı. Her şeyin bir amacı vardı. Perdeler içerisi görünmesin diye asılır, halılar ayakları üşümesin ve yere oturabilsinler diye serilirdi; lamba ışık verirdi, tabakta yemek yenirdi. Anlaşılan, çok para verilen eşyaların, temel görevlerinin yanında göz okşamak gibi bir vazifeleri de oluyordu. Kendi eşyaları bu konuda kıllarını bile kıpırdatmazdı.

Fıratların evinde Narin'i en çok şaşırtan yemek masasının büyüklüğü ve etrafına dizilmiş on iki sandalyeydi. Bunu kalorifer peteklerinden bile ilginç bulmuştu. Neden bu kadar büyük bir masa almışlardı acaba? Belli ki bir sürü kardeşi vardı Fırat'ın. Bunlar, salona girdiği ilk birkaç saniyede gördüğü şeylerdi. Etrafına aval aval bakarak aptal durumuna düşmek istemediği için, oymalı büyük kanepeye oturan Fırat'ın yanına yerleşti ve başını önüne eğdi.

"Annenler nerede?"

"Yazlıkta onlar" dedi Fırat. Yaslıhan'ın on beş kilometre kadar batısında sıra sıra yazlık siteler başlıyor ve upuzun bir sahil boyunca yan yana uzanıyorlardı. Aralarda köyler ve kışın boşalan küçük yerleşim yerleri vardı. Yaslıhan'ın zenginlerinin çoğu yaz aylarını oralarda geçirirdi, parası olmayanlar ise sahile yapılan günübirlik gezilerle yetinirdi.

"Kaç kardeşin var senin?" diye sordu Narin.

"Hiç yok. Tek çocuğum ben" dedi Fırat. Narin dalgın dalgın yemek masasına baktı.

"Buraya geldiğine pişman mısın?"

"Niye ki?"

"Utanmış gibi duruyorsun."

"Utanmadım." Elbette utanıyordu. O koca masadan, etrafına dizilmiş sandalyelerden, yerdeki halılardan bile utanıyordu. Hepsi gözlerini dört açmış, ikisini izliyordu sanki.

"İlk başta gelmeyecek gibiydin."

"Öyleydim."

"Niye geldin peki?"

"Kızma diye geldim" dedi Narin. Bu kez doğruyu söylüyordu, en azından kısmen. Bir de merak vardı tabii onu buraya getiren ama ondan hiç bahis açmadı. "Gelmezsem benimle bir daha konuşmazsın diye korktum."

Fırat hafifçe Narin'in saçlarına dokunduktan sonra yaklaştı ve kolunu omuzuna doladı. "Konuşmazdım tabii. Demek ki beni görmek istemiyor derdim."

Narin cevap vermedi.

"Buraya geldiğini kimseye söyledin mi?"

"Hayır, söylemedim."

"Aferin, söyleme!"

"Söylemem."

"Burada ne yaptığımızı da kimse söyleme!" dedikten sonra Narin'i kendine çekip öptü. Narin o anda orada yığılıp kalacağından emindi ama öyle olmadı. Fırat onu uzun uzun öptü ve kulağına defalarca "Çok güzelsin" diye fısıldadı. "Hayatımda hiç senin kadar güzel bir kız görmedim." Narin onun söylediklerinin her kelimesine inandı. Güzeldi, çok güzeldi ve Fırat hiç onun kadar güzelini görmemişti. Bu, Narin'in gerçeği oluverdi bir anda. O güne dek bu kadar güzel olduğunun nasıl farkına varmadığına şaştı kaldı. Ne annesinden ne babasından ne de kardeşlerinden bu konuda tek bir tatlı söz duymuştu. Çirkinliği dillere destan Kara Hatice'nin kızı, arada Ümmühan'ın ya da komşu kadınların güzelliğine dair söylediklerini tatlı dillerine yormuş, pek üzerine alınmamıştı. Fırat'ın sözleri ise Allah kelamı gibiydi. O güzel dediğine göre güzeldi işte.

Bu düşünce bulutların üzerine çıkmasını sağladı. Yerden yavaş yavaş yükseliyor ve Fırat'ın öpücüklerine sevinçle karşılık veriyordu. Ne lacivert beyaz elbisesi üzerinden sıyrılırken ne de Fırat üzerine abanırken gıkını bile çıkarmadı. İçinden bir ses onu durdurması gerektiğini söylüyordu ama durdurmak istemiyordu. İlk kez kendini çok önemli biri gibi hissediyordu. İlk kez böyle iştahla kucaklanıyor, seviliyordu. Bu mutluluğun içinde uyandırdığı minnet duygusuyla her şeyi yapmaya hazırdı. Fırat onu çırılçıplak soydu ve kendisi de soyundu. Bu halleri fotoğraflardaki kadar çirkin gelmedi Narin'i gözüne.

"Bacaklarını aç!" dedi Fırat nefes nefese. O an bir tereddüt geçirdi Narin.

"Aç! Merak etme, sadece bakacağım." Bu sözler Narin'in korkmasına neden oldu. Neye bakacaktı ki? Niye bakacaktı? Çok ayıp bir şey olmalıydı bu. O ana kadar yaptıklarının hepsinden daha ayıp geliyordu Narin'e ama Fırat'ın söylediğini yaptı ve sırtüstü yattığı yerde usulca bacaklarını araladı. Fırat dizlerinden tuttu ve gözlerini tam o noktaya dikti; göğsü hızlı hızlı inip kalkıyordu.

"Şimdi orayı öpeceğim, tamam mı?"

"Tamam" dedi Narin ve gözlerini yumdu. Fırat başını Narin'in bacaklarının arasına soktu.

"Sizi terbiyesizler! Ne yapıyorsunuz burada?" Cıyak cıyak bir kadın sesi Fırat'ın kanepenin öteki ucuna kadar sıçramasına sebep oldu. Bir taraftan yeni çıkardığı pantolonunu giymeye çalışıyor, bir taraftan da dehşetle üzerine yürüyen sarışın kadının fırlatmaya hazırlandığı kocaman anahtarlıktan korunmaya çalışıyordu.

"Sen bizi dünya âleme rezil etmeye mi çalıyorsun? Bıktım her gün senin peşini kovalamaktan! Git Ankara'da ne bok yersen ye, burada rahat dur demedim mi ben sana?"

"Anne..."

"Bana anne deme! Senin gibi ahlaksızın annesi değilim

ben! Yettin artık canıma! Bu orospuları evime doldurmaya utanmıyorsun değil mi? Bak şunun haline!"

Narin titreyen elleriyle edep yerlerini kadının tiksinti dolu bakışlarından korumaya çalışırken, salonun ortasına fırlatılmış elbisesini ve çamaşırlarını almaya korkuyordu. O an Allah oracıkta canını almak istese gıkını çıkarmaz, hatta mutlu olurdu. Kadın Fırat'ı bırakıp kendisine yöneldiğinde kanepenin üzerinde büzüldükçe büzüldü.

"Utanmıyorsun değil mi elin oğlanlarının koynuna girmeye, seni küçük orospu! Kalk hemen oradan! Çek o boklu kıçını kanepemden."

Kadın delirmiş gibiydi ve Fırat onu sakinleştirecek hiçbir şey söylemiyordu. Narin kadının söylediğini yaptı ve kanepeden kaktı. Çırılçıplak vaziyette yürüyüp yerde duran elbiselerini alırken kadının belirgin bir iğrenme ifadesiyle onu izlemesi utancını katbekat artırıyordu. Kadın kollarını göğsünde kavuşturmuş, gözlerini Narin'e dikmiş, söylendikçe söyleniyordu:

"Hiç utanma yok bunlarda! Kenarın dilberi işte! Anaları babaları hiç terbiye vermemiş ki, doğurup salmışlar sokağa. Pislik seni!"

Narin kendisini izleyen bakışlar altında donunu giyip sutyenini bağlarken ne tarafa döneceğini bilemiyordu. Hayatının en kötü dakikalarıydı ve akmak bilmiyordu. Elbisesini üzerine geçirdiği anda fırlayıp kaçmaya çalıştı ama kadın onu saçlarından yakalayıverdi.

"Seni burada bir daha görecek olursam polis çağırırım, orospuluktan içeri attırırım, yıllarca çıkamazsın hapisten. Evimi soydu derim, her şeyi derim. Anladın mı beni?"

Narin başını salladı. Kadın bakışlarını oğluna çevirdi.

"Sen de bir daha hiçbir orospuyu evime sokmayacaksın. Daha geçen sene senin yüzünden neler çektik unuttun mu? Unuttun mu diyorum sana? Hamile bıraktığın şırfıntı yüzünden neler çektiğimizi hatırlamıyor musun?"

Fırat başını salladı.

"Madem unutmadın da bu ne?" Kadın saçlarından sıkıca tuttuğu Narin'i işaret ediyordu.

Fırat yüzü pençe pençe kızarmış bir halde önüne bakıyordu.

Kadın, Narin'in saçlarını bırakmadan "Niye ağlıyorsun şimdi? Yakalandın diye mi? Ağlayacaksan buraya geldiğine ağla! Hadi benim oğlum ahlaksız, sen kız olacaksın bir de!"

Narin ağlamaktan katılacak hale gelmişti. "Ne olur bırakın gideyim!" diyebildi zar zor.

Kadın Narin'in saçlarına var gücüyle asıldı ve "Bir daha seni burada görecek olursam..." diye söze başladı ama devamını getiremedi, çünkü Narin saçlarını kadının elinden kurtarıp yere çömeldi ve lacivert kırmızı Yağcıbedir halısının üzerine kusuverdi.

On dört

Yalnızlık tek başına kalmak değil, tek başına kalmaktan kaçmaya çalışmaktır. Bunun için ne kadar uğraşırsan durumun o kadar acıklı hale gelir. Geceyi uzatmak, son bir sigara yakmak, bir kadeh daha içmek, ayak sürümek, bin dereden su getirmek... Bütün bunlar, kapının arkasına gizlenmiş seni bekleyen tekilliğinle karşılaşmanı geciktirmekten ve çaresizliğini artırmaktan başka işe yaramaz. Durumu sükûnetle kabullendiğin ve onunla savaşmaktan vazgeçtiğinde ise aniden daha az yalnız biri haline gelirsin. Bu konuda bilinmesi gerekenler fazla değildir. Yalnızlıkta "çat kapı" yoktur ve yalnız biri kimsenin hayatının doğal uzantısı olmadığından, biriyle buluşmak için daima randevulaşmak zorundadır. Kimsenin hayatını tamamlamaz ve bunun karşılığı olarak da kimse onun hayatını bütünlemez. Kimileri böyle olmasını tercih ettikleri için, kimileri de kimse onları tercih etmediği için yalnızdır. Yalnız biri sadece bir aksesuardır. Süslü bir toka, zarif bir kolye, boktan bir kemer ya da bir çift güzel küpe... O kadar. Yoklukları üzüntü verici olsa da kimseyi öldürmez.

Narin'in yalnız olmaktan bir şikâyeti yoktu. Eve tek başına girmek, eşyaları bıraktığı yerde bulmak, kimseye hesap vermemek ya da bazen kendi kendine konuşmak onu üzmüyordu. Sadece tek bir an vardı sevmediği. Er ya da geç, bir günün sonu geldiğinde, eve dönmek için tek başına arabaya doğru yürümekten hiç hoşlanmıyordu. İşten, yemekten ya da bir partiden... Nereden çıktığının hiç önemi yoktu. Her defasında arabaya kadar olan o mesafe ağırına gidiyor, kalabalıkta akıp giden dakikalar ayaklarına takılıyordu. Tuhaf olan, böyle zamanlarda kendini yalnız değil, terk edilmiş hissetmesiydi. "Kim terk etti beni? Annem? Babam? Kardeşlerim? Tanrı?"

O gece Irmak'ın doğum günü partisinden çıkıp evine vardığında saat üç buçuk olmuştu. Yaşanmayan bir evdi onunki. Alınan her eşyanın ilk konduğu yerde kaldığı, fırının, nasıl ayarlandığı unutulacak kadar seyrek kullanıldığı, Kabataş'ta deniz manzaralı, iki oda bir salon bir daireydi. Sahibinin yarım gün içinde taşınıp gideceği, oturuluyordan ziyade ucuna ilişilmiş hissi veren, pek az döşenmiş bir yerdi. Aceleyle makyajını sildi, gri pamuklu geceliğini giydi ve kendini yatağa attı. Uyuyan milyonlarca insanın arasına karışmak istiyordu ama çalan telefon buna izin vermedi. İçinden bir ses arayanın Atıf olduğunu söylüyordu. Ne de olsa yeni neslin nezaket kuralları arasında olur olmaz saatlerde telefon etmemek yoktu. Yeni yerleştiği yatağından sıkkın bir şekilde kalktı, Atıf'a iki laf etmeye kararlıydı. Arayanın Fırat olduğunu görünce şaşırdı.

"Alo?"

"Uyudun mu?" diye sordu Fırat.

"Yeni yatmıştım..."

"Sana geliyorum."

"Ne?"

"Şimdi Irmak'ı evine bıraktım ve oraya geliyorum. Çok önemli!"

"Ya lütfen saçmalama! Bu saatte benim evime gelecek kadar önemli ne olacak? Sarhoş musun sen?"

"Adresi söyle!"

"Hayatta söylemem!"

"Sana yemin ediyorum çok önemli. Duyunca bana hak vereceksin. Bak dinle Narin, gelmek zorundayım, tamam mı?

Ne yani, sapık olduğumu mu sanıyorsun? Gelip sana tecavüz mü edeceğim?"

"Hayır da..."

"O zaman lütfen söyle şu adresini!"

"Tamam" dedi Narin ve isteksiz bir sesle adresini söyledi.

On dakika geçmeden Fırat kapıyı çaldı. İyi görünmüyordu ve Narin onun sarhoş olmamasını diledi. Partide ne kadar içtiğine hiç dikkat etmemişti.

"Böyle çıkıp geldiğim için özür dilerim ama bunu yapmak zorundaydım. Belki çok daha önce yapmam gerekirdi ama benim üzerime vazife değil diye düşündüm." Fırat içeriye adımını atar atmaz konuşmaya başlamıştı. Narin onun büyük bir sıkıntı içinde olduğunu görebiliyordu.

"Bunu söylemek çok zor ama karşılaştığımız günden beri ne yapmam gerektiğini düşünüyorum" derken Fırat ellerini yüzüne götürdü.

Narin "Dur bir dakika!" diye atılarak kesin bir tavırla onun sözünü kesti. "Saçma sapan bir şey söylemeyeceksin değil mi? Yani ben Irmak'ın arkadaşıyım ve eğer onu incitecek bir şey söylemeyi düşünüyorsan bu konuşmayı yapmadan gitmeni istiyorum."

Fırat birkaç saniye boyunca Narin'e boş gözlerle baktıktan sonra kollarını iki yana açıp derin bir "Offff!" çekti ve "Merak etme, buraya seni sevdiğimi falan söylemeye gelmedim" dedi.

Narin kıpkırmızı kesildi. Neden çenesini kapatıp dinlemekle yetinmemişti ki? Durduk yerde herkesin kendisine asıldığını sanan o kızların durumuna düşmüştü.

"Neden geldin peki?"

"Narin ben gerçekten çok üzgünüm ama..."

"Evet?"

"Bak, bunu söylemek çok zor ama annen ve kardeşlerin hayatta değil. Çok üzgünüm. Gerçekten çok üzgünüm."

Yer ve gök yer değiştirdi ama Narin ayakta durmayı sürdürdü. Nefes bile almadan gözlerini Fırat'ın siyah ayakkabılarına dikti. Yepyeni görünüyorlardı.

"Onlar çok uzun zaman önce öldüler. On iki ya da on üç sene oldu" dedi Fırat, sesi gitgide zayıflıyordu. "Ben de çok sonra duydum, yıllar sonra... Bildiğim kadarıyla sobadan zehirlenmişler... Üçü birden gitmişler... Sen onların hâlâ Yaslıhan'da yaşadığını sanıyordun ve ben bunu sana söylemeye çalıştım ama bir türlü yapamadım."

Narin yavaşça elini uzatıp Fırat'ın kolunu tuttu. Gözleri hâlâ onun ayakkabılarındaydı.

"Oturmak ister misin?" dedi Fırat. Cevap gelmeyince kolunu Narin'in omzuna doladı ve onu salona götürüp kanepeye yerleşmesine yardım etti.

"İyi misin Narin? Bana bak lütfen! Haydi yüzüme bak!"

Narin gözlerini kaldırıp onunkilere dikti.

"Ama sen bir keresinde bana Mehmet'i sormuştun... Bir gece barda Mehmet nasıl demiştin..."

"Evet" dedi Fırat.

"Öldüklerini bildiğin halde neden sordun ki?"

"Başlarına gelenlerden haberin yok gibiydi ve ben bundan emin olmak istedim ama emin olduktan sonra ne yapacağımı bilemedim."

Narin'in boynu kendiliğinden bükülüverdi, başı neredeyse omzuna değecekti.

"Senin için yapmamı istediğin bir şey var mı?" diye sordu Fırat, kızın saçını okşayarak.

"I-ıh!"

"Sakinleştirici bir ilaç ister misin? Gidip alayım mı?"

"I-ıh!"

Bir müddet Fırat ne dese, ne sorsa hep aynı şekilde cevap verdi, çünkü duyduklarını anlamıyordu, kulaklarında sadece annesinin bazen mırıldandığı bir türkü vardı:

... İki keklik bir kayada ötüyor,
ötme de keklik derdim bana yetiyor,
aman aman yetiyor...

Kara Hatice'nin yüzüne inat güzel sesi, yıllar sonra dönmüş dolanmış, Narin'in kulaklarını bulmuştu.

... annesine kara da haber gidiyor...

Nedense, türkü söyleyen annesini değil, onu dinlerken kendisini hatırlıyordu. Beş altı yaşlarında, bir yaz günü sokağın kapısının dışında çömelmiş otururken, Hatice'nin avludan gelen sesine kulak kabartmıştı. Sokağın tozuna bulanmış beyaz tokyolu ayaklarına bakıyor, bulduğu ince bir dalla sıska bacaklarına çizgiler çiziyordu. İçeriden gelen sesin bembeyaz tenli bir meleğe değil de mor dudaklı, çalı saçlı bir kadına ait olduğuna inanmak zordu.

... Yazması oyalı, kundurası boyalı yâr benim,
aman aman yâr benim,
uzun da geceler yâr boynuma sar benim
aman aman sar benim...

"Biliyor musun, annemin sesi çok güzeldi" dedi Fırat'a. "Kendisi çirkindi ama sesi çok güzeldi."

Fırat'ın endişeli halini görünce, bir rüyadan uyanır gibi oldu ve "Korkmana gerek yok, ben iyiyim" dedi. "Çok şaşırmadım. Bazen aklıma geliyordu böyle şeyler. Başlarına bir şey gelse haberim olmaz diyordum kendi kendime. Ama böyle aniden duyuvermek... Sarsıyor ne de olsa insanı..."

"Bu gece yanıma gelip nasıl olduklarını öğrenmemi istediğinde ne yapacağımı şaşırdım. Ne diyecektim sana? Karşına geçip iyi olduklarını mı söyleyecektim? Bir sürü yalan mı uyduracaktım? Doğruyu söylemek en iyisi diye düşündüm. Bilmiyorum doğru mu yaptım ama..."

Narin o kanepenin üzerinde daha ne kadar oturduklarını bilmiyordu. Yarım saat, bir saat ya da iki saat olabilirdi. Zamanın kıvamı insanı daima şaşırtır, akıcılığı andan ana değişiklik gösterirdi. Bazen boza kadar koyu, bazen su gibi seyreltilmiş olurdu. Tüy gibi hafifleyebilir, taş gibi ağırlaşabilirdi. Göl kadar durgunlaşabilir ya da grizu gibi patlayabilirdi. Hatta canı isterse durabilirdi bile.

"İstersen sabaha kadar yanında kalabilirim."

"Hayır, hayır gerek yok. Git evine!"

"Şimdi mi gideyim?"

"Evet, zaten birazdan sabah olacak. Yani... Biliyorsun aile gibi değildik biz. Birbirimize bir düşkünlüğümüz yoktu. Sevmezdik demek biraz garip olacak ama sevmezdik işte. O yüzden beni merak etmene gerek yok. Toparlanırım."

"Üzülmedin mi yani?"

"Bilmiyorum... Ne hissettiğimi anlayamıyorum şu an. Tuhaf bir rüya gibi..."

"Peki, ben gideyim o zaman. Bir şeye ihtiyacın olursa ya da ne bileyim konuşmak falan istersen ara!"

"Olur" dedi Narin ve onu geçirmek için ayağa kalktı. Adımları karanlık salonun tahta zemininde yankılanırken kapıya doğru yürüdüler. Fırat sokak kapısını açtığı anda Narin içeriye kara gölgeler girdi sandı ve geriye doğru iki adım attı. Gölgeler üzerine çullanıp boğazını sıkmaya başladı. Bütün vücudunu aşağıya doğru çekiyor, iç organlarına asılıp sallanıyorlardı. Bir an karanlıkta annesinin gözlerine baktı. Köpüren bir kahve gibi canlıydılar.

Bir çığlık kendini fırlatıp attı dudaklarından ve "Gitme! Allah aşkına gitme!" diye bağırdı. Fırat ona sarılırken, Narin'in gözlerinden yaşlar oluk oluk akıyordu. Mehmet'i görüyordu koltuk değneğiyle aksaya aksaya yürürken, Şadiye ayna karşısında saçlarını tarıyordu, Recep Hatice'yi dövüyordu, Hatice hastaneye koşarken Mehmet için çığlıklar atıyor, "Allah'ın gücüne gitti!" diye bağırıyordu son ses, Narin annesinin peşinden koşuyordu, Recep kapı önünde sigara içiyordu, Şadiye damağını kaldırıyordu, Mehmet sahada koşuyordu, Narin lacivert beyaz bir elbise giyiyordu...

Fırat'a sarılmış ağlarken, yüzler ve anılar sağından, solundan, üstünden, altından geçiyor, sert kabuklu sürüngenler gibi kollarına, bacaklarına, gövdesine çarpıyorlardı. Her yüzün arkasından başka yüz, her günün arkasından başka gün çıkıyordu. Fırat onu banyoya götürüp elini yüzünü yıkamasa sakinleşeceği yoktu. Yüzüne vuran soğuk su, aklının tekrar başına gelmesini ve gördüklerinin hayal mahsulü olduğunu anlamasını sağladı ama ağlamasını durdurmadı.

Fırat onu yatağına yatırdı ve yanına oturup "Deniz'i çağırmamı ister misin?" diye sordu.

"Hayır, kimseyi çağırma lütfen."

"Beni burada görmesinden çekiniyorsan, ben giderim. Başka birinden duyduğunu söylersin."

"Hayır."

"Ama onunla konuşmak sana iyi gelebilir. Ben insanları teselli etme konusunda pek başarılı sayılmam."

"Lütfen onu arama, olur mu?" dedi Narin yorganı boğazına kadar çekerken.

"Peki" dedi Fırat.

"Beni teselli etmene gerek yok. Şu anda benimle konuşacak birini istemiyorum. Sadece benimle susacak birini istiyorum."

Narin odasında uykuya dalınca Fırat salondaki kanepeye uzandı ve gözlerini kapattı. Neşeli bir doğum günü partisiyle başlayan gece, ilk defa geldiği bir evin salonunda noktalanıyordu. Hayatın sürprizlerle dolu olduğu doğruydu. İyi ve kötü sürprizler her yere gizlenmişti. Omzuna dokunan bir elle gözlerini açtığında, güneş epeyce yükselmişti ve salon aydınlık haliyle daha boş görünüyordu. Narin tepesinde dikilmiş ve mavi gözlerini ona dikmişti.

"Günaydın!" dedi Fırat kanepede doğrulurken.

"Günaydın. Bir şey sormak istiyorum."

"Sor!"

"Ben de bugün seninle Yaslıhan'a gelebilir miyim?"

Narin haftalar boyunca her gece kâbuslar içinde uyandı. Hep aynı rüyayı görüyordu. Fırat'ın annesi saçlarına yapışmış, avaz avaz bağırıyor, onu çırılçıplak sokağa sürükleyip herkese gösteriyordu. Zavallı kız bütün vücudu ter içinde, çığlık çığlığa sıçrayıp uyanıyordu. Onun sesine annesi, abisi ve kardeşi de dikiliyordu elbette. Aynı olay hemen her gece tekrarlanıp durunca, Mehmet örtüsünü alıp avludaki divanda uyumaya, Hatice de kızına büyü yaptılar diye korkmaya başladı. Sırf rüyalar olsa aldırmazdı belki ama Narin son zamanlarda eriyip bitmiş; yemez, içmez, gülmez, konuşmaz olmuştu. Kızının her sabah Fırat'ı görme umuduyla uyandığını ve geceleri hayal kırıklığıyla yatağına gittiğini bilmediğinden, onun durgunluğuna verecek başka anlamlar arayıp buluyordu.

Sürekli Fırat'ı arıyordu Narin'in gözleri. Bir köşeden çıkmasını, çalıştığı kuaförün kapısında belirmesini ya da kapıyı çalmasını umuyordu. Âşık olmanın piranha yutmak olduğunu o günlerde öğrendi. Keskin dişler midesini paramparça ediyor ve bununla da yetinmeyip tüm vücuduna saldırıyordu. Çektiği acı yüzünden bağırarak ağlamak isterken fön makinesini tutuyor, saçları süpürüyor, avluyu yıkıyor ya da sofrayı kaldırıyordu. Daha önce hiç karşılaşmadığı derin bir keder tarafından ele geçirilmiş ve soluksuz bırakılmıştı. Dayak yemeye benzemiyordu, abisinin hastanede yatmasına benzemiyordu, babasının bir kadınla kaçıp gitmesine de benzemiyordu. Hepsinden çok daha kötüydü. Hatta hepsinin toplamından bile çok daha kötüydü. Henüz çok genç olduğu için zamanın iyileştirici etkisi hakkında bilgi sahibi de değildi ve bu acının ömür boyu sürmesinden korkuyordu. Birkaç kez cesaretini topladı ve heyecandan ölme pahasına Fıratların evinin önünden geçti. Yazlıkta olduklarını biliyordu ama yine de kapalı perdeler gözlerinin dolmasına neden oluyordu. Yazlıkları çok yakındı ve Fırat istese gelip onu görebilirdi. Demek ki istemiyordu. Belki o da annesi gibi düşünüyordu Narin hakkında. Bu düşüncelerle kendini yiyip bitiriyor, acısını dindirmenin bir yolunu bulamıyordu. Hayati fonksiyonları en alt düzeydeydi ve Fırat'ın gelmediği her gün kalbinde yeni bir yara açılıyordu. Yaz tatilinin sonu görünüp, üniversitelerin açılma zamanı yaklaşmaya başladığında ise tanınmayacak kadar sararıp soldu ve bir deri bir kemik kaldı. Umudu tükeniyordu, umudu tükendikçe o da tükeniyor ve bütün yaralarından oluk oluk kanlar akıyordu. Yakında Fırat Ankara'ya dönecek ve işte o zaman her şey bitecekti. Başka kızlar bulacak, Narin'i unutacaktı. Bu korku kendisini iyice çaresiz hissetmesine neden oluyor ve her gece uykusunda attığı çığlıkları keskinleştiriyordu.

O günlerde Kara Hatice'nin falcıların, hocaların, büyücülerin önüne atacağı çeyrek altını kalmamıştı ama ne yaptı etti, hocanın birini derdini dinlemeye ikna etmeyi başardı.

"Sor bakalım kızına, ne görüyormuş rüyasında?" dedi adam. "İyice öğren, sonra da gel bana söyle!"

Hatice eve döndü ve bir taraftan fasulye ayıklarken bir taraftan da Narin'in ağzını aramaya başladı.

"Kız Narin, sen her gece bağırıp uyanıyorsun ya..."

"Evet!" dedi Narin başını kitabından kaldırmadan.

"Ne görüyorsun ki rüyanda?"

Narin arkasına yaslandı ve annesine baktı. "Fırat'ın annesinin bizi çırılçıplak sevişirken yakaladığı günü görüyorum" diyemeyeceği ortadaydı.

"Ne bileyim, bir sürü şey görüyorum."

"Misal?"

"Misal mi?" Narin gözlerini tavana çevirdi. "Misal, geçen gün köpeklerin saldırdığını gördüm."

"Başka?"

"Birkaç kere de uçurumdan düştüğümü gördüm. Niye sorup duruyorsun ki?"

"Hiiiç! Merak ettim" dedi Kara Hatice ve fasulyeleri kılçıklarından ayırmaya devam etti.

O gece Narin yine bağırarak uyandığında annesini tepesinde buldu. Kadının darmadağınık kıvırcık saçları öbek öbek tepesinde toplanmış, gözbebekleri misli misli büyümüştü. Narin'in onu öyle görünce korkudan yüreği hopladı.

"Ne gördün söyle bana?" diye sordu Hatice kızının üzerine eğilerek.

"Yılan gördüm" diye uydurdu Narin ve omzundan iterek annesini uzaklaştırmaya çalıştı ama Hatice silkelenip kurtuldu.

"Ne yapıyordu yılan?"

"Bacağıma dolanmıştı. Bırak da uyuyayım."

"Ne renkti?"

"Üffff! Yeşildi."

"Büyük müydü?"

"Yeter ama!"

"Söyle kız, büyük müydü?"

"Büyüktü, koskocamandı" dedi Narin bezgin bir tavırla ve annesinin sorularından kurtulmak için sırtını döndü, gözlerini yumup uyuyor numarası yapmaya başladı.

Kara Hatice sabahı sabah etti ve üstünkörü yapılan bir kahvaltının ardından, iki kızının işe, oğlunun ise hangi cehenneme gidiyorsa oraya gitmesini bekleyip kendini hocanın evine attı.

"Köpeklerin saldırdığını görmüş, uçurumdan düştüğünü görmüş, bir de bacağına dolanan yeşil bir yılan görmüş. Kocamanmış yılan" dedi soluk soluğa.

Adam yüzünü ekşitti; derisi kabuk gibi sertleşmiş, kemikli, zayıf elleriyle kara sakalını sıvazladı, başını iki yana salladı. Durumun iyi olmadığını anlayan Hatice'yi ateş bastı.

"Hanım, süfli cinler musallat olmuş senin kızına. Otur şöyle!" dedi hoca efendi.

Hatice divanın kenarına ilişip tam beş kere dizlerine vurdu. "Amanın cinler ha! Vah başıma gelenler! Ah be güzel Allahım neden acımazsın sen bize? Hiç gün yüzü görmeyecek miyiz biz?"

Kara Hatice dövünmesi bitince yalvaran gözlerle adama baktı. "Ne olacak peki? Ne edeceğiz?"

"Dediklerimi harfi harfine yapacaksınız. Yazman varsa yaz!" dedi hoca ve saymaya başladı. Uzun uzun anlattı, söyledi; Hatice de çarpık çurpuk harflerle adamın her dediğini yazdı.

O gün Narin işten eve geldiğinde annesini avlunun ortasındaki küçük tüpün üzerindeki kazanda su kaynatırken buldu. Etrafı Klorak kokusu sarmıştı.

"Hemen çıkar üstünü, yıkanacaksın. Ha, küpelerini de çıkar kulağından!" dedi Hatice.

"Daha yeni yıkandım ya... Dört gün oldu."

"Sen dediğimi yap. Aptesin var mı?"

"Aptesim mi? Yooo..."

"Aptes alacaksın, aptessiz gezmeyeceksin bundan böyle."

"Niye ki? Nereden çıktı şimdi bu?"

"Cinler musallat olmuş sana."

"Yok ya!" diye terslendi Narin, sonra gözlerini kısıp annesine baktı. "Yine hocaya mı gittin sen? Of anne ya, hem paramız yok diyorsun hem de falcılardan, hocalardan çıkmıyorsun."

"Geceleri bağıra bağıra uyanmalar, rüyada köpek, yılan görmeler hep o yüzden oluyormuş."

"Geçen sene okulda öğretmen demişti ki..." diye lafa girecek oldu Narin ama Hatice öfkeyle onun sözünü kesti.

"Öğretmen möğretmen deme bana! Onlar ne bilecek?"

"Senin hocalar, falcılar çok mu biliyor? Yıllarca geldin gittin de ne oldu? Ne işimize yaradı? Dayımlar mirasımızı yediler, babam kaçtı, Mehmet sakat kaldı... Olan senin altınlarına oldu."

"Sus! Seni sarı çıyan seni! Konuşma da sıyır üstünü, yoksa yolarım o saçlarını!"

"Aman be anne!" diye mızıldanarak soyundu Narin. Dili kopsaydı da o rüyaları uydurmasaydı keşke.

Kara Hatice kızını bir güzel yıkadı, yuğdu, aptes aldığından emin oldu ve hemen ardından okunacak duaları önüne koydu.

"Elinin körü! Sabaha kadar okusam bitmez bu be! Ders çalışmam lazım benim."

"Okullar açılmadı daha, ne dersi çalışacakmışsın?"

"Test çözeceğim, test! Üniversite hazırlık testi!"

O sırada odaya gülsuyu serpmekte olan Hatice kızına öyle fena baktı ki, Narin'in inadı bir an için kırılacak gibi oldu.

"Oku kız şunları!" dedi Hatice, bir elini yumruk yapıp beline koyarken.

"Valla okumam. Cin falan girmedi bana, bir şeyciğim yok benim. Ekmek Kuran çarpsın ki..."

"Kız, koparırım etlerini!" diyerek Narin'in üzerine yürüdü Hatice. Her öfkelendiğinde olduğu gibi, kan beynine hücum etmiş, yüzü iyiden iyiye kararmıştı. "Okumazsan iyice yerleşir o cinler sana, bir daha da mümkünü yok çıkaramayız."

"Tamam be! Okuyacağım ama birer kere okurum sadece, öyle kırk kere falan okumam" dedi Narin.

"Hele oku da, bir kere oku!" diyerek razı oldu Hatice. Hiç yoktan iyiydi.

“Ne döküp duruyorsun o gülsuyunu oraya buraya? İçim bayıldı kokudan!”

“İyi cinleri getirecek o!” dedi Hatice bilmiş bilmiş.

Narin kafasını dualara gömerken “İçime kaçsa kaçsa Fırat’ın annesi olacak o şeytan karı kaçmıştır” diye düşündü. Kadının bakışları gözünün önünden bir türlü gitmiyor, gün boyunca her yerde Narin’i takip ediyordu. Yemek yerken, arkadaşlarıyla konuşurken avluyu süpürürken, kuaförde havluları yıkarken o gözler hep üzerindeydi sanki. İğrenerek, küçümseyerek, nefret ederek sonsuz bir öfkeyle bakıyorlardı.

Fıratların evinden perişan halde çıktığı gün, oradan kendi evine varana kadar, bir kilometrelik mesafede dizlerinin bağı defalarca çözülmüştü. Evler, ağaçlar, kaldırımlar, insanlar, üstüne üstüne gelmişti. İlk o gece uyanmıştı çığlık çığlığa ve kan ter içinde. O günden beri kalbi durduk yerde güm güm atmaya başlıyor, sebepsiz yere içini korkular sarıyordu. Her an kötü bir şey oluverecekmiş gibi tetikte ve endişeli geçiyordu zaman. Günler birbirini takip etmiyor, sanki birbirini ittiriyordu. Acıkmayı neredeyse unutmuştu. Ne zaman ağzına iki lokma atacak olsa, üçüncüye fırsat kalmadan düğümleniyordu midesi.

O günü hatırlatacak her şeyden kaçmak istiyordu. Lacivert beyaz elbiseyi yüklüğün en dibine, gözünün görmeyeceği bir yere saklamıştı. Ölürdü de bir daha geçirmezdi üzerine. Paçavralar içinde gezerdi, Mehmet’in eskilerini giyerdi ama elini bile sürmezdi bundan böyle o elbiseye.

Kara Hatice bir taraftan minderleri silkeliyor –hoca efendi öyle istemişti– bir taraftan da “Doğru oku, kendini ver” diyerek Narin’e çıkışıyordu.

“Anne!”

“Ne?”

“Bu abim bir haltlar karıştırıyor gibime geliyor.”

Hatice son minderi de çırpıp yerine bıraktı ve “Ne haltı?” diye sordu.

"İşe falan gittiği yok ama bütün gün kahvede. Nereden buluyor ki parayı?"

"Necati Abi verdi dedi geçenlerde."

"Kahveye gitsin diye para mı verecek Şişko Necati? Ölse vermez."

"Mehmet öyle dedi" diyerek omuzlarını silkti Hatice. "Ne bileyim ben?"

"Sen vermiyorsun değil mi?"

"Para mı var kız bende de vereyim?"

"Şadiye'den alıyordur belki... Söyleme diye tembihlediyse, korkusundan hayatta söylemez Şadiye" dedi Narin.

"Yok. Şadiye pastaneden aldığının hepsini avucuma sayıyor. Yoksa nasıl dönecek bu ev?"

Narin sürekli bir işte çalışmadığı için annesinin ona içerlediğini biliyordu. Okulu bahane edip yan gelip yatmakla suçluyordu büyük kızını. Yazın ya da hafta sonları çalışarak kazandığı üç kuruşu beğenmiyor, sürekli kafasına kakıyordu. Narin onun sesindeki imayı duymazdan geldi. Bu konuda yapılacak bir tartışmanın durduk yerde kavga anlamına geldiğini biliyordu.

"Ben biraz daha okuyayım" dedi konuyu uzatmamak için.

Hatice'nin yüzü aydınlandı. "Aferin! Ne kadar okursan o kadar iyi! Başka türlü kurtulamazsın cinlerin musallatından."

On beş

Hikâyenin sadece bazı parçalarını görmüş biri, örneğin sadece Narin'in yıllar önce hastane bahçesinde Fırat'la öpüştüğüne şahit olmuş ve o olaydan yıllar sonra onları Kabataş'taki bir evden birlikte çıkarlarken gören bir yabancı, ikisinin yıllardır birbirinden ayrılmamış sevgililer olduklarını düşünebilirdi.

Aradan geçen onca yıldan sonra, aynı arabada yan yana oturmuş Yaslıhan'a gidiyorlardı. Ocak ayının başında, insanı sersemletecek kadar puslu bir havada, sabah erken saatteki Bandırma feribotunu kaçırdıkları için uzun İzmit Körfezi'ni dolaşmak zorundaydılar. Altı saate yakın sürecekti yolculukları. Verecekleri molalara bağlı olarak belki biraz daha kısa, belki biraz daha uzun... Bir pastaneden aldıkları poğaçalarla yaptıkları ayaküstü bir kahvaltıdan sonra, Fırat'ın evine uğramışlardı. O birkaç parça eşyasını bir çantaya tıkıştırırken Narin arabada beklemişti. Fırat, Ortaköy'den Ulus'a çıkan yolun üzerinde, müstakil evlerden oluşan küçük, şık bir sitede oturuyordu. Emlak ilanlarında, güvenlikli ve şık sitede, havuzlu, peyzajlı villa diyorlardı böyle evlere. Birbirine gitgide daha az temas etmek isteyen İstanbullular çok meraklıydılar sitelere ama Narin, Fırat'ın bunlardan birinde yaşamasına çok şaşırmıştı. Kendisinin hiç aklına gelmemişti yüksek duvarların arkasında oturmak. Bütünden kopmak istiyorsa, insan niye böyle büyük bir şehirde yaşardı ki? Kendi köyünü kuracaksan ne anlamı vardı köyleri, kasabaları terk etmenin, onca yol tepmenin? Yeni sınırlar çizecekse neden sınırlar aşıyordu insan?

"Ne düşünüyorsun?" diye sordu Fırat. Henüz Fatih Sultan Mehmet Köprüsü'nün üzerinde olmalarına rağmen bu soruyu ikinci kez soruyordu.

"Eğer bilmek istediğin buysa, ailemi düşünmüyordum" dedi Narin sertçe. "İnsanların neden sitelerde yaşadıklarını düşünüyordum ama sen sorunca yine onlar aklıma geldi" dedi Narin. Hayatta en sevmediği soruydu bu. Ne düşünüyorsun? Elinin körünü düşünüyorum.

"Özür dilerim" dedi Fırat. "Öyle dalgın dalgın durduğunu görünce..."

"Birkaç saniyeliğine aklımdan çıktıkları için vicdan azabı mı çekmeliyim?"

"Öyle bir şey demedim."

"Sadece dalmıştım..."

"Yahu ben bir şey ima etmedim!"

"İyi, tamam!"

"Bak Narin, sana bir şey söylemek istiyorum. Geçmişte benim yüzümden çok kötü bir olay yaşadığını biliyorum ve bunun için çok üzgünüm, gerçekten üzgünüm. Ama biliyorsun, o günler çok geride kaldı. Bence artık o olayı unutalım. Ben seninle arkadaş olabilmeyi sahiden çok isterim. Şu zor günleri atlatman için sana yardım etmeme izin ver ve bana kızmayı bırak."

"Ben sana kızgın değilim ki."

"Bence kızgınsın. Varlığımdan rahatsız oluyorsun ve hayatından çıkıp gitmemi tercih edeceğini biliyorum. Nereden biliyorsun dersen, sen söylemiştin, hani kahvaltı ettiğimiz sabah... Ama öte yandan, bir geçmişi paylaşıyoruz, böyle bir günü paylaşıyoruz... Düşünsene, bunlar önemli şeyler. Hayatının en kötü haberini ben verdim sana ve hayatının en kötü gecesini birlikte geçirdik. Beni her gördüğünde suratını asmayı bırakırsan gayet iyi arkadaş olabiliriz."

Narin ne diyeceğini bilemedi.

"Anlaştık mı?" diyerek elini uzattı Fırat.

"Anlaştık" dedi Narin ve kendisine uzanan eli sıktı.

İşin en can sıkıcı kısmı Irmak'ın telefonlarıydı. Kızcağız Narin'in arabada olduğundan habersiz, dakika başı arıyor ve Fırat da onunla Narin yanında değilmiş gibi konuşuyordu. Bu telefonlar sırasında Narin sık sık kendisine "Ben kötü bir şey yapmıyorum" diye hatırlatmak zorunda kalıyordu. Şartlar bazen insanı, istemese de yalan söylemek zorunda bırakırdı. Onun durumu da bundan ibaretti. Zoraki bir yalancı ya da daha arabesk bir söylemle, kader kurbanıydı.

Verdikleri ilk mola yerinde Fırat "Herhalde Deniz'e ailenin başına gelenleri söyleyeceksin, değil mi?" diye sordu. "Yani böyle bir şeyi saklamak çok anlamsız."

"Tabii ki söyleyeceğim ama senden değil de başka birinden duymuş gibi yapacağım" dedi Narin. Fırat'ın kendini sağlama almaya çalıştığını biliyordu. Bunu yaptığı için ona kızamazdı.

"Peki söyle bakalım, beraber Yaslıhan'a gittiğimizi duysalar ne yaparlar sence?"

"Tırsmaya mı başladın?"

"Yoooo! Sadece sordum."

"Sana ne yaparlar bilmiyorum ama Irmak beni kesinlikle öldürür" dedi Narin.

"Yok canım!"

"Evet, öldürür ve o beni öldürürken sen de oturup seyredersin. Anneni seyrettiğin gibi!"

"Offff!"

"Artık arkadaş olduğumuza göre birbirimize laf sokabiliriz diye düşündüm."

"Bak gördün mü, bağırmadın dün gece" dedi Hatice bilmiş bilmiş sırıtarak. "Hocanın dedikleri doğruymuş demek." Bir taraftan yorgan kaplıyor, bir taraftan konuşuyordu. Günlerden pazar olmasına rağmen evde sadece ikisi vardı ve Narin onunla yalnız kaldığı zamanları hiç sevmiyordu. Kadın konuyu döndürüyor, dolaştırıyor ya cinlere ya Recep'e getiriyordu. Gerçi söylediği doğruydu Kara Hatice'nin, gerçekten de Narin, duaları okumaya başladığından beri rahat uyuyordu. Tamı tamına beş gecedir tek bir kötü rüya bile görmemiş, hiç uyanmamıştı ama bunun tesadüf olduğundan hiç kuşkusu yoktu. Yarım yamalak, başını sonunu atlaya atlaya okunan duanın ne faydası olacaktı insana? Ama annesi buna inanmak istiyorsa, varsın inansındı.

"Cinlerden kurtulduğuma göre artık okumasam da olur" dedi, fırsattan istifade.

"Yoooook! Öyle hemen gitmezmiş cinler, hoca söyledi. Pusuya yatıp beklerlermiş."

"Ne kadar okuyacakmışım daha? Ölene kadar mı?"

"En aşağı kırk gün dediydi."

"İyi" dedi Narin. Ne de olsa annesi ilk günlerdeki gibi dikkat etmiyordu ne okuduğuna. Dudaklarını kıpırdatır dururdu.

Bir gün önce kuaförde müşterilerin cebine sıkıştırdığı üç beş kuruşu çıkarıp annesine uzattı.

"Al! Dünkü bahşişler..."

Kara Hatice uzanıp paraları alırken yüzünü buruşturdu ve "Zaten adam gibi bir şey kazandığın yok, haftaya okul başlayınca bu üç kuruş da kesilecek, bakalım o zaman ne edeceğiz?" diye söylendi.

"Dün pek müşteri yoktu" dedi Narin ve öteki cebinin içinde sakladığı paraları yokladı. Son haftalarda, kazandıklarının birazını kendine ayırmaya başlamıştı. "Hem koskocaman oğlun var, ona söylesene gidip para kazansın, bütün gün kahvede oturacağına" deyip yerinden kalktı ve "Ben biraz Hamdiyelere gidiyorum" dedikten sonra annesinin cevap vermesine fırsat bırakmadan sokağa çıktı.

Hamdiye'nin evi sokağın en dibindeydi. Narin'den iki yaş büyük olan bu kız, üç ay önce aynı mahalleden genç bir tornacıyla nişanlanmış, evlilik için gün sayıyordu. Narin'le çocukluk arkadaşıydılar ama son zamanlarda pek bir araya gelemez olmuşlardı. Evvelsi akşam sokakta karşılaştıklarında "Bir ara bana uğra, sana anlatacaklarım var" demişti Hamdiye. Kimse onun gibi şen şakrak ve mahallede kuş uçsa duyan birinin, sağır-dilsiz bir anne babanın çocuğu olduğuna inanamazdı. Narin Hamdiyelerin evinin kapısının ipini çekip içeriye girdi ve "Hamdiye!" diye seslendi. Kız içeriden avluya çıktı ve ayağına tahta nalınlarını geçirip Narin'in yanına geldi.

"Gel kız, hoş geldin. Geç otur, çayları doldurup geliyorum."

Narin tahta masanın etrafına dizilmiş dört tahta iskemleden en sağlam görüneni gözüne kestirip oturdu. Hamdiye elinde çaylar, ayağında takır takır takırdayan nalınlarıyla geri gelirken "Yüzünü gören cennetlik be! Kışın okul diye tutturuyorsun, yazın iş diye" dedi.

"Ne yapayım be Hamdiye? Bizimkileri biliyorsun."

"Sen de bul bir koca, evlen kurtul!"

"Annem evlendi, senin annen de evlendi, hatta bak bu mahalledeki bütün karılar evli. Söyle bana, hangisi kurtuldu evlenince?"

"Deme kız öyle, moralim bozuluyor. Bak ben de evleneceğim yakında."

"Yok yok, seninki iyi olur. Herkes öyle diyor."

"Sahi mi?"

"Yok yalan! Sahi tabii..."

Hamdiye'nin gözleri sevinçle parladı ve "Ayy inşallah!" dedikten sonra aniden ciddileşti. "Sen hiç Mehmet'in yediği haltlarla ilgili bir şey duydun mu?" diye sordu.

"Yok, duymadım."

"Şadiye de bir şey demedi mi?"

"Hayır, demedi."

"Kimse de bir şey söylemedi mi?"

Narin'in tepesi attı, "Hayır be Hamdiye, ne söyleyeceksen söyle işte! Lafı çevirip durma ağzının içinde."

"Kızım, bak benden duymuş olma ama, Mehmet Şadiye'yi satıyormuş. Öyle diyorlar."

Narin sandalyeden düşecek gibi oldu. "Ne diyorsun be?"

"Yalanım varsa iki gözüm önüme aksın. Bak karaltım kalksın ki ben öyle duydum. Mahalleden iki oğlana satmış evvela, şimdi de Çınaraltı'ndaki terzi var ya ona götürüyormuş haftada bir iki."

"Olmaz öyle şey!" dedi Narin. "Tamam Mehmet, öyledir böyledir ama, ölse böyle şey yapmaz."

"Valla ben de şaşırdım. Zaten doğruysa duyarsın yakında, biliyorsun bu mahallede hiçbir şey gizli kalmaz."

Narin yerinden kalktı, yüzü kıpkırmızı olmuştu.

"Otur kız, çayını iç bari!"

"Yok Hamdiye gideyim ben, içim fena oldu. Kim çıkarıyorsa bu lafları Allah belalarını versin. Babasız kaldık ya, ne diyeceklerini şaşırdılar artık."

"Bana mı kızdın? Ben duyduğumu söylüyorum."

"Yok, sana kızmadım" dedi Narin. Aslında bir kaşık suda boğabilirdi Hamdiye'yi o an ama kendine hâkim oldu.

Kara Hatice, Narin'i beş dakika geçmeden karşısında görünce şaşırdı.

"Hamdiye'ye gideceğim dememiş miydin?"

"Gittim."

"Ateş almaya mı gittin kız? Daha yeni çıktın ya kapıdan?"

"Yoklardı evde, döndüm geldim ben de."

"Nereye gitmişler pazar pazar?"

"Ne bileyim ben" dedi Narin. "Sen Şadiye nereye gitti demiştin?"

"Pastanenin sahibinin evinde okuma varmış, onlara hizmetlenecekmiş dedim ya. Sen nerenle dinliyorsun beni?" diye terslendi Hatice.

"Peki Mehmet nereye gitti?"

"Vurdu kapıyı çıktı, söylemedi bir şey. Niye sordun?"

"Hiç, sordum öylesine."

On altı

Anayoldan ayrılıp Yaslıhan yoluna girdiklerinde Narin nefesini tuttu. Zeytin ağaçlarının rengini unutmuştu. Bir arada nasıl göründüklerini, kilometreler boyunca buğulu yeşil bir halı gibi nasıl serildiklerini, inceli kalınlı gövdelerini, o gövdeyi sarmış sert kabuklarını, binbir şekilli dallarını, içi dışı farklı tonda yapraklarını, dünyanın sahibi gibi duruşlarını unutmuştu. Düzenli dizilişleri yüzünden bir ormandan çok bir orduya benzemeleri sadece bir göz yanılgısıydı, çünkü her zeytin ağacı aslında başlı başına bir ormandı.

"Ne güzeller..." diye fısıldadı Narin. Başını arabanın camına dayadığı için alnı buz gibi olmuştu.

"Zeytinler mi?"

"Evet!"

"İsa'nın çarmıha gerildiği haç da zeytin ağacındandı."

"Sahi mi?" Narin şaşırmıştı.

"Orada değildim ama öyle okumuştum bir yerde."

"Nuh'un gemisi?"

"Onu bilemiyorum" dedi Fırat gülümseyerek.

"Yaslıhan'da en çok sevdiğim şeydi bu ağaçlar..."

"Yolun ilerisindekilerin çoğunu kestiler, yakında buralar da gider. Sahil tarafında hiç kalmadı zaten, hepsinin yerine siteler diktiler. Onlar daha çabuk büyüyor ya..."

"Bunu yapanları çarmıha gerelim" dedi Narin.

Fırat güldü. "Yaslıhan'ın ortasında mı?"

"Yok, Taksim'in ortasında. Âdet yerini bulsun!"

Bu dostça ilk sohbetleriydi. Görünüşe göre anlaşma işe yaramıştı. Aralarındaki buzlar yavaş yavaş eriyor ve geride bıraktıkları asfaltın üzerinde buharlaşıyordu. Yanlarından ağaçlar geçti, ağaçlar aktı, altlarından yol çizgileri geçti, zeytinler bitti, evler göründü ve o tabela karşılarına çıktı: Yaslıhan. Nüfus: 30.000.

Bir gece önce üzerine saldıran gölgeler, siyah Audi A8 tam o tabelanın yanından geçerken geri döndüler. O kasabaya girmek, cehenneme açılan bir kapıdan geçmek gibiydi ve Narin saçlarının tutuştuğunu hissetti. Birileri üzerine kaynar kazanlar deviriyordu. Sadece birkaç dakika önce sakin sakin konuşan, hatta espri yapan o değilmiş gibi arabadan atlamak ve geldikleri yoldan geriye doğru koşmak için büyük bir istek duyuyordu. Annesinin yüzü, Mehmet'in yüzü, Şadiye'nin yüzü... Bakışlar, gülüşler, ağlamalar, dualar, beddualar... Sesler, kokular, sobanın sıcağı, nefretin soğuğu...

"İyi misin?" diye sordu Fırat.

"Çok kötüyüm" dedi Narin. "Birden çok kötü oldum. Dün akşamki gibi bir anda bastırdı."

Fırat uzanıp elini tuttu ve "Merak etme, bir süre sonra hepsi geçecek..." dedi. Söylediğine inanıyormuş gibi bir hali yoktu. Bir gün önce annesinin ve iki kardeşinin öldüğünü öğrenmiş birine ne denebilirdi ki? Kırık dökük kelimelerle, iğreti cümleler kurulabilirdi ancak. Derde derman olmayan, sadece ve sadece sessizliğin ağırlığını hafifletmeye yarayan biçare, kullanılmaktan eskimiş, moruk cümleler...

Narin "Yapamayacağım! Geri dönmek istiyorum, lütfen geri dönelim!" diye bağırmaya başlayınca Fırat arabayı yolun kenarına çekip durdu. "Dikkat düşük banket" levhası bulunması gereken ama bulunmayan bir yerde arabadan indiler. Narin bir ileri bir geri yürüdü, bir yere bir göğe baktı, kollarını bir indirdi bir kaldırdı, kafasını bir sola bir sağa salladı. İçi dışına fırlamak istiyor ama çıkış yolunu bulamıyor gibiydi. Fırat arabaya yaslanıp endişeli gözlerle onu izledi, Narin bir kuş gibi çırpınıp durdu. Aklı karmakarışıktı. "Ne bok yemeye geldim buraya? Annemin mezarına mı kapanacağım? Mehmet'e Fatiha mı okuyacağım? Ne yapmaya geldim ben? Bir gün arayıp sormamışım, şimdi mi Şadiye'nin hatırını soracağım? Mermerden mezar mı yaptıracağım onlara? Bir gün sevmemişim de şimdi oturup gözyaşları mı dökeceğim arkalarından? Kimi kandıracağım?"

"Ne hissetmem gerektiğini bilmiyorum" dedi Fırat'a. Deli danalar gibi dolanmayı kesmiş, nereye koyacağını bilemediği ellerini iki yanına sarkıtmıştı. "İnsanlar ailelerini kaybedince ne hissedeceklerini aşağı yukarı tahmin eder ama ben bilmiyorum. Üzüldüğüm an kendimi ikiyüzlü gibi hissediyorum, üzüntüm hafifler gibi olunca vicdan azabı çekiyorum. Doğrusunun ne olduğunu bulamıyorum."

"Bulamazsın, çünkü doğrusu diye bir şey yok" dedi Fırat ve uzanıp Narin'in elini tutarak onu kendisine doğru çekti.

"Üzülmeye hakkım var mı bilmiyorum. Üzüntümü hak ediyorlar mı onu da bilmiyorum" derken Narin yüzünü onun omzuna gömdü.

"Duygularını yönetmeye çalışıyorsun ama bunu yapamazsın, hele böyle bir durumda. Kimse sana ne hissedip ne hissedemeyeceğini söyleyemez. Sakin ol biraz! Ya da olma! Sakin olmak zorunda da değilsin. Nasıl davranmak istiyorsan öyle davran. İçinden geldiği gibi..."

"Onları sevmiyordum."

"Belki de sadece kızgındın. Öfke bazen nefretle karıştırılabilir."

Fırat kolunu Narin'in omzuna sardı ve "Haydi arabaya bin artık" dedi. "Onlarla vedalaşman gerek, bunu şimdi yapmazsan bu defteri kapatamazsın. Ağlayacaksan ağla, bağıracaksan bağır, kızacaksan kız ama onlara veda et."

Arabaya bindiler ve hava hafif hafif kararmaya yüz tutarken, suyu iyice çekilmiş Yaslı Dere'nin yanında geçip Yaslıhan'a girdiler.

"Beni bir otele bırakır mısın?" dedi Narin.

"Saçmalama, tek başına boktan bir otel odasında kafayı yemene izin veremem. Bahriye Hanım bizim evi açtı, temizledi. Hatta yemek bile bıraktı ben geliyorum diye. Bir sürü oda var, kalırsın birinde. Ben yarın sabah erkenden biriyle buluşacağım, Yaslıhan'ın dışında bir arazimiz var, onu almak istiyor, çok uzun sürmez işim. Sonra ne istiyorsan yaparız. Tamam mı?"

"Olur" dedi Narin. "Ne kadar değişmiş burası. İnsan tanımakta zorlanıyor."

Gerçekten de Yaslıhan on beş yıl önce çıkıp gittiği yer değildi artık. Ana caddesi olduğu gibi değişmiş, banka binasıyla postane dışındaki neredeyse tüm yapıların ya yıkılıp yenileri yapılmış ya da çehreleri farklılaşmıştı. Cadde eskisinden kısa, kaldırımlar daha yüksek gelmişti gözüne. Ucuz ayakkabı satan dükkânın yerinde köfteci, gözlükçünün olması gereken yerde bir internet kafe vardı. Caddeden ayrılıp yan sokaklara girince her şey daha tanıdık olmaya başladı. Ünlü Esnaf Lokantası hâlâ eski yerindeydi ama hemen yanındaki ayakkabı tamircisinin yerinde yeller esiyordu. Kuruyemişçi Ahmet dükkânını yenilemiş, genişletmişti. Oğlu olduğu her halinden belli genç bir adam dükkânın önünde sigara tüttürüyordu. Vaktiyle Şadiye'nin çalıştığı pastanenin sadece ismi değişmişti. Camekânındaki siyah levhalarda sahiplerinin adı yazan avukat yazıhanelerinin önünden geçtiler, Narin'in küçüklüğü boyunca vitrinini hayran hayran seyrettiği ama içine bir kez bile girmediği spor malzemeleri satan dükkânın köşesinden sola sapıp Fıratların evine giden yola girdiler.

Burası Yaslıhan'da en az aşina olduğu mahalleydi. Yaslıhan'ın en tanınmış ailelerinden üç dördünün evi burada olduğu için, gerçekte tam olarak öyle olmasa da "zengin mahallesi" olarak kabul edilirdi. Tanıdıkları kimse burada yaşamadığından ve etrafta fazla dükkân olmadığından pek yolları düşmezdi bu bölgeye. Yine de etrafın eskisi kadar yeşillik olmadığını, binaların boylarının bir hayli yükseldiğini görebiliyordu. Kırmızı tuğla ev ise aynı hatırladığı gibiydi, sadece biraz yaşlanmıştı sanki.

İçeriye girdiler. Fırat elindeki çantayı yere koyup kendini geniş holdeki, acı sarı kadifeden kanepenin bir ucuna bırakmıştı; Narin de kanepenin öteki ucuna oturdu. Olduğu yerden, Fırat'ın annesinin ona hayatının en büyük aşağılanmasını yaşattığı yeri, yani salonu rahatlıkla görebilirdi ama içinden o yana bakmak gelmiyordu.

"Annem hastaydı" dedi Fırat. Sesi yorgun geliyordu.

"Nasıl hastaydı?"

"Bildiğin akıl hastasıydı. Deli yani."

"Öyle mi, hiç bilmiyordum."

"Kimse bilmiyordu. Söylemiyorduk. Kırk beşindeyken usul usul başladı, önce kimse anlamadı ama zamanla ilerledi. Yılın bazı dönemlerinde aniden kötüleşiyordu, bambaşka biri haline geliyordu. O zaman babam onu alıp doğru İstanbul'a götürüyordu, ilaçlar, doktorlar, hastaneler, şok tedavileri falan... İyi olduğunda tekrar Yaslıhan'a dönüyorlardı. Bir süre idare ediyordu ama sonra yine karanlık döneme giriyordu. Sana saldırdığında o günlerin başındaydı yine. Onu durduramadım, çünkü öyle bir şeye kalkışırsam daha beter olmasından korkmuştum. Doktorlar ona karşı daima yumuşak olmamızı söylemişlerdi. Zaten itiraz etmeye kalkıştığımızda iyice çıldırıyordu."

"Fenaymış..."

"Evet, çok kötüydü. Bazen öyle çığırından çıkıyordu ki babamla ikimiz bile zapt edemiyorduk. Ben üniversite için evden ayrıldıktan sonra iyice kötüledi. Gitgide daha uzun sürmeye başladı bu kötü dönemleri ve sonunda babam İstanbul'a taşınmak zorunda kaldı. Bir süre sonra da annemi temelli hastaneye yatırdık. Orada öldü."

"Çok üzüldüm."

"Sağ ol. Kurtuldu diye avutuyoruz kendimizi." Gözleri kahve-renginin en hüzünlü tonundaydı. Narin uzanıp onun yanağını okşamak istedi ama yapmadı. İnsan ne kadar başarmış görünürse görünsün, kaybedilmiş savaşların izlerini taşıyordu. Para, unvan, aile, çocuklar ya da şöhret bunu değiştirmiyordu. Herkesin şefkate ve anlayışa ihtiyacı vardı. Hatta belki de ihtiyacı yokmuş gibi görünenler diğerlerinden daha çok susamıştı sevilmeye. Bir bankanın genel müdür yardımcısı olmayı becermiş, zengin bir ailenin yakışıklı oğlu Narin'e kendi yaralarını gösteriyordu. "Bak, bende de bunlar var" diyordu. Deniz'i düşündü. Babasının aldığı arabayla kaza yapıp hem annesinin hem de babasının ölümüne sebep olan Deniz'i... Kurtarılmayı beklediği yarım saat boyunca sıkışıp kaldıkları arabanın içinde annesinin inlemelerini dinlemiş ve son soluğunu duymuştu. Kimsenin hayatı kolay değildi. Şanslı doğmak diye bir şey yoktu. Doğan her insan şanssızdı ve sabırla bunu öğreneceği günü bekliyordu. Artık bütün zenginlerin mutlu olduğunu sandığı çocukluk günleri geride kalmıştı. Bir zamanlar hayalini bile kuramayacağı güzellikteki kanepeye otururken, şimdi kendi evinde daha iyisinin durduğunu düşündü. Fıratların on iki kişilik yemek masasından daha büyüklerinde defalarca yemek yemişti. Artık büfede dizili duran kristal bardakların ve gümüş semaverin Mucizeler Dükkânı'nda satılmadığını biliyordu. İsterse, İstanbul'a dönerken yerdeki Yağcıbedir halılarından iki tane satın alıp arabanın bagajına koyabilirdi. Büyük bir ev satın alabilecek ya da lüks arabalara binebilecek kadar çok parası yoktu henüz ama günün birinde olacağını biliyordu ve bu onu artık hiç heyecanlandırmıyordu. Etrafına baktı; tıpkı akmış rimel gibi, zenginlik de mutsuzluğu daha acıklı hale getiriyordu.

"Sen benim odamda kalırsın, ben de annemlerinkinde yatarım" dedi Fırat.

"Olur."

Büyük hole açılan kapılardan biri Fırat'ın odasına aitti, onun hemen yanında annesiyle babasının odası vardı. Bir misafir tuvaleti, salon ve içlerinde ne olduğunu Narin'in bilmediği diğer iki odanın kapısı da aynı hole açılıyordu. Holdeki son kapıdan ise evin arka tarafına geçiliyordu. Orada, upuzun bir koridor boyunca sıralanmış iki büyük banyo ve geniş bir mutfağın yanı sıra, birkaç tahta basamakla çıkılan, Narin'in yüklük olduğunu tahmin ettiği bir odacık vardı. Koridorun sonundaki başka bir kapı ise evi, eskiden burada çalışan hizmetlilerin yaşadığı bölümden ayırıyor ve arka bahçeye çıkıyordu.

Fırat'ın odasındaki oymalı beyaz ahşap yatağı ve onun takımı olan oymalı dolabı görünce gülümsedi. Kırmızılı yeşilli çiçekli perdeler ve duvar kâğıtlarındaki çiçekli bordür gülümsemesini basbayağı bir gülmeye çevirdi. Tam bir genç kız odası! Fırat'ı bu odada hayal etmek imkânsızdı. Kendini odadan attığında gözlerinden yaşlar geliyordu. Onun kahkahalarını duyan Fırat hole fırladı.

"Hayırdır?"

"Çok özür dilerim, sinirlerim bozuk, ondan gülüyorum" dedi Narin gözlerindeki yaşları silerken.

"Neye güldüğünü söyleyecek misin?"

"Öylesine gülüyorum."

"Haydi söyle!"

"Odan kız odası gibi... Dolabı açarsam karşıma eteklerin çıkacak diye korkuyorum."

"Haaaa!" dedi Fırat. O da gülüyordu. "Kızım, senin hiç deli bir annen olmadı ki..."

Narin gülmeyi kesti. "Affedersin!" dedi utanarak. "Amma salağım."

"Boş ver!" dedi Fırat. "En azından seni neşelendirdi işte."

İlerleyen saatlerde mutfağa geçtiler ve Bahriye Hanım'ın bıraktığı yaprak sarmalarıyla taze höşmerimi yiyerek karınlarını doyurdular. Çok fazla konuşmuyor ama tamamen de susmuyorlardı. Narin artık onun yanında kendini rahatsız hissetmediğini fark etti. Birkaç hafta önceki gibi hayatından kaybolup gitmesini dilemiyordu. Onu sevdiği günleri düşündü, hayatın sadece Fırat'tan, onun ellerinden, gözlerinden, saçlarından ve kokusundan ibaret olduğu günleri. Mehmet'in vurulduğu gün hastanede yan yana otururlarken Fırat'tan yayılan sıcaklığı hatırladı. Onun eskisinden biraz daha uzun, koyu renk saçlarına, kavissiz kaşlarına, parlak kahverengi gözlerine ve ince, uzun parmaklarına baktı. Yıllar önce âşık olduğu adam karşısında oturmuş, höşmerim yiyor ve Irmak'ı seviyordu. İçinde derin bir burukluk hisseti.

O gece geç saatlere kadar holde televizyon seyrettiler ve yıllar önce seviştikleri salona hiç adım atmadılar.

Narin tam beş gün, gizlice Şadiye'nin çalıştığı pastanenin etrafında dolandı. Özellikle iş saatinin sonlarına doğru gidiyor, biraz ileride pusuya yatıp kız kardeşi çıkınca onu eve kadar takip ediyordu. Her defasında Şadiye yorgun argın, etrafına bile bakmadan, başka bir yola sapmadan dosdoğru kendi mahalleleri Murateli'nin yolunu tutuyordu. Beşinci günün sonunda Narin'in içi rahatlamıştı. Günahını alıyorlardı kardeşinin. Mehmet'in de günahını alıyorlardı. Altıncı gün pastanenin kapısında bekleyen Mehmet'i görmese, bir daha takip etmeyecekti Şadiye'yi. Uzak bir köşeye sindi ve beklemeye başladı. Şadiye dışarıya çıkınca Mehmet yürümeye başladı, kız da onun peşine takıldı. İkisi hiç konuşmamış, birbirlerine bile bakmamışlardı. Şadiye birkaç metre geriden abisini takip ediyordu. Biraz uzaklaşmalarını bekledikten sonra Narin de düştü peşlerine. Nereye gittiklerini biliyordu. İkisi önde, Narin epey arkada Çınaraltı'na doğru yürüdüler adım adım.

Şadiye dört yol ağzının köşesindeki terzi dükkânına girerken Mehmet birkaç adım ötede durup bir sigara yaktı. Narin onun ne kadar Recep'e benzemeye başladığını ilk o gün fark etti. Sigarayı avucunun içinde tutuşu, tek kalçasına ağırlık vererek duruşu aynı babasıydı. "Nöbet tutuyor itoğlu it" diye geçirdi içinden. Şadiye içeride, o tozlu terzihanede moruk terziyle kim bilir neler yaparken abisi kapıda bekliyordu. Bütün gününü, gecesini o pis dükkânın içinde geçiren korkunç biriydi terzi. Murateli'nde Narinlere üç sokak ileride tek başına yaşadığı bir evi vardı ama vaktinin çoğunu buradaki dükkânında geçirirdi. Murateli Mahallesi'nin çocukları bu kargacık burgacık, bir gözü diğerinden dört parmak yukarıdaki adamdan korkar, onunla ilgili olmadık hikâyeler uydururlardı. Bir zamanlar Narin, Mehmet ve Şadiye de o çocukların arasındaydılar. Kelleşmiş başı, yer yer dökülmüş sakalı ve çarpık koca suratıyla onların da korkulu rüyasıydı terzi. "Seni terziye veririm!" tehditleriyle büyümüştü üçü de. Ve şimdi bu tehdit gerçek olmuş, abisi Şadiye'yi terziye vermişti. Narin hafif adımlarla dükkâna doğru yürüdü, Mehmet gözlerini yolun karşısına dikip kıt aklının yettiği kadarıyla düşüncelere dalmış olduğundan, kardeşini fark etmedi. Aralarındaki mesafe on metreye düşünce Narin bütün hızıyla koşmaya başladı. Yanına ulaşınca Mehmet'i var gücüyle yere itip yere düşürdü ve dükkânın içine daldı. Bacağı sakat olduğu için abisini düşürmenin kolay olduğunu biliyordu. Mehmet küfürleri sıralarken, Narin dükkânın arka kısmındaki dikiş odasına daldı ve arbedeyi duymuş, toparlanmaya çalışan Şadiye ve terziyle burun buruna geldi. Kardeşi eteğini çıkarmış, gömleğinin düğmelerini çözmüş, terzi de pantolonunun önünü açmıştı.

"Allah belanızı versin!" diye bağırdı Narin. "Allah hepinizin belasını versin!"

Tam o sırada Mehmet arkasından yetişip Narin'i saçlarından yakalamasa Narin, terziyi saçlarından yakalayacaktı. Gerisingeri dönüp öyle bir hırsla tırnaklarını Mehmet'in suratına geçirdi ki, Mehmet onu tuttuğuna tutacağına pişman oldu. Kısacık tırnaklarının yırttığı yerlerden incecik kan sızıyordu. Şadiye dikiş odasının köşesine büzülmüş zangır zangır titrerken Mehmet, Narin'i tekmelemeye başladı. Recep'in tekmelerinin aynısıydı. Babası da annelerini hep böyle belli bir ritimle tekmelerdi. İki güçlü, bir daha güçlü tekme, kısa ara, iki güçlü, bir daha güçlü tekme. Pat, pat, paat, es, pat, pat, paat, es... Ama Mehmet'in unuttuğu bir şey vardı: Karşısındaki Kara Hatice değil, Narin'di ve Narin masanın yanında duran, dibi yosun tutmuş cam sürahiyi kaptığı gibi abisinin kafasına geçirmekten çekinmezdi. Çekinmedi de.

Mehmet'in çığlıklar atarak kendini yere atmasını fırsat bilip sokağa fırladı ve eve kadar nasıl koştuğunu bilemedi. Mavi tahta kapıyı ittirdi ve tulumbanın yanındaki tüpün üzerinde çorba karıştıran annesine "Başımıza bu da geldi!" diye bağırdı.

"Ne oldu kız? Yüreğime indirmeye mi geldin böyle deli gibi?" diye çıkıştı Kara Hatice. Heyecandan kadının yüzünün rengi kaçtı ve teni sarıya çaldı.

"Abim pezevenk oldu anne, Şadiye'yi satıyor. Terzinin orada yakaladım onları. Adam donunu toplamaya çalışıyordu, bizimkinin de kıçıyla memeleri ortadaydı."

Tencere tüpün üzerinden devrildi, içindeki tarhana çorbası yere saçıldı ama Kara Hatice elindeki tahta kaşığı bırakmadı.

"Ne? Ne?" deyip durdu kadın. Dili tutulmuş, başka kelime bulamaz olmuştu.

"Bana demişlerdi ama inanmamıştım. Üç dört gün peşine düştüm Şadiye'nin. Bugün abim işyerine gitti, aldı kızı terzinin oraya götürdü. Kendisi de, pezevenk oğlu pezevenk, dibek gibi dikildi kapının önünde. Koştum ittim, içeri daldım, yakaladım ikisini!"

Kara Hatice kendini yere bıraktı, kaşık hâlâ elinde, dizleri az önce dökülen tarhananın içindeydi ama onun tarhana falan görecek hali yoktu. Her üzüldüğünde yaptığı gibi dizlerine vurup sağa sola sallanıyor ama hiç ses çıkarmıyordu. Dakikalar boyunca, Mehmet ile Şadiye içeri girene kadar öyle kaldı. Mehmet öfkeden gözü dönmüş, sadece ağzında salyası eksik bir köpek gibi Narin'e baktı. Kafası yarılmış, mavili sarılı gömleği kan içinde kalmıştı ama Narin'in korktuğu olmadı ve biraz önce kafasına inen sürahinin anısı hâlâ taze olduğundan olsa gerek, Mehmet Narin'e saldırmadı. Onun yerine annesini yerden kaldırıp "Sıçacağım bu kızın ağzına..." diye söylendi. "Şadiye'ye sözüm vardı, pastanecinin kızıyla aramı yaparsa eteklik diktirecektim ona. O yüzden terziye uğradık, bu manyak da gelip ortalığı birbirine kattı."

Hatice gözlerini Şadiye'ye çevirdi ve "Doğru mu diyor abin?" diye sordu. Şadiye kontrol edemediği hıçkırıklarının arasından başını salladı. "Ben prova için arkaya geçmiştim, ablam geldi saldırdı bize. Abimin kafasına su şişesiyle vurdu."

"Yalan söylüyorlar anne, ekmek musaf çarpsın ki yalan söylüyorlar. Çıplak yakaladım diyorum sana. Şadiye'yi ne zamandır satıyormuş bu pezevenk!" diye bağırdı Narin.

Mehmet duyulmamış bir küfür savurdu, ki o evde duyulmamış küfür pek azdı; Şadiye içini çeke çeke "Ablam yalan söylüyor anne! Vallahi yalan söylüyor, billahi yalan söylüyor. Kendisi çalışmıyor diye böyle yapıyor" dedi.

"Bu hayvanlara inanmıyorsun değil mi?" diye bağırdı Narin annesine. "Anne, pastanecinin kızı bile yok!"

Hatice önce bir durdu düşündü, dudaklarını ısırdı, bir ona bir diğerlerine baktı ve sonra "Senin içine cin değil, şeytan girmiş" dedikten sonra, elini yumruk yapıp tersiyle öyle bir vurdu ki Narin'e, kızın burnundan kan boşaldı ve Mehmet kanın kokusunu almış bir köpekbalığı gibi Narin'in üzerine atıldı. Ana oğul bir olup dövdüler Narin'i. Şadiye sarardı soldu, sonra daha fazla bakamadı ve içeriye kaçtı.

On yedi

Televizyon karşısında saatlerdir konuşmadan oturuyorlardı ve daha saat on bile olmamıştı. Zaman büyük şehirlerde gürül gürül, böyle küçük kasabalarda ise damla damla akıyordu. Fırat kanepede kaykılmış, kumandayı karnının üzerine koymuştu. Narin ise bağdaş kurmuş ve başını büyük kadife yastığa yaslamıştı. Telefonu çaldığında ekranına baktı ve sesini kapatıp yanına bıraktı.

"Deniz mi?" diye sordu Fırat.

"Hayır, Atıf!"

"Kaç kere aradı bugün?"

"Üç."

"Niye açmıyorsun?""

"Kimseyle konuşmak istemiyorum."

"Haydi doğruyu söyle, sevgilin mi, değil mi o herif senin?"

Narin ters ters Fırat'a baktı.

"Bana laf sokarak arkadaş olduğumuzu kabul ettiğine göre soruma cevap vermen gerekir" dedi Fırat. "Biliyorsun, arkadaşlar böyle şeyleri konuşur."

"Hayır, sevgilim değil." Narin gözlerini devirdi.

"Ama ileride olabilir."

"Hayır olamaz, çünkü ondan hoşlanmıyorum."

"O senden hoşlanıyor."

"Bilmem."

"Elbette hoşlanıyor. Neden hoşlanmasın ki, çok güzelsin, akıllısın, eğlencelisin."

"Ben mi eğlenceliyim? Dalga geçiyorsun herhalde."

"Gıcıksın ama eğlencelisin."

"Gıcık da değilim, eğlenceli de değilim. Normal, kendi halinde bir insanım."

"Bana karşı gıcıksın. Daha doğrusu gıcıktın."

"Seni görmekten hoşlanmıyordum."

"Ve bana kötü davranıyordun."

"İyi davranmıyordum diyelim."

"Ama artık değişti, öyle mi? Bundan sonra aramız iyi mi olacak?"

"İyi olacak" derken Narin gülümsedi. "Artık seni görmek beni rahatsız etmiyor. Ayrıca beni buraya getirdiğin için sana minnettarım. Benimle ilgilendiğin ve yalnız bırakmadığın için de..."

Fırat gülümsedi. Narin onu ilk kez Yaslıhan stadında gördüğü günü hatırladı. O gün de aynı böyle gülümsemişti ona. Narin ayağa kalktı ve uyuşmuş bacaklarını açmak için gerinirken "Bizim mahalleye gidip bir tur atsak mı?" diye sordu. "Yoksa bu gece televizyon seyretmekle bitmeyecek."

"Karanlıkta bir şey göremezsin ki" dedi Fırat, "ama istiyorsan gideriz."

"İstiyorum."

Murateli Mahallesi'ne yürümeleri on beş dakika sürdü. Yollar ıssızdı ve herkes çoktan sıcak evlerine çekildiğinden ortalıkta kimsecikler yoktu. Sokağa girdiklerinde yanan sobaların kokusunu duydu Narin. Topal kadının evi kahverengiye boyanmış, kapısı değişmiş ve eskiden dalları dışarıya sarkan muşmula ağacı kesilmişti. Sokağın yuvarlak taşlı yolu artık asfalttı. Tam evlerinin karşısındaki baraka yanındaki evle beraber üç katlı bir apartmana dönüşmüştü. Kendi evlerine bakacak cesareti bir türlü bulamıyor, gözünü sokağın solundaki binaların üzerinde gezdiriyordu.

"Burası değil miydi sizin ev?" diye sordu Fırat ve Narin bu soru üzerine başını sağa çevirdi. Mavi kapı, kapının demir tokmağı ve tokmağın altındaki yuvaya giren çekme ipi bile aynıydı. Evde ışık yanmıyordu. En yakın sokak lambası yirmi metre uzakta olduğu için Narin karanlıkta, orada oturan birileri olup olmadığını anlayamadı. Eve iyice yaklaşıp pencerede perde olup olmadığına baktı. Vardı. Burnu şiddetle sızladı.

"Oturan var galiba evde" dedi Fırat.

"Öyle görünüyor ama herhalde evde değiller."

O sırada yan evin, yani Ümmühanların evinin kapısı açıldı ve içerinin ışığı sokağa yansıdı. Yaşlı bir adam, elinde bastonla sokağa çıktı ve onları görünce sert bir sesle "Birine mi bakmıştınız?" diye sordu.

"Hayır" dedi Narin, adama bakmadan. Gözü, bastonlu ihtiyarı geçirmek için kapıya çıkan diğer adamdaydı.

"Haydi hayırlı akşamlar!" dedi bastonlu ihtiyar arkasında durana.

"Hayırlı akşamlar Nazmi Usta!" dedi öteki ve "Siz kime baktınız?" diyerek arkadaşının sorusunu yineledi.

"Erdoğan Abi?" diye fısıldadı Narin.

Adam gözlerini kısıp ona baktı, seçemeyince "Evet benim. Ama karanlıkta seni çıkaramadım" dedi.

Narin eve doğru birkaç adım attı ve içeriden yayılan ışığın yüzüne vurduğuna emin olunca durdu. "Tanımadın mı beni?"

Adam Narin'e baktı da baktı. Saniyeler sonunda gözleri fal taşı gibi açıldı ve "Narin? Sen misin kız yoksa?" derken heyecanını gizleyemedi.

"Benim Erdoğan Abi!"

Erdoğan iki basamağı inip öyle bir sarıldı ki Narin'e, o sarılmanın şiddetiyle Narin'in gözpınarları açıldı, yaşlar gözlerinden yağmur gibi akmaya başladı.

"Ah be kızım, ah be Narin kızım! Nerelerdeydin sen bunca zaman?" Cevaplanması için sorulmuş bir soru değildi. O yüzden cevap vermedi Narin. Erdoğan, onu sıkı sıkı göğsüne bastırırken içini çekti ve "Biliyorsun değil mi olanları?" dedi. Bu gerçek bir soruydu ama bir türlü sesi çıkmadı Narin'in. Fırat cevap verdi onun yerine. "Dün duydu."

Erdoğan da gözyaşlarını Narin'inkilere kattı o zaman.

"Tamı tamına on iki sene oldu. Gitti, üçü de gitti... Gözü kör olsun bu sobaların! Bir gecede gittiler. Sabah uyandık baktık ki hiç hareket yok evde, vurduk kapıyı açan olmadı. Sonunda dayanamadım, kırdım camı, girdim içeri. Ah Narin kızım ah, ben buldum onları... Öyle uyur gibi gitmişlerdi, anacığın, Şadiye, Mehmet..."

Erdoğan, Narin'in yüzünü, saçlarını okşadı; sonra Fırat'a dönüp "Allah vurdu mu her taraftan vurur ya, nah işte öyle yaptı bu insancıklara da" diyerek Narinlerin evini işaret etti. "Bu haneye bir gün güneş doğmadı. Neler çekti bu kız... Hepsi çekti ya, neyse!"

"Sen de çektin bizim yüzümüzden Erdoğan Abi..." dedi Narin.

"Ben de çektim tabii, çekmez miyim?" Erdoğan yine Fırat'a çevirdi bakışlarını. "Bunun babası benim hanımla kaçtı. Gittiler kim bilir hangi cehenneme..."

Fırat önüne baktı.

Narin "Sen ne yaptın Erdoğan Abi, evlendin mi bir daha?" diye sordu.

"Yok be kızım, ne evlenmesi? Oğlanı büyüttüm, okuttum, askere gönderdim. Şimdi de kayada bitmiş ot gibi kaldım burada bir başıma. Beyin mi bu senin?"

"Hayır, arkadaşım..."

"Evlenmedin mi daha?"

"Evlenmedim" dedi Narin.

"Evlenme zaten! Bok mu var evleneceksin..."

Bir daha sarıldı Narin, Erdoğan'a. "Keşke onun kızı olsaydım" diye geçirdi içinden. Canı gönülden isterdi bunu.

Uzaklarda bir köpek uludu, rüzgâr soğuk soğuk esti, Narin ile Fırat, Erdoğan'a veda edip evin yolunu tuttular. Topalın kapısının önünden geçerken Narin durdu ve tam tutma yerine denk gelecek şekilde iki kez tükürdü.

"Niye öyle yaptın?" diye sordu Fırat gülerek.

"Hiiiç" dedi Narin. "Eski bir alışkanlık."

Buz gibi havada, ayak sesleri Yaslıhan sokaklarının sessizliğinde yankılandı, lambaların önünden geçerken gölgeleri kaldırımlara düştü ve Fırat, Narin'in elini tuttu.

Yaslıhan, 1992

"Ne düşünüyorsun öyle Narin? Karadeniz'de gemilerin mi battı yoksa?"

Narin başını kaldırdı ve tam tepesinde dikilen Erdoğan'la göz göze geldi. Sokak kapısının önünde tek başına oturuyordu ve kafası öyle meşguldü ki adamın ayak seslerini duymamıştı.

"Hiçbir şey düşünmüyorum Erdoğan Abi. Dalmışım işte" dedi.

"Yahu çok üzüldüm Necati'ye..." derken Erdoğan'ın yüzünden gerçekten üzüldüğü anlaşılıyordu. "Allah rahmet eylesin, iyi adamdı, çok kol kanat germişti size. Nur içinde yatsın."

"Amin!" dedi Narin. Karısı ve kızları da dahil olmak üzere Şişko Necati'nin ölümüne kimsenin kendisi kadar üzüldüğünü sanmıyordu. Durduk yerde, tık diye gidivermişti adamcağız. Akşam yemeğinden sonra "İçimde bir sıkıntı var" demiş ve sonra tuvalette yere yığılıp kalmıştı. Kötü haber tez yayıldığından, Narinlerin evine ulaşması sadece iki saat sürmüştü. Herkes kederlenmiş, ahlayıp vahlamıştı ama Narin'in içi bir başka yanmıştı.

"Haydi eyvallah!" dedi Erdoğan ve yorgunluktan yalpalaya yalpalaya evine doğru ilerledi. O uzaklaşınca Narin cebinde duran ve sabahtan beri açıp açıp bakmaktan lime lime ettiği gazete sayfasını çıkarıp bir daha baktı. İşte oradaydı numarası. Kara kalemle yuvarlak içine alınmıştı ve karşısındaki kod İstanbul Üniversitesi Hukuk Fakültesi'ne aitti. O sabah koşa koşa gidip almıştı gazeteyi, bakkalın biraz ilerisindeki bir duvarın üzerine tüneyip numarasını aramıştı. Kazandığını görünce gazetenin o sayfasını çekip koparmış, cebine koymuş ve sessiz sedasız eve dönmüştü. Bir hafta önce olsa yerinde duramaz, sevinç çığlıkları atar, avaz avaz herkese duyurur ve elinde gazeteyle soluğu Şişko Necati'nin evinde alırdı. Sözü vardı Necati'nin, üniversiteyi kazanırsa ne yapıp edecek, gerekirse Yaslıhan'ın ileri gelenlerinden para toplayacak ve Narin'in okumasına yardım edecekti. Ama tam bir hafta önce ölmüştü Necati ve o ölünce söz de ölmüştü.

Terzi olayından beri, Narin annesiyle ve kardeşleriyle tek kelime bile konuşmamıştı. Ne sorularına cevap veriyor ne onlarla masaya oturuyor ne de yüzlerine bakıyordu. İlk zamanlar Şadiye hafiften sırnaşmış, annesi bir iki laf atmıştı ama Narin'in inadının inat olduğunu anlayınca üstüne varmamışlardı. Mehmet zaten başından beri oralı olmamış, "Bırakın konuşmasın, hatasını anlar elbet bir gün" deyip durmuştu annesiyle Şadiye'ye. Ama o gün gelmiyordu bir türlü. Bir hafta, bir ay, üç ay, beş ay derken, neredeyse seneyi bulacaktı Narin'in suskunluğu. Kara Hatice cinler yüzünden kızının içinin böyle kinle dolduğunu düşünüyor, Şadiye ile Mehmet de hevesle onu onaylıyorlardı. Bir süre sonra hepsi alışmışlardı Narin'in kafasını kitaplara gömüp bir somun ekmek kadar sessiz bir halde odanın köşesinde oturmasına. Çok alışmış olacaklar ki, Narin'in o gün sabahtan beri evin önünde, yanaklarını ellerinin arasına alarak oturup durması dikkatlerini çekmemişti. Erdoğan bile farkına varmıştı kızın halinin ama kendi anası ve kardeşleri dönüp bakmamışlar, Narin'in hukuk fakültesini kazandığından ve kukumav kuşu gibi İstanbul'a gitmenin yolunu düşündüğünden habersiz, yanından geçip gitmişlerdi.

Kara Hatice kızının üniversiteyi kazandığını bilse, yüreğine inerdi. Tam liseyi bitirdi diye sevinirken, Narin'in bu yaptığını asla affetmez, onun bütün kemiklerini memnuniyetle ve tek tek kırardı. Zaten yıllardır okulu bahane edip çalışmadığı için öyle diş bilemişti ki Narin'e, seve seve yapardı bunu. Artık Şişko Necati de ortada olmadığına göre kimse alamazdı Narin'i annesinin elinden... Hatice için Narin'in iki seçeneği vardı, ya eşek gibi çalışacak ya da kocaya varacaktı. Bunun dışında bir alternatif yoktu Kara Hatice'nin büyük kızına. Ha bir de geberip gidebilirdi elbette. Defalarca söylemişti bunu ona.

Narin'in en büyük korkusu sınavla ilgili belgelerin evden birinin eline geçmesiydi. Öyle bir durumda o kâğıtları zevkle yırtıp atacaklarından hiç şüphesi yoktu. O yüzden formları rahmetli Şişko Necati'yle birlikte doldurmuş, adres olarak da Necati'nin evini göstermişti. İşin o kısmı garantideydi ama para kısmını nasıl halledeceği konusunda bir fikri yoktu. Saatlerdir kafa patlatıyor ama bir çözüm yolu bulamıyordu. Bu yaz da bir önceki yaz çalıştığı kuaförde işe girmişti ve bahşişlerin bir kısmını hâlâ kendisi için tırtıklıyordu ama o kadar az kazanıyordu ki, doğru dürüst bir şey biriktirememişti. Erdoğan'dan biraz yardım istese, annesinin kulağına gideceğinden kuşkusu yoktu. İyi bir adamdı Erdoğan ama Narin'in tek başına İstanbul'a gitmesine asla göz yummazdı. Necati'nin karısı vardı bir de gidebileceği ama kocası aniden ölünce zavallı kadın da kendi derdine düşmüştü artık.

Saatlerdir oturduğu eşikten kalktı ve sokağın başına doğru yürümeye başladı. İstanbul'a gitmesinin bir yolu yoktu ama biliyordu ki, Yaslıhan'da kalmasının da yolu yoktu. Alçalmaya başlayan yaz güneşi ensesini ısıtırken ayaklarını sürüyüp toz kaldırıyor, bu yaptığının zaten eskimiş olan ayakkabılarını daha da eskiteceğini düşünmüyordu bile. Topal karının evinin önüne gelince yavaşladı ve tam kapı tokmağının üzerine okkalı bir tükürük savurduktan sonra yürümeye devam etti. Gidecekti İstanbul'a. Ne yapacak, ne edecek gidecekti. Arkasından havalanan tozlar yavaşça yere indi ve yol, kimse yürümemiş gibi eski haline döndü.

On sekiz

Kuş seslerini duyuyordu. Yeni günü kutlayan bir sürü minik kuştan oluşan neşeli bir koro, aralıksız ötüşüp duruyordu. Uyumsuz uyumlarında, insanı mutlu olmaya zorlayan bir sevinç vardı. Tıpkı güneşin hiçbir zaman "Bugün tadım yok, doğmayayım" dememesi gibi, kuşlar da günleri iyi kötü diye ayırmıyorlardı. Neydi ötenler acaba? Serçe? Saka? Hiç bilmezdi kuşları. Kafesteki muhabbetkuşunu kanaryadan, kanaryayı bülbülden ayırt edemezdi. Çirkin sesliler martıydı, kargalar siyah, güvercinler şişkoydu... Sahip olduğu tüm ornitoloji bilgisi bunlarla sınırlıydı. Ve ilk kez o sabah dışarıda ötüşüp duranların ne olduğunu merak ediyordu.

Yattığı yerde dönmeye çalıştı ama başaramadı. Bir şey ona engel oluyordu. Gözünü açtığında ilk gördüğü şey bir erkek saati oldu. Lacivert kadranlı Rolex, yedi otuzu gösteriyordu ama Narin'in paniğe kapılmasının nedeni bu değildi. Saatin takılı olduğu kol omuzunun üzerinden yüzüne doğru sarmıştı ve ucundan bir el sallanıyordu. Fırat'ın eli! Hızla başını çevirip arkasına baktı. Holdeki kanepedeydiler ve Fırat kolunu Narin'in üzerinden atmış, yanında yatıyordu. Gece eski mahalledeki gezintiden sonra eve dönmüşler, biraz sohbet edip televizyona bakmışlardı ama kesinlikle yakınlaşmamışlardı. Ardından Narin holde yatmak istediğini söylemişti ve Fırat bu isteğe "peki" diyerek odasına gitmişti. Bunu çok net hatırlıyordu. Akşam eve dönüş yolunda Fırat elini tutmuştu tutmasına ama Narin bunun sadece dostça bir hareket olduğundan emindi. Zaten birkaç dakika sonra huzursuzlanıp çekmişti elini Fırat'ın avucundan. Şu anda yan yana yatıyor olmalarına getirecek bir açıklama bulamıyordu.

"Hey!" diye seslendi. "Uyansana!"

"Günaydın" dedi Fırat, gözlerini açmadan.

"Burada ne yaptığını sorabilir miyim?"

"Hatırlamıyor musun?"

"Hayır."

"Artık numara yaptığını düşünmeye başlıyorum. Üzerime kustuğunu da hatırlamıyordun" dedi Fırat esnerken.

"Yemin ederim hatırlamıyorum. Odana gitmiştin..."

"Gece bir ara bağırdın, sana bakmaya geldim. 'Bir şey yok, rüya gördüm' dedin. Sonra seninle kalmamı istedin, ben de yanına uzandım."

"Bana sarıl da dedim mi?" diye sordu Narin sinirle.

"Yok, onu ben ekledim."

"Biraz durup gidebilirdin."

"Niyetim oydu ama uyuyakalmışım. Hem o kadar şikâyetçiysen niye hâlâ yanımda yatıyorsun?" diye sordu Fırat gülerek.

Ve Narin'i öptü.

Daha fenası Narin de onu öptü.

İstanbul, 1992

Beşiktaş'ın arka sokaklarında, sefil bir apartmanın, sefil bir dairesinde uyandı. Aynı dairedeki yirmi üçüncü sabahıydı ve durumundan bir şikâyeti yoktu. Daha iyisini görmemiş olduğundan, içinde bulunduğu şartlar ona tamamen normallik sınırlarında geliyordu. Ne apartmanı saran rutubet kokusu ne de evin içinde serbest dolaşan marley karoları onu şaşırtıyordu. Pencerelerin pervazları koli bantlarıyla yapıştırılmıştı ve ne zaman açmaya kalksa elinde kalıyordu. Buzdolabının kim bilir kaç sene önce parçalanmış tel raflarının yerinde suntalar duruyordu. Eğri büğrü formika mutfak dolapları zamanında asılı oldukları yerden çoktan inmiş, zemine sıralanmışlardı. Banyo, sarıya dönmüş beyaz fayansları ve yıllardır sızan suların kara izleriyle insanın bir miktar midesini bulandırıyordu ama en kötüsü, Narin'in bu evin bir ay sonraki kirasını denkleştirecek parasının dahi olmamasıydı. Böyle bir mezbele bile onun için ultralüks sınıfına giriyordu.

Kayıt için Yaslıhan'dan kalkıp İstanbul'a geldiği ilk gün, üniversite kantininin panosundaki ilandan bulmuştu bu evi. Ev arkadaşları kendisi gibi hukuk fakültesinde öğrenci olan gözlüklü, kısa boylu bir kız ve İstiklal Caddesi'ndeki bir dükkânda tezgâhtarlık yapan frapan bir kadındı. Ev aslında iki oda bir salon olarak tasarlanmıştı ama onlar üç oda halinde kullanıyorlardı. Evin asıl kiracısı tezgâhtar kadındı ve kirayı bölüşmek için yanına iki öğrenci almıştı. Doğal olarak en geniş oda onunkiydi. Soba da tezgâhtar kadının odasında olduğu için Narin soğuk günlerin kendisi için pek neşeli geçmeyeceğinden endişe ediyordu. Üstelik kadının bu evi kendilerine söylediğinden daha ucuza tuttuğundan emindi. Yine de İstanbul'a ayak bastıktan yaklaşık sekiz saat sonra bulduğu bu dairenin kirasına ortak olmak Narin'e akıllıca görünmüştü. En azından, cebindeki azıcık parayla bilmediği bu şehrin sokaklarında sürünmekten kurtulmuştu.

İstanbul gözünü öyle korkutuyordu ki, her yere yürüyerek gidiyordu. Yirmi üç gündür ne bir otobüse ne de bir dolmuşa adım atabilmişti. O otobüsler onu alıp hiç bilmediği yerlere götürecek ve asla geri dönemeyecek sanıyordu. Oysa yürürken güvendeydi. Sora sora, adım adım varıyordu gideceği her yere. Sanki ayakları sokaklara ne kadar çok değerse o kadar çabuk İstanbullu olacakmış gibi geliyordu. Sabah evden çıkıp okula yürüyor, okuldan yine tıpış tıpış eve geliyor ve iş aramak için ya Beşiktaş Çarşısı'nı ya da İstiklal Caddesi'ni arşınlıyordu. Tezgâhtar kadından duymuştu o caddenin adını. İş bulmak için oraya gitmesini tembihleyen de o kadın olmuştu. Narin onun söylediğini yapmış, insanlara sorarak yolunu bulmayı başarmıştı. Gündüzleri okula gitmek zorunda olmasa, çoktan çalışmaya başlayabilirdi. Mağazalar ve lokantalar bu temiz görünüşlü, güzel kıza iş verme konusunda istekliydiler ama saatler konusu büyük bir engeldi. Tezgâhtar kadın her akşam büyük bir merakla iş bulup bulamadığını soruyor, bulamadığını duyunca da memnuniyetsiz bir ifadeyle süzüyordu Narin'i. Bir suçluya bakar gibi bakıyordu. Kadın Narin'in kirayı ödeyemeyeceğinden ve bir gün pılısını pırtısını toplayıp kaçacağından korkuyordu. Bunu biliyordu Narin ve aynı şeyden o da korkuyordu.

O gün cumartesi olduğundan okul yoktu. Narin bütün gününü İstiklal Caddesi'nde ve onu kesen sokaklarda geçirecekti. Tek istediği, akşamları ya da hafta sonları çalışabileceği bir iş bulmaktı. Bir hafta sonra ay başı geldiğinde kirasını ödemesini ve karnını doyurmasını sağlayacak bir iş... O an için daha fazlasına ihtiyacı yoktu. Giyinmek, kuşanmak, gezmek, tozmak aklından bile geçmiyordu, yaptığı sadece yaşamaya çalışmaktı. Yataktan çıktı, elini yüzünü yıkadı, üzerine eski bir kot pantolon, bir tişört ve kot ceket giydi, sarı saçlarını özenle atkuyruğu yapıp sokağa çıktı. İstanbul'a geldiğinden beri her sabah yaptığı gibi, apartmanın hemen karşısındaki fırından simidini aldı ve onu yerken hızlı adımlarla İstiklal Caddesi'nin yolunu tuttu. O gün ne yapacak edecek ve iş bulmadan eve dönmeyecekti. Ne kadar büfe, restoran, mağaza varsa girecek; gerekirse barların açıldığı geç saatlere kadar bekleyecekti. O koca caddede elbette yalnız hafta sonları ya da akşamları çalışacak birine ihtiyacı olan bir yer vardı ve Narin orayı bulmayı kafasına koymuştu.

Girdiği restoranlardan birindeki yaşlı bir adam, kendi restoranının akşamları kapalı olduğunu ama eleman arayan bir yer bildiğini söyledi. Adresi tarif ettikten sonra "Salih Amca gönderdi beni dersin" diye de tembihledi. Adamın söylediği restoran Narin'in daha önce defalarca girip çıktığı sokaklardan birinin aşağı kısmında kalıyordu. Kaybolma korkusu yüzünden İstiklal Caddesi'nden pek uzaklaşmadığından orayı görememişti. Daha çok turistlerin rağbet ettiği, Türk yemekleri yapan oldukça büyük bir yerdi ve duvarlardaki gazete kupürlerine bakılırsa bir hayli de meşhurdu. Garsonlardan birini durdurup "Burada elemana ihtiyaç varmış, beni Salih Amca yolladı" dedi. Kır saçlı bezgin garson, bir adım geri çekilip kızı baştan aşağı süzdü ve "Patron seçiyor elemanları. O da dışarıda" dedi.

"Ne zaman gelir peki?"

"Ne bileyim, ne zaman canı isterse o zaman gelir. Patron bu! Sen akşama doğru uğra en iyisi."

"Yok, beklerim ben."

"Belki akşamı bulur gelmesi."

"Olsun, beklerim."

"İyi, bekle!" diyerek omuz silkti garson.

"Kapının önünde bekleyeyim mi?"

Garson kıza acıyan gözlerle baktı.

"Beklenmez öyle kapı önünde. Geç otur şuraya şimdi. Ama kalabalık olunca kalkarsın."

Narin adamın işaret ettiği en dipteki masaya oturarak duvara sıra sıra dizilmiş turşu ve komposto kavanozlarını incelemeye başladı. Hayatında böyle şey görmemişti. Öğlen saati gelince lokanta yavaş yavaş dolmaya başladı ama kalkmasını gerektirecek kadar kalabalık olmadı. Patron gelmek bilmiyordu. Narin akşama kadar bekledikten sonra, oradan eli boş çıkma ihtimalini düşündükçe tedirgin olmaya başladı. Belki de orada boş boş oturacağına, iş aramaya devam etse ve garsonun söylediği gibi akşam saatinde geri gelse daha iyi olacaktı. Tam kalkmaya karar verdiği anda, konuştuğu garsonun bir adama kendisini işaret ettiğini gördü. Kırk beş yaşlarında, ufak tefek, birkaç günlük sakalıyla yorgun görünüşlü bir adamdı ve takım elbisesinin içine giydiği gömleğe kravat takmamıştı. Adam acelesiz adımlarla Narin'in masasına gelip karşısındaki iskemleye çöktü.

"Salih Abi yollamış seni."

"Evet" dedi Narin. "İş bakıyordum da..."

Adam garsonlardan birini masaya çağırdı, garson koşarak geldi.

"Oğlum, bana bir çorba getirin. Sonra da domates, peynir hazırlayın bir tabağa. Aç mısın sen?"

"Yok, değilim. Sağ olun." Yalan söylediği yüzünden anlaşılıyormuş gibi geldi Narin'e ve yanakları pembeleşti.

Adam garsona döndü ve "Sen ona da bir çorba getir" dedi. Narin itiraz etmedi.

"Demek iş arıyorsun..."

"Evet. Akşamları ve hafta sonları çalışabilirim."

"Öğrenci misin?"

"Evet, üniversiteye başladım."

"Ne okuyorsun?"

"Hukuk."

"Oooo aferin. Daha önce lokantada çalıştın mı?"

"Orta sonun yazında çalışmıştım. Yaslıhan'da."

"Yaslıhan neresi?"

Narin İstanbul'a geldiğinden beri her tanıştığına anlattığı gibi adama da anlattı Kaz Dağları'nın eteklerindeki küçük kasabasını. Onun on sekiz senesini geçirip dünyanın merkezi sandığı Yaslıhan'ı İstanbul'da bilen yoktu.

"Egelisin yani."

Adam bunu söylerken Narin'e öyle geldi ki, sanki Egeli olmak iyi bir şey değildi.

"Evet!"

"Türkmen misin peki?"

"Hayır, onlar daha çok dağdalar. Bizim orada pek Türkmen olmaz."

Adamın soruş şekline bakılırsa Türkmen olmak da pek iyi bir şey değildi.

Garson çorbaları getirip önlerine koydu, peynir ve domates dilimlerinin özenle dizildiği bir tabağı da masanın üzerine bıraktı.

Adam başıyla Narin'e başlamasını işaret ettikten sonra bir daha kıza bakmadı ve başka soru da sormadı. Narin çorbasını bitirince "Bu akşam gel deneyelim seni. Beğenirsek pazartesi başlarsın çalışmaya."

Narin öyle sevindi ki, gözleri ışıl ışıl parladı. Yerinden kalkıp "Teşekkür ederim efendim" derken içi içine sığmıyordu.

"Dur bakalım, çok acele etme teşekkür için."

"Olsun, en azından deneyeceksiniz."

Adamın yüzünden ilk kez bir gülümseme geçer gibi oldu.

"Altıda burada ol o zaman."

Narin duvardaki saate baktı, üçe geliyordu.

"Gidecek bir yerim yok, kalsam olur mu? Hemen başlasam?"

Adam omuz silkti. "Başla bakalım. İbrahim, bak buraya!"

Narin'i masaya oturtan garson hızlı adımlarla yanlarına geldi.

"Buyurun Murat Bey!"

"Hanım kızımızı al, içeri götür. Neydi senin adın?"

"Narin."

"Söyle arkadaşlara, Narin'i bardak yıkamaya koysunlar."

Narin şaşırdı. Yaslıhan'daki lokantada serviste çalıştığından, kendisini bulaşığa verecekleri hiç aklına gelmemişti. Gerçi ne fark ederdi ki? Ha bulaşık, ha servis... Önemli olan bir iş bulmasıydı.

Garsonun peşi sıra giderken içi sevinçle öylesine doluydu ki, yürümüyordu da uçuyordu sanki. İlk kez kendini gerçekten bir şey başarmış gibi hissediyordu. İstanbul'da yaşayabileceğini kanıtlamış, kendine bir yer açmıştı. O gün gece yarısına kadar kaç bardak yıkadığını saymadı. Bulaşıkhanenin kapısı sürekli açılıyor, her defasında önüne düzinelerce bardak bırakılıyordu. Onlarca, yüzlerce, binlerce... Sanki dünya üzerinde bardak yıkamaktan daha önemli bir şey yokmuş gibi ciddiyet ve adanmışlıkla verdi kendini işe. Yıkadı, duruladı, kuruladı, parlattı, beğenmediğini tekrar yıkadı ve bütün bunları tek bir bardak kırmadan, büyük bir maharet ve hızla yaptı. Gece on ikiye kadar kafasını bile kaldırmadı köpüklü sulardan. Bacaklarının sızladığını, sırtının ağrıdığını hissetmeden, vücudundan gelen sinyalleri kulak arkası ederek, bir tahta parçası kadar acıya duyarsız bir halde çalıştı da çalıştı.

İşi bittiğinde, bütün müşteriler gitmiş, salonda sadece ortalığı silen birkaç elemanla kasada hesap yapan Murat Bey kalmıştı. Narin korkak adımlarla ona doğru yürüdü.

"İşim bitti Murat Bey. Geleyim mi pazartesi?"

Adam başını kaldırmadan "Pazartesi, akşam saat altıda burada ol!" dedi.

Narin kaç para alacağını merak ediyordu ama bunun uygun kaçmayacağını düşündüğü için sormaya cesaret edemedi. Olan tüm cesaretini yirmi dört gün önce Yaslıhan'dan İstanbul'a gelen akşam sekiz otobüsüne binerken harcamıştı. O günün bir gün öncesinde kendi evlerinden gizlice kaçırıp, Şişko Necati'nin dul karısının evinde sakladığı birkaç parça eşyasıyla o otobüse binerken, korkudan ömründen ömür, canından can gitmişti. Bütün yaz kuaförde kazandığı paradan kendisine saklayabildiği kadarının üzerine Şişko Necati'nin karısının verdiği küçük bir harçlığı da eklemiş ve gözünü karartıp İstanbul'a gelmişti.

Lokantanın önüne çıktığında kapkaranlık bir İstanbul gecesi yüzüne vurdu. İlk kez bu saatte sokaktaydı ve şehir başka bir şehir olmuştu. Gündüzleri son derece hareketli olan yollar boşalmış, ortalık korkutucu görünümlü adamlara kalmıştı. Eve kadar yürümek zorunda olduğu yolları düşündüğünde gözüne dolan yaşları engelleyebilmek için üst üste birkaç kez yutkundu. Küçüktü, küçücüktü. Başını kaldırıp gökyüzüne baktı. Yıldızların bile görünmez olduğu bu şehirde bir toz tanesiydi. Çaresiz, yürümeye başladı. Her köşe bir tehlikeyi gizliyor, her kapı bir kötülüğe açılıyor gibiydi. Ağzına kadar dolup taşmış çöp bidonlarının, ayyaşların, ıslık çalan berduşların arasından titreye titreye geçip İstiklal Caddesi'ne vardığında derin bir nefes aldı. Burada hâlâ kadınlı erkekli büyük bir kalabalık aşağı yukarı yürüyor, müzik sesleri insan seslerine karışıyordu. Gecenin bir yarısı olmuştu ve bu insanlar hâlâ sokaklardaydı. Yaslıhan'da asla böyle bir şeye şahit olmamıştı. Gümüşsuyu'ndan Dolmabahçe'ye inerken ve Dolmabahçe'den Beşiktaş'a doğru yürürken de telaşa kapılmadı. Yoldan geçen arabalar kendini güvende hissetmesini sağlıyordu. Dolmabahçe Sarayı'nın önünde nöbet bekleyen askerleri gördüğünde iyice rahatladı. Demek ki lokantadan sonraki birkaç sokağı aştıktan sonra korkmasına gerek yoktu. Beşiktaş'a varıp kendi sokağına doğru ilerledikçe ortalık yine tenhalaştı ve soğuk soğuk terlemeye başladı. Apartmanın kapısını itip içeriye girdiğinde kalp atışlarının sesi dışarıdan duyulacak kadar yükselmişti. Hızla karanlık merdivenleri tırmandı ve eve girip kapıyı kapatınca derin bir soluk aldı. Bunu da başarmıştı! Topkapı'da otobüsten indiğinden bu yana geçen üç haftadan biraz daha uzun sürede hem bir ev hem de adamakıllı bir iş bulduğunu düşünerek, gönül ferahlığıyla kendini yatağa bıraktı ve Yaslıhan'ı terk ettiği o geceden sonra ilk defa annesini, Mehmet'i, Şadiye'yi ve nerede olduğunu bilmediği Recep'i düşündü. Bir aileden çok tesadüfen yolları kesişmiş insanlara benziyorlardı. Bir yuvayı paylaşan insanlar değil de bir handa karşılaşmış yolcular gibiydiler. Kan bağıyla bağlı olması gerekirken kan uyumsuzluğundan mustarip beş kişi... Tütmeye değil, sönmeye mahkûm bir ocak... Yatağında bir o yana bir bu yana dönerken içindeki huzursuzluğu bastırmaya çalıştı. Gözünün önüne yüzler geliyordu ve onları silemiyordu. Topal bacağıyla Mehmet'i, yaş birikmiş gözleriyle Şadiye'yi, tulumbadan su çekmeye çalışan Hatice'yi, bir ayağını diğer dizinin üzerine koymuş, sigara içen Recep'i kovamıyordu zihninden. Kokuları geliyordu burnuna teker teker. Yüreğine çöken özlem değildi, olmadığını biliyordu; zerre kadar istemezdi o anda onların yanında olmayı. Kulağını çekti ve pencerenin tahta pervazına vurdu. Allah korusun, ne orada olmak ne de onları yanında bulmak istiyordu. Çektiği acının, yanan yüreğinin, göğsüne oturan taşın sebebi özlem değil, kimsesizlikti. Kimsesizlik.

On dokuz

Uzun bir öpüşmeydi. Bir anlık gaflet, boş bulunma ya da "nasıl oldu bilmiyorum"la açıklanamayacak kadar uzundu. Öyle ki, kuşlar ötmekten bıkıp uçup giderken, onlar hâlâ birbirlerini öpmeye devam ediyorlardı. Holün kapısı aniden açılıp başörtülü, pardösülü bir kadın elinde fırın tepsisiyle içeri girmese, acı sarı kanepenin gördükleri bununla sınırlı kalmayabilirdi.

Narin ve Fırat yerlerinden sıçradılar, pardösülü kadın "Amanıııııın!" diye bağırarak girdiği kapıdan dışarı çıktı.

"Ha siktir!" dedi Fırat.

Narin'le göz göze geldiler. Fırat kanepeden fırlarken, Narin oturduğu yerde başını ellerinin arasına almış put gibi duruyordu.

"Yine basıldık, gördün mü? Kaderimiz mi bu bizim?" dedi Fırat pişkin pişkin gülerek ve sonra "Gel Bahriye Hanım, yok bir şey merak etme, gel nişanlımla tanış!" diye seslendi ve Narin'e göz kırptı.

Holün kapısı usulca açıldı ve antrede saklanan Bahriye Hanım, alı al moru mor bir halde içeriye girdi.

"Aman be oğlum, ne bileyim ben böyle ortalık yerde oynaşacağınızı? Giriverdim içeri... Koca evde oda mı yok?"

Fırat, Bahriye Hanım'ın elindeki tepsiyi alıp kadını bir güzel kucakladı. "Aman da benim güzel Bahriyem, Yaslıhan'ın en güzel kadını!"

"Deli valla bu oğlan. Hep deliydi zaten!" dedi Bahriye ama yüzünde güller açmıştı. "Zayıfladın mı sen? Evvel ezel bakamazdın kendine zaten. Ama pek bir yakışıklı olmuşsun. Kurban olsun Bahriye sana!"

"Bak bu benim nişanlım. Nasıl, güzel mi?"

"Pek güzel maşallah! Hoş geldin kızım. Tek başıma geleceğim demişti de ben ondan giriverdim öyle..."

"Önemli değil!" dedi Narin ve yüzüne gelin kız gülümsemesi oturtmayı başardı.

Bahriye Hanım çay koyup kahvaltı hazırlarken Narin duşa girdi. Olanlara inanamıyordu. Eğer kadın içeriye girmese daha ileri gitmeleri an meselesiydi. "O Irmak'ın sevgilisi" diye hatırlattı kendine. Defalarca tekrar etti bu cümleyi. "O Irmak'ın sevgilisi, o Irmak'ın sevgilisi, o Irmak'ın sevgilisi." Deniz'in kardeşine böyle bir şey yapabiliyorsa, yapamayacağı şey yok demekti. Dünyanın en iyi insanı olmadığını biliyordu ama Deniz onun kardeşi sayılırdı ve Irmak da Deniz'in kardeşi olduğuna göre, yaptığı şey kardeşine kazık atmaktı ki bu onu dünyanın en kötü insanı yapmaya yeterdi. "Yuh olsun sana!" diye söylendi. Havluyla evin içinde dolaşmamak için eşyalarını banyoya getirmişti. Orada giyindi, saçlarını taradı ve milattan önceki dönemlerden kalma bir saç kurutma makinesiyle kurutmaya çalıştı.

Dışarıya çıktığında Fırat'la göz göze gelmemeye özen gösterdi. Fırat sürekli olarak Bahriye Hanım'a sorular sorduğundan –Kemal Efendi nasıl? Aysel Hanım'a ne oldu? Cevat Beylerin oğlu ne iş yapıyor? Bilmemkimler hâlâ burada mı?– ve onun sorularını cevapladığından bunu başarması güç olmadı. Kahvaltı sırasında, bu çabasının karşılıksız olmadığını, Fırat'ın da ondan yana bakmamak için uğraştığını fark etti. Belli ki o da pişman olmuştu.

Bahriye Hanım kahvaltı sofrasını toplayıp çıktıktan hemen sonra Fırat da kapıya yöneldi. "Ben şu adamla buluşmaya gidiyorum. Birkaç saate geri gelirim, beraber mezarlığa gideriz" dedi. Narin onun da sıkıntı içinde olduğunu hissedebiliyordu.

"Tamam."

"Asma suratını! Dönünce konuşuruz."

"Tamam."

Fırat dönünce konuşacaklarını bilmek, yüzünün iyice asılmasına neden olmuştu. Biraz önce yaptıklarının konuşulacak tarafı yoktu. "Biz bir bok yedik, bir daha yemeyelim" demek dışında söylenecek bir şey yoktu. Önlerinde bir gece daha vardı. Arazi satışı konusu kesinleşirse ertesi sabah Fırat'ın bazı imza işleri olacak, Narin de annesinin ve kardeşlerinin mezarlarını yaptırmak için mermerciye gidecekti. On iki yıl önce ölmüşlerdi ama daha gidip görmediği halde mezarlarının başında birer tahta parçası olduğundan emindi. Bir daha Yaslıhan'a gelmemek için bu işi halletmesi gerekiyordu. Çok kuvvetli dini inançları yoktu ama içinden bir ses yerine getirilmesi gereken görevleri olduğunu söylüyordu.

Erol Bey'i arayıp pazartesi ailevi sorunlarından ötürü işe gelemeyeceğini söylediğinde adam şaşırdı. Narin'in görüşmediği ailesiyle ne gibi bir sorunu olduğunu merak etmiş olmalıydı ama yine de fazla soru sormama nezaketini gösterdi. Salı işinin başında olacak mıydı? Olacaktı. O halde sorun yoktu.

Telefonu kapattıktan sonra gündüz gözüyle Yaslıhan'ı görmeye karar verdi ve evden çıktı. Eski hali, Köşe Kahve'yi, pazaryerini gezdi. Yeni model belediye otobüslerini ve minibüsleri görünce şaşırdı. Pazar sabahı olduğu için ortalık henüz tenhaydı ama yol kenarlarına park etmiş dizi dizi arabalar nüfusun ne kadar arttığı hakkında ipucu veriyordu. Ağır adımlarla beyaz eşya bayilerinin, dükkânların önünden geçti, şehir merkezinde yapılmış modern ve çirkin apartmanlara baktı. Çoğunun dış cephesinde renkli mozaiklerden anlamsız desenler vardı. Buraları, Murateli Mahallesi'ne biraz uzak düşse de, eskiden avucunun içi kadar iyi bildiği yerlerdi. Biraz ileride, tam parkın karşısında bir zamanlar dedesinin evinin bulunduğu yerde açık yeşil bir apartman yükseliyordu. Dünyanın en çirkin yeşili olmalıydı bu. Dayılarının hâlâ orada oturup oturmadığını, apartmanın onlara ait olup olmadığını merak etti ama bu merak sadece birkaç saniye sürdü. Şeytan görsündü yüzlerini. Onların açgözlülüğü olmasa iyi kötü idare ederlerdi. O zaman Mehmet topçu olamadı diye bunalıma girmez, Şadiye yaptıklarını yapmazdı, kim bilir belki Recep bile basıp gitmezdi. Yine mutlu olmazlardı belki; çünkü paranın mutlulukla bir ilgisi yoktu, mutsuzlukla vardı; ama dedesinden para gelmiş olsaydı böyle her rüzgârla savrulup sürüklenmezlerdi. En azından temizlenmemiş bir baca yüzünden fareler gibi zehirlenip gebermezlerdi. Ölmenin bir asaleti vardı, sobadan zehirlenmeninse yoktu. Fukaralığın, cehaletin ve aslında hiç kimse olmanın utancı vardı sadece. Kanserden ölmek, araba çarpmasından ölmek gibi değildi ailesinin başına gelen. Donarak ölen bir köpeğin yazgısına benziyordu ve her tarafından çaresizlik taşıyordu. Midesi bulanmaya başladı ve hemen ardından dizlerindeki dermanın kesildiğini hissetti. Parkın duvarına oturup dedesinin evine bakarken, yavaş yavaş kendine geldi. Geçmişle hesaplaşmanın bir yolu yoktu; çünkü geçmiş geçiyordu. Kalan sendin.

Pazartesi günü, son ders biter bitmez, hızla eşyalarını topladı ve kendini koridora attı. İşe yürümek için gereken bir saatten fazlasına sahipti ama ilk günden geç kalmamak için acele ediyordu. Erkenden orada olmak geç gitmekten çok daha iyiydi. İstanbul'a ilk geldiğinde uzun yürüyüşlerden perişan olan bacakları, gençliğinin de yardımıyla epey antrenmanlı hale gelmişti. Artık rahatlıkla bir buçuk-iki saate yakın yürüyebiliyordu. Bunun sonsuza kadar böyle gitmeyeceğini, İstanbul'un adımlarla yaşanmayacak kadar büyük olduğunu biliyordu ve son günlerde otobüsleri, otobüslerin üzerlerindeki numaraları ve durakları gösteren tabelaları, o otobüslere inip binenleri alıcı gözle incelemeye başlamıştı. Biraz parası olduğunda ve kendini hazır hissettiğinde o da binecekti. Önce kısa mesafelerle başlayacaktı; okulun önünde binecek, biraz ileride inecekti. Alıştıkça daha uzağa gidecekti. Bunu düşünmek bile başını döndürdü. O itiş kakış, o kalabalık, "poffff..." diye açılan kapılar gözünü korkutuyordu.

Okuldan çıktığında gözünü otobüslerden alamadı. Nereye gideceğini bilen öğrenciler bir an bile tereddüt etmeden şöyle bir numarasına bakıp atlayıveriyorlardı içeriye. Hele bazıları vardı ki, kızlı erkekli gruplar halinde güle söyleye biniyorlardı. Narin de onlardan biri olmak istiyordu. Onlar gibi kendine güvenli ve neşeli... O sırada dolmakta olan otobüsün önünden geçerken, gençlerin biletlerini nasıl attıklarına, pasolarını nasıl gösterdiklerine dikkat etmeye çalıştı. Daha önce defalarca yapmıştı bunu ama tekrarlamak hoşuna gidiyordu. Olanca dikkatini şoförün yanındaki kutuya atılan biletlere verdiği için, otobüsün arkasından hızla çıkan otomobili görmedi. Havalanıp asfalta yapıştıktan ve insanlar ona doğru koşmaya başladıktan sonra bile anlamadı bir otomobilin kendisine çarptığını. Neye uğradığını şaşırmıştı. Bir adam kolundan tutup yardım etmeye çalıştığında kalkmaya davrandı ama bacağındaki acı onu gerisingeri yere düşürdü. Uzun, dalga dalga saçlı bir kız ağlamaklı halde yanında diz çöktüğünde, kendinden geçmek üzereydi.

"İyi misin? Bir şeyin yok ya? Ben... Çok özür dilerim... Otobüsün arkasından aniden çıkıverdin. Görmedim seni" dedi kız. Nemli gözleri korkuyla açılmıştı ve Narin onu tanıdığını fark etti. Okuldaki uzun boylu kızdı! Birkaç kez aynı derse girmişlerdi ve kız her defasında öyle güzel şeyler giymişti ki, Narin gözlerini ondan alamamıştı. Adını bile biliyordu: Deniz! Bayılmadan önce son düşündüğü bu oldu.

Kendine geldiğinde bir ambulansın sedyesinde yatıyordu ve koluna bir serum bağlanmıştı. Deniz yan tarafındaki sırada, görevlilerin arasında oturuyordu ve gözleri ağlamaktan şişmişti.

"Bakın gözlerini açtı!" diye haykırdı heyecanla. "Kendine geldi!"

Ambulanstaki adamlardan biri gözlerine ışık tuttu ve "Kendinizi nasıl hissediyorsunuz?" diye sordu.

"Bacağım ağrıyor!"

"Başka?"

"Bilmiyorum. Nereye gidiyoruz?"

"Hastaneye."

Narin sustu. İşe gitmesi gerektiğini söylemenin bir anlamı yoktu.

"Ama benim hiç param yok ki?"

"Siz şimdi bunları düşünmeyin!"

Adamın böyle söylemesi onu daha da çok endişelendirdi. Mehmet vurulup hastaneye yattığında dünya kadar masraf çıkmıştı. Sözde devlet hastanesiydi ama ilaç, şu, bu derken giden paranın büyük kısmını Şişko Necati ödemese ne yaparlardı bilmiyordu. Şimdi parayı bastıracak bir Şişko Necati de olmadığına göre...

"Merak etme, her şeyi ben öderim" diye atıldı Deniz. "Ben çarptım sana, o yüzden benim ödemem gerek."

Narin'in içi öyle bir rahatladı ki, gidemediği işini bile unuttu bir an için. Ama sadece bir an! Sonra yine kalbi sıkıştı.

"Bugün işe başlayacaktım..."

"Hallederiz, merak etme. Sen iyileş de her şeyi hallederiz." Deniz ağlıyordu. Narin bu kadar güzel kıyafetleri olan bir kızın ağlamasına hayret etti.

Yirmi

Tam da tahmin ettiği gibi mezarlar bir avuç toprak, eğri büğrü harflerle isimlerin yazılı olduğu birer tahta parçası ve bolca yabani ottan ibaretti. Canı isterse, tahtaları kolayca söküp isimlerin yerini değiştirebilir ve altında yatanların kimlikleri konusunda insanları sonsuza dek yanıltabilirdi. Kimsenin ruhu duymazdı bunu yapsa, ama üçünün de pek ziyaretçisi, dolayısıyla hesaplarına yazılacak Fatihaları olmadığı için, bu değişikliğin hiçbir etki yaratmayacağı da ortadaydı. Dayılarının buraya uğramadığından emindi, kimse günahlarıyla karşılaşmak istemezdi; özellikle de o günahlar toprak altındaysa. Mehmet'in ya da Şadiye'nin sevgilileri olduysa bile çoktan merhum ve merhumeyi unuttuklarını ve yeni aşklara yelken açtıklarını tahmin etmek zor değildi; maalesef hatıralar cesetlerden daha çabuk çürüyordu.

Biraz ilerisinde duran Fırat'a bakınca, bu düşüncesinin doğru olmayabileceğinden kuşkulandı. Hayatının hatırası karşısında duruyordu ve hiç çürümüş gibi görünmüyordu. Pırıl pırıl kahverengi gözleri hayat ve ışık saçıyordu. Narin bunların ömrü boyunca gördüğü en parlak gözler olduğunu düşündü. "Yakışıklı adam..." diye geçirdi aklından ve "Allah sahibine bağışlasın!" diye eklemeyi de ihmal etmedi. Bu durumda sahibi Irmak oluyordu. Üç mezarın ortasına gelecek şekilde, annesinin ayakucunda diz çöktü ve dua etmeye başladı. Üç Kulhüvallah bir Elham, üç Kulhüvallah bir Elham, üç Kulhüvallah bir Elham, başlarında bismillahirrahmanirrahim, sonlarında âmin... Bunun annesini mutlu edeceğini biliyordu. Mehmet öküzünü hiçbir şey mutlu etmezdi ama Şadiye de sevinirdi herhalde. Ödlek Şadiye! Her şeyden korkan kız kardeşi yerin dibinde ne yapıyordu acaba? Okudu da okudu. Başka kimselerin gelip onlar için dua etmeyeceğini bildiğinden, durmaya gönlü elvermiyordu. Elinden gelen bir tek bu vardı ve o da elinden geleni yapıyordu işte!

Mezarlıktan çıktılar ve Fırat'ın arabasına bindiler. Uzunca bir sessizlikten sonra "Ne oldu arazi işi?" diye sordu Narin.

"Tamam, sattık."

"İyi, hayırlı olsun."

"Sağ ol."

"Nereye gidiyoruz?" diye sordu Narin endişeyle, çünkü Fırat Yaslıhan'ın dışına çıkan yola doğru sürüyordu.

"Eve tıkılıp kalmak istemezsin diye düşündüm" dedi Fırat ama Narin onun aslında "Evde yalnız kalmasak daha iyi" demek istediğini tahmin etmekte zorlanmadı.

"Ne yapacağız peki?"

"Deniz kenarında bir balıkçıya götüreceğim seni. Eskiden çok giderdik. Sordum, hâlâ açıkmış."

"Bu soğukta deniz kenarında mı oturacağız?"

"Kapalı yeri var, merak etme!"

"İyi o zaman, rakı da vardır umarım."

"Olmaz mı!" dedi Fırat gülerek.

"Biliyor musun ben denizi ilk on üç yaşındayken gördüm."

"Yok artık!"

"Valla!" dedi Narin. Deniz sadece yirmi kilometre uzaklıktaydı ve Yaslıhan'da, körler dışında, o yaşa kadar denizi görmemiş tek kişi olduğundan emindi. Gerçi körler bile denizin kenarına gitmiş, kokusunu içlerine çekmiş, belki ayaklarını sokmuş, hatta yüzmüş olabileceğinden, durumu onlardan kötü sayılırdı. Annesi, çocukluğunda defalarca gitmişti sahile, hatta o zamanlar yüzmeyi bile öğrenmişti. Narin küçükken annesini yüzerken hayal etmeye çalışır ama bir türlü başaramazdı. Hayalinde annesi eteklerini toplamış, deniz kenarında yürür ama asla ileri gitmezdi. Babasının yüzme bilip bilmediği konusunda bir fikri yoktu ama onun havanın güzel olduğu zamanlarda sık sık sahile kafa çekmeye gittiğini biliyordu. Mehmet ile Şadiye de komşularla gitmişlerdi sahile. Narin'in ise denizi görmediğinin kimse farkında değildi. Ne arkadaşları ne komşular ne annesi ne babası ne de kardeşleri... Bilerek onu evde bırakmış değillerdi ama kısmet olmamıştı işte. O da dememişti zaten "Beni de götürün!" diye; aklına bile gelmemişti. İnsanın bir şey isteyebilmek için istemeyi öğrenmesi gerekiyordu ve ona kimse öğretmemişti.

O yaşa kadar sadece televizyonda ve kitaplarda görmüştü denizi. Kocaman bir suydu, dev bir su damlasıydı. Öyle aman aman merak ettiği de yoktu zaten... Tuzlanmış suyun nesini merak edecekti ama yüzmek ilgisini çekiyordu. Balık gibi, nasıl gidip geliyordu insanlar? Korkmadan nasıl dalıveriyorlardı o kadar suyun içine. On üç yaşındayken, bir bahar günü, Ümmühan'ın tutturmasıyla, iki aile birlikte gitmişlerdi sahile. Kocaman bir ağacın altında oturmuşlardı. Hava denize girilecek kadar sıcak değildi ama Narin koşa koşa ayaklarını sokmuş, sahil boyunca yürümüş, ıslak taşların güneşte kurumasını izlemişti.

"Allah Allah!" dedi Fırat.

"Ne bileyim götürmediler işte! Ama şimdi deniz gören bir evde oturuyorum ve en yakın arkadaşımın adı da Deniz. Anlayacağın açığı kapattım. O yüzden üzülmene gerek yok."

"Üzülmedim canım, sadece şaşırdım."

Yan yana dizilmiş tenha balıkçı lokantalarının olduğu sahilin yakınına park ettiler. Yazın bol yiyecek uğruna buraları mesken tutup kışın yoklukta birbirinin gözünü oyan, kopuk kuyruklu kedilerin yanından geçtiler ve deniz kenarında iyice şiddetlenen rüzgâra karşı montlarına iyice sarındılar. Restorana girdiklerinde gürül gürül yanan bir şömine karşıladı onları. İçerideki on küsur masadan sadece ikisi doluydu. Genç bir çift ile güleç bir anne, kel bir baba ve yeni kıllanmaya başlamış iki erkek çocuğundan oluşan bir aile... Lokantanın o günkü müşterileri altı kişiden ibaretti.

Beyaz gömlekli garson onları sevinçle karşıladı.

"Oooo Fırat Bey, hoş geldiniz, şerefler verdiniz. Uzun zamandır yolunuz düşmüyordu buralara. Ne kadar oldu? Yanılmıyorsam en son dört sene kadar önce gelmiştiniz peder beyle."

"İsa Abi, ne hafıza var sende yahu! Bravo valla, tamı tamına dört sene önce gelmiştik, haklısın" dedi Fırat yaşlı adamın elini sıkarken.

İşini her zaman dikkat ve özenle yapan insanların gururu vardı İsa'nın üzerinde. Bir çalım, su şişesini kaptı ve altını çizdiği bir zarafetle bardaklara doldurdu.

"Ne içeriz? Rakı mı?"

"Ben kola içerim" dedi Narin.

Fırat hayretle ona baktı. "Rakı içecektin hani?"

"Öyle dedim ama aslında içmesem daha iyi. Kafam bozukken pek iyi gelmiyor" dedi Narin. Yalan değildi, gerçekten de sıkıntılı olduğunda içki daha çabuk çarpıyor ve daha karamsar olmasına yol açıyordu. Defalarca test etmişti bunu.

"İçersin ya bir kadeh, o kadardan bir şey olmaz" diyerek karşı çıktı Fırat ve garsona göz kırpıp "Rakı ver sen bize İsa Abi! Buraya kadar gelip kola içmek olur mu, söyle gözünü seveyim" dedi.

"Olmaz tabii." İsa ayıplar gibi kaşlarını kaldırmış, gıdısını şişirmişti. "Denizi gördü mü rakıyı açmalı insan! Denizin yanına rakı, rakının yanına peynir... Öyle derler."

Narin öyle dediklerini hiç duymamıştı ama itiraz etmedi, bir kadehten bir şey olmazdı, hatta biraz rahatlamasına yardım bile edebilirdi. Meze tepsisinden siparişlerini verirlerken, en sonunda acıkmaya başladığını hissetti. Tepsidekilerin ve yan masaya giden tabakların görüntüsü iştahını açmaya yetmişti. İsa'nın hiç vakit kaybetmeden getirip masalarına bıraktığı kızartılıp zeytinyağına batırılmış, kekikli ekmeklerden birini alıp kemirmeye başladı.

"Bu sabah olan şey için üzgünüm" dedi Fırat. "Olmaması gerekiyordu ama oldu işte... Ama bence bunu büyütmemize gerek yok. Yani... Diyorum ki, bunun üstesinden gelebiliriz."

"Biz?"

Fırat soran gözlerle baktı.

"Sürekli 'biz' diyorsun da" dedi Narin gergin bir tavırla. "Biz arkadaş olabiliriz, biz bunun üstesinden gelebiliriz, biz, biz biz..."

"Ne var bunda?" diye sordu Fırat.

"Biz diye bir şey yok ki" dedi Narin. "Sen eskiden tanıdığım birisin ve Irmak'ın sevgilisisin; hepsi bu."

"O zaman bu sabah Irmak'ın sevgilisiyle öpüştüğünü sana hatırlatmak zorundayım."

"O bir sapmaydı."

"Pek standart bir sapma değildi ama."

"İyi tamam, bir daha beni öpmezsin olur biter."

"Sen de beni öptün."

"Peki, ben de seni öptüm. Hayatım boyunca öptüğüm yirminci erkek ödülü mü vereyim, ne yapayım?"

"İlk öptüğün erkek de bendim. Yani öyle sanıyorum."

Narin yüzünü buruşturdu.

"Yapmamamız gereken bir şey yaptık ve bunun hata olduğunun farkındayız. Daha ne? Birlikte intihar etmemiz falan gerekmiyordur umarım. Yani en azından ben etmeyeceğim, sana karışamam."

"Ben de aynı şeyi söylüyorum zaten, bir daha bunu yapmamalıyız. Ayrıca bunun yüzünden tekrar aramızın bozulmasını hiç istemiyorum" dedi Fırat.

"Aramızın bozulup bozulmamasının ne önemi var?"

"Benim için var."

"Neden?"

"Çünkü seninle arkadaş olmak istiyorum."

"Hiç inanmam buna. Bir erkek bir kadınla arkadaş olmak istiyorsa, kesin..."

"Kesin onunla yatmak istiyordur. Bunu mu diyecektin?"

"Evet, onu diyecektim."

"Seninle yatmak falan istemiyorum."

"Eminim."

"Manyak mısın sen?"

"Evet manyağım, o yüzden benimle arkadaş olma fikrinden vazgeçsen iyi olur."

"Derdin ne senin?"

"Salak salak konuşup duruyorsun ve sinirimi bozuyorsun. Böyle şeyler konuşulmaz ki, bak biz sakın bir daha öpüşmeyelim diye bir konuşma yapılmaz. Sanki berabermişiz de beni terk ediyormuşsun gibi..."

"Haaa anladım!" dedi Fırat gülerek. "Bunu benim söylemem ağırına gitti. İstiyordun ki, ben peşinden koşayım, sen bana 'hayır' de."

"Ben de seni anladım. Hastasın sen, hem de bayağı ağır hastasın. Annenden geçti herhalde" dedi Narin ve ağzından çıkanı kulağı duyar duymaz söylediğine pişman oldu. "Özür dilerim. Kusura bakma, saçmaladım işte" diyerek toparlamaya çalıştı ama bazı durumlarda özür dilemek işe yaramıyordu.

"Boş ver!" dedi Fırat ama Narin onun sinirlendiğini anlamıştı. Nasıl öyle bir şey söyleyebildiğini bilmiyordu. Sinirden ağzından çıkıvermişti. Masanın altından kendi bacağına sıkı bir çimdik attı.

İsa gelip rakıları doldururken hiç konuşmadılar, yaklaşık yarım saat boyunca dudakları yemek ve içmek dışında hiç hareket etmedi.

Sonunda Narin dayanamadı ve "Hâlâ kızgın mısın?" diye sordu.

"Biraz!" dedi Fırat dürüstçe. "Sana özel bir şey anlatıyorum ve ilk fırsatta bunu bana karşı kullanıyorsun!"

"Biliyorum, üzgünüm. Aslında pek böyle şeyler yapmam, hatta hiç yapmam ama bugün pek kendimde değilim galiba."

"Öptüm ya, ondandır" dedi Fırat alaycı bir ifadeyle ve karidese uzandı.

Narin'in kırılan bacağını alçıya aldılar ve hafif bir beyin sarsıntısı geçirdiği için iki gün hastanede tuttular. Şakağında altı dikiş, vücudunun çeşitli yerlerinde çürükler vardı. İki gün boyunca Deniz bir an için bile yanından ayrılmadı. Özel bir hastanenin özel bir odasında kalıyorlardı ve doktorlar etraflarında pervane olmuştu. Deniz'in amcası bile ziyaretine gelmişti. Kelli felli, servet sahibi olduğu her halinden belli, babacan bir adamdı. Narin'i yanağından öpmüş, yatağının kenarına oturup uzun uzun elini tutmuştu. Narin onun Deniz'e olan yakınlığından çok etkilenmişti. Kendi dayıları yeğenlerini kazıklayıp aç bırakmakta tereddüt etmezken bu adam, Deniz'e kendi çocuğu gibi davranıyor, onun her şeyiyle ilgileniyordu.

Hastanede baş başa geçirdikleri uzun saatler boyunca Deniz bir sürü şey anlattı. Bir yıl önce trafik kazasında annesiyle babasını kaybettiğini, o yüzden ilk sene okulu boşladığını, ikinci sınıfta olmasına rağmen ilk yıldan bir sürü dersi olduğunu, kız kardeşi Irmak'ın İsviçre'de bir lisede okuduğunu, kendisinin ailesinden kalan bir dairede tek başına yaşadığını, aile şirketlerini babasının ölümünden sonra amcasının idare ettiğini, Deniz ve kardeşiyle de onun ilgilendiğini, amcasının iyi biri olduğunu ama Deniz'le sık sık sorun yaşadıklarını, çünkü adamın Deniz'in hayat tarzından rahatsız olduğunu Narin o gün öğrendi. Deniz'in susmak bilmediğini ve yerinde duramadığını da.

Hastaneden çıktıkları gün Deniz'in kırmızı Mazda'sına bindiklerinde, Narin'in heyecandan sesi kısıldı. Arabanın siyah deri koltukları vardı ve mis gibi kokuyordu. O güne kadar otomobile sayılı defa binmiş olan Narin bunun yeni araba kokusu olduğunu elbette anlamadı. Deniz önce onu restorana götürecek, Murat Bey'le konuşmasını bekleyecek, ardından da evine bırakacaktı.

"Sen yeri tarif edebilir misin? Adını duydum ama bilmiyorum o restoranın nerede olduğunu" dedi Deniz. Narin onun restoranın adını bildiğini duyunca sevinmiş, gururlanmıştı. Demek gerçekten tanınmış bir yerde iş bulmuştu. Ama o işi kaybetmiş olma ihtimalini düşününce beyaz bulutlar dağıldı ve yerini kara bulutlar kapladı.

"İstiklal Caddesi'nin iki üç sokak aşağısında" dedi Narin.

"O çok uzun bir cadde... Bu halde yürüyemeyeceğin için tam yerini bilmemiz lazım."

"Taksim Meydanı'na yakın tarafında. Arabayla nasıl gidildiğini bilmiyorum ki. Ben hep yürüdüm oralara."

"Sorar, buluruz o zaman."

"Burası neresi?"

"Nasıl neresi?"

"Yani şu anda bulunduğumuz semtin adı ne?"

"Haaaa, Nişantaşı'ndayız."

"Taksim'e yakın mı?"

"Yakın."

Gerçekten de iki kişiye yol sorduktan sonra Deniz tam restoranın önüne park etmeyi başardı ve arabanın arka tarafına zorlukla sığdırdıkları koltuk değneklerini çıkarıp Narin'e verirken "Ne iş yapacaksın burada?" diye sordu.

"Bulaşık yıkayacağım. Bardak..."

"Bulaşık mı yıkayacaksın?"

"Evet!" dedi Narin ve Deniz'in yüzünü kaplayan dehşet ifadesi utanmasına yol açtı. "Daha doğrusu yıkayacaktım, bu halde çalışmama izin vermezler herhalde."

Deniz ne cevap vereceğini bilemediğinden, arabanın kapılarını kapatıp Narin'in geçmesi için restoranın kapısını açtı.

"Ben dışarıda beklerim."

Saat henüz sabahın on biriydi ve masaları düzenleyen iki garson dışında ortalıkta kimseler görünmüyordu.

"Murat Bey yok mu?" diye sordu Narin.

İki garson birbirlerine baktılar, Narin'in çalıştığı gün orada olmadıklarından kızı tanımıyorlardı. Yaşlıca olan onu şüpheyle süzerek "İçeride, yazıhanesinde..." dedi.

"Konuşmam lazım da onunla."

"Sen bekle burada, ben bir bakayım. Adın ne? Ne konuşacaksın?"

"Narin dersiniz. O bilir, geçenlerde iş için gelmiştim."

Adam gözden kayboldu, Narin lokantanın önünde arabasına dayanmış duran Deniz'e baktı. Kırmızı arabasının dikkat çektiği yetmezmiş gibi, upuzun boyu ve dalga dalga saçlarıyla mahallelinin ilgi odağı olmuştu. Ona bakabilmek için gelen geçen adımlarını yavaşlatıyor, hatta bazıları duruyordu. Deniz ise üzerine yapışan bakışların farkında değilmiş gibi sakin bir tavırla sigarasını tüttürüyordu.

Deniz'i izlemeye kendini öyle kaptırmıştı ki Murat Bey'in tam karşısında durduğunun farkına varmamıştı. Adam "Şimdi anlaşıldı..." deyince kendini toparladı.

"Ne oldu kızım sana böyle?"

"Araba çarptı okulun önünde. Buraya geliyordum..."

"Geçmiş olsun! Vah vah, vah vah! Ben de şaşırdım gelmeyince, herhalde daha iyi bir iş buldu dedim."

"Kusura bakmayın haber veremedim, biraz önce çıktım hastaneden. Beyin sarsıntısı geçirdim diye iki gün yatırdılar."

"Bayağı tehlike atlatmışsın."

"Atlattım ama iyiyim şimdi. Çalışabilir miyim diye soracaktım."

"Kızım ayağın alçıda, nasıl çalışacaksın?"

"Oturarak yıkayabilirim bardakları."

"Olur mu canım hiç öyle şey. Ne zaman iyileşirsen gel başla, ben yerini tutacağım. Ama böyle çalışılmaz, mümkün değil. Deli misin sen, sakat kalırsın yahu."

"Çalışmam lazım Murat Bey!"

Adam gülsün mü, ağlasın mı bilemedi.

"Ne zaman çıkacak bu alçı?"

"En az bir ay dediler."

"Sen bir ay sonra gel o zaman. Ben sana bu bir ayın parasını da vereceğim. Sonra keseriz maaşından."

"Yok, öyle alamam ben."

"Alırsın, alırsın" dedi Murat Bey ve Narin'in ağzını açmasına fırsat vermeden, cebinden bir tomar para çıkardı, birkaç tanesini çekip kıza uzattı. "Nasıl geldin sen buraya?"

"Çarpan arkadaş getirdi, sağ olsun." Parayı alırken Narin'in gözleri yaşardı. "Orada, kapının önünde bekliyor."

Murat Bey uzanıp Deniz'e baktı ve "İyi bari şanslısın, çarpar kaçarlar bu memlekette."

"Teşekkür ederim" dedi Narin, gözyaşları ip gibi süzülmeye başlamıştı yanağından. En son ne zaman ağladığını hatırlamıyordu. Ne babası gittiğinde ne abisi vurulduğunda ne de bir gece vakti ailesini terk ettiğinde ağlamıştı. Ama şimdi, kendisine para uzatan bu adamın karşısında gözünün yaşını durduramıyordu.

"Hadi, hadi ağlama! Bak sana yakın kızım var benim. O da üniversite okuyacak inşallah. Hem çalışıp ödeyeceksin, keseceğiz maaşından, bir şey yok bunda."

"Allah razı olsun!" dedi Narin ve Murat Bey'in yüzündeki ifadenin bir anda değiştiğini fark etti. Gayriihtiyari, adamın baktığı yöne, yani restoranın dışına çevirdi başını ve Murat Bey'in neden hayretler içinde kaldığını anladı. Deniz adamın birine tekme tokat girişmişti. Zapt edilemez bir enerjiyle saldırıyor, Allah yarattı demeden vuruyordu adama. Mahalle esnafı kapılara çıkmış, olup biteni izliyor; dayak yiyen adam ise yere çömelmiş, kollarıyla başını darbelerden korumaya çalışıyordu. Murat Bey, Narin'i öylece bırakıp dışarıya koştu, iki garson da onu takip etti.

Narin kırık bacağıyla restoranın önüne çıkana kadar Murat Bey ile garsonlar Deniz'i adamın üzerinden almışlardı ama ortalık sakinleşmiş sayılmazdı, çünkü Deniz bir taraftan kendisini tutan iki garsonun kollarından kurtulmaya çalışıyor, bir taraftan da Murat Bey'in kıskıvrak yakaladığı çağanoz kılıklı adama yakası açılmadık küfürler ediyordu.

"Ben senin ananı avradını sikeyim, orospu çocuğu! Pezevenk oğlu pezevenk seni!"

"Kızım küfretme de doğru düzgün anlat, ne yaptı bu adam sana!" diye araya girdi Murat Bey, çağanozu sımsıkı tutarken.

"Kıçımı elledi it! Sen kimsin lan benim kıçımı elleyecek, havyan!" Deniz'in sesi bütün mahallede yankılandı.

"Ahmet, özür dile hanımdan" dedi Murat Bey.

"Ne özürü be! Kıçımı elledi diye özür dileyecek, ben de 'peki o zaman' mı diyeceğim?" diye karşı çıktı Deniz.

"Kızım deli bu adam, bildiğin deli işte!"

Esnafın bir kısmı dükkânlarının önünde gizlice gülüyor, bazıları yediği dayağın şiddetiyle Murat Bey'in kolunun altında sinmiş duran Ahmet'e "Ahmet, yedin ha yine dayağı!" diye takılıyordu.

Deniz, Ahmet'e doğru birkaç adım attı, Ahmet kaçacak gibi yaptı ama Murat Bey bırakmadı.

"Deli misin lan sen sahiden?" diye sordu Deniz.

Ahmet başını Murat Bey'in omzuna koydu.

"Ay kıyamam ben sana! Gel, hadi gel de, barışalım!" Deniz bu defa da kollarını açmış, Ahmet'e doğru gidiyordu. Herkesin şaşkın bakışları altında Ahmet'le kucaklaştı, adamın sırtını pışpışladı ve "Ah yazık sana be, o kadar vurmasaydım kafana keşke. Ama oğlum sen de öyle milletin kıçını başını elleyip durma! Delisin anladık ama bak senden daha delisi de var" diyerek güldü. Sonra da mahalleliye dönüp "Kardeşim siz de sahip çıksanıza delinize, elimde kalacaktı adam!" diye sitem etti.

Arabaya bindiklerinde, Deniz başına gelenlere öyle çok güldü ki Narin onun da aklından zoru olduğundan şüphelendi.

"Deliyi dövdüm yaaaa!" diye söylenip duruyordu. "Kimse de durdurmaya kalkmadı, heriflere eğlence çıktı valla, oturdular seyrettiler. Adamı tutan senin patron muydu?"

"Evet."

"Haaa ne oldu? İşe devam etmene izin verdi mi?"

"Verdi, ama bir ay sonra gel dedi."

"İyi demiş."

Narin, Deniz'in çıkardığı olaydan sonra Murat Bey'in onu geri almamasından korkuyordu ama bunu Deniz'e söylemedi. En azından öyle küfretmese iyi olurdu, Murat Bey öyle şeylerden hoşlanacak birine hiç benzemiyordu.

"Yakışıklıymış senin patron da!" dedi Deniz.

"Murat Bey mi?"

"Evet, maço bir havası var!"

"Ne havası var?"

"Maço, maço! Hani böyle kodu mu oturtan Anadolu yakışıklısı."

Narin yorum yapmadı. Deniz'in Murat Bey'i yakışıklı bulmasına hiç anlam verememişti. Yaslıhan öyleleriyle doluydu.

Narin'in oturduğu apartmanın önüne geldiklerinde Deniz "Burası mı?" diye bağırdı. Daha önce hiç öyle bir yer görmemiş gibi bakıyordu.

"Evet!"

"Kaçıncı kat?"

"Dört!"

"Asansör var mı burada?"

"Yok!"

"Ama sen burada kalamazsın ki. Kırık bacakla her gün dört kat merdiven mi inip çıkacaksın?"

"Dinlene dinlene iner çıkarım."

"Saçmalama, bana gidiyoruz! İyileşinceye kadar bende kalırsın. Sabahları ben götürürüm seni okula."

Deniz cevabı bile beklemeden arabayı çalıştırınca Narin "Dur!" diye bağırdı.

"Valla bırakmam seni burada. Tek başımayım zaten koca evde."

"Benim evim burası ve burada kalmak istiyorum."

"Tamam, çıkalım o zaman. Merdivende ne hale geldiğini görünce vazgeçersin belki."

"Gerek yok!"

"Yok, yok. Yardım ederim sana."

Arabadan indiler ve rutubet kokulu apartmana girdiler. Narin iki koltuk değneğiyle merdivenlerden çıkamadığı için, bir kolunu Deniz'in omuzuna attı ve ağırlığını ona verdi; Deniz de "Gördün işte..." anlamında bir şeyler mırıldanıp durdu. Her katta soluklana soluklana dördüncü kata vardıklarında ikisinin de yorgunluktan iflahı kesilmişti. Deniz, Narin'in uzattığı anahtarı alıp kapıyı açtı ve apartmanın genel görünümünden bile daha kötü durumdaki daireyi görünce irkildi.

"Nasıl ev be burası?"

"Böyle işte!" diye omuz silkti Narin. O kadar yorulmuştu ki, alınacak gücü bile yoktu.

"Senin odan neresi?"

Narin tam sokak kapısının karşısına denk gelen odayı işaret etti. Deniz'in sadece yere atılmış bir yatak ve katlanıp yanına koyulmuş kıyafetleri görünce ne tepki vereceğini düşündü.

"Tamam sağ ol, sen in artık" dedi Deniz'e.

"Bırak da biraz dinleneyim."

Odanın kapısını açarken en son beklediği şey yatağında uyuyan üç kişi bulmaktı. Narin'in çığlığına üçü birden yataktan fırladılar ve çıplak oldukları ortaya çıktı. Ortadaki kadını tanıyordu, evin asıl kiracısı olan tezgâhtar kadındı. Adamların kim olduğu konusunda ise hiçbir fikri yoktu. Tezgâhtar kadın memelerini kapatmak yerine, sarıya boyalı uzun saçlarını düzeltmeye çalışırken "Ne işin var be burada? Yoksun kaç gündür ortalıkta, şimdi mi çıkıp geldin?" diye bağırdı.

Deniz gelip kapıyı kapatmasa, Narin kapının ağzında öyle put gibi dikilmeyi sürdürecekti. Çarpan kapının gürültüsüyle kendine geldi ve "Orası benim odam, ne işiniz var orada?" diye seslendi içeriye. Kalbi göğüs kafesini terk edip kulaklarında attığı için, arkasında Deniz'in "Ohaaaa, gruba çattık!" diye söylendiğini duymuyordu.

"Ne bileyim geleceğini!" diyen cırtlak sesi geldi tezgâhtar kadının.

"Yürü kızım, gidelim buradan" dedi Deniz. "Manyak bunlar, keserler valla bizi."

Narin ikna olmuşa benziyordu. Tam kapıdan yana döndüklerinde durakladı ve "Eşyalarımı almadan gitmem" dedi.

"Ya boş ver şimdi eşyalarını!"

"Neyim varsa hepsi o odada! Kitaplarım, her şeyim orada."

Deniz derin bir nefes aldı ve "Çıkın oradan, kızın eşyalarını alacağız!" diye bağırdı.

"Dur be çatlama orospu!" dedi tezgâhtar kadın.

"Bana bak içeriye gelirsem seni anandan doğduğuna pişman ederim!" diye karşılık verdi Deniz. Yüzünde Ahmet'i dövdüğündeki ifadenin aynısı belirmişti. Narin onun tekrar çığırından çıkmak üzere olduğunu hissetti ve "Yapmasana, keserler bizi diyordun!" diye fısıldadı.

"Bir bok yapamazlar!" dedi Deniz dişlerinin arasından.

"Gözünü seveyim sakin ol, eşyalarımı alıp gidelim."

"Tamam, merak etme! Bak sakinim."

Odanın kapısı tekrar açıldı ve üzerlerinde pantolonlarından başka bir şey olmayan iki adamın ardından, fosforlu yeşil kombinezonuyla tezgâhtar kadın dışarıya çıktı. Kadın tam ağzını açacaktı ki, Deniz'in boya sarısı lepiska saçlara yapışması bir oldu.

"Sen kime orospu dedin bakayım? Gel, gel de şöyle yüzüme söyle! Bir göreyim bakalım nasıl söylüyorsun?"

Yarı çıplak iki adam araya girmese, Deniz'in kadını yere serip üzerinde tepinmeye başlaması pek uzun sürmeyecekti. Adamlar o durumda ortalıkta fazla görünmek istemediklerinden olsa gerek, olayın büyümesine izin vermediler ve bağırıp duran kadını zorla kendi odasına soktular.

Narin'in tüm eşyası topu topu dört torbaydı. Yaslıhan'dan ilk tüyen Recep iki çantalarını da alıp gittiğinden Narin'e seçme şansı kalmamıştı. Kitapları, elbiseleri, ayakkabıları, çamaşırları, iki kalıp sabunu, diş fırçasıyla macunu o dört torbaya doldurup çıktılar.

"Sakinim demiştin..." dedi Narin arabaya binerken.

"Sakindim ama kadını karşımda görünce cinlerim tepeme çıkıverdi."

"Ben de evsiz kalıverdim."

"O manyak kadınla aynı evde kalmaya devam etmeyecektin herhalde. Kızım anlamadın mı, genelev gibi bir yer orası!"

Narin, Deniz'e baktı. Sanki on dakika önce kavga eden kendisi değilmiş gibi neşe içinde konuşup duruyordu.

"Buluruz sana ev, merak etme. Zaten iyileşene kadar bende kalırsın, sonrasına da bakarız."

Kırmızı Mazda hızla hareket ederken Narin aklından "Tabii canım, bakarız çaresine" diye geçirdi ve tırnaklarını yemeye başladı. "Nasıl bakacaksak?"

Yirmi bir

Eve vardıklarında saat henüz altıydı ama hava kararmıştı. Belki çok erken kalktığından, belki de çok şey yaşandığından Narin'e gece yarısı gibi geliyordu. Gün boyunca Irmak'tan gelen telefonlar ve Fırat'ın kızla hiçbir şey yokmuş gibi şen şakrak konuşması sinirlerini altüst etmişti. Hiç utanması yok muydu bu adamın? Görünüşe göre yoktu.

Salondaki kanepeden kaçarken, holdeki kanepeden de olmuştu. Küçüklüğünden beri böyle arızaları vardı. Sevdiği bir restoranda sevmediği birini görmek, o restorana olan ilgisini kaybetmesine yol açardı. Beğendiği bir şarkıcıyı, deli olduğu bir filmi aynı sebeple terk edebilirdi. Yedi sekiz sene önceki bir sevgilisinin oturduğu sokaktan hâlâ geçmemesi de bu takıntılara örnek sayılabilirdi. Adamın yüzünü unutmuştu, sokağı unutmamıştı. Bordo kanepede yıllar önce yaşananlar yüzünden salona girmek istememesi gibi, sarı kanepede bu sabah olanlar da holü yasak bölge haline getirmişti. Kendisini bu saatte odaya kapatmak tuhaf kaçacağından, zaman kazanmak için banyoya girmeyi seçti.

Üzerindekileri çıkarıp yere fırlattı ve suyun altına girip uzunca bir süre çıkmadı. Eski moda pirinç musluğu kapattığında parmak uçları büzüşmüştü. Acele etmeden giyindi ve hiç ihtiyacı olmadığı halde kısa saçlarını uzun uzun kuruttu. Kapıdan çıkarken kararını vermişti, salonda oturacaktı. En azından oradaki anıları o sabaha değil, eski çağlara aitti.

Hole girdiğinde Fırat ona şöyle bir bakıp "Yaslıhan Hamamı'na çevirdin valla burayı" dedi gülerek.

Narin utanmıştı ama bunu gizlemeyi başardı. "Ne yani, duş yapmak da mı suç?"

"Hayır değil ama... Dur bakayım, yoksa 'Aman ne temiz kız' diyeyim diye mi uğraşıyorsun?" dedi Fırat ve gülmeye başladı. "Eğer öyleyse, bilmeni isterim ki beni ikna ettin. Hayatımda gördüğüm en temiz insansın. Sürekli yıkanıp duruyorsun."

Narin bir süre sessizce ona baktı ve sonra sakin bir sesle tane tane konuşarak "Ben sedef hastasıyım ve bütün vücudum yaralarla kaplı, o yüzden de günde iki kere duş yapıp her tarafımı ilaçlamam gerekiyor. Keşke beni bunu açıklamak zorunda bırakmasaydın" dedi. Bunları söylerken gözleri dolu dolu olmuştu.

"Dalga geçiyorsun. Yok, geçmiyorsun..." Fırat ayağa kalkıp ona doğru yaklaştı. "Narin çok üzgünüm, ben sadece takılıyordum. Nereden bileyim altından böyle bir şey çıkacağını. Seni güldürmeye çalışıyordum. Hay Allah kahretsin yaaa!"

"Özür dilemene gerek yok, çünkü uydurdum" dedi Narin ve yüzüne hain bir gülümseme yayıldı.

"Ama ağlayacak gibi oldun, gözlerin yaşardı. Ne yani, numara mıydı o?"

"Evet" dedi Narin ve omuzlarını silkti. "Gözlerini kırpmadan uzun süre durursan yaşarmaya başlarlar ve herkes ağladığını düşünür. Üniversitede hocalara yalvarırken keşfetmiştim. Gerçi o zamanlar pek işe yaramamıştı ama neyse, kısmet bugüneymiş..."

"Sana inanamıyorum" diyerek güldü Fırat. "Bir de eğlenceli değilim diyordun."

"Ben eğlenceli değilim, senin eğlence anlayışın tuhaf. Şu içerideki kütüphaneyi karıştırabilir miyim biraz? Bir mahsuru yoksa..."

"Elbette karıştırabilirsin, hatta birlikte karıştırabiliriz, çünkü ben de unuttum orada neler olduğunu" dedi Fırat.

Odaya girdiklerinde, Narin yerde duvara dayalı olan gitarı işaret ederek "Sen mi çalıyorsun bunu?" diye sordu.

"Yok canım, ben düdük bile çalamam" dedi Fırat. "Annem çok istemişti çalmamı, o yüzden alınmıştı ama elimi bile sürmedim. Beni 'Akdeniz Akşamları'nı söylerken düşünsene..."

Narin güldü.

Ceviz kaplama kitaplık odanın üç duvarını kaplıyordu, odanın ortasında ise bomboş bir çalışma masası ve sandalye vardı. Masanın tam karşısındaki pencereli duvarın önüne iki kişilik koyu kahverengi bir kanepe konmuştu ve yerde bir zamanlar çok moda olan Çin halılarından vardı. Evin genel havasından tamamen kopuktu burası.

"Babanın mıydı burası?"

"Yooo... Genelde ben çalışırdım. Annem odamı kız odasına çevirdikten sonra arkadaşlarımı oraya sokmak istemediğim için burada otururduk genelde. Aslında kimsenin değildi, kitapların odasıydı. Annem böyle bir odaya sahip olmanın havalı bir şey olduğunu düşünüyordu herhalde."

"Çok kitabınız varmış."

"Yok yahu, ders kitaplarımı bile buraya dizerdi annem. Yazılı her şeyi buraya koyardı, o yüzden kalabalık görünüyor. Ortaokul matematik kitabı bile bulabilirsin bunların arasında. Boşuna heveslenme yani, çok enteresan bir şeye rastlayacağını sanmıyorum."

Narin bir süre ciltlenmiş magazin dergilerinin, üniversite hazırlık kitaplarının arasında dolandı, *Pardayanlar* serisine baktı, Ömer Seyfettin külliyatının ciltlerini inceledi. O, raflar arasında dolanırken Fırat da kanepede aile albümlerine bakıyordu.

"Bak bu, o sene çekildi" dedi eski bir fotoğrafı Narin'e uzatırken.

Fotoğrafta Fırat kızlı erkekli kalabalık bir grupla plajdaydı. Elinde bir kola şişesiyle ayakta duruyor ve gülümsüyordu.

Narin fotoğrafı alırken "Hangi sene?" diye sordu.

"Sana âşık olduğum sene" dedi Fırat.

Narin yutkundu.

"Mehmet'in maçının olduğu senenin yazı işte! O maçta seni gördüğüm anda âşık olmuştum. Ankara'ya döndüğümde aklımda senden başka bir şey yoktu."

"Yalan söylüyorsun!" dedi Narin ve güldü.

"Doğru söylüyorum."

"Buna inanmamı bekleme sakın. Sen bana hiç âşık olmadın. Sadece libidosu alev almış genç bir erkektin."

"Hayır, çok gençtim ve sana deli gibi âşık olmuştum. Aslında o zaman bunun aşk olduğunu anlamamıştım. Sonraki yıllarda seni çok düşündüm, o kadar sık aklıma geldin ki..."

"O zaman mı anladın bana âşık olduğunu?" diye sordu Narin dalga geçer bir tonda.

"Hayır" dedi Fırat. "Seni Deniz'in evinde gördüğüm gece anladım. Kırmızı elbisenle bana doğru yürürken..."

Narin donup kaldı. Ne söyleyeceğini bilemiyordu. Ağlamak üzere olduğunu hissetti. Bu sözlerin onu böyle mutlu etmesi, ayaklarını yerden kesmesi iyi değildi ama engel olamıyordu. Yine de konuyu değiştirmeyi akıl edebildi.

"Bir kızı hamile bıraktığını söylemişti annen."

"Olur öyle şeyler."

Narin gözlerini devirdi.

"Sürekli kız peşinde koştuğunu, eve birilerini attığını da söylemişti."

"Hamilelik olayından sonra annem benim kendilerini bütün Yaslıhan'a rezil edeceğim korkusuyla yaşamaya başladı. Zaten hastaydı ve kafasını bu konuya taktı. Bütün gün beni takip ediyordu. Çok, çok kötü, felaket günlerdi... Arkadaşlarının kızlarıyla yatacağımdan korkuyordu. Aile ismimizi lekeleyeceğimden ve sonra da bir Çingene'yle evleneceğimden... Sürekli yapmadığım şeylerle suçlanıyordum. Seninle basılmamdan sonra iyice sardı bu konuya. Hem de ne sarmak! Yaslıhan'a gelmemi bile istemiyordu. Düşünsene, korkuları yüzünden çocuğunu görmemeye razı olan bir anne..."

"Neden gülüyorsun? Komik değil ki..."

"Artık gülebiliyorum. Emin ol, eskiden bana da hiç komik gelmiyordu" dedi Fırat. "Ve ister inan, ister inanma, o zaman gerçekten çok âşık olmuştum sana. Niye bunu her söylediğimde başka tarafa bakıyorsun?"

"Bilmiyorum" dedi Narin.

Gözlerini elinde tuttuğu fotoğraftan ayıramıyordu. Bugününden daha zayıf, kısacık saçlı haline bakıyordu Fırat'ın. Lacivert montlu çocuk ona mayoyla gülümsüyordu. Çok uzaktan ve çok yakından... Elini uzatıp onun saçlarını okşadı, Fırat gözlerini yumdu. Bu kez ilk öpen Narin'di, sarılan ise Fırat oldu. Sıkı sıkı kucakladı onu. Sadece birkaç dakika sonra deri kanepenin üzerindeydiler. Birbirlerinin dudaklarında, kollarında, saçlarındaydılar. Aynı anda hem öpmek hem bakmak hem de duymak istiyorlardı.

"Biliyor musun" dedi Fırat, "galiba aşk birini unutamamak değil, onu her gördüğünde yeniden hatırlamak. Kaç yıl geçerse geçsin, her karşına çıktığında aynı şekilde hissetmek."

"Arada unutsan bile mi?"

"Arada unutsan bile."

Hayat, doğrularla yanlışlar arasında bir sarkaç gibi sallanıp dururken, insanlar da onunla birlikte bir o yana, bir diğer yana savrulur. Deri kanepenin üzerindeki birkaç saat boyunca Narin'in aklından yaptığı şeyin sonucuna dair tek bir düşünce bile geçmedi. Sanki başka bir zamandaydılar. Deniz'in ya da Irmak'ın henüz hayatlarında olmadığı çok ama çok eski günlerden birinde... Deniz Narin'e arabayla çarpmamış, dostlukları henüz kurulmamış ve Narin daha onunla bir hastane odasında günler, geceler geçirmemişti. Bu sevişme geçmişe aitti ama nasıl olduysa tarihi o güne denk düşmüştü.

Bir saat sonra sarmaş dolaş ve nefes nefese kanepenin üzerinde yatıyorlardı. Çalan telefonun sesi evin sessizliğinde çınlarken "Bak istersen..." diye fısıldadı Fırat. "Arayan kimse, vazgeçecek gibi değil."

Narin onun Atıf'ı kastettiğini biliyordu ama anlamazdan geldi. Fırat'ın üzerinden kalktı, çırılçıplak bir halde hole çıktı ve sehpanın üzerinde ısrarla çalan telefonu eline aldı. Arayan Atıf değil Deniz'di ve geçmiş, hızlı adımlarla bugüne yaklaştı.

"Dünden beri kaç kere aradım, neden açmıyorsun?" Deniz'in sesi öfkeli geliyordu.

"Ya kusura bakma, Ankara'dayım ben. Dün acil gelmem gerekti. Yoğundum biraz."

"Canım insan bir mesaj atar, meşgulüm, sonra arayacağım falan der. Ben bir gün telefonumu açmayınca kapıma dayanmayı biliyorsunuz."

"Haklısın, tamam, ben bir eşeğim."

"Ne zaman döneceksin?"

"Yarın döneceğim."

"O zaman yeni sevgilimi sana yarın anlatırım."

"Yeni sevgilin mi var?"

"Evet ama ben anlatmak için kıvranırken telefonlarına bakmadığın için yarına kadar beklemek zorundasın. Biraz da sen kıvran bakalım!"

O sırada Deniz'in sevgilisi Narin'in hiç umurunda değildi ama sırf ilgileniyor görünmek için "Aaaa merak ederim ama, anlat hadi!" diye ısrar etti.

"Valla anlatmayacağım" dedi Deniz. "Fırat'ın Irmak'a evlenme teklif ettiğini de anlatmayacağım. Çatla biraz. Yarın İstanbul'a döndüğünde detayları öğrenmek için peşimden koşmanı bekleyeceğim."

Deniz telefonu kapattı ve Narin koca holün ortasında kalakaldı. Dünya genişledikçe genişledi, büyüdükçe büyüdü ve Narin küçük bir noktaya dönüşünceye dek ufaldı.

Maçka'da kocaman bir apartmanın önünde duruncaya kadar hiç konuşmadılar ama bu, arabada sessizlik olmasına yetmedi. Deniz hiç durmayan parmaklarıyla sürekli arabanın teybiyle oynuyor, kâh radyo kanalını, kâh müziği değiştiriyordu. Narin gün boyunca yaşadıklarının yanı sıra bacağındaki giderek artan zonklamanın da tesiriyle iyice bitap düşmüştü. Tek istediği bir an önce nereye gideceklerse gitmek ve uzanmaktı. Apartmandan fırlayan bir görevli kapılarını açtı ve torbalarını asansöre kadar taşıdı. Narin apartmanın içine bir yol gibi serilmiş kırmızı halıyı görünce çok şaşırdı. Neden böyle bir şey yapmışlardı acaba? Halıya basıp basmamak konusunda bocaladı ve sonunda değneklerinin yardımıyla yan taraftaki çıplak mermer zeminin üzerinden yürümeyi tercih etti. Kapıcı ile Deniz'in hiç tereddüt etmeden halıya bastıklarını görünce rahatladı, demek ki buralarda âdet böyleydi.

Hayatında ilk kez asansöre binmek yüreğinin ağzına gelmesine sebep oldu ama korkulacak bir şey olmadığını anlaması uzun sürmedi. Nasıl olduğunu bile anlayamadan beşinci kata varmışlardı bile. Katta sadece bir tek kapı vardı ve Deniz onu sonuna kadar açtıktan sonra Narin'in içeriye girmesini bekledi, "Evime hoş geldin!" diyerek sevinçle bağırdı. Narin bunun aslında "Hayatıma hoş geldin!" demek olduğunu o gün anlayamadı. Sonraki zamanlarda bu evin bir parçası haline geleceğinden, orada aydınlık ve karanlık nice günler geçireceğinden ve en önemlisi o güne kadar kimseyle kurmadığı kadar güçlü bir bağla bağlanacağı insanın yanında durduğundan habersiz, hayranlıkla etrafına baktı ve ömründe hiç böyle güzel bir yer görmediğini düşündü. Fıratların evinden bile daha güzel, saray gibi bir yer, hani neredeyse bir cennet...

Deniz ona kalacağı odayı gösterdi ve yerleşmesine yardım etti. Yeni bir tür bulmuş biyolog merakıyla yaklaşıyordu Narin'e. Sonu gelmez sorular soruyor, onunla ilgili her şeyi öğrenmek istiyor, anlattıklarını soluksuz dinliyordu. Yaslıhan'daki evlerinin planını bile çizmesini istemişti. Ardından sokağın krokisini, derken tüm Yaslıhan'ı çizdirmişti Narin'e... Bu merakın, eve güvenilir birini aldığından emin olmak için gösterilen bir çaba olmadığını anlamıştı Narin. Deniz temkinli biri değildi, sadece bitmek bilmeyen bir öğrenme isteğiyle doluydu ve öğrenmek istedikleri kitaplarda yazanlar değildi. Onu heyecanlandıran insanlardı ama dünyada kaç insan yaşadığıyla ilgilenmiyordu.

Deniz'in evine yerleşmekle Mars'a yerleşmek arasında fazla bir fark yoktu Narin için. Aynı oranda uzak ve yabancı bir âlem... Akşamları uğrayan insanlar farklı yaşam formları kadar bilinmedik, konuştukları konular ise ancak başka bir güneş sisteminde anlam bulabilecek kadar gerçekdışıydı onun gözünde. Ailelerinden, komşularından ya da paradan asla bahsetmiyorlardı. Bir şey alınacaksa –yiyecek, içki ya da sigara– biri çıkıp alıyor ve bunu konu bile etmiyordu. Geç saatlere kadar müzik dinleyip içiyorlar, yeterince geç olduğundan emin olduklarında ise üstlerini başlarını düzeltip eğlenmek için sokağa çıkıyorlardı. Herkes yataklarına giderken onlar barlara giriyor, herkes uyanırken de eve dönüyorlardı. Gaye'yi, Memo'yu, Ebru'yu, Altan'ı, Toni'yi, Ahmet'i, Işıl'ı ve daha pek çoğunu o günlerde tanıdı. Narin sabah erken kalkıp okuluna giden, okuldan sonra kırık bacağıyla odasına kapanıp ders çalışan, kısacası zaman zaman görünüp kaybolan bir gölgeydi onlar için. Bir süre sonra bacağı düzelip işe başladığında iyice görünmez olan soluk ve yabancı bir gölge...

Hepsinin birbirinden güzel kıyafetleri ve arabaları vardı. Birlikte yaptıkları yurtdışı kayak tatillerinden ya da Bodrum gecelerinden konuşuyorlardı. Narin neredeyse her sabah Deniz ve arkadaşlarının uzun gecelerinin izleriyle karşılaşıyordu. Evden çıkmadan önce boşalmış bardakları ve ağzına kadar dolu küllükleri mutfağa taşıyor, evi havalandırmak için camları sonuna kadar açıyor ve okula gidiyordu. Sadece haftanın bir ya da iki sabahı Deniz de okula giderken ona eşlik ediyordu. Diğer günler erken kalkamayacak kadar geç yattığı için, odasının kapısından kendisine seslenen Narin'i "Sen git, ben uyumak istiyorum" diyerek sepetliyordu.

İlk birkaç ay boyunca Narin, Deniz'in arkadaşlarından elinden geldiğince uzak durmayı seçti, çünkü onların yanında kendisini bir türlü rahat hissedemiyor, Deniz'in tüm ısrarlarına rağmen odasında kalmakta ve kafasını derslerine gömmekte direniyordu. Deniz de fazla baskı yapmanın ters teptiğini ve Narin'i iyiden iyiye yabanileştirdiğini anladığından çok fazla gelmiyordu üzerine. İkisi yalnız kaldıklarında ise Narin'in peşinden ayrılmıyor, yanına oturup anlamlı anlamsız bir sürü hikâye anlatıyordu. Gece kulüplerinde çıkan kavgalar, aşk oyunları, kim kimi seviyor, kimin kimde gözü var, önceki akşam ne oldu gibi binlerce eğlenceli, tuhaf ya da hüzünlü olaydan bahsediyordu. Narin yabancısı olduğu bu yeni hayata kulak dolgunluğu yoluyla alışmaya başladığının farkına varmıyordu. Çok geçmeden Deniz'in anlattıklarıyla ilgili sorular sormaya, olayların gelişimini merak etmeye başladı ve zamanla onun arkadaşlarından daha az kaçar oldu. Aslında korkulacak insanlar değillerdi. Narin'e kibar davranıyorlar, kendilerinden olmadığını hissettirmemek için ellerinden geleni yapıyorlardı. Onların zengin ve eğlence düşkünü bir avuç gençten başka bir şey olmadıklarının farkına vardığında, ilk günlerde onlara karşı içinde yeşerttiği öfke silinip gitti. Onun doğduğu yerde doğmamışlar, onun büyüdüğü yerlerde büyümemişlerdi ve hayatı onun öğrendiği gibi öğrenmemişlerdi. Onların bildiği hayat Narin'in öğrendiğinden farklıydı ve bu kimsenin suçu ya da tercihi değildi. Seçme sansı olsaydı, yani eğer biri karşısına geçip ona bir seçenek sunmuş olsaydı, hiç kuşkusuz, onların yerinde olmak isterdi. Bolluk ve neşe içinde büyümüş olmayı ve günlük basit kaygıların arasında kaybolmayı yeğlerdi. Kurulu bir düzene doğmak, ailenin senin için bir gelecek planının olması, kolejlerde okumak, mezun olduğun gün altına son model bir araba çekilmesi; tek başına debelenip durmaktan ve bir hayat kurmak için canını dişine takmaktan iyiydi. O günlerde şansına hiç okumadığı kadar çok lanet okudu, onlardan biri olarak dünyaya gelmediği için talih denen ve kendisinde esamisi bulunmayan şeye defalarca küstü. O genç insanlardan daha aptal değildi ama onlar İngilizce konuştuklarında –çünkü aralarında sık sık bir İngiliz diplomatın kızı da oluyordu– aval aval bakarken kendini gerçek bir aptal gibi hissediyordu. Pek çoğu İngilizcenin yanı sıra Fransızca ve Almanca da biliyorken, kendisi hâlâ Yaslıhan şivesini tam olarak düzeltememişti. Küçüklüğünden beri ailesinin aksanı yerine öğretmenlerininkileri benimsemek için sarf ettiği onca gayrete rağmen ara sıra dili çalıyor ve ağzından çıkıveren kelimeler diğerlerinin kahkahalara boğulmasına neden oluyordu ve işte o zamanlar yerin dibine girmeyi tüm kalbiyle isteyecek kadar utanıyordu. "Ben aşarı iniyorum" türünden cümlelerdi bunlar ve Deniz "Aşağı kızım, aşağı! Aşarı değil!" diyerek onu düzelttiğinde kıpkırmızı kesiliyordu. Ama azimliydi ve hayatta pek çok şeyin üstesinden sadece çalışarak gelmiş her insan gibi o da biliyordu ki istedikten sonra yapamayacağı şey yoktu. Yaslıhan'dan kalkıp İstanbul'a gelmeyi becerdiğine ve bu devasa şehirde bir düzen tutturmayı başardığına göre, dilini de tam olarak düzeltebilirdi. Hatta, eğer gerçekten isterse, İngilizce bile öğrenir ve etrafındaki bu insanlar gibi giyinip caka satabilirdi. Önemli olan istemekti ve o da istiyordu, hem de fazlasıyla.

Yirmi iki

"Gelmiyor musun?" diye seslendi Fırat. Narin elinde telefonla holde kalakalmıştı. Fırat'ın adımlarını işittiğinde başını kaldırıp ona baktı. Adam çıplaklığından hiçbir utanç duymadan ellerini beline koymuş, onu seyrediyordu. "Bir şey mi oldu?"

"Hayır."

"Olmuş."

"Hiçbir şey olmadı" dedi Narin gülümsemeye çalışarak.

Fırat ona doğru birkaç adım attı ve kollarını Narin'in çıplak bedenine sarıp gözlerine baktı. "Yalan söyleme!"

"Giyinsek iyi olacak, soğuk burası" dedi Narin.

"Burası soğuk değil, sen soğuksun bence. Daha doğrusu soğudun. Kimdi arayan?"

"Deniz'di."

"Eeeee?"

"Ne eee'si?

"Moralini bozan ne?"

"Moralim bozuk değil, sadece giyinmek istiyorum."

Fırat onu duymamış gibi, boynunu, omuzlarını öpüyor, göğüslerini okşuyordu. "Bence yeterince giyiniğiz."

Narin onu itti ve "Yapma!" dedi sertçe. Fırat Irmak'a evlenme teklif etmişti. Ne zaman olmuştu acaba bu? Irmak'ın doğum gününde mi, yoksa daha mı sonra? Nedense o ana kadar Fırat'ın Irmak'a âşık olduğunu hiç düşünmemişti. Neden düşünmemişti ki? Evlenme teklif ettiğine göre âşık olmalıydı ve bu, Narin'in fena halde canının yanmasına sebep oluyordu. Demek Fırat geceleri yattığında Irmak'ı düşünüyor ve onunla ilgili gelecek planları yapıyordu. İçi öylesine nefret ve öfkeyle doldu ki, bir an patlayacağını sandı. Patlayacak ve etrafa dağılacaktı.

"Neyin var söylesene! Bir anda başka biri oldun."

"Başka biri falan olmadım."

"Dur tahmin edeyim, Deniz'le konuşunca aklına Irmak geldi ve kendini kötü hissettin ya da..."

"Ya da?" Narin tek kaşını kaldırarak ona baktı.

"Ne bileyim, onu hatırladın ve kıskandın."

"Kıskandım mı? Bu gerçekten çok komik. Üzgünüm ama kıskanmam için sana karşı bir şey hissetmem gerekir" dedi Narin. Sesi sakin çıkıyordu.

"Ama hissetmiyorsun, öyle mi?"

Narin başını iki yana salladı ve "Sadece seviştik... Büyütülecek bir şey değil" dedi.

"Yalan söylüyorsun." Fırat gülüyordu ve çıplaklığının farkında değilmiş kadar rahattı derisinin içinde. "Ne yani, sen her önüne gelenle sevişir misin?"

"Bir kısmıyla" dedi Narin ve üzerinden çıkan giysileri bulmak için kütüphaneye doğru yürüdü. İçeriye girdiğinde boğazını sıkanın öfke mi, yoksa üzüntü mü olduğunu bilemedi. Tek bildiği, bir şeyin boğazını sıkıp soluğunu kestiğiydi. Onlar evlenecekler, bebek yapacaklar ve Narin bütün bunlara şahit olmak mecburiyetinde kalacaktı. Vücudundaki her hücrenin kahrolduğunu hissetti. Kolları keder doluydu, bacakları acıdan hissizleşmişti, dalağı ağlıyordu ve her parçasından hüsran sızarken yüreği nefretle atıyordu.

"Mesela Atıf, onunla da seviştin mi?" diye seslendi Fırat.

"Evet."

"Sevgilim değil demiştin." Fırat kütüphanenin kapısına dayanmış, kollarını göğsünde kavuşturmuş, ona bakıyordu.

Narin onun yüzünün solmuş olduğunu görünce içinde bir ferahlama hissetti ve boğazındaki baskı hafifler gibi oldu.

"Sevgilim değil dedim, sevişmedim demedim" dedi Narin gülümseyerek ve kucağında kıyafetleriyle kütüphaneden çıkıp odasına girdi. Kapıyı kapattığında dünya dönüş hızını artırmış gibiydi. Yatağa uzandı ve gözlerini kapattı.

Deniz'in Maçka'daki evine taşınalı üç ay olmuştu. Artık otobüse binebiliyor, korkmadan insanlarla konuşabiliyor ve hızla İstanbul'a alışıyordu. Bir akşam işten eve döndüğünde Deniz'i salonda tek başına dergi okurken buldu.

"Merhaba, yalnız mısın bu akşam?"

"Evet" dedi Deniz, sıkıntılı bir tavırla saçlarını karıştırarak. "Kimse dışarıya çıkmak istemedi. Can yorgunmuş, Ebru'nun aile yemeği varmış, Memo bir kızla buluşacakmış..."

"İyi işte, dinlenirsin sen de biraz." Narin onun yanına oturdu ve derin bir nefes alarak "Deniz, ben bir ev buldum, merak etme geçen seferki gibi değil bu defa, iki inek öğrencinin oturduğu bir yer, okula da yakın. Yarın gidip bakacağım" dedi.

Deniz elindeki dergiyi bıraktı ve "Niye? Burada mutlu değil misin?" diye sordu. Hayal kırıklığına uğramışa benziyordu.

"Mutluyum ama burası senin evin" dedi Narin. Deniz'in bu kadar üzülmesi onu şaşırtmıştı. Kendini suçlu hissetti.

"Benim senin burada olmandan bir şikâyetim yok ki, istediğin kadar kalabilirsin. Kaç kere söyledim sana bunu."

"Biliyorum, çok söyledin. Allah razı olsun, çok rahat ettim sayende burada ama yeterince kaldım."

"Peki, sen bilirsin. Git bir bak bakalım, belki beğenmezsin."

"Yok beğenirim, kirası çok ucuz" diyerek güldü Narin. "Ben

yatıyorum, hadi iyi geceler. Kaldırayım mı sabah seni de? Gelecek misin yarın okula?"

"Gelmeyeceğim" dedi Deniz. Suratını asmıştı.

Narin onunla bu evde yaşamayı çok sevdiğini ama önceki ay Deniz'in kız kardeşi bir haftalığına İsviçre'den geldiğinde kendisini çok kötü hissettiğini söyleyemedi. Gerçekten de Irmak aylar sonra İstanbul'a gelip, ablasının evlerine taşralı bir kız aldığını görünce, bu durumdan hiç hoşlanmadığını açık açık göstermişti. Narin'le pek az konuşmuş ve sanki orada değilmiş gibi davranmayı tercih etmişti. Deniz kardeşinin soğukluğunu kapatabilmek için didinip durdukça Narin'in sıkıntısı daha fazla artmıştı. Irmak daha İsviçre'ye dönmeden tam gaz ev aramaya başlamıştı Narin ve en sonunda bulmuştu. Üstelik bulduğu yeni ev okuluna çok yakın ve kirası da ödeyebileceği gibiydi. Ev arkadaşı olacak iki kız da dersten başlarını kaldırmayan cinsten olduklarından içi rahat etmişti. Deniz'in haline üzülmekle birlikte, yatağına huzur içinde girdi ve gözlerini yumar yummaz uyudu.

"Narin!" Deniz'in sesiyle yerinden sıçradığında hava hâlâ karanlıktı.

"Korkma korkma, benim!" dedi Deniz ve yatağın kenarına oturdu.

"Ne oldu? Ne var? Bir şey mi oldu?"

"Yok bir şey!" Deniz hıçkırıyordu.

"Neden ağlıyorsun o zaman?"

"Çünkü gidiyorsun ve ben yine yalnız kalacağım."

"Sen yalnız değilsin ki, dünya kadar arkadaşın var" dedi Narin şaşkın şaşkın.

"Lütfen gitme! Lütfen beni yalnız bırakma!" diye bağırdı Deniz. Öyle şiddetli ağlıyordu ki, Narin onun söylediklerini anlamakta zorlanıyordu. Telaşla kalkıp ışığı açtı ve Deniz'in çarşamba pazarına dönmüş yüzünü görünce onun saatlerdir ağlamakta olduğunu anladı. Ne yapacağını bilmiyordu. Deniz'in yanına oturup ona sarıldı. "Neden ağlıyorsun? Hadi ama Deniz, içki mi içtin sen? Söyle bana, neden ağlıyorsun?"

"Bu evde yalnız kalmak istemiyorum. Senin olman bana çok iyi geliyor. Ama yakında gideceksin ve ben tek başıma kalacağım. Hayaletlerle kalacağım."

"Hayaletler mi? Annenle babandan mı bahsediyorsun?"

"Evet, evde kimse olmadığında ikisi birden geliyor ve ben buna dayanamıyorum. Lütfen gitme, burada benimle kal, ne olur! Sen buraya taşındığından beri gelmez oldular. En sonunda beni rahat bıraktılar."

"Hayalet diye bir şey yok Deniz. Üzüntüden onları rüyanda görüyorsundur. Öldükleri için..."

"Ben öldürdüm onları" dedi Deniz.

"Niye sen öldüresin canım, kazaydı o. Baban kullanıyordu arabayı."

"Evet, arabayı o kullanıyordu ama kavga ediyorduk. Onu o kadar kızdırdım ki, bana vurmak için arkaya döndü ve o sırada arabanın kontrolünü kaybetti."

Narin sustu. Bunu daha önce söylememişti Deniz.

"Benim yüzümden öldüler. Irmak'a bile söyleyemedim bunu. Bilse herhalde nefret eder benden. Onları çok seviyordum ama onları öldürdüm işte!"

"Kazaydı. Ne olursa olsun kazaydı" diyerek onu yatıştırmaya çalıştı Narin.

"Beni suçluyorlar. Ben de kendimi suçluyorum zaten ama bu onlara yetmiyor. Sana yalvarıyorum gitme! Ne istersen yaparım."

"Tamam, gitmeyeceğim" dedi Narin ve ona sıkı sıkı sarıldı. "Ben burada seninle kalacağım ve sen de her sabah benimle birlikte okula geleceksin."

Birbirine uzak iki dünyanın insanı, o günden sonra gitgide birbirlerine yaklaştılar, sırlarını paylaştılar, kalplerini açtılar. Kavga ettiler, acımasız cümlelerle vuruştular, küstüler, affettiler. Bir trafik kazası sonucu mecburen birlikte kalan iki insandan iki yakın arkadaşa dönüşmeleri fazla zaman almadı. Bu kimsesiz iki ruh, kalbi kırık iki çocuk büyümek için birbirlerine tutundular. Başta, tutunacak başka dalları olmadığı için, sonra da başkasına tutunmak istemedikleri için beraber kaldılar.

Narin ona Yaslıhan'ı, annesini, babasını, Mehmet'i, Şadiye'yi anlattı. Mehmet'in tam Fener'e gidecekken nasıl vurulduğunu dinlerken Deniz gözyaşlarını tutamadı. Abisinin Şadiye'yi terziye sattığını annesine söylediğinde yediği dayağı anlattığında ise küfürler savurdu. Şişko Necati'yi Narin kadar sevdi, Erdoğan'a Narin kadar üzüldü. O günlerde bir tek Fırat'tan bahsetmedi Deniz'e. Aslında bahsederdi ama bir türlü dili varmıyordu "Fırat" demeye.

Yirmi üç

Narin sabah erkenden kalkıp Fırat'a hiç görünmeden evden çıktı. Deniz'in telefonundan sonra ikisi de odalarına gitmiş ve geceyi ayrı geçirmişlerdi. Odalarını ayıran buzdan duvara sırtlarını dönerek saatlerin geçmesini beklemişlerdi. Demek ki bazı sevişmeler insanları yakınlaştırırken bazılarını uzaklaştırıyordu ve iki insan birbirine sırtını döndüğünde aralarındaki mesafe dünyanın çevresine eşit oluyordu.

Narin, Yaslıhan sokaklarında elleri cebinde ağır adımlarla yürürken, nasıl olup da birkaç dakika içinde iki insan arasındaki iklimin böyle yazdan kışa dönebildiğini düşünüyordu. Hızla fren yapmış bir otobüsün arkasındaki yolcular gibi birbirinin üzerine yığılmıştı duyguları. Suçluluk duyuyordu, çünkü en yakın arkadaşının kardeşine kazık atmıştı. Üzgündü, çünkü Fırat Irmak'ı seviyordu. Kendini değersiz hissediyordu, çünkü Fırat onu sevmiyordu. Şaşkındı, çünkü onun Irmak'ın nesini sevdiğini anlamıyordu. Yorgundu, çünkü mutlulukla hüzün arasındaki mesafeyi dünya rekoru sayılabilecek bir hızla koşmuştu.

Önce Erdoğan'a uğradı ve eski mahallesini gündüz gözüyle gördü. İnsanlar onu dikkatle süzdüler ama kimse tanımadı. Erdoğan'la birlikte mermerciye gittiler ve Narin annesiyle kardeşleri için mezar taşları seçip adama bir miktar para verdi. Gerisini iş bitince İstanbul'dan yollayacaktı. Erdoğan'a numarasını bıraktı, onunkini aldı, birbirlerine uzun uzun sarıldılar, dudaklarını ısırıp gözyaşlarını durdurdular ve birbirlerinden ayrıldılar. Yolda dönüp Erdoğan'ın arkasından baktı ve onun vaktinden çok önce yaşlanıp iki büklüm hale gelmiş olduğunu görünce içi öyle bir sızladı ki, yaşlar akmaya başladığında gözleri acıdı. Güçlü kuvvetli Erdoğan, bir dedecik gibi ufak ufak atıyordu artık adımlarını. Hayat iflahını kesmiş, güzel bir gün göstermediği gibi gençliğini de alıp götürmüştü. İstanbul'da onun yaşındaki adamlar yanlarında genç karılarıyla sosyete dergilerine poz veriyor, kayak yapıyor, davetlerde dans ediyordu.

"Erdoğan Abi!" diye seslendi var gücüyle. Erdoğan durup ona baktı. Narin hızlı adımlarla adamın yanına ulaştı ve boynuna bir daha sarıldı.

"Erdoğan Abi, sen ne iyi adamsın. Başkası olsa karısının kaçtığı adamın ailesinin yüzüne bile bakmazdı, sen bir gün bizi kırmadın, hep iyilik yaptın. Babama olan nefretini bize hiç yansıtmadın."

"Ben Recep'ten nefret etmedim ki" dedi Erdoğan, Narin'in yerinden oynattığı kasketini düzeltirken.

"Etmedin mi?"

"Yok, etmedim valla."

Narin kuşkuyla Erdoğan'ın gözlerine baktı. Adamın bakışları doğru söyleyen birinin berraklığındaydı.

"Peki Ümmühan'dan?" diye sordu Narin. "Ondan da mı nefret etmedin?"

"Ondan da etmedim."

"Hiç mi?"

"Hiç."

"Allah Allah. Ben ikisinden de nefret ediyorsun sanıyordum."

Erdoğan'ın berrak gözlerinden bulutlar geçti ve "Öldüm kızım ben o gün. Ölü nefret eder mi?" dedi adam.

Narin ilk defa kelimelerin çatır çatır kırılıp yere düştüğüne şahit oldu ve soğuk yüzüne kırbaç gibi çarptı. Fırat'la seviştiklerini bilse Irmak da Erdoğan gibi ölür müydü acaba? Nefret bile edemeyecek kadar uçar mıydı canı vücudundan? Kalbi bir daha iş görmeyecek kadar zedelenir miydi? Bir an, kendini hiç olmadığı kadar Recep'in kızı gibi hissetti. Ne farkı vardı babasından? Ne farkı kalmıştı o tiksindiği Recep'ten? O en yakın arkadaşının karısıyla kaçmıştı, kendisi ise Fırat'la sevişmişti. Babasından bile daha iyi biri olamamıştı. Babasından bile! Dünya önce kendi çevresinde, sonra güneşin çevresinde birkaç tur atmış, günler gecelere, geceler günlere, yazlar kışlara, kışlar yeniden yazlara dönmüş, zaman akmış ve sonunda tüm lanetlenmiş insanlar gibi Narin de en çok kızdığına benzemişti.

Eve döndüğünde Fırat henüz ortalarda yoktu. Narin onun ağır işleyen bürokrasiye takıldığını tahmin ediyordu. Ortalığa yayılmış eşyalarını küçük sırt çantasına yerleştirdi ve beklemeye başladı. Bir an önce İstanbul'a dönmek için sabırsızlanıyordu. Herkesin kendini kaybettiği o koca kent, onun kendini bulduğu yer olmuştu. Yıllardır Narin'in Kudüs'ü, Mekke'si, Vatikan'ıydı İstanbul. Ruhunun kurtulduğu yer, hayatın yüzüne güldüğü şehirdi. Dağınık masasında her şeyinin yerini bilen insanlar kadar rahattı orada. İstanbul'un yüzde birinden bile küçük olan Yaslıhan'da ise yolunu yitirmesi, doğrunun ve yanlışın izini kaybetmesi an meselesiydi.

"Sen daha erken dönmüşsün, çok bekledin mi?" Fırat içeriye girerken elinde yirmi kiloluk iki zeytinyağı tenekesi taşıyordu.

"Biraz önce geldim, on-on beş dakika oldu" dedi Narin. "O elindekiler ne?"

"Zeytinyağı. Birini sana aldım."

"Teşekkür ederim ama ben evde hiç yemek yapmıyorum. Başkasına versen daha iyi."

"Sen verirsin istemiyorsan."

"Niye buraya getirdin ki? Bagaja koysaydın keşke."

"Doğru ya!" dedi Fırat sıkıntılı bir tavırla. "Ne salağım! Kafam durdu herhalde."

"Ne zaman gidiyoruz?"

"Hemen çıkabiliriz."

"İyi, ben hazırım zaten."

"Narin..."

"Tamam, olanları unutacağız!" diyerek onun sözünü kesti Narin.

"Öyle söylemeyecektim."

"Ben öyle söyleyecektim."

"Neden?"

"Neden mi? Birine evlenme teklif ettikten hemen sonra başkasıyla yatman sana normal mi geliyor?"

Fırat kıpkırmızı kesildi.

"Dün akşam Deniz aradığında verdi müjdeyi. Tebrik ederim."

"Özür dilerim ama..."

"Niye özür diliyorsun? Öküz olarak doğmuş olman senin suçun değil ki!"

"Ben Irmak'a evlenme teklif etmedim, sadece evlilikten konuştuk o kadar... Ve bunun sana kadar ulaşması çok saçma. Sadece bir konuşmaydı. Evlensek nasıl olur acaba falan diye..."

"Çok adisin. Neden adam gibi çıkıp 'Evet evleniyorum' demiyorsun?"

"Peki sen niye prenses gibi davranmaya başladın şimdi? Evlenip evlenmemem neyi değiştirir ki? Sonuçta Irmak'la arkadaşsın... Yani arkadaşının sevgilisiyle yattın." Fırat sesini yükseltmişti.

"Irmak benim arkadaşım değil. Hiçbir zaman da olmadı. O sadece Deniz'in kardeşi benim için" diye tısladı Narin. İşlerin çirkinleştiğinin farkındaydı ama umursamıyordu.

"Peki Deniz kardeşinin sevgilisiyle birlikte olmandan hoşlanır mı sence?"

"Kardeşinin nişanlısıyla diyecektin herhalde. Hayır, hoşlanacağını sanmıyorum."

"O zaman bu konuyu kapatıyoruz."

"Tabii ki kapatıyoruz. Ne yapacağımı sanıyorsun? Peşine düşeceğimi mi ya da Irmak'a anlatacağımı mı? Şeytan görsün yüzünü senin! Aptal, geri zekâlı. Ne sanıyorsun ki sen kendini?"

"Nereye gidiyorsun?"

"Otobüs garajına gidiyorum. Saatler boyunca senin saçma sapan konuşmalarına tahammül edemeyeceğim."

"Saçmalama!"

"Tek bir kelime daha etme ve sakın bir daha bana yaklaşmaya kalkma."

Gözlerindeki ifadenin benzeri ancak bir akıl hastasında ya da katilde görülebilirdi. Fırat da bunu fark ettiğinden olacak, atmaya yeltendiği adımını geri aldı ve Narin çantasını omzuna attığı gibi fırlayıp kapıdan çıkarken onu durdurmaya çalışmadı.

Terminale kadar koşması gerekmiyordu ama Narin koştu. Bir daha Yaslıhan'a gelmeyeceğine, Fırat'ın yüzüne bakmayacağına yeminler ederek koştu. Bildiği bütün küfürleri içinden sıralıyordu. Kendisine, Fırat'a, Irmak'a, talihe, talihsizliğe... Zamanında Mehmet'i itip düşürdüğü sokağa girdi ve Şadiye'yi yakaladığı terzihanenin önünden geçti. İyice köhnemiş dükkânın içinde kamburu çıkmış terzi, uğursuz suratını önündeki bez parçasına gömmüş oturuyordu. Bundan böyle hiçbirini düşünmeyeceğine dair söz verdi kendine. Geçmişi kurcalamanın nelere mal olduğunu görmüştü son birkaç günde. Otobüs terminalinin hatırladığı yerde olduğunu görünce sevindi. En azından iyi bir şey olmuştu sonunda. İstanbul'a gidecek ilk otobüse iki saat olmasını dert etmedi ve gençten bir adamın pineklediği yazıhanedeki koltuklardan birine bıraktı kendini. O iki saati, otobüsün gelmesini ve yolcuların birikmesini bekleyerek ve tırnaklarını yiyerek geçirdi. En sonunda zaman geldi ve herkes yerine oturdu.

Otobüs camından akıp giden ağaçları, yolları, gitgide daha seyrekleşen evleri ve insanları seyretmek istiyordu ama gözlerini yummak zorundaydı, çünkü yanında oturan yeşil kazaklı kadın insana fenalık geçirtecek kadar gevezeydi. Yaslıhan'dan hareket ettikten hemen sonra çantasından kurabiye dolu bir torba çıkararak Narin'e ikram etmiş ve o da büyük bir hata yaparak bir kurabiye almıştı. Kadın o andan itibaren konuşmaya başlamıştı. Yolculuğun ilk yirmi kilometresine, iki sene önce Orman İdaresi'nden emekli olan kocasını, elektrikçilik yapan oğlunu, torununu sabah okula kahvaltı ettirmeden yollayan gelinini, Almanya'da yorgan fabrikası olan bir adamla evlendirdiği kızını sığdırmayı başarmak az şey değildi. Hikâyenin "Almanya'daki yorgan fabrikası" kısmı Narin'e tuhaf gelmişse de kadının çenesinin daha fazla düşmesine fırsat vermemek için soru sormamıştı. Yeşil kazaklı kadın kesinlikle konu sıkıntısı çekmiyor, daldan dala atlayarak, sırt ağrıları için yaptırdığı iğnelerden, zeytinyağıyla yapılan pilavın tarifine kadar geniş bir yelpazede tek taraflı sohbetini sürdürüyordu. Hiç durmadan kıpırdayan bir çift dudak, ağzın içinde dönüp duran bir dil, sıçrayan tükürükler ve bir yukarı bir aşağı inip kalkan kaşlar... Tek bir kurabiyenin karşılığı olarak ödediği bedel buydu. Kadın koca göğüslerini sıkıca saran yeşil kazağının üzerine dökülmüş kırıntıları umursamadan anlatmaya devam ediyordu. Tam parmağını Narin'e uzatıp pilav yaparken asla ama asla su kaynamadan önce zeytinyağını koymamasını tembihliyordu ki Narin dayanamadı ve atılıp "Müsaadenizle ben biraz uyuyayım, gece hiç uyuyamadım da" dedi. Kadın bu durumdan elbette hoşnut olmamıştı ama Narin iki saniye içinde montunu katlayıp soğuk camla başının arasına yerleştirdi ve gözlerini yumdu. Telefonuna düşen mesajların sesini duyduğu zaman bile pozisyonunu bozmuyor, sözde uykusuna devam ediyordu. İçinde bulunduğu şartlar gerçekten can sıkıcıydı ama Narin Fırat'ın lüks Audi'sinin yan koltuğunda saatler geçirmektense bu sıkıntıyı çekmeye razıydı. Orası Irmak'ın yeriydi ve başkasının yerine oturduğunuzda hayat sizi oradan kaldırmayı bilirdi.

Mola yerinde gözlerini açmak için seyahat arkadaşının otobüsten inmesini bekledi. Kadın oflaya puflaya koltuktan kalkıp paltosunu giyerken kendi kendine söylenmeye başlamıştı. Anlaşılan otobüs şirketinin daha önceleri mola verdiği tesisi değiştirmiş olması canını sıkmıştı. Narin hiç istifini bozmadı, kadın da mırıldana mırıldana aşağıya indi. Kadının iyice uzaklaştığından emin olunca gözlerini açtı ve ilk iş telefonuna gelen mesajları kontrol etti. Hiçbiri Fırat'tan değildi. O ana kadar beklediğinin bu olduğunu bilmiyordu. Mesajların Fırat'tan gelmesini bu kadar istediğini de bilmiyordu. Uğradığı hayal kırıklığı için kendine öfkelendi. Duyguları düğüm olmuştu ve hissettikleri, hissetmesi doğru olan şeyler değildi. Fırat'la yeniden karşılaştığı güne lanet etti, onun Irmak'la tanıştığı güne lanet etti, birlikte Yaslıhan'a gelmelerine neden olan kadere lanet etti. Onu öptüğü o ana, kendisine, Fırat'a lanet etti. İnsanın iyi ya da kötü biri olacağına kendisi karar veremiyordu, her şey bir rastlantı sonucu olup bitiyordu. Durduk yerde arkadaşına ihanet etmişti. O an "hain" sözcüğü "ihanet"ten daha sert geldi Narin'e. Dağlar kadar fark vardı aralarında. "Hain" çok daha kötüydü. Ama en beteri, "âşık" kelimesiydi, çünkü hain de dahil olmak üzere pek çok anlam yüklüydü o dört harfin üzerinde.

Aşağıya inip bacaklarının açılması için biraz yürüdü. Otobüsleri yıkayan adamların yanlarından geçti ve ucuna hortum takılmış uzun saplı süpürgelerin camlarda bıraktığı köpüklü izleri seyretti. Bulunduğu yerden restoran kısmında yemek yiyen kadını görebiliyordu. Yolculuk arkadaşı masadan kalkıp otobüse varana kadar o çoktan yerini almış ve gözlerini kapamış olacaktı. Kadının kısa süre sonra yan koltuklarda oturanlarla kaynaşacağından henüz habersizdi.

Sekiz saatlik yolculuğun ardından apartmanının kapısına vardığında son üç gündür yaşadıkları ve yeşil kazaklı kadının kulaklarından silinmeyen sesi yüzünden kendini sersemlemiş hissediyordu. Ağzında kötü bir tatla merdivenleri tırmandı ve kapısının önünde duran büyük zeytinyağı tenekesini görünce duraksadı. Ne yapmaya çalışıyordu bu adam? Endişeyle etrafına bakındı ve Fırat'ın orada olmadığını görünce rahatladı. Tenekenin yanından dolaşıp evine girdi ve kapıyı kapattı. O adamı daha fazla düşünmeyecek ve bir daha kafasını karıştırmasına izin vermeyecekti. Sabah uyandığında ilk iş kapıcıya o zeytinyağı tenekesini almasını ve güle güle kullanmasını söyleyecekti. Öyle de yaptı.

Narin, Deniz'e verdiği sözü tuttu ve onunla birlikte Maçka'daki evde kaldı ama Deniz elbette onunla her sabah okula gitmedi. Anlaşmalar her zaman belli sınırlar içinde pazarlığa açık olmalıydı ve bu düşünceden hareketle Narin onun arada bir okulu savsaklamasına göz yumdu. Ne de olsa Deniz'in eskisine göre öğrenciye daha çok benzediği kesindi. Kız gece gezmelerini biraz azaltmış, harıl harıl olmasa da ders çalışmaya başlamıştı. Ondan daha fazlasını beklemek hayalperestliğin bile ötesine geçerdi. Narin onun okulu zamanında bitiremeyeceğini biliyordu ama İstanbul Hukuk Fakültesi'ni öğrencilerin pek azı dört senede bitirebildiğinden bunun önemi yoktu. Kendisinin bile bunu başarabileceği kuşkuluyken Deniz'e bu konuda daha fazla baskı yapmak kızı yıldırmak dışında bir sonuç vermezdi.

"Bu gece bizimle çıkacaksın, itiraz kabul etmiyorum." Deniz odasının kapısında belirdiğinde Narin yatağına uzanmış, ders çalışıyordu.

"Yok gelemem. Dün akşam restoran çok kalabalıktı. O kadar yoruldum ki, Murat Bey halime acıyıp bu akşam için izin verdi bana."

"Gelirsin, gelirsin."

"Valla gelemem."

"Banyoya gireceksin, saçlarını açık bırakacaksın, ben fırçayla onları çok güzel yapacağım, giymen için bir şeyler vereceğim ve dışarıya çıkacağız. Unutma eğlenmek dinlenmenin en iyi yoludur."

"Daha az yorgunken olabilir ama..."

"Ölümü öp!"

"Deme öyle!"

"Ölümü öp!"

Deniz, Narin'in bu söze olan hassasiyetini üç gün önce keşfetmişti ve o günden beri ağzından düşürmüyordu.

Narin, Deniz'in son derece kararlı olduğunu ve bu odadan bir zafer kazanmadan çıkmayacağını anlayınca pes etti. Söylene söylene yerinden kalkıp banyoya girdi, Deniz'in saçlarını yapmasına izin verdi ve onun getirip yatağın üzerine bıraktığı alttan çıtçıtlı siyah bluzla siyah mini eteği itiraz etmeden üzerine geçirdi. Topuklu ayakkabı giyme konusunda taviz vermeyi ise kesinlikle reddetti. İstanbul gecelerindeki ilk tecrübesini yürüyemediği ayakkabılar yüzünden yerlerde sürünerek geçirmeye niyeti yoktu. Bunun üzerine Deniz ona bir çift düz ayakkabı verdi ve ayağına olması için ayakkabıların burnuna pamuk tıktı. Narin bir yandan çok heyecanlı, diğer yandan da çok huzursuzdu. Hem gidecekleri yerleri merak ediyor hem de deli gibi korkuyordu. Yine de içinden bir ses arkadaşına güvenmesini söylüyordu. Deniz onun kendini küçük düşürmesine asla izin vermezdi. Narin'in kalbi minnetle doldu. Birine karşı böyle güven dolu olmak ne kadar da benzersiz bir mutluluktu. O güne kadar hiç yaşamadığı bir histi bu. Bir insana yüzde yüz güvenmekle yüzde doksan dokuz güvenmek arasında dağlar kadar fark vardı. Çünkü eksilen yüzde birin nereden eksildiğini bilemezdin ve dünyanın bütün kazıkları o küçük "bir"in içine saklanabilirdi. O yüzden yüzde doksan dokuz, yüzde yüze olduğundan daha yakındı yüzde sıfıra.

Deniz iftiharla eserine bakıp "Çok güzel oldun. Tam bir fıstıksın şu anda!" derken, Narin bunları düşünüyordu.

"Beni orada yalnız bırakmazsın değil mi?" diye sordu.

"Sana yemin ediyorum, bir dakika bile ayrılmayacağım yanından. Zaten orada hep bildiğin kişiler olacak. Gaye, Ebru, Şehnaz, Özlem, Altan, Toni, Osman... Hepsi bu eve girip çıkan insanlar, hepsini tanıyorsun. Evdeyiz farz et!"

Narin başını salladı, onların da orada olacağını bilmek hoşuna gitmişti.

"Herkes peşine düşecek bu akşam" dedi Deniz onu beğeniyle süzerken.

"Her zamanki gibi abartıyorsun."

"Bence saçlarını hep böyle yap, beslemeler gibi toplayıp durma."

"Ne bileyim, alışık değilim. Gerçekten iyi oldu mu sence?"

"Ne iyisi kızım? Süper oldun, süper! Bir de en önemlisi şimdiye kadar dışarıda hiç görülmemiş biri, o yüzden merak edecekler. Çok asılan olur bu gece sana" dedi Deniz.

"Korkutma beni!"

"Tamam, tamam. Merak etme!"

Birlikte arabaya bindiler ve Etiler'deki gece kulübüne doğru yola çıktılar. Narin sürekli sarı uzun saçlarını düzeltiyor, mini eteğinden görünen bacaklarına bakıyordu. Daha önce onları hiç mini bir eteğin altından görmediğinden başkasının bacaklarını takmışlar gibi geliyordu. Kendi bacakları olduklarından emin olmak için elini uzatıp hafifçe dizine dokundu.

"Neden bir sevgilin olmasını istemiyorsun?" diye sordu Deniz laf arasında. "Evden okula, okuldan işe, işten eve geçmez kızım bu hayat. Bak, okulda falan birini bulduysan ve bana söylemiyorsan çok kızarım ona göre. Ben her şeyimi anlatıyorum sana."

"Yok valla bulmadım" dedi Narin, bir taraftan da Deniz'e hiç Fırat'tan bahsetmediği için vicdan azabı duyuyordu.

"Ama Yaslıhan'da biri var..." dedi kısık sesle.

"Yapma ya! Gerçekten mi? Adı ne?"

"Fırat." Onun adını söylerken sesi iyice kısılmıştı.

"Görüşüyor musunuz peki?"

"Yok, nasıl görüşelim? Ben İstanbul'dayım, o Ankara'da."

Deniz hayretle ona baktı ve "Ohooo, o zaman altı aydır falan görüşmediniz" dedi.

"Neredeyse iki sene olacak."

"Nee? İki sene mi? Nasıl sevgili olmak be bu?"

"Sevgili sayılmayız... Yani ben onu seviyorum ama..."

"Kusura bakma ama ben bu işten bir bok anlamadım. Sevgili değilsiniz, iki yıldır görmedin ve hâlâ onu mu düşünüyorsun?" diye sordu Deniz. Hayretle Narin'e bakıyordu. Kim bilir Fırat'ı sadece üç dört kere görmüş olduğunu bilseydi ne yapardı?

"Evet, bazen düşünüyorum" dedi Narin gözlerini dizkapaklarından ayırmadan. "Hatta bazen rüyamda bile görüyorum."

"Vaaaay, çok âşıksın o zaman."

"Bilmem..."

"Hadi söyle ama, çok mu âşıksın?"

Narin kızardı, önüne baktı. "Dünyada ondan yakışıklısı var mı deseler, yok derim. Dünyada en çok ne istersin deseler, onu isterim derim. Onu vereceğiz ama üç gün sonra öleceksin deseler, ona da peki derim" dedi. "Sen söyle artık, az mı âşığım, çok mu âşığım..."

"Çok safsın be sen!" dedi Deniz, gözleri dolu dolu olmuştu. "Bu saflıkla İstanbul'da işimiz zor seninle."

Narin o gece hayatında birçok ilk yaşayacaktı. İlk kez bir bara gidecek, ilk içkisini içecek, ilk kez sarhoş olacaktı. Bütün bunlar aşağı yukarı tahmin ettiği şeylerdi ama hayatında ilk defa uçak göreceği aklından bile geçmemişti. Etiler'in en büyük caddesi üzerindeki gece kulübünün içine girince binanın arka kısmından içeriye doğru girmiş sarı şeyin ne olduğunu önce anlamadı. Deniz onun gerçek bir uçak olduğunu, üst kattaki restoran kısmından daha da iyi görebileceğini ve isterse oradan da bakabileceklerini söylediğinde ise hayretten ağzı açık kaldı. Neden o uçağın orada olduğunu kesinlikle anlamamıştı.

"Uçak mı düşmüş bu binaya?" diye sordu.

"Daha neler? Dekorasyonun bir parçası kızım, ilginç olsun diye koymuşlar işte" dedi Deniz gülerek.

Onun dışında kimsenin uçağa baktığı yoktu ve insanlar, biri büyük iki barın etrafında toplanmış müzikle sallanıp birbirlerinin kulaklarına bağırarak sohbet etmeye çalışıyorlardı. Deniz'in arkadaşları büyük barın köşesinde toplanmışlardı. Narin, Deniz'in de söylediği gibi, pek çoğunu önceden tanıdığı için onların yanına gittiklerinde kendini daha iyi hissetti. İstanbul'un en gözde gece kulübünden içeriye giriyor ve bir sürü insana merhaba diyebiliyorsa korkacak bir şey yok demekti. Deniz'in eline tutuşturduğu içkiden bir yudum alıp yüzünü buruşturdu.

"Bu ne?"

"Votka tonik" dedi Deniz.

"Nasıl içiyorsunuz bunu?"

"Alışırsın!"

Yirmi dört

Karanlık. Karanlık. Kapkaranlık.

Bazen insan ruhu yüzünü geceye döner ve o zaman hiç güneş doğmaz. Gün bir döngü değil, monoton bir çizgi halini alır ve dünya tıpkı bir kâğıt gibi dümdüz olurken, hayat engebeli olmaktan çıkıp engebenin kendisine dönüşür. Kötü günler denen vakitlerdir bunlar. Aslında ölü günler denmesi gereken, her insanın, ömrünün değişik zamanlarında içine düştüğü bataklık günleridir. Hatıralarda hep çoksiyah, azbeyaz ve hiçrenkli olarak yer eden, doğduğuna pişman olma zamanları... Sadece yaşayanın bildiği, dışarıdan bakanın küçümsediği günler, geceler... Herkesin kıyameti kendine koptuğundan ve herkesin yangını kendini yaktığından, içinde olduğunuz karanlığın ne kadar koyu olduğunu kimse göremez. Geçer derler sadece bilmiş bir tavırla, geçer merak etme. Doğrudur söyledikleri, gerçekten de geçer ama ancak sen tek başına, o karanlıkta yeterince uzun süre yürüdükten sonra.

Narin tam on beş gün yürüdü o düz yolda. On beş gün öyle geçti. Bu süre içinde Deniz'in tatil için Amerika'da olmasına hem seviniyor hem üzülüyordu. Deniz ortada yokken, Irmak ve Fırat'tan haber almıyor olması iyiydi. Bu sayede hem onlarla ilgili hikâyeler duymak zorunda kalmıyor hem de o ikisinin olduğu ortamlara girmek zorunda kalmıyordu. O sırada en son ihtiyacı olan şey Irmak ile Fırat'ın el ele girdikleri bir yerde olmak ya da öpüşüp koklaşmalarını izlemekti. Bir insanın kendisine yapabileceği kötülüğün sınırları olmalıydı ve bunlar Narin'in sınırlarının tamamen dışındaydı. Kendisinden uzak olmaları şartıyla, yeryüzünün uzak bir köşesinde sonsuza dek mutlu yaşayabilirlerdi. Örneğin, cehennemin dibinde.

Deniz'in İstanbul'da olmamasının kötü tarafı ise, Narin'in onsuz kendini iyiden iyiye yalnız hissetmesiydi. Fırat'la Yaslıhan'da geçirdikleri iki günün sonrasında Deniz'i sadece bir kez görebilmişti ve nasıl söyleyeceğini bilemediği için annesinin, Şadiye'nin ve Mehmet'in öldüğü haberini vermek için onun Amerika'ya gitmesini beklemişti. Birbirlerinden binlerce kilometre uzaktayken telefonda anlatmıştı olanları. Biraz yalan, biraz doğru... Şans eseri karşılaştığı birinden duyduğu kısmı yalandı, geri kalanı ise doğru. Telefonda çığlıklar atmıştı Deniz, Narin'in yerine o ağlamıştı avazı çıktığınca bağırarak. Bulduğu ilk uçağa atlayıp gelmek istemişti ama Narin "Sakın ha!" deyip durdurmuştu onu. "Sakın ha gelmeye kalma! İyiyim ben, merak etme!"

İlk defa çalışmak bile dertlerinin dermanı olmuyordu. Kendini her zamanki gibi tümüyle yaptığı işe kaptırıp diğer her şeyi unutamıyordu. Ölü bir anne ve iki kardeş yetmezmiş gibi bir de Fırat çıkmıştı başına. Hiç görüşmemelerinin en doğrusu olduğunu kendine tekrar edip dursa da, için için aramasını beklemekten vazgeçemiyordu. Onun başka bir yerde başka insanlara cümleler kurduğunu, gülümsediğini, şakalar yaptığını, kızdığını düşündükçe fena oluyordu. Fırat'ın Irmak'la yemek yediği, film izlediği, sokaklarda sarmaş dolaş gezdiği ve seviştiği bölüme ise hiç girmemeye çalışıyordu, çünkü hatırlarsınız, insanın kendisine yapacağı kötülüklerin bir sınırı olmalıydı. Yoldaki simitçi, mağazadaki tezgâhtar, restorandaki garson bile konuşabilirdi Fırat'la ama bir tek Narin konuşamazdı. Fırat herkesi arayabilirdi ama bir tek Narin'in numarasını çeviremezdi. İnsan bazen bir tek cümleye muhtaç olurdu ya, Narin'inki o hesaptı işte, bir cümleye muhtaç, bir kelimeye razı... Görmek için ölüyordu. Ölmemek için görmüyordu.

Aklına gelen bir fikir başını bilgisayardan kaldırmasına neden oldu. Bir çıkış yolu bulmuştu. Fikir dakikalar içinde daha parlak görünmeye başladı gözüne. Bunu nasıl daha önce düşünememişti? Bu kadar kolay olabilir miydi? Yerinden kalktı ve odanın içinde dolaşmaya başladı. Daha önce yaptığı bir şeyi tekrar yapacaktı. Bir kez başardığına göre ikinci kez başaramaması için bir sebep yoktu. Günler sonra ilk kez kalbi hızlı hızlı atmaya başladı: Başka bir şehre gidecekti! Ankara, İzmir, neresi olursa... Oralarda da iş bulabileceğini biliyordu. Erol Bey'le konuşup birkaç ay içinde başka bir yere taşınacak şekilde düzenleyebilirdi hayatını. Böylelikle hayatının her dakikasını Fırat ve Irmak'la burun buruna geçirmek, düğünlerinde gülümsemek, bebekleri olduğunda koşa koşa gidip altın takmak zorunda kalmazdı. Yeni bir şehirde, yeni insanlarla pırıl pırıl bir hayat kurardı. Onu İstanbul'a bağlayan ne vardı ki? Bir tek Deniz. Yüzü asıldı, az önce dikleştirdiği omuzları düştü. Deniz'i İstanbul'da bırakıp nasıl gidecekti? İnsanlar evlatlarından ayrılıyor, diye teskin etmeye çalıştı kendini ama başaramadı. Deniz onun her şeyiydi. Arkadaşı, anası, babası, çocuğu, terapisti, hastası, öğretmeni, öğrencisi, kahvesi, suyu, şarabı, canı, ciğeriydi. Her iyi fikrin zayıf bir tarafı oluyordu ve Ankara fikrinin zayıf tarafı da Deniz'di. "Telefon var, uçak var, Deniz'den kopacak değilim ki. Hem belki zaman geçip biraz iyileştikten sonra tekrar geri dönerim."

Telefon çalmaya başladığında düşünceleri dört bir yana dağıldı. Ekranda Fırat'ın numarasını gördüğünde ise yüreğinde sevinçle dehşet çarpıştı. Uzanıp telefonu aldı ve kulağına götürdü.

"Alo?"

"Merhaba, nasılsın?" dedi Fırat.

"İyiyim, sağ ol. Sen nasılsın?" Narin'in sesi kendisini bile şaşırtacak kadar sert çıkmıştı.

"İyi değilim."

Uzun bir sessizlik oldu. Narin soru sormaya korkuyor, Fırat ise bir türlü cümlesinin devamını getiremiyordu.

"Narin, ben ne yapacağımı bilemiyorum" diyebildi en sonunda güçlükle. "İşler nasıl böyle sarpa sardı onu da bilmiyorum. Günlerdir seni aramamak için kendimi tutmaktan çok yoruldum. Yaslıhan'dan beri aklımda senden başka bir şey yok."

O an Narin'in bütün öfkesi, kırgınlığı uçup gitti, kalbi yumuşayıverdi ama söyleyebileceği yanlış bir şeyin onları daha beter batağa saplayacağını biliyordu. "Konuşma böyle!" dedi. "Böyle konuşmak iyi değil."

"Seni görmek istiyorum."

"Görmesen daha iyi."

"Öyle değil... Yani sadece görmek istiyorum... Lütfen cumartesi akşamı sen de Deniz'e gel. Herkes orada olacakmış. En azından insan içinde göreyim seni, bak ikimiz buluşalım demiyorum. Sadece yüzünü görmek istiyorum Narin..." Fırat birkaç saniye sustuktan sonra devam etti: "Çünkü biraz daha göremezsem ölecek gibiyim."

Narin tıkandı kaldı, söylemesi gerekenlerle söylemek istediklerinin arasında sıkışmıştı. Ondan ses çıkmayınca Fırat üsteledi: "Gelecek misin?"

"Bilmiyorum."

"Seni çok özledim. O kadar çok özledim ki anlatamam."

Narin'in gözleri doldu. Cevap vermemek için ağzını sıkı sıkı yumdu ama bu kez kelimelerin yüreğinden taşıp dudaklarından dökülmesine engel olamadı ve "Ben de seni çok özledim..." dedi inler gibi. Dünya fırıl fırıl dönmeye başladı.

Telefonu kapattıktan sonra alnını masaya dayadı, başını kollarının arasına aldı ve uzun bir müddet hiç kıpırdamadan, öylece kaldı. Yaptığının çok kötü bir şey olduğunu biliyor ama yüreğinde bununla ilgili bir üzüntü ya da utanç hissedemiyordu. İçinde fırtına gibi esen hissin tek bir ismi vardı: Mutluluk. Yanlış insana âşık olmuş birinde rastlanmaması gereken duyguların birincisi.

Ertesi gün ilk kez saatinde uyanamadı ve ilk dersi kaçırdı. Kaçta yattıklarını hatırlamıyordu, gece boyunca üç ayrı bar gezmişler, sonunda da işkembe çorbası içmeye gitmişlerdi. Aslında diğerlerinden çok daha az içmiş, gittikleri hiçbir yerde elindeki kadehi tamamen bitirememişti ama bünyesi alışık olmadığından, içtiği kadarı onu yere sermeye yetmişti. Sabah uyandığında başı çatlayacak gibi ağrıyordu. Gözlerini zorla açıp saatin kaç olduğunu görünce, dehşet içinde yataktan fırladı ve Deniz'in odasına koştu. Onu yatağın üzerinde akşamki kıyafetleriyle, ağzı açık bir halde uyurken buldu, yorganın altına bile giremeden sızıp kalmıştı.

"Dersi kaçırdık, kalk hadi!" diye bağırdı telaşla.

Deniz'in uyanmaya hiç niyeti yoktu ve bunu çıkardığı bazı tuhaf seslerle belirtmeyi başardı. Onu kaldırmaya çalışmak vakit kaybından başka bir şey olmayacağından Narin çabucak giyindi ve saçlarını atkuyruğu yapıp kendini sokağa attı. Beşiktaş'a kadar yürüyecek vakti olmadığından cesaretini toplayıp bir taksi çevirdi –böylece İstanbul'da ilk kez tek başına taksiye binmiş oluyordu– ve Beşiktaş'ta inip tıklım tıklım dolu bir otobüse atladı. Neyse ki ikinci derse yetişebilecekti. Önünde dikilen çam yarmasının yanından uzanıp biletini kutuya atarken içinde tuhaf bir huzursuzluk hissetti. Adamın demiri tutan eli çok tanıdık gelmişti. Bir an bacaklarındaki tüm kuvvetin çekildiğini ve arkasındaki insanların desteğiyle ayakta durabildiğini hissetti. Sıkışık bir otobüsün en iyi tarafı buydu, isteseniz de düşemezdiniz. Çam yarması hafifçe kıpırdanıp dışarıya bakmak için başını sola çevirmese de Narin onun kim olduğunu biliyordu. Yüzünü görmeden önce, demiri tutan o kocaman elinden tanımıştı Moskof Recep'i. Babası sırtı dönük, tam önünde duruyordu. Arkasındakilerin baskısıyla Narin onun kahverengi deri ceketine dayanmıştı ve Recep'in son üç yılda hiç değişmemiş olan kokusunu duyuyordu. Recep'in sarı saçlarına birkaç kır düşmüştü ve Narin'in hatırladığından biraz daha iriydi sanki, belki de kilo almıştı. Ellerinin üzerinde geçmişte olmayan tek tük lekeler belirmişti. Mezarlık çiçeği denen kahverengi küçük lekeler... İnsan sesini çıkarmadan da çığlık atabildiğinden Narin'den yükselen sesi kimse duymadı. Kalbinden, beyninden, ciğerlerinden, dizlerinden, midesinden kopan sesleri kimsecikler işitmesin diye sıkı sıkı yumdu dudaklarını. Kâbuslar sadece rüyalarda olmuyordu, en korkunçlarını gözleri açıkken yaşıyordu insan; çünkü hayatın hayal gücü, insan beynininkinden çok daha kuvvetli ve acımasızdı. Babasının sol elinde parlayan nikâh yüzüğüne baktı. Annesinden boşanmadan o yüzüğü parmağına nasıl geçirmişti acaba? Gerçi Moskof Recep dedin mi, duracaktın şöyle bir. Şeytanın önde gideniydi babası, belki de allem etmiş kallem etmiş, bir yolunu bulup boşamıştı annesini. Trafik inadına akmıyordu. Narin'in ilk dakikalarda duyduğu korku ve heyecan yerini yavaş yavaş meraka bıraktı. İnmesi gereken durağı geçirip Recep'in peşine takılmasının sebebi de işte bu meraktı.

O günün akşamı Deniz eve gelip salonda televizyon seyreden Narin'i görünce "Ne yaptın saçına böyle?" diye bağırdı.

Narin gözlerini sakin bir tavırla ekrandan Deniz'e çevirip "Kestim, sonra da boyadım ama boyamayı pek beceremedim galiba" derken elini siyah, kısacık saçlarının üzerinde gezdirdi. Gerçekten de becerememişti. Saçlarıyla birlikte alnı, ensesi ve en kötüsü kulakları da siyaha boyanmıştı.

"Çok mu kötü olmuş?"

"Hayır, ondan değil. Sadece şey... Ne bileyim öyle bir şey yapmak istediğini söylesen, seni kuaföre götürürdüm" dedi Deniz. Narin'in upuzun sarı saçlarına kıydığına inanamıyordu ama daha çok konuşup onu üzmek istemedi. "Aslında güzel olmuş, gözlerinin mavisi daha çok ortaya çıkmış ama... Ne bileyim, bir kuaför yapsa çok daha güzel olurdu."

"Aman boş ver, yeter bu bana. Sigaran var mı?" dedi Narin.

"Hoppalaaa, sigaraya mı başladın?"

"Yok, külle şu taşan boyaları temizleyeceğim. Bizim mahallede öyle yapardı kadınlar." Kadınlar dediği Ümmühan'dı. Kadın bazen saçlarını boyar, bazen de kına yakardı, seyretmeyi sevdiğini bildiğinden Narin'e de haber verirdi, karşısına oturup baksın diye.

Deniz sigara paketinden bir tane çıkarıp yakarken "Ben içerim senin yerine" dedi. "Peki, söyle bakalım, nereden esti bir anda saçını bu hale getirmek?"

"Ne bileyim, özel bir sebebi yok, sıkıldım işte. Hazır kesmişken bir de boyayayım dedim."

Narin Deniz'e o gün babasıyla karşılaştığını, onu Tahtakale'de incik boncuk sattığı dükkâna kadar takip ettiğini söylemedi. Recep, Narin'i fark etmemişti ama Narin'in ödü patlamıştı ha gördü ha görecek diye. Yüreğini tuta tuta yürümüştü babasının peşi sıra. Caddenin karşı köşesindeki mağazadan şal desenli bir örtü alıp başına sarıncaya kadar da rahat edememişti. Ancak ondan sonra, kendine güveni yerine gelmiş, sakinlemiş ve babasının dükkânının önünden iki üç kez geçip içeriye kaçamak bakışlar atmaya cesaret etmişti.

Göreceğini gördükten sonra okula gidecek hali kalmamıştı. Tek istediği bir an önce eve geri dönüp yorganı başına çekmekti. Yol boyunca kendine kızıp durmuştu. Niye takip etmişti ki babasını? Ya Recep onu görseydi? Sağı solu belli olmazdı ki babasının, belki tek kelime etmeden yürür gider, belki de Narin'i kolundan tuttuğu gibi Yaslıhan'a gönderirdi. Bu ihtimali düşünmek bile tüylerinin ürpermesine yetti. İstanbul'da bir iş bulup bir düzen tutturduğunu bilse, para bile isterdi Recep kızından. Aptal gibi onun peşine takılmakla kendisini tehlikeye atmıştı.

Bu düşünceler içinde bir eczanenin önünden geçerken duralamış, kısa bir tereddütten sonra içeriye girip saç boyası almıştı. Babasının dükkânında itinayla rafları düzeltip tozlarını alan Ümmühan'ı görmese, ölse aklına gelmezdi saçını boyamak.

Yirmi beş

Deniz üç koca bavulunu iterek "Dış Hatlar Geliş" kapısından çıkarken yaklaşık yarım gündür yolda olan birinden çok, az önce güzellik salonundan çıkmış bir film yıldızına benziyordu. Koyu renk dar blucini, beyaz bluzu, lacivert blazer ceketi ve topuklu ayakkabılarıyla onun ta New York'tan geldiğine inanmak imkânsızdı. Gözlerini kısarak kapının önünde birikmiş kalabalığa baktı ve kendisine el sallayan Narin'i görünce gülümsedi. Narin ona doğru ilerleyip arkadaşını kucakladı.

"Ne kadar zayıflamışsın" dedi Deniz üzüntüyle ona bakarak.

"Birkaç kilo verdim galiba." Üç hafta içinde tam beş kilo kaybetmişti.

"Birkaç kilodan fazla vermişsin" dedi Deniz, ikisi birlikte bavul arabasını iterlerken. "Böyle bir zamanda yanında olamadığım için çok üzgünüm. Seni dinlememem lazımdı, atlayıp dönmeliydim İstanbul'a."

"Yapacak bir şey yoktu ki" dedi Narin omuzlarını silkerek. "Yıllar önce olmuş bir şey. Amma alışveriş yapmışsın."

"Yaptım biraz."

"Bagaja sığmaz bunlar, birini arka koltuğa koyacağız."

"Narin, sen iyi misin? Doğru söyle bana."

"Bilmiyorum. Bazen iyiyim, bazen kötüyüm."

"Öyle olur!"

"Tam geçti derken tekrar başlıyor, tam geçmeyecek derken hafifliyor."

İkisi güçlükle valizleri Narin'in eski Volvo'suna yerleştirdiler. Deniz yol boyunca Narin'i soru yağmuruna tuttu. Olay nasıl olmuştu, kimden öğrenmişti, Yaslıhan'a nasıl gitmişti, evleri hâlâ eskisi gibi miydi, tanıdık kimseyi görmüş müydü, oraya gidince neler hissetmişti, mezarlık nasıldı, nasıl dönmüştü, nerede kalmıştı. Sorular, sorular, sorular... Yarım saatin sonunda Narin birbiri ardına yalanlar uydurmaktan bitkin düşmüştü.

"Bu konuyu kapatalım artık" dedi. "Sen bana New York'u anlat artık."

"Çok düşüncesizim, değil mi? Gelir gelmez üzdüm seni."

"Hayır üzülmedim. Aslına bakarsan onlardan bahsetmek iyi geliyor bana. İnsanları gömüp unutmak daha zalimce."

Deniz bir an sustu ama sonra konuyu değiştirmenin bir yolunu bulması uzun sürmedi.

"Neyse, evde kimse var mı?"

"Şu anda kimse yok ama bildiğim kadarıyla, akşama Irmak herkesi topladı."

"İyi! Özledim hepinizi."

"Onlar gelinceye kadar bir duş yaparsın, biraz dinlenirsin."

"Yorgun değilim ben, uyudum bütün yol boyunca. Gidip yemek yiyelim bir yerde."

"Olur, ne yemek istersin?"

"Lüfer!"

İstinye'de kalabalık bir balıkçıya gittiler. Deniz sakin yerleri hiç sevmezdi. Balıklarını sipariş edip rakılarını söylediler ve derin bir sohbete daldılar. Narin onun yokluğunda kendini ne kadar yalnız hissettiğini düşündü. Eğer bütün olanları ona anlatabilseydi, bu kadar karanlıkta kalmayacağını biliyordu. Keşke Irmak, Deniz'in kardeşi değil de başka biri olsaydı.

O zaman Deniz onu asla yargılamaz, kendisini iyi hissetmesi için elinden geleni yapardı. Ama şimdi, onu kaybetmek üzereydi. Bir tek onu değil, uğruna çalışıp didindiği her şeyi kaybetmek üzereydi. Deniz'i, arkadaşlarını, işini, evini, bu şehri... Bunların hepsini kazanamayacağı biri uğruna tehlikeye atıyordu: Fırat! Bir hiç uğruna tüm yaşantısından olacaktı.

"Beni duyuyor musun?" diye sordu Deniz, masanın üzerinden ona doğru eğilerek.

"Duyuyorum" dedi Narin.

"O zaman niye soruma cevap vermiyorsun?"

"Pardon, ne sormuştun?"

"Niye ağlıyorsun, dedim."

"Bilmiyorum. Akıyorlar işte..."

Deniz restoranın kalabalığına aldırış etmeden yerinden kalkıp Narin'in yanına oturdu ve ona sıkı sıkı sarıldı.

"Yapma böyle, herkes bize bakıyor" diye fısıldadı Narin gülümsemeye çalışarak.

"Kim bakıyor?"

"Yan masa! Senin yüzünden lezbiyen sanacaklar bizi."

Deniz yan masada oturan üç adama dönüp "Lezbiyen değiliz biz" deyince adamlar utanç içinde bakışlarını tekrar tabaklarına çevirdiler.

Narin bir eliyle yüzünü kapattı ve hâlâ kendisine sarılmış duran Deniz'e "Bunu yaptığına inanamıyorum" dedi.

"Sen de bana sarıl!"

Narin onun söylediğini yaptı ve kısa bir süre için kollarını Deniz'in boynuna doladı.

"Tamam sarıldım, haydi şimdi yerine geç."

"Niye her şeyden utanıyorsun?" dedi Deniz onu bırakırken.

"Utanmıyorum."

"Hep başkalarının ne düşüneceğini dert ediyorsun. Bize ne onlardan? Bak şöyle düşün: Sadece biz gerçeğiz, tamam mı! Başkaları sadece figüran. Hatta figüran bile değiller, onlar aslında yok. Hiçbiri gerçek değil."

Narin güldü. Bu fikir hoşuna gitmişti. Belki Fırat bile gerçek değil, sadece Narin'in kurduğu bir hayalden ibaretti. Belki o baca hiç tıkanmamış, annesi ile kardeşleri sobadan zehirlenmemişti. Kim bilir, belki de bütün bu üzüntüler, can çekişmeler, hüsranlar kendi kendimize kurduğumuz düşlerin sonucuydu.

"Buna inanmak isterdim" dedi Narin.

"Neye?"

"Her şeyin bir rüya olduğuna. Etten kemikten rüyalar görebildiğimize."

"Sen neye inanırsan gerçek odur. Başkalarının önemli olmasının sebebi senin onlara önem vermen."

"Amerika'dan değil de Hindistan'dan dönmüş gibisin" dedi Narin gülerek.

"Haydi gidelim artık. Irmak mesaj atmış, evde bekliyoruz diye."

Hesabı ödeyip kalkarlarken Narin'in yüzü yine asılmıştı.

Yol boyunca tırnaklarını yememek için kendisiyle savaş verdi ve Deniz'i her soruyu iki kez tekrar etmek zorunda bıraktı. Haftalar sonra Fırat'ı ilk kez görecekti ve neler olacağını bilmiyordu. Bütün bunların sonu nereye varacaktı? Kalbi güm güm atarak kapıdan girdiğinde bütün vücudu uyuşmuş gibiydi ama sakin görünmeyi başardı. Kapıyı Irmak açtı ve sanki üç haftadır değil de üç yıldır görüşmüyorlarmış gibi abartılı çığlıklar atarak ablasına sarıldı. Onun bu yapmacık hali Narin'in yüzünü ekşitmesine sebep oldu. Sanki senelerce yurtdışında yaşamamış ve ablasından ayrı kalmaya alışık değilmiş gibi davranıyordu. Nesini seviyordu Fırat bu salağın? İki kardeşin yanından geçip salona girdi ve kapının tam karşısındaki kanepede Altan'la sohbet eden Fırat'la göz göze geldi.

Deniz'in dönüşü herkesin keyfini yerine getirmişe benziyordu. Evin her yerinden kahkahalar ve neşeli sesler yükseliyordu. Narin önce Altan'ı öptü, sonra onların hemen yanında duran Ebru'yu. Sıra Fırat'a geldiğinde her yanını ateş bastı ve aceleyle verilmiş bir öpücükten sonra ona en uzak köşede, Memo'nun tam yanında kendine bir yer buldu. Salondaki uzun masa çoktan kurulmuştu ve hepsi Çin lokantasına verilen siparişin gelmesini bekliyordu. Narin, Fırat'ın devamlı kendine baktığının farkındaydı ama biri görecek diye korktuğundan gözlerini Fırat'tan yana çeviremiyordu. Telefonuna gelen mesaj sesini duyunca çantasını alıp tuvalete gitti. Kimden geldiğini biliyordu, Fırat'ın mesaj yazdığını görmüştü. "Elimde değil, seni seviyorum" diyordu mesajda. Narin pantolonunu indirmeden klozetin kenarına oturdu ve mesaja baktı uzun uzun. "Ben de seni" yazdı cevap olarak ve sifonu çekip tuvaletten çıkarken kendini soğukkanlı bir katile benzetti. Koridorda kurbanıyla karşılaşıp ona gülümserken de aynı şeyi hissetti.

"Saçını düzelt!" dedi Irmak yanından geçerken ve uzanıp Narin'in yüzüne düşmüş perçemini yana doğru çekti.

Yerine oturduğunda Fırat'la göz göze geldi ve başını "Yandık biz!" dercesine iki yana salladı, Fırat önüne bakıp hafifçe gülümsedi.

Gece boyunca ikisi arasında mesajlar gelip gitti. Yemekte, yemek bittikten sonra kalabalık içinde otururken yazışıp durdular.

"Seni görmek çok güzel" yazdı Fırat.

"Seni de."

"Ne yapacağız?" diye sordu Fırat.

"Bilmiyorum" diye cevap verdi Narin. Bilmiyordu.

İstanbul'a geleli iki seneyi geçmişti. Ürkek kuş konduğu şehre alışmış, semtlerini tanımış, yaşamayı öğrenmişti. Oksijen yerine korku soluduğu günler çok gerilerde kalmış, solgun hayallere dönüşmüştü. Her deliğe girip çıkacak kadar yüreklenmişti; herkesle konuşabilir, her yere gidebilirdi. Epeydir kendisini eğreti bir çengelliiğneyle kentin ucuna iliştirilmiş gibi hissetmiyordu; artık akan trafiğin, yürüyen insanların, atılan kahkahaların bir parçası olmayı başarmıştı. Ödünç alınmış kaldırımlarda değil kendi yollarında yürüyordu; başkalarından artanı değil, kendi havasını soluyordu; kendi soğuğunda üşüyor, kendi güneşinde ısınıyordu. Geceleri başını göğe kaldırdığında gördükleri kendi yıldızlarıydı. İki yılın sonunda anlamıştı ki, sen bir şehre ait oldukça, o da sana ait oluyordu.

Hâlâ Deniz'le birlikte yaşıyor ve aynı restoranda çalışıyordu. Bir yıldan beri servise almıştı Murat Bey onu. Bulaşıkhanenin deterjan ve buhar karışımı kokusundan kurtulmak iyi gelmişti Narin'e. Oradaki tek kadın elemandı ve ilk günlerde müşteriler onu biraz yadırgasalar da çok geçmeden alışmışlardı varlığına. Murat Bey Narin'in çalışkanlığından ve disiplininden öyle memnun kalmıştı ki restorana servis için daha fazla kadın eleman almayı ciddi ciddi düşünür olmuştu.

Cuma akşamları restoran çok kalabalık olurdu ve o cuma da kural bozulmamıştı. Neredeyse her masaya fazladan birkaç sandalye sıkıştırmalarına rağmen hâlâ kapı ağzında yer bekleyen beş altı kişi vardı. Narin çok sevinirdi böyle günlerde. Murat Bey ne kadar çok para kazanırsa o kadar sevinirdi. İşler açıldıkça açılsın, Murat Bey'in her tuttuğu altın olsun isterdi. Ama o gün bir tuhaflık vardı Murat Bey'de. Birkaç kez yanından geçmiş ama Narin'e selam bile vermemişti. Oysa her zaman hatırını sorar, en azından başıyla bir selam verirdi. Bayram Usta patronun kendisini görmek istediğini söylediğinde telaşlanmasının nedeni buydu. Murat Bey'in odasına giderken endişeliydi. Onu kızdıracak bir şey yapıp yapmadığını düşündü, yapmamıştı.

"Beni çağırmışsınız" dedi ürkek bir tavırla içeriye girerken.

"Kapat kızım kapıyı!"

Narin onun söylediğini yaparken endişesi paniğe dönüştü. Kovulacak mıydı yoksa?

"Ben sana imtihan dönemlerinde izin veriyorsam, erkeklerle kol kola sokaklarda gezmen için vermiyorum" dedi Murat Bey sert bir tavırla. "Arkadaşlardan biri geçen gün seni görmüş. İstiklal'de oğlanın biriyle yürüyormuşsun. Ben seni evinde ders çalışıyorsun sanıyorum, sen fink atıyorsun."

"Özür dilerim" dedi Narin kıpkırmızı bir yüzle. "O gün son vizem vardı. Ben de hazırdım sınava ve imtihandan önce birkaç saat İstiklal'de dolaştım. Her zaman yaptığım bir şey değil. Aslında hiçbir zaman yaptığım bir şey değil. Öyle denk geldi işte..."

"Onu bilmem. Beni diğer elemanlara karşı ne duruma düşürdüğünün farkında mısın?"

"Özür dilerim Murat Bey. Düşünemedim."

"Ben seni ekmek parası derdinde, hayat mücadelesi veren tertemiz bir genç kız olarak görüyorum, destekliyorum. Sen..."

"Bir daha olmaz Murat Bey" dedi Narin. İçinde olduğu durum, patronunun karşısında cezaya kalkmış ilkokul öğrencisi gibi başı önünde durmak ve azarlanmak fena halde ağırına gitmişti ve o odada biraz daha kalırsa ağlamaya başlaması an meselesiydi.

"Gezip tozduğun adamlara da dikkat et! Burası İstanbul, senin geldiğin kasabaya benzemez. Burada insanı kullanır kullanır, sonra da fırlatıp atarlar. Ne olduğunu bile anlamazsın. Duydun mu beni?"

"Duydum" dedi Narin. İlk damla yavaşça yanağından dudağına doğru iniyordu. "Çıkabilir miyim?"

"Çık!" dedi adam.

Narin odadan çıkıp kendini personel tuvaletine attı. Yüzünü yıkadı ve renginin normale dönmesini bekledi. Böyle zamanlarda Deniz gibi olamadığı için kendinden nefret ediyordu. Deniz böyle şeyleri hiç umursamaz, güler geçerdi. O niye gülüp geçmeyi bilmiyordu? Ne vardı sevgilisiyle yakalandıysa? Her iş gününde canla başla çalıştığını, üzerine vazife olmayan işlere bile koşturduğunu, emeğini sakınmadığını görmüyor muydu Murat Bey? Hayat mücadelesi vermek hep acı çekmek miydi? Bir gün sevgilisinin elinden tutup gezmeden mi yaşamak zorundaydı gençliğini? Üzerindeki suçluluk duygusu hafiflemiş, gözlerinin etrafındaki kırmızılık geçmişti. Narin'i sokaklarda fink atmakla suçlayan Murat Bey, onun geceleri Deniz'le birlikten o bar senin, bu bar benim gezdiğini bilse ne düşünürdü acaba? Hâlâ Deniz'in temposunu yakalamaktan çok uzaktı ama uzunca bir süredir ayda iki ya da üç akşam –genelde bunlar cumartesi akşamlarıydı– ona takılıyor ve eve günün ilk ışıklarıyla birlikte giriyordu. Sevmişti gece hayatını, parası ve zamanı olsa daha fazla çıkardı. Bu kadar çalıştıktan sonra her şeye hakkı vardı. Tuvaletten çıkıp işinin başına döndü ve kendisini izleyen meraklı bakışları görmezden geldi.

Üç haftadan beri Tunç isminde bir sevgilisi vardı. Kızıl kıvırcık saçlı, sevimli bir gençti. Hukuk fakültesi dördüncü sınıfta okuyordu ve uzun bir süredir Narin'in etrafında dolanıyordu. Sempatikliği ve girişkenliği sayesinde ağzından girip burnundan çıkmış ve Narin'in dikkatini çekmeyi başarmıştı. Deniz bu habere öyle mutlu olmuştu ki, Tunç'la tanışabilmek için evde hemen bir parti vermişti. Narin'in çiçeği burnunda sevgilisi, Deniz'in arkadaşlarına göre oldukça kendi halinde biriydi ama yine de ortama uyum sağlamayı başarmıştı. Deniz, Tunç'tan hoşlanmıştı. Zaten Narin'in bir sevgili bulmasını o kadar çok istiyordu ki, kimi getirirse getirsin bağrına basmaya hazırdı.

İşi gece on ikiye doğru bitti. Her zaman olduğu gibi yolun ıssız kısmını, yani İstiklal Caddesi'ne kadar olan mesafeyi, Bayram Usta'yla birlikte yürüdüler. Oradan Maçka'ya yürümek daha kolaydı, sadece Elmadağ'dan geçerken travestilerle pazarlık yapan müşteriler biraz sıkıntı veriyordu ama ona da alışmıştı. Kapüşonunu kafasına geçiriyor, hızlı adımlarla, başını yerden kaldırmadan yürüyordu. Travestilerin bazıları onu haftanın beş akşamı gördükleri için kanıksamışlar, selam bile vermeye başlamışlardı.

Eve vardığında Deniz ve Irmak salonda oturuyorlardı. Deniz'in kız kardeşi İsviçre'de okuduğundan sadece yaz ve kış tatillerinde Türkiye'ye geliyor, yazın daha uzun, kışın işe sadece birkaç hafta kalıyordu. Deniz de kardeşini görmek için senede iki ya da üç defa İsviçre'ye gidiyordu. Birbirlerine düşkün görünüyorlardı ama Narin onların arasındaki mesafeyi hissedebiliyordu. Irmak'ın Türkiye'de olduğu zamanlar Narin için zor zamanlardı. Onun kendisinden çok hoşlanmadığını bildiğinden fazla ortalıkta görünmemeye gayret ediyor, eve mümkün olduğunca az uğruyordu. Yine de Irmak'ın her karşılaşmalarında huzursuzlandığını hissedebiliyordu. Ablasının kendisi dışında birine bu kadar yakınlık göstermesinden ya da evlerine bir yabancının yerleşmiş olmasından rahatsızlık duyuyor olabilirdi. Kim bilir, belki de Narin'i kendi imkânlarından faydalanan bir asalak olarak görüyordu. Sebep bunlardan hangisi olursa olsun, sonuç aynıydı: Narin, Irmak varken o evde olmaktan utanıyordu.

"Hoş geldin!" diye seslendi Deniz, kapıdan giren Narin'e.

"Selam! Nasılsınız?"

"İyiyiz. İçiyoruz ve dedikodu yapıyoruz. Gel sen de katıl bize. Vizeler bittiğine göre ders çalışmayacaksın herhalde."

"Yok, çalışmayacağım" dedi Narin ve boşalmış şarap şişelerinden birini alıp mutfağa bıraktıktan sonra onların karşısındaki tekli koltuğa oturdu. Irmak'tan kaçıyor gibi görünmek istemiyordu.

"Canın mı sıkkın?" diye sordu Deniz, Narin için bir bardak şarap doldururken.

"Biraz. Patrondan azar işittim bugün."

"Murat'tan mı?"

"Evet. Ders çalışmak için izin aldığım gün Tunç'la gezerken görülmüşüm. Kim ispiyonladı acaba?"

"Ne varmış bunda?" dedi Deniz ve elindeki bardağı Narin'e uzattı. "İzin aldın diye yirmi dört saat ders mi çalışman gerekiyormuş?"

"Kusura bakmayın ama adam haklı" diye konuya daldı Irmak.

Narin ters ters ona baktı ve "Ben de haksız demedim zaten" dedi.

"Adam sana acıyıp iş veriyor..."

"Hep çok çalıştım. Acıyıp iş verdi diye yan gelip yatmadım ki."

"Kızma canım... Senin İstanbul'a geldikten bir süre sonra kabak çiçeği gibi açılanlardan olduğunu düşünmüştür."

"Ne demek o?"

"Küçük birer köylü çocuğu olarak İstanbul'a gelip sonra havaya girerler ya..."

Narin kıpkırmızı kesildi. Deniz oturduğu yerde dikilip "Ne alakası var şimdi bunun?" diyerek Irmak'ın sözünü kesti.

"Narin bu eve ilk taşındığında böyle miydi, hatırlasana! İnsanlarla konuşamıyordu bile. Üstü başı, konuşması, her şeyi değişti."

"Kabak çiçeği gibi açılmadım ben" dedi Narin sertçe.

"Gece kulüplerinden çıkmıyorsun, aynı Deniz gibi giyiniyorsun, onun arkadaşlarıyla arkadaşlık ediyorsun. Ya evet, hiç açılmadın. Köyünden de tıpkı böyle gelmiştin."

"Fazla içtin sen galiba; böyle aptalca konuşabildiğine göre! Hem ne var bunda? Uyum sağlamasının nesi kötü?" Deniz'in sesi yükseldikçe yükseliyordu. Narin onun çığırından çıkmak üzere olduğunu fark etti ve uzanıp "Sakin ol" dercesine eline dokundu.

"Bu uyum sağlamanın ötesinde bir şey" dedi Irmak hafifçe gerinerek. Geri adım atmaya hiç niyeti yoktu. "Ayrıca ikinizin birlikte yaşaması hiç doğru değil. Onu ait olmadığı bir hayata alıştırıyorsun. İleride bunlara sahip olamayacak ki! Her zaman koluna senin birkaç bin dolarlık çantalarını takıp mı gezecek?"

"Ben..." dedi ve gerisini getiremedi Narin.

"Irmak, siktir git!" diye bağırdı Deniz.

"Burası benim evim. Onun yüzünden beni kendi evimden kovamazsın. O defolup gitsin. Bıktım zaten buraya her geldiğimde senin beslemeni görmekten."

"Tamam, gidiyorum" dedi Narin ama Deniz onu kolundan yakalayıp durdurdu.

"Sen hiç bir yere gitmiyorsun. Irmak Hanım gidecek, çünkü burası artık onun evi değil."

Deniz, Narin'in kolunu bırakmadan Irmak'a doğru bir adım attı. "Mirası paylaştık kızım biz. Sen bu evi istemediğini söyledin ve ben de sana parasını ödedim."

"Ama bunun bir anlamı olmadığını, burasının hayatımın sonuna kadar benim evim olduğunu söylemiştin" diyerek ayağa fırladı Irmak.

"Evet, ama şimdi bu fikrimden vazgeçtim. Defol!"

Yirmi altı

Bir ilişkileri vardı. Bunu itiraf etmek Narin'e zor geliyordu ama kabul etmek zorundaydı. Her gün defalarca telefonla konuşuyorlar, uyanır uyanmaz birbirlerini arıyorlar, birbirlerini düşünüyorlar ve aynı çukurun içinde debelenip duruyorlardı. Deniz'in Amerika'dan döndüğü günün üzerinden tam bir ay geçmişti ve o günden beri birbirlerini hiç görmemişlerdi ama yine de ilişkileri vardı. Bunu inkâr etmek imkânsızdı. Narin blucinini üzerine geçirirken bunu durdurmak zorunda olduğunu düşünüyordu. Son haftalarda kendini iyice koyuvermiş, işleri akışına bırakmıştı. Görüşmedikleri halde, Fırat hayatının gittikçe daha önemli bir parçası haline geliyor, duyguları sakinleşeceğine şiddetleniyordu. Her sabah işe giderken kendisine o gün Erol Bey'le Ankara'ya taşınma konusunu konuşacağına söz veriyor ama her defasında bir bahaneyle bunu erteliyordu. Ayağına yeni aldığı topuklu ayakkabıları ve üzerine kırmızı ipek gömleğini geçirdikten sonra aynanın karşısına geçti ve "Fırat için hazırlanıyorsun!" diye bağırdı. "Hem bu işi bitireceğim, Ankara'ya yerleşeceğim diyorsun, hem de onun için giyinip süsleniyorsun. Kendine gelsene artık!"

Keşke aynadaki o görüntüye saldırabilse, onu dövebilseydi. Bunun yerine uzanıp rujunu sürdü. Güzel görünüyordu. Biraz sonra evden çıkacak, Deniz, Irmak ve Fırat'la buluşup sinemaya gidecekti. Ardından hep birlikte yemek yiyeceklerdi. Bir ay sonra Fırat'ı ilk kez görecekti ve bunun verdiği heyecan öyle büyüktü ki kendisine olan öfkesini ezip geçmişti. Yalnız yaşamaya alışmış pek çok insan gibi onun da kendisiyle yüksek sesle konuşma alışkanlığı vardı ama bugün tüm sözleri bir kulağından giriyor, ötekinden çıkıyordu. Tam kapıdan çıkmak üzereyken, parfüm sürmeyi unuttuğunu hatırlayıp geri döndü. Yaslıhan'da Fırat'la seviştikleri gece üzerinde olan parfümü alıp sıktı ve koşar adım evden çıktı.

Film kötüydü ama Fırat'ın yanında oturmak güzeldi. Her ne kadar adamın diğer tarafında Irmak oturuyor ve elini tutuyorsa da arada bir omuzlarının birbirine değmesi bile yetiyordu Narin'e. İleride bu filmin tek bir karesini bile hatırlamayacağından emindi, çünkü aklı sürekli başka yerdeydi. Hemen yanında. Onun aklının da kendisinde olduğundan emindi. Hissediyordu bunu. Tıpkı yıllar önce Mehmet'in maçında olduğu gibi, o gün de zaman hiç bitmesin, sonsuza kadar orada, öyle yan yana otursunlar istedi ama bu isteği, zaman tarafından ciddiye alınmadı ve saniyeler dakika, dakikalar saat oldu ve film bitti.

"Yemeği boş verin, bana gidelim" dedi Deniz. "Şahane bir pideci açıldı, oradan sipariş veririz."

"Boşuna mı giyindik yani?" diye itiraz etti Irmak.

"Ne demek boşuna mı giyindik? İstanbul'un en şık partilerini veriyorum ben o evde" dedi Deniz gülerek. "Hem zaten gece bende kalacaksın."

"Bana uyar." Narin omuzlarını silkti.

"O zaman bana da uyar" dedi Fırat.

Narin'den başka kimse Fırat'ın cümlesindeki "O zaman" vurgusuna dikkat etmemişti ama o iki kelime Narin'in yüreğini ağzına getirmeye yetmişti. Gözlerini açarak Fırat'a baktı.

Eve dört kişi girdiler ama on kişi olmaları sadece bir saat sürdü. Deniz daha yolda arkadaşlarını aramaya başlamıştı. Irmak yüzünü astı, Narin içinden güldü. Küçük programların, sinema üstü yenen sakin yemeklerin Deniz'e uygun olmadığını çok iyi biliyordu. Daha evden çıkmadan bu gecenin böyle sonuçlanacağından emindi. Müziğin sesi yükseldi, sigara dumanı her yeri kapladı, içkiler kadehlere doldu ve Deniz için sıradan bir akşam başlamış oldu. Narin mesaj sesini duyunca kalkıp mutfağa gitti.

"Buradan çıkınca sana gelebilir miyim?" diye soruyordu Fırat.

"Saçmalama!" yazdı hızlıca.

"Lütfen!"

"NO!"

"Bacakların çok güzel"

"Fırat lütfen yapma!"

"Seni düşünmeden duramıyorum. Ne olur geleyim!"

"Hayır, bu çok zalimce."

"Âşıklar zalim olur."

"Biliyorum."

"Nereden biliyorsun?"

"Babamdan biliyorum."

"Bırak babanı şimdi. Hadi gel de bana!"

"Gel!"

Her şeyin çığırından çıkması böyle oldu. Gece boyunca parmaklarıyla flört ettiler, tahrik oldular, hayal kurdular ve kaçınılmaz sona hem ruhlarını hem de bedenlerini hazırladılar. Bir noktadan sonra gözleri hiçbir şey görmez oldu. Fırat, Irmak'tan uzak durmaya çabalıyordu, sürekli başkalarıyla sohbet ediyor ve mümkün olduğunca Irmak'ın yanına sokulmasına fırsat vermiyordu. Narin bir taraftan Irmak'ın bir şeylerden şüphelenebileceğinden korkuyor, bir taraftan da ikisi arasındaki uzaklıktan büyük bir sevinç duyuyordu. Mantığı sürekli alarm sirenlerini çalıyor, onu uyarmaya çalışıyordu. "Manyak mısın sen? Bunun sonu nereye varacak? Gidebileceğiniz nokta belli ve oradan sonra yol yok. Irmak'tan ayrılsa bile ne değişecek sanıyorsun? Hiçbir şart altında onunla birlikte olamazsın! Deniz bunu öğrenirse ne yapacaksın? Irmak'ın ne kadar mutsuz olacağını düşünsene!" Doğru düşünme yetisini hâlâ kaybetmemişti ve mantık süzgecinden zihnine damlayan her cümlenin kesinlikle doğru olduğunu gayet iyi biliyordu. Ne var ki, umursamıyordu.

"Ben artık kalkayım" diyerek çantasını eline aldığında saat gece yarısına geliyordu.

"Hepimiz kalkalım en iyisi" diye ayağa fırladı Fırat ve "Hadi!" dedi Irmak'a dönerek.

"Ben burada kalıyorum. Söylemiştim ya sana, Deniz'le birlikte amcama kahvaltıya gideceğiz sabah."

"Haaa, doğru!" dedi Fırat.

"Daha erken, sen de gitme!" diyerek, oturduğu yerden elini Fırat'a doğru uzattı.

"Sabah erken toplantım var" dedi Fırat ve Narin'e dönüp "Seni evine ben bırakırım."

"Gerek yok!"

"Bıraksın canım" dedi Irmak. Sonra yayıldığı kanepeden kalkıp Fırat'ın peşinden kapıya kadar geldi ve onu dudaklarından bir güzel öptü. Narin o sırada diğerleriyle vedalaştığı için bunu görmedi, aslında herkesle öyle uzun uzun vedalaşmasının nedeni de öpüştüklerini görmemekti.

Birlikte asansöre bindiler ve kapıdan onlara el sallayan Deniz ile Irmak'a gülümsediler. Asansörün kapısı kapandığı anda dudakları birbirini bulmuştu bile. Narin onun ağzındaki belli belirsiz çilek tadını aldı. Irmak'ın rujunun tadı.

Lodos fırtınasının takırdattığı camların sesiyle uyandığında sabah saatin altısıydı. Bir müddet gözlerini açmadan yanında uyuyan erkeğin nefes sesini dinledi. Dışarıda ağaçlar bir o yana bir bu yana savrulurken odanın içinde sonsuz bir huzur vardı. Az sonra bu huzurun bozulacağını biliyordu; şehir uyanacak, gerçekler uyanacak ve Fırat uyanacaktı. Ama o zamana kadar, yaşadığı anın tadını çıkarmasını engelleyecek bir şey yoktu. Fırat'ın hâlâ uykuda oluşunu fırsat bilerek gözlerini ona dikti. Kaşlarını, kirpiklerini, burnunu, dudaklarını, yanaklarını, beyaz yorganın üzerine çıkmış çıplak kolunu, parmaklarını acele etmeden, sindire sindire, hayranlıkla seyretti. Böyle bir sabah için cinayet bile işleyebilirdi insan ve böyle bir sabahı özlerken ölebilirdi.

Fırat ona bakıp gülümseyene kadar hiç kıpırdamadı. Tekrar üzerine çıkarken de kıpırdamadı. Fırat, Narin'in üzerine uzandı ve kızın yüzünü ellerinin arasına alarak "Ne olacağız biz böyle Narin?" diye sordu. "Sürüklenip gidiyoruz baksana."

"Hiçbir şey olmayacağız" dedi Narin umutsuzca.

"Irmak'tan ayrılacağım. Çoktan bitirmem gerekiyordu o işi."

"Hayır!"

"Neden hayır?"

"İstersen ayrıl ama bu bizim için hiçbir şeyi değiştirmez."

"Değiştirir. Eğer sen istersen tabii."

"Bunu yapamam Fırat. Düşünsene sen Irmak'ı bırakacaksın, Irmak üzülecek. Sonra biz beraber olmaya mı başlayacağız? Bunu asla yapamam."

"Yapamaz mısın?"

"Yapamam."

Fırat, Narin'in üzerinden kalkıp yanına uzandı ve "Biliyor musun, hayatımı mahvettin" dedi.

"Ne?" Narin hayretle ona baktı. Fırat uyanmıştı, gerçekler uyanmıştı ve huzur bozulmuştu işte!

"Basbayağı, hayatımı mahvettin. Ne yapacağını bilmeyen biri haline geldim senin yüzünden."

"Ben senin hayatını mahvettim öyle mi?"

"Evlenmeyi düşünüyordum, Irmak'la iyiydik, her şey yerine oturuyordu ve şimdi şu hale bak. Irmak'a sözler verdikten sonra onu böyle ortada bırakmak beni üzmüyor mu sanıyorsun?"

"Demek hayatını mahvettim?" Narin o cümleye takılıp kalmıştı. O güne dek duyduğu en kötü sözdü bu. En ağır küfürlerden daha ağır, beddua gibi, "İnşallah ölürsün" demek gibiydi. "Git o zaman!" diye bağırdı. "Madem hayatını mahvettim, git o zaman buradan! Beni arayan sendin. Ben seni bir kere bile aramadım, tamam mı? Aramak istedim ama tuttum kendimi ama sen tutamadın. Dün gece de buraya gelmek için uğraşan sendin ve şimdi karşıma geçmiş, hayatımı mahvettin diyorsun."

"Niye bu kadar sinirlendin? Ben ne dedim şimdi?"

"Hayatımı mahvettin dedin. Daha ne diyecektin. Hemen gitmezsen şu gece lambasını kafana indiririm."

Fırat isteksizce kalkarken "Ne var bunda bu kadar kızacak anlamadım. Sen benim hayatımı mahvettin, ben de seninkini" dedi. Narin başını duvara çevirdi.

"Narin, ben bütün bu olanlardan sonra gidip Irmak'la evlenmeyeceğim, bunu biliyorsun değil mi?"

"Bana ne! Onunla evlensen de evlenmesen de ben seninle birlikte olmayacağım ki. Bizim gelebileceğimiz son nokta bu işte. Yatak!"

"Ha yani işimiz buraya kadar, öyle mi?" dedi Fırat. "Deniz'e ya da Irmak'a benimle olduğunu söylemeye cesaret edemeyeceğin için beni postalayacaksın."

"Sen delirdin mi? Böyle bir şeyi onlara nasıl söyleyebilirim?"

"Bunu duyduğunda Irmak benim için neler düşünür biliyor musun? Dünyanın en adi, en puşt adamı olduğumu! Ama ben bunu göze alabilirim. Ne yapayım, ne düşünürse düşünsün diyebilirim" dedi Fırat.

"Ben bunu yapamam. Onları kaybederim, daha doğrusu

Deniz'i kaybederim, Irmak umurumda değil."

"Ben senin yüzünden sevgilimden oluyorum ama sen benim için arkadaşından vazgeçmiyorsun. İşte, hayatımı mahvettin dediğim buydu."

"Sevgilin o kadar kıymetliyse benimle yatmayacaktın."

Fırat başını ellerinin arasına alıp yatak odasının içinde sağa sola yürümeye başladı.

"Delirtirsin sen insanı. Sorun seninle yatmam değil ki, sana âşık olmam. Bunu hâlâ anlayamadın mı?"

"Hayatımı mahvettin dedin."

"Hayatımı mahvettin, o ayrı."

"Sevgilin varken başkalarına âşık olmamayı öğren o zaman!"

"Niye böyle tuhaf davranıyorsun? Alınacak yer arıyorsun resmen. Zorla yatmadım seninle."

"Defol git!"

"Gidiyorum, merak etme!"

Fırat gitti, Narin yatağın kenarında oturup kaldı. "Hayatımı mahvettin" demişti ona. "Sen benim hayatımı mahvettin, ben de seninkini." Oysa Narin bir kere bile Fırat'ın onun hayatını mahvettiğini düşünmemişti. En korkunç günlerde bile bunu geçirmemişti aklından. Fırat'ın annesi saçlarından tutarak Narin'e hakaretler yağdırdığında ya da Narin Ankara'ya taşınmayı düşündüğünde bile Fırat onun hayatını mahvetmemişti. Aksine, hayatı olmuştu.

Üç gündür kesilmeyen yağmur yüzünden İstanbul sucuk gibi ıslanmıştı. Sadece gökyüzünden değil, damlardan, ağaçlardan, saçaklardan, elektrik direklerinden, reklam panolarından da yağıyordu rahmet. Yollar nehirlere, kaldırımlar bataklığa, insanlar sıçana dönmüştü bu üç günün sonunda ve hatta fakir mahalleleri sel aldığında ölen iki kişi, yağmur yüzünden hâlâ gömülememişti. Narin marketten çıkarken etrafına bakındı: Şehir sersemlemişti. Her zaman kalabalık olan Beşiktaş sokaklarında in cin top atıyor, ahali yağış yüzünden burnunu bile dışarıya çıkarmaya korkuyordu. Taksi bulmanın imkânsız olduğunu biliyordu. Bu şehre düşen ilk yağmur damlacığıyla birlikte tüm taksiciler külkedisi gibi kaçar, yer yarılır içine girerlerdi. Anorağının kapüşonunu kapattı, fermuarını çekti ve elindeki iki ağır torbaya aldırmadan koşmaya başladı. Yolun yarısına geldiğinde boşuna koştuğunu düşündü. İnsanın üzerine bir ton su dökülmesiyle iki ton dökülmesi arasında ne fark olacaktı ki? Islanacağı kadar ıslanmıştı, koşarak daha fazla yorulmasına gerek yoktu. Bu düşüncenin verdiği rahatlıkla adımlarını yavaşlattı ve yüzünden süzülen damlaların tadını çıkarmaya çalıştı. Doğanın onu okşadığını düşündü. Neden bu kadar korkuyorduk acaba ıslanmaktan?

Apartmanın kırmızı halısı, girip çıkanların üzerlerinden akan sulardan cumbul cumbul su olmuştu ve kapıcı kim bilir ne zamandan beri elindeki paspasla ortalığı temiz tutmaya çalışıyordu.

Eve girdiğinde Deniz salondaydı. Narin antreden kafasını uzatıp "Merhaba!" diye bağırdı. "İçeriye girmiyorum, çünkü çok ıslağım."

"Merak ettim seni" dedi Deniz.

"Yürüdüm Beşiktaş'tan buraya. Bir tane taksi kalmamış koca şehirde."

"Git sıcak bir banyo yap, yoksa hasta olursun."

"Öyle yapacağım zaten" dedi Narin ve banyoya girdi. Üzerinden çıkanları yere bıraktı ve tam duşu açacağı sırada kapının çalındığını duydu. Böyle bir havada kim gelmiş olabilirdi ki? Elbette Deniz'in çatlak arkadaşlarından biri. İçeriden Irmak'ın sesini duyunca ilk önce kulaklarına inanamadı. Narin yüzünden ablasıyla kavga ettiği günden beri bu eve gelmemişti Irmak. O olayın üzerinden sekiz ay geçmişti ve o gün bugündür konuşmuyordu iki kardeş. Narin banyo kapısını sessizce araladı ve gelenin Irmak olduğundan emin olmak için kafasını uzattı. Duyduğu kesinlikle Irmak'ın sesiydi. Ne konuştuklarını anlamıyordu ama ikisinin de sesi sakin geliyordu. Özellikle Deniz'in sesi fazla sakindi sanki. Vakit kazanabilmek için duşa girdi. Ne yapacaktı? Banyodan çıkıp onların yanına hiç uğramadan odasına gitmek... İçinden geçen buydu ama o zaman da Deniz onun Irmak'a tepki gösterdiğini düşünüp üzülebilirdi. Banyoda işi bitince, odasına gidip giyindi. Bütün bunları olabildiğince yavaş yapıyordu, çünkü onlara zaman tanımak istiyordu. Salona girdiğinde Deniz'in de, Irmak'ın da gözleri kıpkırmızıydı ve onları o halde görünce Narin'in de gözleri doldu.

"Bak kim geldi?" dedi Deniz, Irmak'ı göstererek.

"Hoş geldin!" Narin, Irmak'a doğru yürüdü ve onun kendisine sarılmasına izin verdi. Bunu sadece Deniz için yapıyordu.

"Merhaba" dedi Irmak içini çeke çeke. "Çok özledim ablamı."

"Ben sizi biraz yalnız bırakayım" dedi Narin. "Çok sevindim seni gördüğüme."

Narin salondan çıktı ve odasına girdi. Irmak ile Deniz barışınca üzerinden büyük bir yük kalkmıştı. Yarım saat sonra odasının kapısı vurulup Irmak içeriye girdiğinde, yatağında doğruldu.

"Kalkma!" dedi Irmak. "Sana bir özür borçluyum. O gün söylediklerim gerçekten çok çirkindi."

"Çok içmiştin..."

"Onları söyleyebilmek için içmiştim" dedi Irmak. "Senin Deniz'e göz kulak olduğunu ve ona iyi geldiğini biliyorum. Sen olmasan ablam çoktan dağılırdı. Bunun için sana teşekkür etmem gerekirken ben sana saldırdım, çünkü kıskandım... Deniz'le yakınlığınızı kıskandım. Ben İsviçre'deyim ve ikiniz buradasınız. Seninle her şeyini paylaşıyor ve seni çok seviyor. Biliyorsun, benim ondan başka kimsem yok."

"Benim de yok" dedi Narin.

"Biliyorum... Beni affettin mi?" Irmak tekrar ağlamaya başlamıştı.

"Tabii ki!" dedi Narin. Ama affetmemişti.

Üniversiteyi bitirene kadar iki arkadaş Maçka'daki evde birlikte yaşadılar. Onlar ömürlerinin en güzel günlerini geçirdiklerinin farkında değilken, zaman acımasızca akıp gitti. Mezuniyetinin hemen sonrasında, Narin hukuk bürosundaki işi bulup Kabataş'taki evi tutmaya karar verdiğinde mutlu günlerin de sonu gelmişti. Narin'in taşınma kararı ilk başta Deniz'in yüzünün asılmasına sebep oldu ama o sıralarda büyük bir heyecanla bağlandığı sevgilisi Maçka'daki evde onlarla birlikte kaldığı için konuyu fazla büyütmedi. Ayrılık günü gelip çattığında ikisi de ağladılar. Özellikle Deniz, boşalan misafir odasına bakıp bakıp ağladı. Birlikte eşyaları toplarlarken ve Narin'i, içinde bir yatak ve kanepeden başka bir eşyanın olmadığı Kabataş'taki küçük daireye bırakırken de ağladı. Kırmızı Mazda'sını siyah bir Alfa Romeo'yla değiştireli neredeyse bir yıl olmuştu.

Narin de üzülmüştü Maçka'dan ayrılırken. Çok mutlu olmuştu orada. Hayatında hiç eğlenmediği kadar gülüp eğlenmiş, sayısız insan tanımıştı.

Deniz'le Irmak'ın arası düzeldikten sonra huzursuzluğu da azalmıştı, Irmak'ın tavrı bir hayli yumuşamıştı ona karşı. Narin'in ona bakışı ise hep aynıydı. Tanıştıkları ilk günden itibaren Irmak onun için, ıssız bir adaya giderken yanına alacağı tek kişinin kardeşi ve ıssız bir adaya giderken yanına almayacağı tek insan olarak kaldı hep.

Babasıyla karşılaşıp onu Tahtakale'deki dükkânına kadar takip ettiği bin dokuz yüz doksan üç senesinden sonra Moskof Recep'i defalarca gördü. Bazen senede bir, bazen iki senede bir geçti o dükkânın önünden. Bazılarında Ümmühan'la, bazılarında Ümmühan'sız, hep oradaydı babası. Bin dokuz yüz doksan yedi kışında Tahtakale'ye gittiğinde ne babasını ne de dükkânı yerinde bulabildi. Recep gitmiş, yerine çocuk giysileri satan bir mağaza açılmıştı. Moskof'un izini kaybettiğini düşünürken sokağın ilerisinde buldu onu. İşini değiştirmiş, zücaciyeci olmuştu babası. Sonraki yıllarda o dükkânın önünden geçti ayda yılda bir. İçeriye şöyle bir göz atıp hiç duraksamadığı için bazen sadece sırtını gördü babasının, bazen sadece sesini duydu. Moskof Recep ise Narin'i hiç görmedi, ta ki iki bin altı yılının sonbaharına kadar.

Yirmi yedi

Öfkeliydi. Kuşlara, çiçeklere, otobüslere, insanlara, haberlere, bulutlara, merdivenlere, doğan güne, yükselen geceye, gülümseyen yüzlere, sorulan sorulara, verilen cevaplara, kurulan cümlelere, erkeklere, kadınlara, çocuklara, hayvanlara, sözcüklere, kavramlara, her şeye ama her şeye öfkeliydi. Yanardağdan akan lavlar gibi tepesinden taşıp ayaklarına iniyordu öfke ve baştan aşağı bütün vücudunu sarıyordu. Sabahları boğazında bir yumrukla uyanıyor, gün boyu olmayacak şeylere kızıyor, en sevdiği insanları bile görmek istemiyordu. Zaman ayarlı bir bomba gibi dehşet saçıyordu etrafına. Günden güne artan ve tahammül edilemez hale gelen bir dehşet... Sinirleri bozuldukça bozuluyor ve beklediği haber bir türlü gelmiyordu. Fırat, Irmak'tan bir türlü ayrılmıyordu. Deniz'le her konuştuğunda bunu duymayı bekliyor ama her defasında telefonu hayal kırıklığıyla kapatıyordu. Irmak ve Fırat gayet iyiydiler, selamları vardı, onlar da Narin'i soruyorlardı.

Narin her geçen gün biraz daha korkuya kapılıyordu. Ya ayrılmazlarsa diye her düşündüğünde boğulacak gibi oluyordu. Ne yapacaktı o zaman? Tek istediği Fırat'ın Irmak'tan ayrılması ve hayatlarından çıkmasıydı, sonrasını sonra düşünecekti. Gerisini halledebilir, zaman içinde onu unutabilirdi ama Irmak ve Fırat'la birlikte yaşamasının bir yolu yoktu. Bunu yapamazdı. Asla yapamazdı. Organ mafyasının eline düşmeyi tercih ederdi.

Erol Bey'in odasına girerken ne söyleyeceğini planlamamıştı bile.

"Erol Bey, ben Ankara'ya taşınmak istiyorum. Aslında İzmir de olur. Bana yardım edebilir misiniz? Yani mutlaka oralarda tanıdığınız hukuk büroları vardır..."

"Hop, hop, hop, hop, hop! Yavaş ol bakalım Narin!" dedi Erol Bey. "Ne Ankara'sı, ne İzmir'i yahu?"

"Özel hayatımla ilgili bazı sorunlarım var... Büyük sorunlar ve bu şehirde kalmak istemiyorum. Eğer kalırsam bu sorunlar yüzünden bütün konsantrasyonumu kaybedebilir ve dünyanın en kötü avukatlarından birine dönüşebilirim."

"Son zamanlarda kafanın yerinde olmadığını görüyorum. Ama insan her sorunda kaçamaz Narin. Mücadele etmeyi öğrenmelisin."

"Ben mücadele etmeyi bilirim Erol Bey. Ama neyle mücadele edebileceğimi, neyle edemeyeceğimi de bilirim. Bu kez olay beni aşıyor. Ben bunun altında kalırım, o yüzden lütfen bana yardım edin. Sizi yüzüstü bırakıp yarın gideyim demiyorum ama en azından altı ay içinde başka bir yerde düzen kurabilecek şekilde bir plan yapmayı öneriyorum. Önümü görebilirsem dayanırım. Altı ay sonra gideceğimi bilirsem... Çok iyi olur."

Erol Bey saatler boyunca dil döktü. İstanbul'da geleceğinin çok parlak olduğunu, ona çok güvendiğini, birkaç yıl içinde ortak yapmayı düşündüğünü anlattı ama Narin ikna olmadı. İşinde iyi olduğunu biliyordu ve nereye giderse gitsin bu değişmeyecekti. İstanbul'da kalıp her gün acı çekmek ve Deniz'in çevresinden uzak durmak için çabalayarak yaşamak istemiyordu. Erol Bey sonunda pes etti ve Narin onun gibi bir adamın hakkından gelebildiği için kendisiyle gurur duydu. Odadan çıkarken yardım sözünü almıştı patronundan, en azından neler yapabileceğine bir bakacaktı, öyle demişti.

Akşam evine dönerken yoldan Deniz'i aradı.

"Buna kızacağını biliyorum ama Ankara'ya taşınacağım" dedi.

"Ne diyorsun be!" diye bağırdı Deniz.

"Hemen değil merak etme! Belki altı ay sonra gideceğim ama sana şimdiden haber vermek istedim."

"Kızım sen manyak mısın? Nereden çıktı bu?"

"Çok iyi bir teklif aldım."

Deniz birkaç saniye sustuktan sonra "Nar, sorun ne?" diye sordu. "Sen bir şeyden mi kaçıyorsun?"

"Ne kaçması ya?"

"Sen bir şeyden kaçıyorsun, görüyorum bunu, salak değilim. Dışarı çıkmıyorsun, çağırdığımda gelmiyorsun, işim var diyorsun ama aradığımda seni evde buluyorum. Ve şimdi de Ankara'ya taşınacağım diye ortaya çıkıyorsun. Seni tanıyorum Nar ve bir sorun olduğunu biliyorum. Aylardır var bir şey... Aileni kaybetmen değil sorun, daha önce başlamıştı sendeki tuhaflık. Babanla mı ilgili, benimle mi ilgili?"

"Sorun yok! Vallahi yok, sadece iyi bir teklif aldım."

"Peki ortadan kaybolman?"

"Kaybolmadım."

"Hiçbir yere gelmiyorsun."

"Söz veriyorum çağırdığın ilk yere geleceğim."

"Off Narin... Ankara'ya gitmeni istemiyorum. Beni burada yalnız bırakma!"

"Yapma böyle!"

"Niye?"

"Çünkü sen böyle şeyler söyleyince ben çok üzülüyorum."

İstanbul, 2006, sonbahar

Tahtakale sokaklarından sel gibi insan akıyordu. Seyyar satıcıların sesleri, arabaların kornalarına; kamyonetlerinden mal boşaltmaya çalışan esnafların bağırtıları, kollarından yakaladıkları çocuklarını sarsan annelerin öfkeli azarlarına karışıyordu. Zaten Tahtakale her şeyin birbirine karıştığı yerdi. Top top kumaşların rengârenk yünlere, taklit telefonların ucuz parfümlere, çocuk ayakkabılarının üç kereden fazla çakmayacak çakmaklara, ıvırın zıvıra karıştığı bir tuhaf yer... Herkesin acelesi var gibi oradan oraya koşuşturduğu, her üç kişiden birinin önüne gelene yol sorduğu, sorulan yolların bulunamadığı bir acayip âlem. Keşmekeşin başkenti, curcunanın merkezi ve İstanbul'un, tüm damarları tıkalı kalbi.

Narin arabasını Kapalıçarşı'nın Nuruosmaniye kapısı yakınındaki otoparka bırakmış yürüyordu. Hava güzeldi ve eylül sonu olmasına rağmen gökyüzünde pırıl pırıl parlayan güneş ağustosu aratmıyordu. İnsanın adımlarını koyacak yer bile bulmakta zorlandığı büyük kalabalığa karışmış, onlarla birlikte ağır ağır ilerliyordu. Senede ortalama bir kez gelip Recep'in dükkânına şöyle bir göz atmayı âdet edinmişti. Kimi zaman sadece iki saniye görüyordu babasını, en uzun gördüğü on saniyeyi geçmiyordu ama geliyordu yine de. İlk yıllarda bu uzaktan ziyaretler anormal bir şekilde heyecanlanmasına ve vücudundaki her sinirin son raddeye kadar gerilmesine neden oluyordu ama artık alışmıştı. Bazı defalar onun Ümmühan'la muhabbetli hali tuhafına gidiyordu. Kara Hatice'yle tek kelime konuşmak istemeyen Recep pek bir açılmıştı İstanbul'da. Üzerindeki kabadayı havası kalkmış, bir ağırlık gelmişti. Elbette bunlar Narin'in uzaktan gördüğü şeylerdi ama değişmişti babası, bunu biliyordu, yürüyüşü değişmişti en başta. Özlem ya da sevgi duymuyordu ona karşı, sadece bakıyordu. Nedense içi rahatlıyordu onu görünce. Başına bir hal gelse babasına koşup yardım isteyeceğinden değil, Allah korusun aklına bile gelmezdi öyle bir şey yapmak ama gelip bakıyordu işte.

O gün daha önce hiç olmayan bir şey oldu ve Recep dükkanda değil de yolda çıktı karşısına. Narin tıklım tıkış kaldırımda zorlukla ilerlerken tam karşıdan gelen babasını görünce donup kaldı. Recep kahverengi kısa kollu bir gömlek giymişti ve iri cüssesiyle görünmeyecek gibi değildi. Babası ağır ağır ona doğru yürürken Narin bir an için rüya gördüğünü sandı. Gözleri büyüdü ve yüzü kadar oldu. Babası on üç-on dört yaşlarında bir kızın elini tutuyordu ve hemen arkasında kızdan biraz daha büyük erkek çocuk vardı. Şadiye ve Mehmet! Sarı kıvırcık saçları ve masmavi gözleriyle Şadiye ile Mehmet geliyordu karşıdan. Bereket o anda Mehmet'in kendisinden bir yaş büyük, Şadiye'nin iki yaş küçük olduğunu hatırladı da kalbi orada durmadı. Moskof Recep küçük kızın elinden tutuyor ve onun söylediği bir şeye gülüyordu. Oğlan ise ağzında bir çikletle, elleri cebinde babasını takip ediyordu. Kendisinin, Şadiye'nin ya da Mehmet'in elini hiç tutmamıştı Recep, onlara böyle otuz iki dişini göstererek hiç gülmemişti. Karşıdan gelen çocuklar çok güzeldiler, neredeyse Şadiye ve Mehmet kadar güzeldiler. Aralarındaki tek fark onlar tamamen çocuktu ve Şadiye ile Mehmet hiç onlar kadar çocuk olmamıştı. Narin hayatında ilk kez geride bıraktığı kardeşleri için büyük bir sızı duydu kalbinde, içini deşip hallaç pamuğu gibi altüst eden gibi upuzun bir sızı...

Aralarında taş çatlasın on metrelik mesafe kalmıştı ki Recep Narin'i gördü. Olduğu yerde yükselmiş, ona bakabilmek için boynunu uzatmıştı. Narin öyle bir paniğe kapıldı ki ne karşı kaldırıma geçmeyi ne de gerisingeri yürümeyi akıl edebildi. Basbayağı ona bakıyordu Recep; bundan emindi. Kalabalığa kapılmış, birbirlerine doğru yürüyorlardı ve Moskof gözünü Narin'den ayırmıyordu. "Ne olacaksa olsun" diye geçirdi Narin içinden. "Bu saatten sonra beni dövecek ya da Yaslıhan'a gönderecek değil ya." Böyle düşünmesine düşünüyordu ama güneş gözlüğünün arkasındaki gözlerini ona çeviremiyordu. Saniyeler uzadı, sündü, genişledi, bitmedi ve Narin soğuk soğuk terledi. Tam üzerine doğru yürüyordu Recep ve Narin başını önüne eğdi. Sarışın kız yanından geçerken Narin'e sürtündü ve Narin tam o anda gözlerini kaldırıp Recep'e baktı. Recep'e baktı ve gördü Recep'in aslında kendisine bakmadığını. Bluzunun düğmeleri arasından görünen göğüslerine bakıyordu babası, Narin'e değil.

O gün Tahtakale sokaklarında hiç yürümediği kadar yürüdü, bilmediği sokaklara girdi, sağını, solunu, yönünü kaybetti. Kim bilir nerelere gitmek istiyor da gidemiyor gibiydi. Babasının mavi gözlerini iştahla göğüslerine diktiği o andan kaçıyordu adım adım ama nereye gitse o gözler de peşinden geliyordu. Mide bulantısı ve utanç takip ediyordu onları. Deniz tutmuş gibi hissediyordu ama aslında hayat tutmuştu. Arabasının kapısını açarken artık güneş parlamıyordu gökyüzünde. Otopark parasını öderken bir daha asla Tahtakale'ye gelmeyeceğine yemin etti. Göreceğini görmüştü. Moskof Recep de göreceğini görmüş, kızının memelerine doya doya bakmıştı.

Evine gitti, akşamki parti için kırmızı mini bir elbise giyip Maçka'nın yolunu tuttu. Henüz kimse gelmemişti ve Deniz onu görünce çok sevindi.

"Çok iyi oldu geldiğin, çünkü fena halde yardıma ihtiyacım var. Biliyor musun Irmak da gelecek bu akşam, yeni sevgilisiyle. Neydi adı, Fırat. Senin de eskiden öyle bir sevgilin vardı değil mi? Neyse Roma'da olduklarını söylemiş miydim sana? Bu akşam dönüyorlar, iner inmez de buraya gelecekler. Bizimkinin sesini duyman lazım. Resmen aşk sarhoşu olmuş durumda."

Narin Deniz'in anlattıklarının tek kelimesini bile dinlemiyordu.

"Ben çok kötüyüm Deniz."

Deniz dikkatle ona baktı, sesindeki neşe aniden sönmüştü. "Ne oldu, neyin var?" diye sordu korkuyla.

"Babamı gördüm."

"Yine mi Tahtakale'ye gittin? Ne bok yemeye gidiyorsun oraya, hiç anlamıyorum zaten. Ah be Nar! Neyse dur tamam, gel otur önce!"

Mutfak her partiden önce olduğu gibi, içki şişeleri ve market poşetleriyle doluydu. Narin iskemlelerden birindeki kola torbasını alıp tezgâhın üzerine bırakırken "Önce şunları toparlayalım istersen" dedi.

"Boş ver onları şimdi, birazdan garsonlar gelecek, onlar halleder, sen otur da anlat bir an önce."

Narin, Deniz'in sözünü dinleyip iskemleye çöktü, Deniz de masanın kenarına ilişip bir sigara yaktı.

"Yoksa bu defa seni gördü mü?"

"Yok, görmedi" dedi Narin ve tek bir detayı bile atlamadan, unuttuğu her kelime içinde kalıp onu zehirleyecekmiş gibi dikkatle sayıp döktü olanları. Mehmet'le Şadiye'ye ikizleri gibi benzeyen çocuklardan havanın sıcağına; Tahtakale'deki karmaşadan Recep'in kıza gülümsemesine, korna seslerinden babasının o son bakışına kadar her şeyi bir bir döktü o masanın üzerine. Otopark parasını öderken ettiği yeminde son buldu hikâyesi.

"Aman, ne var be bunda? Babanın orospu çocuğu olduğunu bugün mü öğrendin yani?" dedi Deniz. "Olayları büyütmeyeceksin, oturup uzun uzun düşünmeyeceksin. Unut gitsin. Senin hayatın kızım bu, başkaları diye bir şey yok. Önemli olan senin mutluluğun. Babanın çocukları olmuş, aman ne önemli. Baban onları seviyormuş, aman ne mühim. Baban kim Nar? Hayatında ne yeri var? Sen kendine bakacaksın. Senin kendine bakamadığın zaman da ben sana bakacağım. Hepsi bu!"

Deniz yerinden kalkıp Narin'e sıkı sıkı sarıldı ve "Bence tam votka saati" dedi.

"Ölmüşler gibi geldi bana" dedi Narin, sanki bir rüyanın ortasında uyanmış gibi.

"Kim ölmüş gibi geldi?"

"Şadiye'yle Mehmet... Yani onlar ölmüş de sanki yerlerine yenileri doğmuş gibi hissettim... Hatta annem bile ölmüş gibi geldi."

"Saçmalama, kimsenin öldüğü yok" dedi Deniz, votka şişesini açarken.

Narin oturduğu yerden kalktı ve Deniz'in uzattığı bardağı aldı.

"Ne anlatıyordun sen bana geldiğimde? Kusura bakma, dinleyemedim seni."

"Önemli bir şey değildi zaten. Irmak'ın sevgilisiyle geleceğini söylüyordum. Hani bir bankacı buldu demiştim ya..."

"Ha, iyi" dedi Narin dalgın dalgın içkisinden bir yudum alırken. "Gelsinler bakalım."

Deniz salona gidip müzik setine dokundu ve Loreena McKennitt'in sesi evi doldurdu ama Narin'in kulağında başka bir kadının söylediği farklı bir şarkı vardı: "İki keklik bir kayada..."

Yirmi sekiz

Narin paltosunu çıkardı ve masadaki herkese topluca "Merhaba" dedikten sonra Fırat ile Irmak'tan en uzağa, Deniz'in tam yanındaki boş iskemleye oturdu. Beyoğlu'nun ünlü meyhanesi her cuma akşamı olduğu gibi ağzına kadar doluydu ve garsonlar tüm ustalıklarına rağmen ellerindeki meze dolu tepsilerle masalar arasında dolaşmakta zorluk çekiyorlardı. Köşe yazarları, spor yorumcuları, edebiyatçılar, reklamcılar ve turistlerden mütevellit gürültücü bir kalabalık, sık sık yükselen sesler ve kadehler... Şarap içen birkaç kadın ve bira şişelerini ellerinden bırakmayan birkaç turist sayılmazsa hemen herkes kadehlerindeki beyaz içkiyi yudumluyordu.

"Rakı lütfen!" dedi Narin, başında dikilen garsona. Masanın diğer tarafına bakmamak ve Fırat'la göz göze gelmemek için çaba harcıyordu.

"Geç mi çıktın işten?" diye sordu Deniz.

"Yok, geç çıkmadım ama eve uğradım gelmeden önce." Narin, Deniz'e evde yarım saat boyunca oraya gelmek için cesaretini toplamaya uğraştığını, bunu başarabilmek için bir kadeh votkanın yardımını aldığını söylemedi. Ankara'ya gideceğini bilmenin verdiği güç olmasa gelemezdi zaten.

Masada Irmak, Fırat, Deniz ve Narin dışında sekiz kişi daha vardı. Hepsi Deniz'in arkadaşlarıydı, Ebru ve Memo'yu Deniz'i tanıdığı ilk günlerden beri tanıyordu, diğerleri ise yıllar içinde gelip yerleşmişti hayatlarına. Narin bir taraftan yakınındakilerle sohbet ediyor, bir taraftan da Ankara'ya taşınma kararından dolayı kendini tebrik ediyordu. O sayede kazandığı kuvveti korumak için evden çıkmadan hemen önce Ankara'daki ev ilanlarına bile göz atmıştı. Irmak'ın Fırat'a dokunduğunu, onun saçını düzelttiğini ya da yanağından öptüğünü her fark edişinde kendini bir daha, bir daha kutladı ve Fırat'ın huzursuzluğunu hissettiğinde haftalar sonra ilk kez keyfi yerine geldi. Beş duyusu işi gücü bırakmış, bütün alıcılarını Fırat'a çevirmişlerdi ve Narin'e onun da canının son derece sıkkın olduğunu söylüyorlardı.

"Atıf da gelecek demiştin. Gelmiyor mu?" diye sordu Deniz'e.

"Yemekten sonra katılacak o bize" dedi Deniz. "Ayrılmış manken kızdan."

"Öyle mi?"

"Gazetede okudum. Bence o senden hoşlanıyor."

"O herkesten hoşlanıyor."

Deniz güldü, çünkü Narin'in haklı olduğunu biliyordu. "Evet ama senden daha çok hoşlanıyor."

"Hiç işim olmaz, kusura bakma! İyi çocuk, eğlenceli de... Hep beraber geziyoruz işte, fazlasına gerek yok."

•

Yemek bittikten sonra hep birlikte meyhaneden çıkıp yakınlardaki küçük bir bara kadar yürüdüler. İçeride adım atacak yer yoktu ama İstanbul'da gece gezmeye alışık herkes kalabalık bir mekânda kendine yer açmayı bilirdi. Tanıdık garsonların da yardımıyla barın en dibindeki kısımda dikilmeyi başardılar. Darmadağınık saçlı, burnu hızmalı kızlardan Prada çantalı dilberlere, takım elbiseli profesyonellerden dövmeli motorculara kadar her kesimden insanın olduğu barın kapısı sürekli açılıp kapanıyor, insanlar girip çıkıyordu. Havanın soğuk olmasına rağmen dışarıda da en az içerideki kadar insan vardı ve kimse durduğu yerde durmuyordu. Bir içeri, bir dışarı... Narin'in tam karşısında duran Irmak müziğe ayak uydurmuş, dans ediyordu. Son günlerde açılıp saçılmış, eski tutucu giyim tarzından vazgeçip frapan ve bol dekolteli kılıklara bürünmüştü. Deniz onun Fırat'a sarılıp sallanmaya devam ederken ne kadar mutlu göründüğünü düşündü ve içi sızladı. Acaba Fırat o sırada Irmak yerine Narin'e sarılmak istiyor muydu? Başını çevirdiğinde Atıf'ı barın kapısından girerken gördü ve ona el salladı. Atıf neşe içinde yanlarına geldi, yeni içkiler söylendi, ışıklar yanıp söndü, bardaklar doldu, bardaklar boşaldı, kapı önünde hava alındı, içeri girildi, dans edildi, yeni içkiler söylendi.

Irmak bir arkadaşını görüp yanlarından uzaklaşınca Fırat Narin'i elinden tutup kendisine doğru çekti ve kulağına "Ankara'ya gidecekmişsin..." diye fısıldadı. Narin ona gülümsedi. Dışarıdan bunun dostça bir sohbet gibi görünmesi için çabalıyordu. "Evet, iyi bir teklif aldım" dedi. "Gördüğüm kadarıyla Irmak'la aranız iyi. Çok sevindim."

"Saçmalama" dedi Fırat.

"Ayrılacağım demiştin de..."

"Ayrılırsam seni nasıl göreceğim?" Fırat öyle güzel bakıyordu ki Narin ona sarılıp uzun uzun öpmek istedi. Tıpkı bir çocuk gibi başını yana doğru eğmiş, Narin'in gözlerinin içine dikmişti gözlerini.

"Ayrıl ya da ayrılma, bizim için sonuç aynı..." dedi Narin umutsuzca.

"O zaman ayrılmam, sen de deliye dönersin."

Narin onun şaka mı yaptığını, yoksa gerçeği mi söylediğini anlayamadı.

"Dönmez misin?"

"Dönmem, çünkü ben Ankara'ya taşınıyorum."

Fırat'ın bembeyaz kesildiğini, gözlerinin ışıltısını kaybettiğini gördü.

"Neden peki?"

"Senden ve Irmak'tan kurtulmak için, anladın mı? Çünkü artık senden nefret ediyorum."

"Ben seni çok seviyorum."

"Burada kalırsam ya çıldırırım ya da Deniz'i kaybederim. Beni asla affetmez."

"Benim için bunu göze alamaz mısın?"

Narin biraz ileride kafayı bulmuş dans eden Deniz'e baktı. Kızıl saçları bembeyaz uzun kollarının üzerine dökülüyordu ve incecik bedeni kırılmaya hazır bir dal gibi sağa sola eğilip bükülüyordu.

"Alamam" dedi üzgün bir sesle.

"O zaman Irmak'la evlenirim ve hayatının sonuna kadar senin etrafında dolanırım. Tek bir gün bile sana rahat vermem. Hatta belki Ankara'ya taşınırız."

Narin donup kaldı. "Şaka mı yapıyorsun?"

"Hayır yapmıyorum."

O sırada Atıf yanlarına gelip kolunu omzuna atarak Narin'i oradan uzaklaştırdığı için, Narin Fırat'a onu öldüreceğini söylemeye fırsat bulamadı. Birkaç adım atmışlardı ki Atıf Narin'e sımsıkı sarıldı.

"Ne yapıyorsun ya?" dedi Narin ters bir tavırla.

"Hayatını kurtarıyorum. Sen de bana sarılsan iyi yaparsın, çünkü biraz önce Ebru'nun Deniz'e Fırat'la senin hakkında bir şeyler söylediğini duydum."

Narin bir robot gibi kollarını Atıf'ın boynuna dolarken "Ne diyordu?" diye sordu.

"Aranızda bir şeyler olabileceğinden şüphelendiğini söylüyordu."

"Deniz ne dedi?"

"Yok canım falan dedi ama o sırada şey gibi görünüyordunuz."

"Ne gibi?"

"Aranızda bir şey var gibi."

Narin midesine yumruk yemiş gibi oldu, birdenbire dizleri güçsüzleşmiş, bedeni ağırlaşmıştı.

"Ne saçmalık! Ebru'nun böyle bir şey düşünmesine inanamıyorum. Irmak'ın sevgilisi o yahu!"

"İyi de Irmak'ın sevgilisi seni az kalsın öpecekti biraz önce" dedi Atıf.

Narin ters ters ona baktı.

"Kızım biz de kör değiliz!"

"Yok öyle bir şey, kapat bu konuyu."

"Tamam tamam! Benim için fark etmez. Bu sayede sana sarılabiliyorum, işime gelir. Yani eğer bir paravana ihtiyacın olursa beni kullanmaktan çekinme. İstersen sevgili numarası yapabiliriz ya da memnuniyetle seni öpebilirim..." Atıf bir taraftan gülüyor, bir taraftan konuşuyordu. Bu durumun onu çok eğlendirdiği ortadaydı. "Seni öpmemi ister misin? Valla sorun olmaz benim için."

"Atıf, sus Allah aşkına!"

"Peki sustum."

Deniz yanlarına geldiğinde Narin onun kendisine karşı tavırlarında bir tuhaflık olmadığını görerek rahatladı. Belki Ebru'nun sözlerini başından beri ciddiye almamış, belki de Narin'in Atıf'la samimiyetini görünce rahatlamıştı. Atıf'ın kolu hâlâ Narin'in omzunda, Narin'in kolu da onun belindeydi.

"Ankara'ya taşınmaman için her şeyi yapacağım" dedi Deniz, Narin'in kulağına eğilip.

"Ne yapacakmışsın?"

"Her şeyi yapacağım. Göreceksin!"

Narin güldü, "Tamam" dedi, "elinden geleni ardına koyma!"

"Koymayacağım, kendini hazırlasan iyi edersin" diyerek ona sarıldı Deniz. "Beni bırakıp gidemeyeceksin. Bu arada Atıf'la işim olmaz demiştin de... Şu anda pek öyle görünmüyor."

Narin omuz silkti. "Eğlen demiştin, eğleniyorum işte!"

Atıf Narin'in boynunu öpünce, Deniz bir kahkaha patlattı.

"Ohoooo, işi iyice ilerletmişsiniz siz!"

O sırada barın diğer tarafında bir hareketlenme olduğunu üçü de fark etmedi. Fırat'ın, önündeki insanları iterek onlara doğru geldiğini, kızlardan birinin elindeki içkinin bu yüzden yanındaki arkadaşının üzerine döküldüğünü görmediler. Islanan kızın çığlık attığını, içkisi dökülenin öfkeyle bağırdığını duymadılar. Bu yüzden Fırat'ın aniden Atıf'ın üzerine atılması hepsi için sürpriz oldu. Önce barın içinde arbede çıktığını ve Fırat'ın üzerlerine devrildiğini sandılar, ta ki Fırat Atıf'ı yakasından tutup kapıya doğru itinceye kadar... Bir taraftan Atıf'ı dışarıya çıkarmaya çalışıyor, bir taraftan da dolanan diliyle yakası açılmadık küfürler ediyordu. Konuştukları sırada Narin onun bu denli sarhoş olduğunu fark etmemişti. Aradan geçen yarım saat içinde olmuştu ne olduysa. Atıf alttan alıyor ve olayın bir yumruklaşmaya dönüşmemesi için elinden geleni yapıyordu ama Fırat'ın küfürleri yenilir yutulur gibi değildi. Garsonların ısrarıyla dışarıya çıktıklarında durum hâlâ gergindi. Ne olup bittiğini hâlâ anlamamış olan Irmak, Fırat'ın koluna yapışmış, sakin olması için yalvarıyor, on metre ilerilerinde Deniz ile Narin'in arasında duran Atıf ise "Abi delirdin mi sen?" diye bağırıyordu.

"Niye rahatsız ediyorsun kızı, orospu çocuğu?"

"Kimseyi rahatsız etmedim ben. Sor işte kız burada. Rahatsız ettim mi Narin ben seni?"

Narin başını iki yana salladı. "Yoooo!"

"Rahatsız ettiyse de etti oğlum, sana ne bundan?" diye lafa karıştı Deniz. "Sevgilin değil, bir şeyin değil."

"Sevgilim lan! Sevgilim işte! Narin benim sevgilim, tamam mı!"

Deniz ile Irmak aynı anda Narin'e baktılar.

"Ne diyor bu Nar?" diye sordu Deniz.

"Ne bileyim ben!" dedi Narin panik içinde. "Çok sarhoş,

baksanıza haline! Kendinde değil..."

"Yalan söyleme!" diye bağırdı Fırat. "Deniz'e Ankara'dayım dediğin hafta sonu neredeydin ha? Hadi söyle bakalım da duysunlar, kiminleydin o hafta sonu? Ya da evini tarif etmemi ister misin? Yatak odanı? Başucundaki kahverengi lambayı anlatayım mı?"

Narin birkaç saniyeliğine gözlerini yumdu. Olan bitene inanamıyordu. Irmak olduğu yerde mıhlanıp kalmış, durumu idrak etmeye çalışıyordu. Memo'yla Ebru pusmuş bir şekilde birbirlerine sokulmuşlardı. Çevrelerine toplanmış bir grup insan kavgayı izliyor, barın içindeki bir başka grup da cama yapışmış dışarıya bakıyordu.

"Kâbus mu bu be!" Deniz'in sesi doğal ayarını yitirmiş, bir kastratonunkinine dönüşmüştü. "Ağzınıza sıçayım ben sizin!" dedikten sonra Narin'in üzerine yürüdü. "Özellikle de senin ağzına sıçayım. İnsan değilsin sen!"

Ablasının tepkisi Irmak'ın kendine gelmesini sağlamıştı.

"Nasıl yani? Gerçek mi bu? Sizin ilişkiniz mi var?" diye sordu bembeyaz bir suratla. Az sonra son nefesini verecek birine benziyordu.

"Hayır!" dedi Narin.

"Evet!" dedi Fırat.

"Orospu!" diye bağırdı Irmak ve son nefesini vermek yerine, Narin'in saçlarına yapışmak üzere yerinden fırladığı anda Ebru atılıp kızı yakaladı ve "Yapma Irmak, gözünü seveyim sakin ol. Sokak ortasında rezalet çıkarma!"

Irmak bir taraftan "Rezaleti onlar çıkardı diye!" yırtınıyor, bir taraftan da Ebru'dan kurtulmak için tepiniyordu. Ebru'nun kendisini bırakmaya niyeti olmadığını anladığı anda çırpınmaktan vazgeçip durdurulamaz bir şekilde ağlamaya başladı ve onun hıçkırıkları Deniz'in sigortalarının tamamen atmasına sebep oldu. Memo sıkı sıkı beline yapışmasa, yıllar önce Deli Ahmet'e attığı dayağın beş mislini oracıkta

Narin'e atacak kadar çileden çıkmıştı.

"Sen bana bunu nasıl yaparsın?" diyordu da başka bir şey demiyordu. Aynı cümleyi eviriyor, çeviriyor, şekilden şekile sokuyor ve tekrar tekrar soruyordu. "Nasıl yaparsın bana bunu? Bunu nasıl yaparsın sen bana?"

"Hadi Denizciğim gidelim, ne olur gidelim artık. Değmez, vallahi değmez!" Memo Deniz'i götürmek için uğraşıyor ama Deniz bana mısın demiyordu.

Atıf Narin'in kolundan tuttu ve kulağına doğru eğilip "Koş!" dedi. "Buradan gidelim yoksa kötü olacak." İkisi birlikte koşmaya başladılar ve sokağın köşesindeki taksiye atladılar. Arabasına dayanmış duran ağırkanlı şoför sigarasını söndürüp aracı hareket ettirene kadar, Irmak'ın küfürleri sokağı inletmeye devam etti. Narin onun böyle davrandığına daha önce hiç şahit olmamıştı, içinden bir Deniz çıkmıştı kızın.

"Konuşmak istemiyorsundur herhalde" dedi Atıf birkaç dakika sonra.

"İstemiyorum." Narin çantasını açıp telefonunu çıkardı ve "Ben telefonumu kapatacağım, sen de kapat!" dedi.

"Bende kal. O iki deli kardeş senin evini basarlar gece yarısı."

"Orası kesin" dedi Narin.

Atıf Levent'te yeni yapılmış, altmış beş katlı bir binanın altmış beşinci katında yaşıyordu. Girişteki güvenlik görevlilerine selam verip asansöre bindiler. Narin onu karakoldan çıkardığı akşam evine bıraktığı için biliyordu nerede oturduğunu.

"Bir gökdelende yaşamak tuhaf!"

"Burası gökdelen değil, sadece yüksek bir bina."

"Öyle mi?"

"Üç yüz metreden yüksek olması gerekiyormuş gökdelen olabilmesi için."

"Gerçekten mi?"

"Gökdelenlerden bahsetmek istediğinden emin misin?" diye sordu Atıf kapıyı açarken.

"Aklımı oyalamaya çalışıyorum, yoksa üşütebilirim" dedi Narin ve önüne açılan kocaman salona ve büyük camların alabildiğine gözler önüne serdiği muhteşem İstanbul manzarasına bakarak "Ne kadar güzelmiş burası, bütün şehir görünüyor" diye ekledi.

"Evet, fena sayılmaz. Hemen uyumak mı istersin, yoksa sana içecek bir şey vereyim mi?"

"Yeterince içtik" diye mırıldandı Narin ve büyük camların tam karşısına konmuş koltuklardan birine oturdu. "Ne yapacağım ben şimdi?" diye sordu ve cevap bekleyen gözlerini Atıf'a dikti.

"Bilmiyorum ki... Hiçbir şeyden haberim yokken sana nasıl yardım edebilirim?"

"Her şeyi mahvettim. Sen de oradaydın, gördün işte!"

"Yani Fırat'ın söylediği doğruydu, öyle mi?"

Narin başını sallayarak onu onayladı.

"Vay be! Senin böyle bir şey yapacağın hiç aklıma gelmezdi" dedi Atıf gülerek. "Ben de seni melek sanıyordum."

"Melek görünenlerden kork!" Narin yerinden kalktı ve kollarını göğsünde kavuşturup salonda bir aşağı bir yukarı yürümeye başladı.

"Oldu bir kere, yapacak bir şey yok!" Atıf da peşinden yürüyor, onu teselli etmeye çalışıyordu.

"O geri zekâlıyı öldüreceğim. Yemin ediyorum öldüreceğim."

"Fırat'ı mı?"

"Evet. Söylesene bana, insan neden böyle bir şey yapar?"

"Sarhoştu..." dedi Atıf omzunu silkerek.

"Sarhoş falan değildi" diye bağırdı Narin. "On dakika önce yanındaydım ve hiçbir şeyi yoktu. Bütün yol boyunca bunu düşündüm. Benimle konuşurken dili dolanmıyordu ve tamamen ayıktı."

"Yani numara yaptığını mı düşünüyorsun?"
"Düşünmüyorum, eminim."

Atıf bir süre sonra yatmaya gitti ve Narin bütün geceyi koltuğun üzerinde geçirdi. Güneşin doğuşunu, ışıkların teker teker kayboluşunu, şehrin bir mücevherden solgun bir siluete dönüşmesini izledi. Arabalar yollara döküldü, vapurlar sıklaştı, İstanbul kıpırdandı ve gözlerini açtı. Deniz ile Irmak da uyanacaklardı birazdan ve onlarla birlikte nefretleri de uyanacaktı. Öfkeleri, hayal kırıklıkları, üzüntüleri, kalplerindeki kırıklar, içlerindeki boşluk da uyanacaktı. Güneş yükseldikçe Narin'in huzursuzluğu da artıyordu. Gece yaşananlara şahit olanların birbirlerini aradıklarını ve o olayı konuşmaya başladıklarını hissedebiliyordu. Tüm o kelimeler, cümleler bir araya gelerek yığınlar oluşturuyor ve tüm ağırlıklarıyla Narin'in üzerine çöküyordu.
"Üzülme artık, sonunda hepimiz öleceğiz ve bunların hiçbir anlamı olmayacak" diyerek yanına oturdu Atıf. Üzerinde bir şort, bir de tişört vardı ve yeni uyanmıştı.
"Günaydın!" dedi Narin. "Çok teşekkür ederim her şey için. Gerçekten dün akşam yaptıkların için minnettarım."
"Lafı olmaz. Sen de beni karakoldan kurtarmıştın."
"Artık gitsem iyi olacak."
"Ortalık sakinleşinceye kadar burada kalabilirsin."
Narin başını iki yana salladı. "Eve gitmek istiyorum."
"O zaman seni eve bırakayım."
"İşin yok mu?"
"Bugün pazar, ne işim olacak!"
"Giyin de gidelim o zaman."
"Narin bak, burada kalman beni gerçekten mutlu eder."
"Kaçmak çözüm değil ki... Biliyorsun işe gitmek zorundayım ve sende kalsam bile oraya gelip beni bulacaklardır. Kaçmak çözüm değil. Onlarla yüzleşmek ve hakaretlerine göğüs

germek zorundayım. Üstelik bunu hak ettim."

"Bir iki gün izin alamaz mısın? Biraz sakinleştikleri zaman yüzleşirsin onlarla."

"Alamam. İki bin sayfalık bir sözleşmeyle uğraşıyorum ve perşembeye kadar bitirmem lazım o işi. Aslında evden halledebilirim belki."

"Öyle yap o zaman!"

Narin Erol Bey'i aradı ve elindeki işi evde bitirmeyi düşündüğünü, çünkü işe gelip giderken bile kaybedecek zamanı olmadığını söyleyerek iki gün izin koparmayı başardı. Trafikte bile vakit harcamak istememesi Erol Bey'in hoşuna gitmişti.

"İzin verdi! Ama işyerine uğrayıp dosyalarımı almam lazım" dedikten hemen sonra yüzünü sıkıntıyla buruşturdu. İki elini göğsünün üzerine götürüp kalbini yukarıya kaldırmak ister gibi yukarı doğru bastırdı. Rengi yitip gitmiş, yanakları beyaza çalmıştı.

"Sen iyi misin? Narin, neyin var?" diye sordu Atıf.

"Hiç! Biraz fena oldum sadece."

Yirmi dokuz

Fatih'in Çarşamba semtindeki boz renkli Gül Apartmanı'nın yedi numaralı dairesinde Ümmühan, yatak odasının zemininde uzanan Moskof Recep'in başına çökmüştü. Ümmühan'ın çığlıklarına koşan apartman ahalisi evin içine doluşmuştu.

"Dayan Recebim. Ambulans geliyor. Dayan, gözünü seveyim dayan!" derken Ümmühan'ın gözünden dökülen yaşlar, bir sıra inci gibi damlıyordu adamın göğsüne.

Alt katta oturan kel kafalı şişman adam, elindeki küçük aynayı Recep'in ağzına doğru tuttu ve biraz bekledikten sonra "Başın sağ olsun bacım!" diye fısıldadı. "Gitti Recep Bey!"

Ümmühan adamı itip "Ne gitmesi be! Ambulans gelecek şimdi!" diye öyle bir bağırdı ki, kel kafa sesini kesip Recep'in başından kalktı ve kapı ağzında bekleşen kalabalığın arasına karıştı. Gözler adama döndü, o da kendisine yönelen bakışlara karşılık "Gitti, gitti!" diye fısıldadı. Konu komşu içlerini çektiler, başlarını iki yana salladılar, ellerini karınlarında birleştirip gözlerini yere diktiler ve "Allah taksiratını affetsin!" diye mırıldandılar.

Haber çabuk yayıldı ve zorla salonda tutulan iki küçük çocuğun çığlıkları bütün apartmanı inletti. Çocuklar "Baba, baba!" diye bağırırken Ümmühan, Recep'in ellerini öpe koklaya "Ölmedi babanız, ağlamayın öyle!" diye seslendi ama sesini duyuramadı.

O sabah Recep uyanmış, bir güzel kahvaltısını yapmış, kahvesini içmiş ve televizyonda biraz haber seyrettikten sonra "Ben biraz uzanacağım" diyerek yatak odasına gitmişti. Mutfakta akşamdan ıslattığı kuru fasulyenin suyunu süzmekte olan Ümmühan duyduğu gürültüyü önce çocukların sakarlığına yormuş ama onları televizyon başında sakin sakin otururken bulunca yatak odasına koşmuştu. Recep'i yerde gömleğinin önünü açmış, fanilasını parçalamaya çalışırken bulmuştu. Adamın gözleri yuvalarından fırlamış, yüzü şeytan görmüş gibi şekil değiştirmişti. Bir şeyler söylemeye çalışıyor ama acıdan başaramıyordu. Ümmühan bir hamlede yırtmıştı fanilanın önünü ama Recep'in çırpınması durmamıştı. Kadıncağız zangır zangır titreyen bacaklarıyla kapıya koşmuş ve apartmanın boşluğuna var gücüyle bağırmıştı. "Yetişin komşular, yetişin! Allahınızın aşkına yetişin, kocam gidiyor!"

O zamandan bu yana tam yirmi dakika geçmişti ve artık Recep hareketsizdi. Ümmühan bunu kocasının rahatlamasına yoruyordu ama o odadaki herkes biliyordu ki ölmüştü Recep. Şişman bir kocakarı Ümmühan'ın omuzlarından tuttu ve "Başın sağ olsun kızım! Öldü kocan. Allah böyle yazmış, elden bir şey gelmez" deyince Ümmühan başını kaldırıp kadına baktı ve hırsla sıktığı dişlerinin arasından "Ambulans gelecek!" diye tısladı.

Tam o sırada içeriden biri bağırdı. "Açılın ambulans geldi!"

İçeriye dört görevli girdi ve birkaç dakika sonra Moskof Recep'in, zamanında etrafa korku salan, cansız koca bedenini evden çıkardılar. Ambulansın kapıları kapanırken Ümmühan'ın çığlıkları apartmanı aştı ve tüm Çarşamba'ya yayıldı.

"Receeeeeeep, Recebiiiiiiiim!"

Otuz

Arabası boydan boya defalarca çizilmiş, silecekleri ve dikiz aynaları kırılmıştı ama bunun için dertlenebilecek halde değildi. Bunu Irmak ile Deniz'in yaptığını biliyordu ve arabasını tümden yaksalar bile ağzını açıp tek kelime edemezdi. O yüzden Atıf "Haşat etmişler arabanı" dediğinde omuz silkmekle yetinmişti.

İki gündür evden çıkmıyor ve şirketten gönderilen yeni bir telefon numarasını kullanıyordu. Evin telefonunu fişten çekmişti ve kapı çaldığında asla açmıyordu. Üzerinde çalıştığı sözleşmeyi teslim ettikten sonra ortaya çıkacaktı. Ondan sonra Deniz ile Irmak'ın karşısına çıkacak, ardından Fırat'tan yaptığının hesabını soracaktı. Yokluğunda Deniz'in bir, Fırat'ın ise iki kere ofisine uğradığını sekreter Hülya'dan öğrenmişti. Tembihlediği gibi onlara yurtdışında olduğunu söylemişti kızcağız ama Narin ikisinin de bunu yutmadığından emindi. Kapısı defalarca çalınmış, yumruklanmıştı. Narin, Deniz'in saatlerce kapının önünde pusuya yattığını tahmin edebiliyordu. O yüzden ne yola bakan taraftaki pencereleri açıyor ne de geceleri ışık yakıyordu. Depo olarak kullandığı karanlık odadaki eşyaların bir kısmını boşaltmış, orada çalışıyordu. Yiyecek stoku olduğu için dışarıya çıkmasına gerek yoktu.

Atıf telefon edip "Ben geldim, aç kapıyı!" dediğinde yeni uyanmış ve bilgisayarının başına henüz oturmuştu.

"Ben sana buraya gelme demedim mi?"

"Dışarıda kimse yok merak etme, sadece iki dakika duracağım."

Narin sabahlığının önünü bağladı ve hızlı adımlarla kapıya gitti. Kilidi çevirirken bir taraftan da "Keşke sana da vermeseydim bu numarayı" diye söyleniyordu.

Atıf "Amma yaptın!" diyerek gülümsedi ama Narin bunu görmedi, çünkü Atıf'ın hemen yanında duran Fırat'a bakıyordu.

"Ne işin var senin burada? Atıf, nasıl getirirsin onu buraya, kafayı mı yedin sen?" diye bağırdı.

"İçeri girebilir miyiz?" dedi Fırat sakince.

"Hayır giremezsiniz. Yaptığın şeyden sonra buraya gelip özür dilemenin yeteceğini mi sanıyorsun. Bu salağı nasıl kandırdın bilmiyorum ama beni kandıramazsın. Senden nefret ediyorum ve Allah belanı versin!"

Narin kapıyı kapatmaya çalıştı ama iki adam yüklenip onu engellediler. İçeriye girmişlerdi bile.

"Üzgünüm" dedi Fırat.

Narin başını iki yana salladı ve salona gidip oturdu. Tek bir kelime bile etmek istemiyordu. Deniz'in o akşamki yüzü günlerdir gözünün önünden gitmiyordu. Ona hayretler içinde, hayal kırıklığıyla bakan gözleri kazınmışçasına yapışmıştı zihnine.

"Üzgünmüş..."

"Narin... İnan bana, başka çıkar yol bırakmadın. Senden uzak kalmayı gerçekten denedim ama yapamadım. Seni aramamak için, görmemek için elimden geleni yaptım ama seni düşünüp durmamın önüne geçemedim. Seninle olmak istiyorum Narin. İstersen hayatımı mahvet, yine de seninle olmak istiyorum. Anladın mı beni!"

"Hayır!"

"Biliyorum şu anda kızgınsın ama..."

"Her zaman çok kızgın olacağım. Hayatımın sonuna kadar

hep bu kadar kızgın olacağım" dedi Narin.

"Yapma!"

"O gece sarhoş değildin, değil mi?"

Fırat birkaç saniye sessiz kaldı ve sonra "Değildim" dedi.

Narin başını kaldırıp pencerenin kenarına yaslanmış duran Atıf'a baktı. Atıf gözlerini kaçırdı.

"Yani bilerek mi yaptın bunu?" diye sordu Narin bomboş bakışlarını tekrar Fırat'a çevirerek.

"Evet!"

"Yani bilerek beni herkese rezil ettin, öyle mi?"

"Evet."

"Ve bilerek Deniz'in benden nefret etmesini sağladın. Hayatımdaki en önemli insanı, benim için ailemin yerini tutan birini benden bile bile kopardın. Bilerek, isteyerek, taammüden! Öyle mi?" Narin'in sesi yükselmeye başlamıştı.

"Orası tam olarak öyle değil" dedi Fırat.

"Öyle olmayan ne? Her şeyi bilerek yaptın da Deniz'in benden nefret edeceği mi aklına gelmedi?"

"Bunu nasıl açıklayacağımı bilmiyorum."

"Ama ben açıklamanı istiyorum. Düşünemedin mi bunu? Hem de sana milyonlarca defa söylemiş olmama rağmen?"

"Narin, biraz sakin olur musun lütfen! Bu onun fikriydi, tamam mı!"

"Ne kimin fikriydi?"

"O gece olanlar Deniz'in fikriydi. Daha doğrusu bir kısmı... Gerisini ben doğaçlama olarak yaptım."

"Allah aşkına, ne diyorsun sen?"

"Birkaç hafta önce ona gidip her şeyi en başından anlattım. Stadyumda karşılaştığımız günden itibaren her şeyi... Bütün hikâyeyi... Irmak'tan ayrılacağımı ve bunun sebebinin sen olduğunu söyledim. Ayrıldıktan sonra bile senin benimle birlikte olmayacağını, çünkü onu benden daha çok sevdiğini de söyledim."

Narin şaşkınlıkla yerinden fırladı.

"Niye yaptın bunu? Deli misin sen? Nasıl yaparsın bunu ya! Allahım sen aklıma mukayyet ol. Hatta lütfen bunların bir rüya olmasını sağla. Yemin ediyorum bir daha asla böyle bir şey yapmayacağım, dünyanın en iyi insanı olacağım."

"Dinlesene! Bir yol bulmaya çalışıyordum, anlasana."

"Ne yani, o gece olay çıkarmanı o mu söyledi sana? Yok, kesin uyduruyorsun. Bana nasıl bağırdığını görmedin mi? Neredeyse dövecekti beni."

"O gün öyle davranması gerekiyordu. Yani Irmak'a karşı..."

"Peki sana ne dedi, söylesene!"

"Rezil olun!" dedi. "Rezil olun ki Narin'in kaçması için hiçbir sebep kalmasın. Yoksa asla seninle birlikte olmaz. Bağrına taş basar, yine de bunu ortaya çıkarmaz" dedi.

"İnanamıyorum bunlara..."

"Ve seni sevdiğini söyledi. Kardeş olmamanız kardeş olmadığınız anlamına gelmezmiş."

"Öyle mi dedi?" diye sordu Narin dudağını ısırarak. Gözlerine hücum eden yaşları durdurmaya çalışıyordu. Biliyordu ki ağlamaya bir başlarsa sabaha kadar sürebilirdi. Dudağını ısırdı, kaşlarını çattı, yutkundu, gözlerini yumdu ama başaramadı. Bir damla, iki damla derken, yaşlar sıra sıra süzüldü gözlerinden. "Yalan söylüyorsun!"

"Söylemiyor" dedi Atıf.

"Sen de mi bunun içindesin?" diye sordu Narin, burnunu çekerek.

"Hayır. Biraz önce Deniz beni arayıp bunları anlatınca öğrendim her şeyi."

"Sana ulaşmak için ona anlatmak zorunda kaldık" dedi Fırat.

Narin salondaki tek fotoğrafa baktı. Narin'in üç sene önceki doğum gününde çekilmişti ve Deniz'le ikisi kollarını birbirlerinin omzuna atmış gülümsüyorlardı. "Askerlik hatırası" diyorlardı bu fotoğraflarına.

Hayat ondan aldığı her şeyin karşılığı olarak yollamıştı Deniz'i. Yaşadığı tüm fakirliğin, sevgisizliğin, kimsesizliğin, çaresizliğin ödülüydü o. Ve bütün o kötü şeyler basit bir hesapla Deniz'den çıkarıldığında bile hâlâ bir okyanus kalıyordu Narin'in elinde. Ömründe ilk defa çok şanslı biri olduğunu düşündü. Belki de dünyanın en şanslı insanıydı.

"Peki Deniz niye gelmedi? Irmak'la mı beraber?" diye sordu.

Fırat ve Atıf birbirlerine baktılar. Sonra Fırat hafif bir sesle "Onun halletmesi gereken bazı işler var, sonra gelecek" diye mırıldandı.

Otuz bir

Restoranın önüne konan ısıtıcılar ve sırtlarına aldıkları kalın şallar sayesinde dışarıda oturuyorlardı. Özellikle turistlerin rağbet ettiği, Osmanlı yemekleri yapan oldukça meşhur bir yerdi ama Narin, Fırat ve Atıf'ın orada olmalarının sebebi kesinlikle eşsiz lezzetteki yemeklerin tadına bakmak istemeleri değildi. Ayakaltı olmayan bir yerde buluşmak istemişlerdi ve şehrin eski kısmı onların çevrelerindeki insanlar için kesinlikle ayakaltı sayılmıyordu.

"Üniversitede okurken çalıştığım restoranın mönüsü buranınkiyle hemen hemen aynıydı" dedi Narin.

"Ne iş yapıyordun orada?" diye sordu Atıf.

"Bulaşıktan başladım, her işi yaptım."

"Yani böyle yemekler yapabilir misin?"

"Hayır, mutfakta çalışmadım. Restoranın sahibi Murat Bey, nur içinde yatsın, çok iyi biriydi. İki seneyi geçti öleli. Şu camiden kalkmıştı cenazesi. Buraya gelince onu hatırladım."

Fırat ile Atıf aynı anda biraz ilerideki camiye baktılar.

"Nerede kaldı Deniz?" diye sordu Narin. "Yoldaymış" dedi Fırat. "Birazdan gelir."

"Buraları hiç bilmez o, nasıl bulacak bilmiyorum." Narin bir taraftan dudaklarını yiyor, bir taraftan da Deniz'in gelmesini umduğu tarafa bakıyordu. "Halletmesi gereken işi neymiş, söylesenize!"

"İş değil aslında..." dedi Fırat. "Irmak o geceden beri sana attığı mesajları görmüş."

"Ne? Ne mesajı?"

"Deniz'in sana attığı ama senin telefonunu açmadığın için görmediğin mesajlar. Durumu açıklamaya çalışmış işte, sen rahat et diye."

Narin elini başına götürdü. "Allah kahretsin, yani Irmak da biliyor. Bütün yaptıklarınızın numara olduğunu. O gece yaşananları sizin kurguladığınızı biliyor."

"O gece yaşananları Deniz kurgulamadı" dedi Fırat. "O bana sadece 'Narin'le ilişkinizi bir şekilde açık et, gerekirse rezil olun' demişti. O gece öyle şeyler yapacağımdan haberi yoktu, ama yapınca anladı tabii."

"Ne fark eder ki? Sonuçta Irmak onun bu işte parmağı olduğunu biliyor."

"Çok kızmış Deniz'e. Deliye dönmüş, amcasını falan aramış, bütün aile toplanmış, demediklerini bırakmamışlar seninkine" dedi Fırat.

"Allah kahretsin..."

"Cenaze var galiba orada" diyerek konuyu değiştirmeye çalıştı Atıf.

Üçü birden başlarını çevirip cami avlusuna giren kadınlı erkekli kalabalığa baktılar.

O sırada Moskof Recep'in cenazesi caminin gasilhanesinden çıkarılmış, avludaki uzun iki taştan birinin üzerine konulmuştu. Öbür taşın üzerinde onunkinden daha ufak bir tabutta yaşlı bir adam yatıyordu ve avluyu dolduran kalabalığın büyük bir kısmı aslında o yaşlı adamı yolcu etmek için toplanmıştı. Recep'i uğurlamaya gelenler Tahtakale esnafından ve oturduğu apartmanın sakinlerinden oluşan yaklaşık yirmi kişilik küçük bir topluluktu. Ümmühan yanında iki çocuğuyla tabutun yanında durmuş, yeşil örtüyü okşayarak bir şeyler mırıldanıyordu. Hoca gelince çocuklarını ellerinden tuttu ve biraz geride kadınlara ayrılmış bölüme geçti. Komşu kadınlar onun sırtını sıvazladılar, iki öksüzün başını okşadılar.

Hocanın cami megafonundan yayılan gür sesi tümü sokağı doldurunca Atıf "Bu da iyi valla" dedi. "Kafamızı dağıtalım dedik, cenazeye denk geldik."

"Hepimiz öleceğiz diyen sendin!" dedi Narin gülerek, sonra Fırat'a döndü ve "Peki sen o gece Atıf'ı gerçekten kıskandın mı?" diye sordu.

"Yok kıskanmadım, çünkü Deniz söylemişti aranızda bir şey olmadığını. Ama tabii bugün bir şey olmaması, yarın da bir şey olmayacağı anlamına gelmezdi. Yani belki biraz sinir olmuş olabilirim" dedi Fırat gülerek.

Hocanın güçlü sesi, sohbet etmelerine daha fazla imkân vermediği için sustular. Ümmühan'ın avluda bayılmak üzere olduğundan haberleri yoktu. Küçük kızın babasının tabutuna bakıp bakıp içini çektiğini, oğlanın ise ağlamamak için aklından üçer üçer yüze kadar saymaya çalıştığını da bilmiyorlardı. Cenaze namazı kılınırken kadınlar Ümmühan'ın sallandığını fark edip duvarın kenarına oturmasına yardım ettiler ve ellerine boşalttıkları suyu dul kadının yüzüne çarptılar. Ümmühan gözlerini açtı, namaz kılanları görünce tekrar kapattı ve "Ah Recep, ah benim canım!" diye inledi. Rüzgâr yüzüne vurunca biraz ferahlar gibi oldu, sonra yine başı döndü.

"Geliyor!" dedi Atıf. Gerçekten de geliyordu Deniz. Gözünde kocaman güneş gözlüğüyle yorgun bir şekilde onlara doğru yürüyor, uzun saçları rüzgârla savruluyordu. Narin onu görünce gözyaşlarını tutamadı.

"Ağlama ama..." dedi Deniz ona sarılırken. "Bütün bu bokları sen gül diye yedik."

Narin yüzünü onun güzel saçlarına gömdü. Bir müddet öyle kaldılar. Sonunda Deniz kendini Narin'in kollarından kurtarıp oturmayı başardı.

"Nasıldı?" diye sordu Atıf Deniz'e.

"Nasıl olacak? Irmak, amcam ve yengem karşıma geçip ne kadar iğrenç bir insan olduğumu söyleyip durdular. Irmak kafama bir küllük fırlattı ve bir daha benimle konuşmayacağını söyleyerek çıkıp gitti. Amcam sürekli ahlaktan bahsetti. Yengem ayıplayan bakışlarını bir saniye bile üzerimden çekmedi. Vay efendim insan kardeşine bunu nasıl yaparmış, ben nasıl insanmışım..."

"Sen ne dedin?" diye sordu Atıf.

"Ne diyebilirdim ki? Hepsi biliyor zaten."

"Neyi?" diye üsteledi Atıf.

"Narin'in benim hayatımdaki en önemli insan olduğunu ve onun için iyi ya da kötü her şeyi yapabileceğimi." Deniz sustu ve uzun bir sessizlik oldu. Birkaç dakika sonra sessizliği yine Deniz bozdu. "Narin, zırlamanı bölmek istemiyorum ama senden bir şey rica edeceğim. Sana saçma gelebilir ama benim için önemli."

"Ne?"

"Lütfen artık saçını siyaha boyatma, yine eskisi gibi sarı olsun."

Narin hayretle ona baktı ve "Peki ama nereden çıktı bu şimdi?" diye sordu.

"Bilmem, içimden geldi" dedi Deniz ve otuzuncu defa sigarasını yakmaya çalışıp yine başaramayınca "Amma esiyor be!" diye söylendi.

Gerçekten de rüzgâr bütün şiddetiyle esiyor, tozu toprağı yerden kaldırıp insanların yüzlerine gözlerine dolduruyordu. Recep'in tabutundaki örtüyü bile defalarca düzeltmek zorunda kalmışlardı. Ümmühan çocuklarıyla birlikte caminin önünde bekleyen minibüse binerken bu esintinin bir işaret olup olmadığını düşündü. Yağmur yağıyor olsa kendini "rahmettir" diyerek avutabilirdi ama rüzgârın hayra yorulacak bir tarafını bulamayıp içini çekti.

Moskof Recep mezarlıkta kendisi için hazırlanmış çukura doğru saatte kırk kilometre hızla ilerlerken Narin, Fırat'ın ıslak toprak kadar kahverengi gözlerine baktı ve Yaslıhan stadındaki o günü düşündü. Bazen başladığın yere dönebilmek için dünyayı dolaşman gerekiyordu.